मदारीपुर जंक्शन

इस कथा के समस्त पात्र, उनका नामकरण, घटनाएँ एवं चरित्र सम्पूर्ण तौर पर काल्पनिक हैं। इनका किसी भी वास्तविक चरित्र से किंचित् मात्र भी कोई लेना-देना नहीं है। इसके बावजूद यदि कोई इस कथा के चरित्रों में स्वयं की छाप पाता है तो यह महज़ एक संयोग ही होगा। कथानक में विविध जाति-धर्मों के असल टाइटिल का उल्लेख ज़रूर आया है; किन्तु इसका भी उद्देश्य केवल कथानक के परिवेश को वास्तविक दिखाना ही है, किसी प्रकार से किसी की भावना को ठेस पहुँचाना नहीं। उम्मीद है कि सुधी पाठक इसे इसी रूप में ग्रहण करेंगे।

मदारीपुर जंक्शन

बालेन्दु द्विवेदी

वाणी प्रकाशन

वाणी प्रकाशन

4695, 21-ए, दरियागंज, नयी दिल्ली 110 002

फ़ोन : +91 11 23273167 फ़ैक्स : +91 11 23275710

शाखाएँ

अशोक राजपथ, पटना 800 004, बिहार

कॉफ़ी हाउस कैम्पस, महात्मा गांधी मार्ग, इलाहाबाद 211 001, उत्तर प्रदेश

महात्मा गांधी अन्तरराष्ट्रीय हिन्दी विश्वविद्यालय, वर्धा 442 001, महाराष्ट्र

सुल्तानिया रोड, मोतिया पार्क, भोपाल 462 001, मध्य प्रदेश

www.vaniprakashan.com
marketing@vaniprakashan.in
sales@vaniprakashan.in

MADARIPUR JUNCTION
by Balendu Dwivedi

ISBN : 978-93-87409-48-4
Novel

प्रथम संस्करण 2017
द्वितीय संस्करण 2020

मूल्य : ₹ 595

सिटी प्रेस, दिल्ली-110 095 में मुद्रित

वाणी प्रकाशन का लोगो मक़बूल फ़िदा हुसेन की कूची से

चइता और उसके जैसे
उन तमाम 'बिदरोहियों' की उस आह को,
जो उसके अचानक से इस भव-सागर से
विदा हो जाने के बावजूद,
किसी-न-किसी रूप में इस षड्यन्त्रकारी संसार को
ख़ाक कर देने वाली चिनगारी के रूप में
आज भी मौजूद है...

आत्मकथ्य

मित्रो! अब आपसे क्या छिपाना! मैं जाति से ब्राह्मण हूँ और संस्कार से लेखक-कथाकार। करेले और नीम की तरह एक-दूसरे के सहयोग से स्वाद की ऐसी-तैसी करने में माहिर और कदाचित् जगजाहिर भी...! किसी ज़माने में सर्वाधिक समादृत और अब सम्भवतः उतने ही तिरस्कृत भी...! तिरस्कृत क्यों? क्योंकि आत्ममुग्धता और आत्मप्रवंचना ने हमें कहीं का नहीं छोड़ा—नरक के लायक भी नहीं। पर हमारी हेकड़ी बदस्तूर कायम है। कभी-कभी मुझे अपने समाज की इस स्थिति पर अकथनीय पीड़ा होती है, लेकिन अब ऐसी किसी पीड़ा से क्या फ़ायदा? ख़ैर! सब कुछ गँवाने के बावजूद अपने अतीत की तारीफ़ करने और सुनने की हमारी पुश्तैनी आदत आज भी ज़िन्दा है। और सच मानिए! मैं स्वयं और मेरी बिरादरी के बहुतेरे केवल इसी हुनर के सहारे ज़िन्दा हैं ताकि वे समाज के वंचितों के ज़ेहन में अपने अतीत के ख़ौफ़ को ज़िन्दा रख सकें; नहीं वे कब के विदा हो गये होते...!

ख़ैर! यह तो हुई बिरादरी की बात। अब आपसे इजाज़त लिए बग़ैर थोड़ा बखान अपना भी करना चाहूँगा। फ़िलहाल कथाकारों के समाज में मुझे दलित ही मान लीजिए, पर ब्राह्मणों में मुझे किसी कुलीन से कम मत समझिएगा। माना कि अब ज़मींदारी नहीं रही, इसलिए स्वयं को ज़मींदार तो नहीं कहूँगा। पर हमारे क़िस्से कई-कई कोस तक सुने जाते हैं। मैं ठहरा अभागा! इसलिए अपने बाप-दादाओं की सौंपी हुई 'साढ़े तीन कोस' की वह 'सीर' तो नहीं देख पाया जिसके बल पर हमारे पूर्वज सीरदार कहलाते थे और बहुतों को कोल्हू के बैल की तरह सारी ज़िन्दगी नाधते रहते थे। यही नहीं, मैं 'बावन बीघेवाला पुदीने का वह खेत' भी अपनी आँखों से देख पाने से वंचित रह गया जिसके बारे में मुझे हमेशा यह बताया जाता रहा कि 'एक समय ऐसा भी था, जब सालो-साल उस

पुदीने को देखने तक की फ़ुरसत किसी को नहीं रहती थी।' एक तिजोरी के चर्चे भी मैंने सुने थे जो मुग़लकाल की स्वर्णमुद्राओं से भरी बताई जाती थी। मैंने न जाने कौन से नक्षत्र में जन्म लिया कि होश सँभालने से लेकर आज तक स्वयं को दाने-दाने के लिए मोहताज पाया। पुदीने का स्वाद तो कभी चखने को नहीं मिला, हाँ...! भात और सूखी रोटी संग 'भरुआ मिरिचा' और 'धनिए की चटनी' को अकसर ही अपने भोजन में शामिल पाया। हाँ...! जिन सिक्कों का बखान सुना था, 'लरिकाई' में एक बार जब उन्हें चुराकर कल्लू बनिए से कुछ हासिल करना चाहा था तो उसने भी उन्हें गिलट बताकर दो-चार 'लकड़चूस' भर पकड़ा दिये थे। सो मुझे तो बिरादरी की हैसियत का ज्ञान बचपन में ही हो गया था।

यह तो रही फ़ायदे की बात! लेकिन ब्राह्मण बिरादरी से होने से अमूमन नुक़सान भी हुए। वह यह कि हर तीसरा आदमी मुझे 'शंखवादक' समझ लेता था और राह चलते मुझे इस तरह 'हाँक' लगाता था गोया मैं कोई 'छुट्टा साँड़' हूँ और इस तरह की हाँक से ही नियन्त्रण में रहूँगा। यही नहीं, समाज के लिए किये जाने वाले मेरे हर सद्प्रयास को वह दूसरे की यजमानी हथियाने की कोशिश के रूप में ही देखता था। जब इससे भी बात नहीं बनती थी तो मुझे ज्यों ही 'चार इज़्ज़तदार' लोगों के साथ देखता, तुरन्त ही 'सतनरायन भगवान्,' 'महामृत्युंजय' या 'रुद्राभिषेक' की अनावश्यक चर्चा करके मेरी बनी-बनाई इज़्ज़त को मटियामेट कर देता। मैं उसे और उसके जैसे तमाम गुस्ताख़ लोगों को कैसे बताता और कितनी बार बताता...! पर आज आपके सामने अपना दुःख बयान करते हुए यह स्पष्टीकरण देना चाहता हूँ कि दरअसल मैं टाँग उठाकर शंख बजाने वालों का वंशज नहीं हूँ; और न ही श्राद्ध में घी पीकर वंश-शुद्धि करने वालों से ही मेरा दूर-दूर तक का कोई रिश्ता-नाता है। ब्राह्मण बिरादरी से होने के बावजूद 'कथावाचन' से दूर तक मेरा कोई सम्बन्ध नहीं रहा; और न ही कभी किसी किस्म की कथा को सुनने में मेरी कोई रुचि रही। बल्कि सच कहूँ तो मैं कथा कहने वालों को साक्षात् महामारी और उससे बढ़कर कथा सुनने वालों को अद्‌भुत और विलुप्तप्राय प्राणियों में गिनता आया था। लेकिन विधि का विधान देखिए...! इन तमाम सतर्कताओं के बावजूद इस महामारी ने मुझे भी संक्रमित कर ही दिया। और अब इस संक्रमण के प्रारम्भिक लक्षणों के साथ आपके सामने उपस्थित हूँ। आप मेरी लेखनी के प्रथम संसर्ग से विलुप्तप्राय प्राणियों की श्रेणी में शामिल होने के लिए तैयार हो जाइए।

–बालेन्दु द्विवेदी

1

सबसे पहले उस उर्वर माटी 'मदारीपुर' का मंगलाचरण, जिसने अपनी कोख से इस धरा को एक-से-एक होनहार दिये, जिन्होंने ताज़िन्दगी अपनी सारी ऊर्जा का अभिनिवेश केवल इस माटी के वैभव बढ़ाने में ही किया। जो पैदा तो हुए वस्तुतः एक सामान्य मनुष्य के रूप में, पर जिनके योगदान को किसी अवतारी पुरुष से कम आँकना उनकी असल प्रतिभा के साथ नाइंसाफ़ी करने जैसा होगा। जिन्होंने जीते-जी तो कभी अपने बारे में नहीं ही सोचा, जो मरने के बाद अपने वंशजों को भी ऐसे किसी तनाव से मुक्त रखने के हामी थे। जो जिये भी तो केवल दूसरों की ताक में और मरे भी तो सिर्फ़ औरों की निगहबानी करते हुए। जिनके लिए भौतिक जीवन की सांसारिकता हमेशा ठेंगे पर रखी जाने वाली या यों कहें कि ठेंगा दिखाने वाली चीज़ रही। जो कुबेर के वैभव का सुख इसी जीवन में भोग कर परलोकगमन करने में केवल इसलिए विश्वास करते थे ताकि उन्हें स्वर्ग में कुबेर देवता के सामने किसी 'इन्फीरियारिटी' का सामना न करना पड़े—मानो ब्रह्मा ने स्वर्ग की रचना विशेष तौर पर केवल उन्हें ही मोक्ष प्रदान करने के लिए की थी और वे देहत्याग के उपरान्त सीधे स्वर्ग ही जायेंगे; बाक़ी प्राणियों के भाग में केवल नरक ही बदा है...!

पूर्वी उत्तर प्रदेश के एकदम पूर्वी कोने में, अँतड़ियों में किडनी की तरह घुसा हुआ यह गाँव था—मदारीपुर। उसे गाँव कहने पर तो उसकी तौहीन ही होती थी, लेकिन दुर्भाग्य से वह कस्बा होते-होते रह गया था। असल में उसके मिज़ाज में शहरीपन इस कदर बैठा हुआ था कि दिल्ली-मुम्बई-कलकत्ता या फिर सूरत जैसे शहरों में काम की तलाश में गया हुआ कोई आदमी जब एक बार यहाँ लौटता था तो यहाँ की आबो-हवा और फ़ितरत को लेकर इस क़दर रूमानी हो जाता था कि दुबारा वापस जाने का नाम ही नहीं लेता था। क्योंकि यहाँ की मिट्टी में

शारीरिक रूप से किये जाने वाले कामों के लिए भले ही अवसरों की कमी हो, पर यहाँ के वातावरण में 'मानसिक क़वायद' और 'बौद्धिक जुगाली' के लिए अनन्त अवकाश था। फिर भी मदारीपुर को मजबूरन गाँव ही कहना पड़ता था। वह तो बुरा हो उस पटवारी का, जिसने शायद किसी खुन्नस में इसका यह नामकरण कर दिया था; अन्यथा इतने भोले-भाले इंसान, इतनी बौद्धिक उर्वरता किसी दूसरे ग्रह पर भी शायद ढूँढ़ने से न मिलती। अब पटवारी और पवहारी का क्या करें भाई...! उनका तो काम ही है—दूसरों का नाम बिगाड़ना।

मदारीपुर में यों तो सभी बिरादरी के लोग पाये जाते थे—बाभन, ठाकुर, भूमिहार, लाला, अहिर, गड़ेरी, नाऊ, लोहार, कँहार, केवट, नोनिया, मल्लाह, हरिजन, पासी, डोम आदि-आदि। तिस पर भी गाँव में ब्राह्मणों का बाहुल्य था, जिनके निवास-स्थान को बाक़ी सभी अपनी देशी भाषा में 'पट्‌टी' कहते थे। इस पट्टी में कुछ घर ठाकुरों और भूमिहारों के भी थे। गाँव के ठीक बीचों-बीच में यह पट्‌टी स्थित थी और उसके चारों तरफ़ अन्य जातियों के टोले बने हुए थे—किंचित् पट्‌टी को घेरे हुए और उसकी शोभा में चार-चाँद लगाते हुए। पट्‌टी के अधिसंख्य लोगों के पुरखे कई वेदों के ज्ञाता रहे होंगे। पर आजकल उनके लिए वेदों की हैसियत सम्भवतः शरीर के सर्वाधिक संवेदनशील माने जाने वाले अंग के इर्द-गिर्द के पके बालों से ज़्यादा नहीं मालूम पड़ती थी। सभी के साथ केवल एक ही अद्‌भुत विशेषता जुड़ी थी कि वे जन्मना ब्राह्मण थे और फ़िलहाल इस जन्म में कोई भी ताक़त उन्हें इस ओहदे से नीचे नहीं उतार सकती थी। उन्हें इतना तो मालूम ही था कि 'जीवों में मनुष्य होना, मनुष्यों में भी हिन्द-देश का निवासी होना, हिन्दवासियों में भी ब्राह्मण होना, ब्राह्मणों में भी वेदज्ञ ब्राह्मणों के वंशज होना और उस पर भी मदारीपुर में जन्म लेना—यह सब कुछ किसी ईश्वरीय चमत्कार से कम नहीं...!' इसलिए वे ज़माने की किसी भी आलोचना से बेपरवाह अपनी ज़िन्दगी बेख़ौफ़ जीते चले जाते थे।

पट्‌टी के सभी बड़े-बुज़ुर्ग एक से बढ़कर एक तीरन्दाज़, हँकेड़, हेकड़ीबाज़ और सबसे बढ़कर एक-से-एक मगज़मार थे। आलसी इतने कि जब तक उनके अस्तित्व पर ख़तरा न हो, तब तक वे मक्खी मारने का जोखिम भी नहीं उठाते थे और सक्रिय इतने कि नींद में भी अधखुली आँखों समेत सिर का अगला सिरा पड़ोसी के घर की ओर ही होता...! सभी कई उप-पट्टियों में बँटे हुए थे—अठन्नी, चवन्नी, दुअन्नी, भुरकुस पट्‌टी और न जाने क्या-क्या...! सम्भवतः किसी ज़माने में यह बँटवारा भूमि पर उनकी हैसियत के मुताबिक़ किया गया होगा, पर अब उनके लिए यह केवल एक-दूसरे को नीचा दिखाने का माध्यम भर बनकर रह

गया था। अठन्नी वाले अपने को श्रेष्ठ बताते थे और चवन्नी वाले अपने को...! बाकी पट्टी वाले अवसर के हिसाब से दोनों में से किसी के साथ चिपककर सन्तुलन बनाने की कोशिश करते थे। पर अठन्नी और चवन्नी वाले कभी एक साथ नहीं हो सकते थे, इसे लेकर गाँव में एक कहावत भी प्रचलित थी कि 'यदि कभी ऐसा हो पाता कि दोनों पट्टियों के मांस को एक ही बरतन में पकाया जाता तो स्वाभाविक विद्वेष के चलते एक की हड्डी अपने-आप से ही छिटककर बरतन से बाहर गिर जाती...!' दोनों पट्टियों के लोग अपने पुरखों द्वारा निर्धारित इस लक्ष्मण-रेखा से कम ही विचलित होते थे। और वे जब भी विचलित हुए तो इसका परिणाम विनाशकारी ही रहा।

ब्राह्मणों में जो 'और ब्राह्मण' थे—सुक्कुल, तिवारी, पाड़े, मिसिर, चौबे, ओझा—वे दरअसल कभी इन्हीं पंडितों के असामी हुआ करते थे। लेकिन आजकल उनकी स्थिति पहले से थोड़ी बेहतर हो गयी थी और सीरदार माने जाने वाले पट्टी के लोगों की हैसियत पूर्व की तुलना में काफ़ी नीचे हो गयी थी। इसलिए इन असामी कहे जानेवाले पंडितों के भीतर भी बराबरी का जानवर ज़ोर मारने लगा था। इसी के चलते आजकल गाँव की अन्दरूनी राजनीति में इनका दख़ल थोड़ा-सा बढ़ गया था—दो बिल्लियों की लड़ाई में किसी बन्दर की तरह...!

मुख़्तसर तो पट्टी की ही प्रतिभा के चलते यह गाँव पूरे इलाक़े में अपने हुड़दंगी हुनर के लिए ख्यात हो पाया था। पच्चीस-पचास कोस तक के लोग यह नतमस्तक होकर स्वीकार करते थे कि हुड़दंग के मामले में, जिसे कई लोग विद्वेषवश 'नंगई' भी कहते मिल जाते थे, मदारीपुर का कभी कोई सानी नहीं रहा। गाँव के तमाम बड़े-बूढ़े और हुनरमन्द लोग अकसर ही अपने अनुजों को इसकी शिक्षा देते मिल जाते थे। दरअसल, यह सब कुछ उन्हें विरासत में मिला था; इसलिए उनकी यह सामाजिक ज़िम्मेदारी बनती थी कि इस थाती को आने वाली पीढ़ियों को सौंप कर ही इस धरती से विदा लें। इसके अलावा उनका यह दृढ़ विश्वास था कि 'जो चीज़ उन्हें विरासत में मिली है, उसे जब वे भावी पीढ़ी को पूरी तरह सौंपेंगे तभी उन्हें मोक्ष मिलेगा; अन्यथा वे अपने पूर्वजों से केवल इसी बात के लिए निरन्तर सताए जाते रहेंगे और नाहक ही चौरासी लाख योनियों में भटकते रहेंगे।' इसी आध्यात्मिक-सत्य के साक्षात्कार का परिणाम था कि रोज़ ही सुबह-सवेरे मदारीपुर के हर दरवाज़े, चौराहे और नुक्कड़ पर चिबिल्ली की दुकानें सज जाती थीं। कब किसकी टाँग खींचनी है, कब किसकी टाँग में अड़ंगा मारना है, किसके ऊपर कीचड़ उछालना है, किसे पीछे धकेलने के लिए गड्ढा खोदना है और किसकी गाँड़ में चिंगोटी काटना है—मदारीपुर में इन विषयों के

बाक़ायदा शिक्षा की ज़रूरत समझी जाती थी और इन विषयों के मर्मज्ञ इस पर निरन्तर अनुसन्धान में लगे रहते थे।

इस अनुसन्धान से बेपरवाह गाँव में मगज़मारों की एक टोली अलग से क्रियाशील थी। उनका उद्देश्य खेत-खलिहान में या ऐसे किसी भी अन्य माकूल स्थान पर पीठ के बल लेटकर और सिर के पीछे दोनों हाथों को कसकर बाँधे रखकर, फैले हुए एक टाँग पर दूसरे को चढ़ाकर तथा किसी योगी की तरह ध्यानमग्न होकर देश-विदेश की तमाम घटनाओं पर अपने ढंग से टिप्पणी करना, ज्ञान का प्रसार या विस्तार करना था। जब कभी इन मगज़मारों की ऐसी गुप्त बैठकें होती थीं तो ज्यों ही एक विद्वान् किसी विषय पर अपनी मेधा के सहारे व्याख्यान देना शुरू करता था, दूसरा अपनी लाख अभिज्ञता के बावजूद पहले के ज्ञान को अपने पांडित्य से भरपूर खंडित करने की कोशिश करता। तभी तीसरा उन दोनों के मुँह से निकली परिचर्चा पर वैसे ही झपट्टा मारता था जैसे देशी कुत्ते दूसरे कुत्तों से हड्डियाँ छीनने में मारा करते हैं।

कई बार इनके बीच जूतम-पैजार तक की नौबत आ जाती। पर इस सारी छीना-झपटी और जूतम-पैजार की लाख सम्भावनाओं के बावजूद अगली बैठक के अनिर्धारित परिचर्चा का सौहार्द बनाये रखने की कोशिश के बाद ही बैठक की समाप्ति की घोषणा की जाती थी। इस सारी प्रक्रिया के मूक-साक्षी गाँव के वे देशी-आवारा कुत्ते होते थे जिन्हें अपनी घ्राण-शक्ति मात्र से बैठक का सारा मज़मून, बहस की दिशा और भावी बैठक-स्थल का पता चल जाता था; तथा वे पूरी बहस के दौरान केवल उसी समय और उसी तरह अपनी जातीय-भाषा में हस्तक्षेप करते थे जब और जैसे 'संसदीय परम्परा में सत्तापक्ष-प्रतिपक्ष के बीच होने वाली गरमा-गरम बहस के समय के मृद्धवाक्-भाषी अध्यक्ष किया करते हैं।'

यदि मदारीपुर के सीरदारों द्वारा छोड़ी हुई विरासत और यहाँ की माटी की उर्वरता को ध्यान से देखा जाता तो यह किसी 'दोनों आँख के अन्धे' को भी साफ़ पता चल जाता कि पट्टी के लोगों के लिए खेती ही एकमात्र बेहतर व्यवसाय हो सकती थी। किन्तु जब स्वयं धरती मइया ही बोझ बन जायें तो फिर उनके भार से कौन नहीं मुक्त होना चाहेगा...! शायद वह कोई महामारी ही रही होगी, लेकिन सच मानिये पूरी पट्टी को अचानक से 'भूमि-भार मुक्ति आन्दोलन' का ऐसा बुख़ार चढ़ा कि जिसे देखो वही ज़मीन की 'रजिस्ट्री' करने के लिए हर दूसरे-तीसरे रजिस्ट्रार-साहब के दफ़्तर के चक्कर लगाने लगा। सरकारी स्टांप पर 'बक़लम ख़ुद' लिखो और बायें हाथ का अँगूठा भर लगाओ; फिर हाथों में कई मोटी-मोटी गड्डियाँ और खेत के मेंड़ झाँकने से हमेशा-हमेशा के लिए फ़ुरसत...!

साथ में मिठाई का डिब्बा अलग और विरासत की याद दिलाने के लिए 'चीन्हा' अलग...! यह परिवर्तन इतना व्यापक और आमूल था कि बमुश्किल दो-चार साल में ही सभी को यह एहसास होने लगा कि अब वास्तव में उनके सिर के ऊपर से कोई बड़ा 'बोझा' उतर गया है और अब वे बेख़ौफ़ होकर कहीं भी विचरण कर सकते हैं।

अब गाँव के इन असल सीरदारों के पास खेतों के नाम पर एकाध ताल और कुछ रेत के 'धूस' भर रह गये थे। हालाँकि शुरुआती दौर में ताल की मछलियों के विक्रय से प्राप्त आय के बँटवारे को लेकर इनके बीच थोड़ी समस्या ज़रूर थी। कुछ ताक़तवर कहे जाने वाले लोग सारा माल अकेले ही हज़म कर जाना चाहते थे; जबकि कुछ की आपत्ति यह थी कि सुबह-शाम झाड़ा फिरने के दौरान उन्होंने भी ताल की मछलियों की देख-रेख में मदद की है। सो उन्हें भी इस बँटवारे में हिस्सा मिलना चाहिए। एक तीसरे वर्ग की माँग यह थी कि चूँकि मछलियाँ अपने आप से ताल में आ गयी थीं; लिहाज़ा सीरदारों के वंशज होने की हैसियत से उन्हें भी इस 'अदृश्य सीरदारी' में से हिस्सा ज़रूर मिलना चाहिए। विश्वास मानिए! बड़ी मुश्किल से सभी के हिस्से तय हो पाये और जब उनको पट्टी में वितरित किया गया तो 'अठन्नी' को सबसे ज़्यादा साढ़े तेरह रुपये मिले। बाकी चवन्नी, दुअन्नी और भुरकुस पट्टी के भाग में तो इतनी रकम भी नहीं आयी कि उसे किसी रंडी के नाच में 'ठोढ़ी में डालने भर का तेल' भी ख़रीदा जा सके। हाँ! इतना ज़रूर हुआ कि इस पारदर्शी वितरण से पट्टी में कई दिनों तक हर्ष का माहौल बना रहा और कुछ ने तो भावावेश में यहाँ तक कह डाला कि 'अब गाँव में जल्दी ही रामराज आने वाला है।'

इसे ताल का माहात्म्य कहिए या कुछ और, पर इसका निर्विवादित रूप से 'मल्टीपरपज़' उपयोग आरम्भ हो गया था और अब इसका ज्यादातर भाग विविध प्रकार के खेलों के लिए प्रयुक्त होने लगा था। धीरे-धीरे यहाँ गाँव के होनहारों की कई संलग्न पीढ़ियाँ अपने-अपने खेलों को अंजाम देने में लग गयी थीं। मसलन, सुबह और शाम इनमें जुआरियों का अड्डा जम जाता था तो बाक़ी दिन गुल्ली-डंडा, कबड्डी-चिक्का और क्रिकेट का। हाँ! बीच में कुछ समय के लिए देशभक्ति के शौक़ीन कुछ बच्चों ने हॉकी नामक कोई अज्ञात खेल खेलने का मन ज़रूर बनाया था, पर क्रिकेट के जाँबाज़ खिलाड़ियों ने निरन्तर शारीरिक-प्रहार के द्वारा उनका हृदय-परिवर्तन कर डाला था।

ताल के अलावा इन खेलों का एक अन्य उपयुक्त स्थान, पास के नज़दीकी रेलवे जंक्शन की वह फिरंगी इमारत थी जिस पर न जाने किसके दबाव में रेलवे

के किसी प्राधिकारी ने 'परित्यक्त' तो लिखवा डाला था; पर गाँव के लड़के इस स्लोगन से बिल्कुल ही बेपरवाह इसका सदुपयोग करने को मजबूर थे। दिन में यह खण्डहर आवारा पशुओं के चरने और मौज-मस्ती के काम आता था तो शेष समय में लड़कों द्वारा ऐसे ही सन्धान के।

दिन में खेले जाने वाले इन खेलों के अलावे कुछ अन्य खेल केवल सान्ध्यवेला और रात्रिकाल के लिए सुरक्षित माने गये थे। इनमें सबसे महत्वपूर्ण खेल वह था जिसमें युवक गाँव की कुँवारी कन्याओं को प्रसव-पीड़ा के पूर्व की प्रक्रियागत बारीक़ियों को व्यावहारिक स्तर पर महसूस कराते थे; पहले से विवाहित और प्रसव का सुख उठा चुकी महिलाओं में 'अतिरिक्त चाह' पैदा करने की कोशिश करते थे; समाज द्वारा बाँझ करार दे दी गयी स्त्रियों के माथे से इस कलंक को धोने की क्रिया में संलग्न रहते थे और कई बार जेनेटिक-इंजीनियरिंग के गैर-प्रयोगशालाई तरीक़े को अपनाकर समाज के विविध-तबक़ों के बीच संस्कारों की आवा-जाही को सरल बना रहे थे।

इन खेलों के लिए सन्ध्या या रात्रि के समय के चयन के पीछे यह कारण तो कतई नहीं था कि गाँव के युवकों की दृष्टि में ये खेल अपमानजनक थे; बल्कि सच्चाई तो यह थी कि गाँव के युवक चाहें लाख मनचले क़रार दिये गये हों, परन्तु थे वे—लज्जाशील। सामने वाला लुट भी जाये, उनके हाथ कुछ लग भी जाये और उनकी अपनी पहचान भी छिपी रहे—पतनशील नैतिकता के इस युग में भी वे इस नैतिक मर्यादा का विशेष ख़याल रखते थे। तमाम प्रतिभासम्पन्न लोगों के इस खेल में कुछ ने अपनी अतिरिक्त क्षमता से पूरे इलाक़े को इस क़दर चमत्कृत कर दिया था कि उनके सम्मान में स्लोगन तक गढ़ डाले गये थे; मसलन—'ताले में के माटी/धूसे पर के बालू/गाँव के अधिका/सुक्खू-दयालू!' सुक्खू और दयालू दरअसल कोई और नहीं, किसी ज़माने में गाँव की ही दो होनहार सन्तान हुआ करते थे। पर अब वे जीती-जागती किंवदन्ती बन गये थे और अब हर कोई युवा उन्हीं की तरह बनना चाहता था।

2

यों तो सभी गाँवों की तरह मदारीपुर के लिए भी मान्य दिशाएँ चार ही थीं; लेकिन इसके चारों तरफ़ और हर कोने पर देवी-देवताओं—बरम बाबा, बिलैती बाबा, डीह बाबा, चिरकुटहवा बाबा, भिखारी बाबा, खड़ेश्वरी बाबा,

शहीद बाबा, घूर बाबा, सत्ती माई, अजिया माई, कानी माई आदि के इतने 'थान' स्थापित किये गये थे कि कई बार किसी नवागन्तुक के लिए दिशा को लेकर भ्रम की स्थिति पैदा हो जाती थी। प्रथमदृष्ट्या ऐसा प्रतीत होता था कि ये सारे 'थान' किसी ज़माने में गाँव के पुरखों द्वारा अपने वंशजों की सुरक्षा की नीयत से स्थापित किये गये होंगे।

अगर दक्खिन को दक्खिन ही मानें तो गाँव के ठीक दक्खिन में एक शिवजी का पुराना मन्दिर था जिसके बारे में यह बताया जाता था कि यह महाभारत काल से ही अविचल खड़ा है—हर तरह के झंझावातों से टकराता-जूझता...! फ़िलहाल जिस भवन में शिवजी स्थापित थे, वहाँ घुप्प अँधेरा छाया रहता था। बहुत ध्यान से देखने पर पता चलता था कि शिवजी, जो किसी ज़माने में पत्थर की शक्ल में ज़मीन फाड़कर अवतरित हुए थे, के सिर का ऊपरी हिस्सा थोड़ा फूटा हुआ था। गाँव वाले बताते थे कि एक बार उनके किसी भक्त ने शराब के नशे में उनको छू भर लिया था, जिसके कारण शिवजी ग़ुस्से से तमतमा गये थे और उनके इसी ग़ुस्से के चलते, उनके सिर का ऊपरी हिस्सा फट-सा गया था। अब इस शराब को भी कितना कोसें! इसने जब से इलाक़े में पैर रखा था तभी से पट्टी के लोगों का सारा माल मधुशालाओं में ही तो जमा होता रहा और भगवान् बेचारे फूटी कौड़ी को भी तरस गये थे। गाँव के ही घरभरन सिंह जैसे कुछ 'लाचार' कहे जाने वाले कवियों ने कविवर हरिवंशराय बच्चन की तर्ज़ पर मधुशालाओं के इन शौक़ीनों के जीवन-दर्शन की तारीफ़ में कशीदे तक गढ़ डाले थे, मसलन—

> रोज़ बुलाती रहती मुझको करके इशारे मधुशाला,
> कानों में कुछ बोल सुनाती रहती है ये मधुशाला।
>
> डर जो तेरे भीतर है कुछ ख़ास नहीं है रे बन्दे,
> हमें नये एहसास कराती बाँहों में भर के मधुशाला।
>
> तेरा जीवन तो नश्वर है, काहे को तू अफसोस करे,
> आ क्षण भर बैठें दर्द बाँट लें, कहती रहती है मधुशाला।

मन्दिर के ठीक सामने एक गहरा तालाब स्थित था, जिसके बारे में कहा जाता था कि यह इतना गहरा था कि इसमें सात हाथियों की 'थाह' भी न मिले। बहरहाल इसकी ख्याति दूसरे कारण से थी। किंवदन्ती थी कि एक बार कोई राजा, जो पुराने और लगभग असाध्य कोढ़ का शिकार था, लड़ाई के मैदान से विजय प्राप्त कर वापस लौट रहा था। रास्ते में उसे पाख़ाना लगा। राजा ने पहले

तो इसे अपने स्तर पर ही रोकने की कोशिश की; फिर बेसब्र होने पर अपने इस 'दीर्घ और तीव्र आवेग' के बारे में मन्त्री आदि से मन्त्रणा की। मन्त्री ने राजा को सुझाया–

'मान्यवर...! आपकी धोती से बड़ी है आपकी इज़्ज़त...! और वह मुख़्तसर इसी धोती के संरक्षण में है। अगर एक बार वह प्रजा के बीच में खुल गयी तो आपका और आपके राज्य का सारा वैभव जाता रहेगा। इसलिए सरकार! धोती भले ही ख़राब हो जाये, पर उसे यूँ सरेआम खोलना युद्ध में पराजय स्वीकार करने जैसा और कदाचित् उससे भी विनाशकारी सिद्ध होगा।'

राजा अपने मन्त्री की बात पर अमल तो करना चाहता था, पर उसकी आँतें उसे निरन्तर किसी नये विध्वंस की ओर धकेल रही थीं। जब तक राजा को मन्त्री की बात समझ में आती, उसके पहले ही यह तालाब दिखाई पड़ा। राजा के पास अपने को हल्का करने के अलावा और कोई चारा नहीं था। मल-त्याग के बाद राजा ने जब पानी छूने के लिए हाथ तालाब में डाले तो उसके हाथों की कोढ़ अचानक से सूखने लगी। राजा हतप्रभ रह गया। उसने झट अपने मन्त्री को यह बात बताई और फिर खुश होकर, एक योगी साधक को यहाँ की ज़मींदारी दे दी। बस यहीं से मदारीपुर के वैभव की शुरुआत मानी गयी थी।

तहसील की खतौनी में दर्ज इन्द्राज़ के मुताबिक़ शिव मन्दिर चवन्नी पट्टी की सम्पत्ति मानी जाती थी। इसलिए इस मन्दिर-परिसर में लगे पेड़ों से टपकने वाले एक-एक आम से लेकर खर-पतवार बीनने आने वाली कन्याओं तक पर पहला अधिकार इसी पट्टी का बनता था। ऐसे तमाम अन्य अघोषित 'प्रशासनिक अधिकार' भी फ़िलहाल इसी पट्टी के पास सुरक्षित थे। मसलन पट्टी के युवा इस चीज़ की जानकारी प्राप्त करने में लगे रहते थे कि कौन-सी कन्या ने सोलह बरस का आँकड़ा पार कर लिया है; कौन फ़िलहाल कौमार्य-भंगापेक्षिणी है; किसे अरहर के खेतों में उन्मुक्त अठखेलियाँ करने का शौक़ है; किसके गवने की तारीख़ नजदीक आ गयी है; कौन अभी-अभी अपने साजन के पास से लौटी है–आदि-आदि। 'अज्ञात के प्रति जिज्ञासा' रूपी इस शोध और सन्धान के मूल में अपनी निजी भावनाओं की तृप्ति के साथ-साथ सम्भवतः विदा के कगार पर खड़े चवन्नी पट्टी के पुरुषों की अन्तिम इच्छा के पूरे किये जाने का सद्प्रयास भी सम्मिलित था।

इधर कुछ समय से शिव मन्दिर के प्रांगण की पूरी ज़िम्मेदारी एक नवागन्तुक साधु को सौंप दी गयी थी, जो हाल में ही किसी पर्वतीय प्रदेश से यौगिक-साधना करके लौटे बताये जाते थे। नाम था–भालू बाबा। सुनने में उनका नाम थोड़ा

अजीब ज़रूर लगता था, पर उन्हें देखने पर इसकी विचित्रता पर से सन्देह बिल्कुल ख़त्म हो जाता था। वे आपादमस्तक अपने नामधारी जीव के एकदम करीब थे—वही कद-काठी, वही चाल-ढाल, शरीर पर बालों का वैसा ही झुरमुट, आवाज़ में वही भारीपन, आँखों में वही भूख और वही ख़ौफ़...! बाबा और उनके नामधारी जीव में केवल इतना ही बारीक़ अन्तर बताते हैं कि एक चार पैरों पर चलता था और दूसरा दो पैरों पर; एक अपरिचित भाषा बोलता था और दूसरे ने मनुष्यों के बीच रहकर उनकी भाषा का प्रयोग करना सीख लिया था। कई बार उन्हें देखकर सहज ही यह विश्वास गहराने लगता था कि हमारे आदिपूर्वज निश्चित रूप से भालू या चिंपैंजी ही रहे होंगे। सुनने में आता था कि भालू बाबा अतीत में कभी इसी इलाक़े में चोरी-चमारी करके अपनी जीविका का निर्वाह करते थे, लेकिन एक बार योगियों की किसी टोली का माल उड़ाने के बाद उनके जीवन में कुछ ऐसी अनहोनी हुई जिसने उनका हृदय-परिवर्तन कर दिया और उन्होंने अचानक से संन्यास धारण कर लिया था। तब से संन्यास पर उनका विश्वास हर रोज़ बढ़ता ही गया था।

भालू बाबा स्वयं को साक्षात् शंकर का अवतार मानते आये थे, शंकर की ही तरह नियमित रूप से भाँग और गाँजे को आहार के रूप में ग्रहण करते थे और अपने पास आने वाले सभी युवाओं को भी स्वयं की तरह भाँग और गाँजे के प्रति समर्पित रहने की शिक्षा देते आये थे। कदाचित् इसीलिए वे इलाक़े में 'गाँजा क्रान्ति के जनक' के रूप में विख्यात थे। हालाँकि सुबह की बेला में मदिरा ही उनकी संगिनी हुआ करती थी। आस-पास के गाँव तक के कई युवाओं पर उनके व्यक्तित्व का इतना गहरा असर हुआ था कि कइयों ने तो इसके प्रभाव में आकर घर-बार तक छोड़ दिया था। वे दिन भर मन्दिर के उन्मुक्त प्रांगण में इस कदर बेसुध पड़े रहते थे मानो उन्होंने परमत्व का साक्षात्कार कर लिया हो और अब कोई मोह-माया उन्हें विचलित नहीं कर सकती थी। यह तो नहीं कहा जा सकता था कि उन्होंने अपनी इन्द्रियों पर पूरी तरह से विजय पा ली थी, पर इतना तो तय था कि इन्द्रियों के प्रति उनका रवैया काफ़ी कुछ उपेक्षापूर्ण हो चला था। मसलन पेट की आँतों के निरन्तर पिचकते जाने के कारण भूख अब उनका कुछ न बिगाड़ सकती थी और शरीर की भूख को शान्त करने के लिए अब उनमें आन्तरिक ताक़त ही नहीं रह गयी थी। बाक़ी बची वासना के पास इतनी हिम्मत ही नहीं थी कि वह उनके अवचेतन पर उतरकर उनसे संवाद स्थापित कर सके या किसी भी क्रिया के लिए उनसे निवेदन कर सके। यद्यपि युवाओं के लिए आयोजित बाबा के इस 'सामूहिक हृदय-परिवर्तन आन्दोलन'

के प्रति स्थानीय महिलाओं में उनके प्रति ख़ासा आक्रोश भी था, किन्तु एक तो सामाजिक मर्यादा और दूसरे बाबा की हनक के चलते उन्होंने कभी आक्रामक रवैया अख़्तियार नहीं किया।

लेकिन आज जैसे इन महिलाओं के सब्र का भी असली इम्तिहान होने वाला था। जब उषा ने दस्तक दी तो अरुण ने भी अलसाते हुए अपनी आँखें तनिक खोल दीं। फिर क्या था! रोज़ की तरह शिव मन्दिर के सामने स्थित तालाब में खिले कमल पर भौंरे गुंजायमान होने लगे और मन्दिर के बज रहे घंटों की आवाज़ सुनकर पेड़ों के घोंसलों के भीतर से चिड़ियों ने चहचहाना शुरू किया। इसके साथ ही हमेशा की तरह तालाब में गाँव की महिलाओं की डुबकी भी शुरू हुई, जिनमें ज्यादातर टोलों से ही आती थीं। बताने की ज़रूरत नहीं कि पट्टी को अपने घर की इज़्ज़त के चौखटे से बाहर निकल जाने का ख़तरा था। और पट्टी का यह पक्का विश्वास था कि 'इज़्ज़त तभी तक इज़्ज़त है, जब तक वह चौखटे के भीतर है।' हाँ! यह ज़रूर हुआ था कि देशी मधुशालाओं में व्यस्तता के चलते उनके पास अपने लिए भी समय का अभाव हो चला था और इसी कारण मन्दिर आने वाले पुरुषों में पट्टी से उपस्थित होने वालों की संख्या नगण्य ही थी।

आज भालू बाबा ने अपनी रोज़ की दिनचर्या के मुताबिक़ पहले बासी-मुँह मदिरा का आचमन किया और फिर संगी जनों के साथ चिलम चढ़ाने के बाद परिसर के तालाब के चारों ओर परिक्रमा करने निकल पड़े। यों तो बाबा अपने यौवनकाल से ही नग्न स्त्री-सौन्दर्य के पारखी थे। लेकिन जबसे उन्होंने संन्यास ग्रहण किया था, उनका यह व्यसन एक नये यौगिक आसन में परिवर्तित हो गया था जिसे वे अपने शिष्यों के बीच 'दूरदृष्टिसम्भोग आसन' का नाम देते थे। उनके यौगिक-पन्थ के अनुसार 'यद्यपि शारीरिक सम्भोग सर्वथा वर्जित एवं पापतुल्य है, किन्तु यदि वह सम्बन्धित कर्मेन्द्रिय के बजाय किसी ज्ञानेन्द्रिय से किया जाये तो सारा पाप, पुण्य में परिवर्तित हो जाता है और ईश्वरत्व की सहज प्राप्ति होती है।' इस लिहाज़ से 'दूरदृष्टिसम्भोग आसन' पुण्य बटोरने और ईश्वर के नज़दीक जाने का सबसे सहज एवं आसान माध्यम था। और फिर तालाब में नित्यप्रति नहाने वाली स्त्रियाँ इसके लिए अवसर भी तो प्रदान कर रही थीं...!

बाबा लँगोट धारण करते थे, वह भी कदाचित् इसलिए क्योंकि मदारीपुर का अज्ञानी समाज आज भी शरीर के कुछ अंगों के प्रति भेदकारी दृष्टि रखता था और 'नैतिकता' एवं 'मर्यादा' की रक्षा के लिए इनका ढँका जाना हर-हाल में आवश्यक मानता था। बाबा की यह लँगोट सदैव उनकी कमर के दोनों तरफ़

उभरी हुई हड्डियों के सहारे एक मज़बूत रस्सी के माध्यम से टिकी रहती थी और इस वेश में बाबा कई बार देश-भ्रमण तक कर चुके थे। लेकिन आज जब बाबा अपने उपरिवर्णित आसन का परीक्षण करने में रत थे, तभी न जाने अचानक से ऐसा क्या हुआ कि उनके लँगोट की डोरी ने असमर्थ होकर उनकी कमर का साथ छोड़ दिया। फिर क्या! अपनी इस स्थिति से बिल्कुल ही अनजान, बाबा क्षण भर में किसी दिगम्बर साधु की तरह तालाब के चारों तरफ़ उन्मुक्त-चरण विचरण करते नज़र आने लगे।

औरतों ने बाबा को इस अवस्था में देखा तो ज़रूर, किन्तु क्षण भर के लिए उनके बीच बाबा की इस अवस्था की वास्तविकता को लेकर मतभेद पैदा हो गया। केवटोली की सुपनेखिया ने कहा—

"बाबा भगवान् जइसे है अउर भगवान पर अँगुरी नहीं उठाई जाती, नहीं तो अँगुरिए कटि के गिर जायेगी। ऊ जइसे चाहे वइसे रहे।"

लोहरटोली की अशरफ़ी सम्भवतः बाबा के अतीत के बारे में कुछ-कुछ जानती थी। इसलिए उसे सुपनेखिया के वक्तव्य में थोड़ा सन्देह था। उसने बाबा के बारे में एक नये तथ्य का उद्घाटन करते हुए कहा—

"अरे नहीं री सखी! रमलुआ के बाबू तो कहते हैं कि उससे शरीर न छुआना... बहुत बड़ा मेहरमउगा है, त ऊ गलत थोड़े कहते होंगे?"

इस पर हरिजन टोले की मेघिया ने लम्बी साँस लेकर एक सर्वकालिक सत्य, जो उसके निजी अनुभव के भी काफी क़रीब मालूम पड़ता था, की ओर इशारा किया—"मरद-मरद सब एक ही होत हैं। का बाबा! का भतार!"

अभी यह संवाद चल ही रहा था, तभी अब तक चुप रहकर सारे वार्तालाप को सुन रही एक चौथी स्त्री लेंगड़ी के मुँह से अचानक से ज़ोर की चीख़ निकल पड़ी। सबने पलटकर देखा तो पता चला कि बाबा उनके बेहद क़रीब आ चुके थे और अब उनकी आध्यात्मिकता पर भरोसा करना कतई ख़तरे से खाली नहीं था। अन्य औरतें भी एक ही स्वर में चिल्ला पड़ीं। इस सामूहिक चिल्लाहट से बाबा का ध्यान कुछ भंग-सा हुआ और वे उलटे पाँव मन्दिर की तरफ़ भागे, पर दो-चार क़दम चलकर ही लड़खड़ाकर गिर पड़े। तब तक महिलाएँ एकमत और मुस्तैद होकर उनके करीब पहुँच चुकी थीं। 'बेलन ब्रिगेड' की इन संरक्षक महिलाओं के पास आज बाबा की सेवा के लिए 'पनहीं औषधि' के अलावा और कोई चारा नज़र नहीं आया। महिलाएँ उन्हें पीटती जाती थीं और उन्हें तमाम उपाधियों से नवाज़ती भी जाती थीं मसलन—'लतमरूआ', 'गधे के पूत' आदि-आदि।

बाबा पिटते जाते थे और 'शिव-शिव', 'शंभो-शंभो' पुकारते थे मानो इस

पुकार को सुनकर उनके आराध्य सचमुच उनकी प्राण-रक्षा के लिए आ जायेंगे। पर आज शायद उनके आराध्य भी कहीं मदिरा और भाँग में लीन होकर सो रहे होंगे। इसलिए संकट के समय अपने इस दुर्भाग्यशाली शिष्य की रक्षा वे नहीं कर सके। यही नहीं, महिलाओं की आक्रामकता ने बाबा के उन साथी-संघातियों को भी नहीं छोड़ा, जो बाबा की रोज़ की दिनचर्या में उनके आस-पास मँडराते रहते थे। कहते हैं—'गँजेड़ी यार किसके, दम लगाये खिसके...!' बाबा के इन साथियों में से भी कुछ पिटे और कुछ गिरते-पड़ते चहारदीवारी फाँदकर भाग निकले। पर बाबा वहीं बेसुध पड़े रहे—किसी मरे हुए जीव की तरह...! उनकी हालत ऐसी हो गयी थी कि 'तुमड़ी भी फूट गयी और भिक्षा भी नहीं मिली।'

लेकिन हर समाज में कभी-कभार कुछ भलेमानुष जन्म लेते रहते हैं जो ऐसी किसी घटना के बाद मददगार के रूप में उपस्थित होते हैं। किसी ऐसे ही अनजान अवतारी पुरुष के सहयोग से बाबा पास के सरकारी हॉस्पिटल लाये गये और बेहोशी की हालत में डॉक्टर साहब के चैम्बर के सामने लिटा दिये गये। डॉक्टर साहब अभी ऑपरेशन थिएटर में थे और सम्भवतः गाँव के ही केवटोली के मोहन नामक किसी युवा मरीज़ के गम्भीर ऑपरेशन में व्यस्त थे। हालाँकि ऑपरेशन थिएटर को बाहर से देखने पर यह अपने नाम को चिढ़ाता हुआ ही लगता था। दरअसल, इसमें थिएटर जैसा कुछ भी न था। डॉक्टर साहब के कमरे के भीतर ही एक कोने में एक 'सरकारी चारपाई' डाल दी गयी थी और एक सफेद चादर को बगल की दीवार की खिड़की के सहारे से एक आड़ का रूप दे दिया गया था। सफेद कहे जाने वाले चादर पर ख़ून के इतने धब्बे थे कि कई बार उसके रंगीन होने का भ्रम हो जाता था और फैली हुई चादर में इतने छेद थे कि यदि वह हटा भी दी जाती तो भी वस्तुस्थिति में कोई ख़ास अन्तर नहीं आता। लेकिन इसे बनाये रखना भी एक प्रकार की पेशेगत मजबूरी थी।

ऑपरेशन थिएटर के भीतर चार-पाँच मुस्टंड आदमी, मरीज़ के हाथ और पैरों को इस कदर कसकर पकड़े हुए थे जैसे किसी 'बलि के बकरे' को हलाल करने के पहले पकड़ा जाता होगा। क़ायदे से वे सभी बेहोशी की दवा का मुकम्मल विकल्प प्रस्तुत कर रहे थे। 'बेड' कहे जाने वाले बिस्तर पर 'मोहन' नामक मरीज़ लेटा हुआ था और निरन्तर चिल्ला रहा था। इस क्रम में वह उन सभी मुस्टंडों के बाप-दादाओं का बारी-बारी से नाम लेता जाता था। साथ ही उनके साथ देशी गालियाँ अभिधान के रूप में जोड़ता जाता था और कई बार वह मुस्टंडों तथा उनके पुरखों के आपसी रिश्ते को भी गड्ड-मड्ड कर दे रहा था, जैसे—'हरे सारे! सुकुलवा के दमाद!' 'का रे फोफिया!' 'तोहरे महतारी के!' आदि-आदि। पर मुस्टंडे

भी जैसे इस प्रकार के अवसरों के लिए अभ्यस्त थे और शायद सहनशीलता जैसे भावों को कब का आत्मसात् कर चुके थे। इसलिए ज्यों ही मरीज़ कोई ऐसा उद्‌गार व्यक्त करता था, सभी एक-दूसरे को देखकर मुस्कुरा देते थे। इस पर मरीज़ के तेवर और उच्चारण का स्वर और अधिक आक्रामक हो जाता। लगभग दस मिनट के रगड़-घस्स के बाद डॉक्टर साहब के द्वारा ऑपरेशन की सफलता की घोषणा की गयी। मरीज़ चिल्ला-चिल्लाकर पस्त हो चुका था। अब जाकर उसने डॉक्टर की ओर थोड़ा संकोच की नज़र से देखा। डॉक्टर ने आँखों-ही-आँखों में उसे नीचे पड़ी बाल्टी की ओर देखने को कहा मानो कहना चाहते हों कि 'मोहन बेटा...! जब थैले में ढाई पसर मवाद लेकर घूमोगे तो ऑपरेशन तो कराना ही पड़ेगा, फिर चाहे जितना चिल्लाओ...!'

ख़ैर! ऑपरेशन के बाद जब डॉक्टर साहब माथे से पसीना पोंछते हुए बाहर निकले तो उन्होंने बाबा को इस क़दर बेहाल पसरा हुआ देखकर, फ़ौरन ही उन्हें अन्दर ले चलने को कहा। चूँकि मुस्टंडे अपना काम निबटाकर पिछले दरवाज़े से चले गये थे, इसलिए डॉक्टर साहब की हाँक सुनकर पास में ही बकरी चराने वाले दो-तीन लड़के, जो कई बार आकस्मिक और अवैतनिक तौर पर अस्पताल के वार्ड-ब्वॉय का जिम्मा भी सँभालते थे, दौड़े-दौड़े आये और बाबा को अन्दर ले जाकर लिटा दिया। डॉक्टर साहब ने नज़दीक जाकर बाबा को तनिक ग़ौर से देखा। बाबा के शरीर पर चोटों के इतने निशान थे कि पहले तो डॉक्टर साहब को यही समझ में नहीं आया कि वे इलाज कहाँ से शुरू करें...! काफ़ी सोच-विचार के बाद सहयोगी वार्ड-ब्वॉय की मदद से डॉक्टर साहब ने आनन-फानन में बाबा के शरीर के घावों पर से ख़ून साफ़ किया और उन पर मरहम लगाया। इस क्रम में बाबा की साँसें तनिक सामान्य होने लगीं।

इधर बाबा धीरे-धीरे चैतन्य हो रहे थे और उधर गाँव में औरतों द्वारा बाबा की पिटाई और फिर उनके अस्पताल आने की ख़बर आग की तरह फैली। पूरा गाँव भागते हुए अस्पताल की ओर जा रहा था। कुछ लोग तो केवल इसलिए भाग रहे थे क्योंकि उन्होंने औरों को भागते देखा था। उनमें से एकाध तो जब भागते हुए काफ़ी दूर निकल आये और तनिक लजाते हुए अपने साथी भगेड़ से यह पूछा कि 'हम भाग क्यों रहे हैं भाई?' तो उसने भी हाँफते हुए केवल इतना ही कहा था कि 'अबे भागते रहो! खुदे पता चल जायेगा।' इनमें से ज़्यादातर लोग मौके पर इसलिए नहीं पहुँचना चाहते थे कि वे बाबा से कोई अतिरिक्त स्नेह रखते थे, बल्कि इसलिए क्योंकि बहुत दिनों से उन्हें किसी पर हाथ आजमाने का अवसर नहीं मिला था और वे 'हूँकाचरन' के इस हाथ आये

अवसर को किसी भी कीमत पर नहीं गँवाना चाहते थे। कुछ चालाक लोग इसे 'गाँव में स्त्री-पुरुष समानता की नयी बयार' के रूप में भुनाना चाहते थे और इस बहाने से अपने चरित्र पर लगे स्त्री-विरोधी होने के दाग़ को स्थायी रूप से धो लेना चाहते थे। इसी प्रकार औरों के भी अस्पताल पहुँचने के अपने-अपने वाजिब तर्क थे।

देखते-ही-देखते अस्पताल के पास पूरा मजमा लग गया। बाबा इलाज के बाद हवा खाने के लिए बाहर की एक बेंच पर लिटा दिये गये थे और हर आने वाला उन्हें तरह-तरह की गालियाँ दे रहा था। कइयों के भीतर तो इतना अधिक उबाल था कि वे बाबा के शरीर के बीचों-बीच से ही दो टुकड़े कर देना चाहते थे। भीड़ में भी बाबा की इस दशा को लेकर सबके अपने-अपने मतान्तर थे। किसी ने कहा कि 'बबवा की मति मारी गयी थी, जो उसने ऐसा किया।' किसी का मानना था कि 'बबवा पगला गया है।' कोई कहता कि 'यह तो कभी बाबा था ही नहीं।' कोई लम्बी साँस लेकर सारा दोष भगवान् पर मढ़े दे रहा था–'होइहें सोई जो राम रचि राखा।'

ख़ैर! इतने जघन्य-पाप पर मदारीपुर का पुरुष समाज अपनी ज़िम्मेदारी निभाने से नहीं बच सकता था। भीड़ में से ही किसी ने सुझाया कि 'बबवा को पुलिस के हवाले सौंप दिया जाये।' लेकिन गाँव के ही कुछ 'छिद्रान्वेषी विद्वानों' को यह सुझाव अत्यन्त अटपटा और नागवार लगा। उनके अनुसार 'यह अपनी सेवा के अवसर से पलायनवादिता के अलावा और कुछ नहीं है।' हालाँकि इस बीच हड्डी की गन्धमात्र से एकत्र होने वाले देशी कुत्तों के अन्दाज़ में, एकाध पुलिसवाले भी मौक़े पर पहुँचे, परन्तु वे जनता का मूड भाँपकर चलते बने। अन्ततः मदारीपुर के तमाम बौद्धिक समाज की उपस्थिति में तथा उनके 'समरथ को नहिं दोस गुसाईं' जैसे रोज़मर्रा के जीवन-दर्शन के आलोक में, सर्वसम्मति से यह तय किया गया कि एक नाई बुलाकर बाबा के सिर और मूँछ के बाल मूँड़ दिये जायें और बाबा को किसी ढंग के गधे पर बिठाकर सारे गाँव में घुमाया जाये।

तयशुदा कार्यक्रम के अनुसार ऐसा ही किया गया। पहले बाबा के बाल मूँड़े गये, फिर उनके मुँह पर कालिख पोती गयी; चूने से उनकी एक खूबसूरत मूँछ बनाई गयी और अन्ततः उन्हें गाँव के ही एक योग्य और सम्मानित धोबी छाँगुर के गधे पर बिठाकर गाँव की गलियों में घुमाया गया। बाबा गधे पर अचेत बैठे गली-गली घूमते जाते थे और गाँव के होनहार एवं देश के कर्णधार कहे जाने वाले बच्चे उनके पीछे 'लिहो-लिहो' का उच्चारण करते जाते थे। यह शब्द सम्भवतः 'स्थानीय गालियों का समेकित संस्करण' था। यात्रा के दौरान गधा जब कभी

सुस्ताने की सोचता तो बच्चे उसकी पूँछ के नीचे के हिस्से में धीरे से खोद देते; फिर गधा दुलत्ती मारते हुए और तेज़ दौड़ने लगता। तब बच्चों का उत्साह इतना बढ़ जाता, जितना उनके किसी कक्षा में उत्तीर्ण होने पर भी न होता होगा। कई घंटे की कठिन यात्रा के बाद अन्त में वह अवसर आया जब बाबा का गधा गाँव के सीवान से बाहर निकला। दूर से देखने पर एकबारगी ऐसा भ्रम होता था कि बाबा गधे को लेकर किसी अश्वमेध-विजय पर निकल पड़े हों। तब से बाबा कहाँ गये, आज तक किसी को पता नहीं चला।

3

मदारीपुर में इतनी बड़ी घटना हो गयी थी और वह भी शिव मन्दिर के प्रांगण में; पर दुर्भाग्य से घटना पर त्वरित प्रतिक्रिया के लिए छेदी बाबू गाँव में मौजूद नहीं थे। सम्भवतः वे अपने किसी मुक़दमे की पैरवी के लिए दो दिन से शहर गये हुए थे और आज ही देर रात को लौटने वाले थे। छेदी बाबू चवन्नी पट्टी की शान थे। गोरे-चिट्टे, लम्बी काया के मालिक, उम्र पचहत्तर के पार, परन्तु गाँव के सबसे 'बुज़ुर्ग नौजवान', स्वभाव से हँसोड़, गप्पें मारने में उस्ताद और 'गपाष्टक पुराण' के स्थानीय सम्पादक, बात-बात में गालियों का इस्तेमाल ऐसे-जैसे बाक़ी 'जैराम जी की' के लिए किया करते हैं, ख़तरनाक इतने कि उन्हें देखकर बिल्ली भी अपना रास्ता बदल दे और डरपोक इतने कि अगर बिल्ली रास्ता काट जाये तो तीन दिन तक घर से न निकलें। मगर सब कुछ के बावजूद हर प्रकार की चिन्ता से दूर रहने वाले, हर ग़म को चुटकी में रखकर मसल देने वाले और सबसे बढ़कर स्त्री-सौन्दर्य पर सब कुछ न्योछावर कर देने वाले...!

छेदी बाबू लँगोट के चाहे जितने कच्चे हों, पर ज़ुबान के बिल्कुल ही पक्के थे। बताते हैं कि अपने जवानी के दिनों में छेदी बाबू किसी वेश्या पर मुग्ध हो गये थे और उसके प्रेम में पड़कर अपनी दो सौ बीघे की सीरदारी को लुटा चुके थे। लेकिन आज भी उस वेश्या के प्रति उनका आकर्षण कम न हुआ था। क्योंकि उन्होंने उसके साथ कभी सात फेरों के बिना ही जीवन भर साथ निभाने की कसमें खाई थीं। कई लोग तो दबी ज़ुबान से यह भी कहते पाये जाते थे कि छेदी बाबू आज भी अपने मुक़दमे की पैरवी के बहाने उसी वेश्या से मिलने जाया करते थे। उधर वेश्या को भी छेदी बाबू से सच्चा इश्क़ हो गया था। तभी तो छेदी बाबू का सब कुछ नष्ट हो जाने के बाद भी वह उन पर जान छिड़कती थी और

उनके महीने भर के खर्चे उठाती थी। इसलिए बनिए की दुकान पर छेदी बाबू की चाहे जितनी उधारी रहती हो, पर उनके कुरते में लगे 'माड़ी' और 'टीनोपाल' की चमक देखकर उनकी वास्तविक हैसियत का पता लगाना मुश्किल था।

किसी ज़माने में छेदी बाबू की सामाजिक हैसियत का दूर-दूर तक कोई मुक़ाबला नहीं था। ज़मीन से पाँच फ़ीट की ऊँचाई पर स्थित तीन ओर से घिरा महल जैसा खपरैल का बड़ा-सा घर था और सामने था—बीघे भर का दुआरा। काम करने वाले आगे-पीछे चलते थे—सुबह दातुन देने वाले अलग, नहलाने के लिए अलग, जूता पोंछने के लिए अलग, उसे पैरों में डालने के लिए अलग और खाना बनाने-खिलाने के लिए अलग। फिर हाथी-घोड़ों की देख-रेख करने के लिए अलग से आदमी रखे गये थे। अनाज के लिए बड़े-बड़े खंभार बने थे जहाँ अनाज की छल्लियाँ लगी रहती थीं। पैसों की कोई कमी न थी। शायद उन दिनों छेदी बाबू पर कुबेर कुछ ज़्यादा ही मेहरबान थे। तभी तो उनकी तिजोरी में इतनी अशर्फियाँ बताई जाती थीं जो ख़त्म होने का नाम नहीं लेती थीं। छेदी बाबू कई बार गाँव के 'परधान' रह चुके थे और परधानी के दिनों में उनके घर के ओसारे में सुबह से शाम तक मिलने वालों की भीड़ लगी रहती थी। घर के भीतर एक बड़ा-सा बँगला हुआ करता था, जहाँ छेदी बाबू अपने बराबर की हैसियत के लोगों से बैठकें करते रहते थे।

छेदी बाबू रात को ही लौटे थे और उन्हें आते ही ख़बर से अवगत करा दिया गया था। सुबह छेदी बाबू उठे, दीर्घशंका के लिए ताल की ओर निकल गये और घंटे भर के भीतर ही मुँह में दातून चबाते हुए लौटे। फिर दरवाज़े के नल पर नहाने बैठ गये। अन्दर से धोती आयी; छेदी बाबू ने उसे आधा धारण किया और शेष आधे को अपने कन्धे पर लपेट लिया। फिर लोटे में जल लिया और पहले चबूतरे पर स्थित तुलसी-माता के पौधे को, फिर सूर्यदेव को चढ़ाया। तदनन्तर आँख मूँदकर और हाथ जोड़कर, एक पाँव पर खड़े होकर सूर्य को प्रणाम करने लगे। इस पूरी प्रक्रिया में करीब आधा घंटा लगा होगा। पर छेदी बाबू इसे नियमित रूप से करते आये थे। यह उनके पुरखों द्वारा छोड़ी हुई अन्तिम निशानी थी जिसे वे हृदय से सँजोए हुए थे। पूजा पूरी होने के बाद रोज़ की तरह घर के भीतर से काम करने वाली एक कुमारी कन्या प्लेट में किशमिश और बादाम लेकर प्रकट हुई। छेदी बाबू ने एक नज़र उसकी ओर देखा और इसी क्रम में अपनी दो अँगुलियों से कुछ दाने भर उठा लिए। लड़की प्लेट लेकर अन्दर चली गयी और छेदी बाबू बादाम चबाते हुए देर तक लड़की के पदचिह्नों को निहारते रहे।

धीरे-धीरे छेदी बाबू के क़दम बँगले की ओर बढ़ने लगे। आज भी छेदी बाबू का यह पुराना बँगला नैतिकता को धता बताने वाले तमाम सार्वजनिक बहसों या सामूहिक रूप से किये जाने वाले अन्य असामाजिक कार्यों के लिए ही प्रयुक्त होता था; यद्यपि अब इसमें भाग लेने वाले ज्यादातर उनके भाई-भतीजे ही होते थे। दुनिया की यह अजब रीति है कि 'जब इंसान का समय अच्छा होता है तो उसे किराए के साले भी बहुतेरे मिल जाते हैं, लेकिन समय ख़राब होने पर खोजने पर अपने सगे बहनोई तक नहीं मिलते।' छेदी बाबू भी इस सत्य का रोज़ ही साक्षात्कार कर रहे थे।

बँगले के भीतर देखने पर उस मुहावरे की कि 'खंडहर को देखकर महसूस किया जा सकता है कि इमारत बुलन्द रही होगी,' याद ताज़ा हो जाती थी। बँगले के भीतर का दृश्य ज़मींदारी के स्वयमेव नष्ट होने की कहानी कह रहा था। दो तरफ़ से लकड़ी के सोफ़े रखे हुए थे और उनके बीच में एक बड़ा-सा सोफ़ा अलग से रखा हुआ था। सोफ़े शीशम की मज़बूत लकड़ी के बने जान पड़ते थे, जिन पर इतनी महीन कारीगरी की गयी थी जिन्हें देखकर एक बार तो ताजमहल के शिल्पकार भी शरमा जाते...! यद्यपि लकड़ी पर लगे कपड़े घिसकर जगह-जगह से फट गये थे, जिनके भीतर से गद्दे झाँकते जान पड़ते थे और चूहों के उछल-कूद के लिए एकदम अनुकूल माहौल पैदा कर रहे थे। नीचे जो मोटी-सी कालीन बिछी हुई थी, वह बुरी तरह से घिसकर बदरंग हो गयी थी और उस पर समय के साथ पैरों के छाप तक स्थायी रूप से अंकित हो गये थे। ऊपर की दिशा में खपरैल को ढँकने के लिए जो जाज़िम टँगी हुई थी, वह खपरैल से चूने वाली बारिश की बूँदों के कारण सड़ गयी थी और कई जगह से उसके टुकड़े लटक गये थे। दीवारों पर लगे रंग थोड़े धूमिल और मटमैले से हो गये थे और लम्बे समय से पुताई की अपेक्षा रखते थे। ये सारे उपादान भी मानो छेदी बाबू की ही तरह अपने अन्त समय आने का इन्तज़ार कर रहे थे।

छेदी बाबू बँगले में दाख़िल हुए और दीवार पर टँगे अपने स्वर्गीय बाबूजी की फ़ोटो की ओर नतमस्तक होते हुए धम्म से सोफ़े पर बैठ गये। बमुश्किल चार-पाँच मिनट ही बीते होंगे कि रोज़ की भाँति परिवार के भाई-भतीजे रमई, अंजय, मंजय, सजय, रणंजय, परमोद, विनोद आदि एक-एक करके बँगले के भीतर दाख़िल होने लगे। छेदी बाबू बेऔलाद थे और अपने भतीजों को ही अपनी सन्तान मानते आये थे। छेदी बाबू भतीजों की इस पूरी टीम को 'कमेटी' और अठन्नी वाले इसे 'चूतिया सभा' के नाम से सम्बोधित करते थे। फिलहाल इस कमेटी के अध्यक्ष स्वयं छेदी

बाबू थे। अपने प्रिय भतीजे और गाँव के वर्तमान प्रधान रमई को अन्दर घुसते देखकर छेदी बाबू ज़ोर से बोल पड़े–

'का रे रमइयाऽ...!'

रमई ने चाचा की ओर देखा और थोड़े मुस्करा दिये।

चाचा ने कहा–'आओ बैठो बेट्टा! ई बिजइया कहाँ है? सुबहें से दिखाई नहीं दे रहा है...! सब ख़ैरियत तो है?'

रमई कुछ बोलते इसके पहले छेदी बाबू को ध्यान आया कि उन्होंने यह सवाल तो गलत कैंडीडेट से पूछ लिया। इन दोनों में तो आजकल परधानी की उम्मीदवारी को लेकर बातचीत तक बन्द है। बताते हैं कि बिजई, छेदी बाबू के सगे भतीजे न थे। पर छेदी बाबू उन्हें अपनी जान से बढ़कर मानते थे। दरअसल बिजई उनकी किसी ग़ैर-बिरादरी की माशूक़ा की अवैध सन्तान थे। जब बिजई का जन्म हुआ, ठीक उसी क्षण उनकी अभागी माँ इस दुनिया से चल बसी। नवजात के आगे-पीछे रोने वाला भी कोई न था। इस विकट परिस्थिति में छेदी बाबू ज़माने की परवाह किये बग़ैर उस नवजात को अपने घर ले आये और उसे अपने भाई के नवजात के रूप में प्रचारित करना शुरू किया। यद्यपि यह बात बहुत कम लोगों को मालूम थी; और जिनको मालूम थी वे छेदी बाबू के रसूख़ के सामने कुछ बोलने की हैसियत में न थे। बहरहाल, परमोद ने वातावरण की चुप्पी तोड़ते हुए बिजई की ओर से कमान सँभाली–'चचा! ऊ तनी हरिजन टोला गये हैं–कनवेसिंग करने...!'

छेदी बाबू ने सहमति में सिर हिलाया और अपनी चुनौटी से सुरती निकालकर हथेली पर मलने लगे। फिर उसे झट से नीचे के होंठ के बायीं ओर दबाकर जीभ से एडजस्ट करने लगे। छेदी बाबू अब बहस के विषय को बदलना चाहते थे। उन्होंने माहौल को थोड़ा हल्का करने के लिए हवा में नयी बात उछाली–

"ई भलुआ तो बहुत बड़ा गड़खुल्ला निकला रे! भोले बाबा के दरबार में ऐसी हरक़त कर डाली चूतिये ने! गाँव का पूरा माहौले ख़राब कर दिया!... हाँ! लेकिन आज अठन्नी वाले खूब मजा ले रहे होंगे हमारा...!"

रमई ने चाचा की बात से सहमति जताई और उसमें जोड़ते हुए कहा–"चचा! केवटोली का भगेलुआ बता रहा था कि अठन्नी पट्टी के तीन-चार बड़मनई आये थे–भालू के भयवे का हाल-चाल लेने।"

सुनते ही छेदी बाबू बिफ़र पड़े–"अरे! ऊ सारे का हाल-चाल लेंगे? हाल-चाल के लिए टेट में माल चाहिए हो! घर में भूजी-भाँग नाँही/ससुरारी दिहलें न्यौता! ई कहो कि चढ़ाने-बढ़ाने गये होंगे ससुरे? घबड़ाओ मत बेट्टा! हमें भी अवसर

की ताक है। जइहें कहाँ बेटा-लोग? आजु नाहीं काल्हि...” कहते-कहते छेदी बाबू थोड़ा रुक गये और अचानक से आयी जम्हाई लेने के क्रम में मुँह के सामने चुटकी बजाने लगे।

तब तक बिजई लौट आये थे और अब वे भी वार्ता में सक्रिय रूप से शामिल होना चाहते थे। बैठने के पहले उन्होंने झुककर दोनों हाथों से चाचा के पैर छूए और उनकी ओर ही मुँह करके बैठ गये। उन्होंने चाचा को छेड़ा—

“पर गलती तो हमसे ही हो गयी चचा!”

सुनते ही छेदी बाबू को जैसे टॉनिक मिल गया। बोले—“ग़लती नहीं, अपराध बोलो बेट्टा! क़तल जईसा अपराध...! और इसके ज़िम्मेदार हम हैं—हमारे ही भाई-बन्धु लल्लन, मल्लन और ढिल्लन...! मैंने सबसे कहा था कि इसे भोले-भंडारी के यहाँ मत रक्खो...”

छेदी बाबू का आवेग बढ़ता जा रहा था, जैसे कोई गाड़ी टाप-गियर में डाल दी गयी हो। बोले "...बेट्टा! मैंने लोगों से कहा था कि यह जनावर है जनावर...! इसका हमारे बीच रहना खतरे से खाली नहीं है। लेकिन नहीं! हमरे अपने ही भाई लोगों को लगा कि यह बाल्मीकि बनेगा। अब देखो बाल्मीकि की करतूत...! जवाब दें लल्लन-मल्लन! कहाँ हैं बे दोनों?”

छेदी बाबू लगातार बोले जा रहे थे और धीरे-धीरे वहाँ मौजूद भतीजों को भी इसमें रस मिलने लगा था। तभी मिठ्ठू भाई आ गये। मिठ्ठू भाई की हैसियत यह थी कि वे कभी-भी, कहीं-भी बेरोक-टोक आ धमकते थे। वे ‘कमेटी’ के अकेले ऐसे सदस्य थे जो चवन्नी पट्टी से नहीं आते थे। वैसे तो वे दुअन्नी पट्टी से आते थे लेकिन उनकी घुसपैठ हर पट्टी में थी और उन्हें सभी भाई ही पुकारते थे। यद्यपि सगे तो वे अपने बाप के भी न थे। स्वभाव से वे पक्के मजावादी थे और आनन्द लेने का कोई अवसर छोड़ते न थे। इसके अतिरिक्त उनके व्यक्तित्व की सबसे ख़ास पहचान उनकी नारदीय मेधा थी जिसका इस्तेमाल करके वे एक पट्टी की बातें दूसरी पट्टी के लोगों तक मिर्च-मसाले के साथ पहुँचाते थे। वे आग लगाने तथा आग में घी डालने की विधा में मदारीपुर के इकलौते पीएच.डी. माने जाते थे। उनका यह पक्का विश्वास था कि ‘जब तक सब कुछ जलकर ख़ाक न हो जाये तब तक जलने की सम्भावना सदैव बनी रहती है।’ इसीलिए मिट्ठू भाई को कई लोग दबी जुबान से ‘अगिलगौना’ कहकर भी बुलाते थे। मिट्ठू, छेदी बाबू के थोड़े गुँटलगे थे इसलिए उनसे ठिठोली भी कर लेते थे और छेदी बाबू कभी इसका बहुत बुरा भी नहीं मानते थे। आते ही उन्होंने छेदी बाबू का अभिवादन किया—

“पालागीं हो कका!”

छेदी बाबू आशीर्वाद देने में कहाँ चूकते थे...! बात छूटते ही कहा—"जियो बेट्टा! नाती होखे-छाती पर चढ़े...!"

मिट्ठू भाई को आज की वार्त्ता का सम्भावित मज़मून पहले से ही मालूम था। इसलिए उन्होंने थोड़ा और आनन्द पैदा करने के लिए सायास रसभंग करना चाहा और छेदी बाबू से बोले—

"कका...! जवानी के दिनों में कहानियाँ तो आपने भी बहुते की होगी!"

इतना सुनना भर था कि छेदी बाबू तमतमा गये। बोले—"अभी बैरगिया के यहाँ से मीटिंग करके आ रहे हो, इसलिए अपनी औकात भूल गये हो। घंटे-दो घंटे लगेंगे माथा ठंडा होने में। और सुनो! सीने पर बार होना चाहिए कहानी करने के लिए...! अब मेरी कहानियों का हिसाब तुम लोगे...? शरम करो शरम...! कभी मैं और तुम्हारे बाप एक साथ नंगे गुल्ली-डंडा खेलते थे...! बेहूदा कहीं का...!"

मिट्ठू भाई को समझ में आ गया था कि उन्होंने काका की एकदम सटीक और शायद सबसे कमज़ोर नस दबा दी थी। बस उनका काम हो चुका था। अब उन्होंने थोड़ा नाटक करते हुए, अपनी गुस्ताख़ी के लिए कका से क्षमा माँगी और छेदी बाबू ने हमेशा की तरह बेतक़ल्लुफ़ उन्हें झट से माफ भी कर दिया।

छेदी बाबू को पूरे रौ में देखकर मिट्ठू भाई ने कका से इस विषय पर थोड़ा और विस्तार से प्रकाश डालने का निवेदन किया। हालाँकि बोलते-बोलते छेदी बाबू के मुँह से निरन्तर फिंचकुर निकल रहा था, पर इस आमन्त्रण के बाद बोलने का लोभ-संवरण वे नहीं कर सकते थे। छेदी बाबू पूरे दार्शनिक अन्दाज़ में आ गये—

"बेट्टा! मैं तो कहता हूँ कि तुम संन्यास का रास्ता तब्बे चुनो, जब तुमसे निभ जाये। लेकिन यह एतनों आसान नहीं है! ...अपने भित्तर के जनावर को मारना पड़ता है। मार सकते हो तो आगे बढ़ो। अगर समझते हो कि केवल दाढ़ी बढ़ाकर, लँगोटी पहिनकर और गँजेड़ियों के साथ चिलम चढ़ाकर संन्यासी बन जाओगे, तो बेटा जान लो कि तुम गल्त रास्ते पर जा रहे हो और एक दिन तुम्हारा भी वही हाल होगा, जो भलुआ का हुआ...!!"

छेदी बाबू का व्याख्यान अपने पूरे चढ़ाव पर था। तभी काकी ने भीतर के दरवाज़े पर खड़े होकर लटकी हुई साँकल को ज़ोर से झिंझोड़ा। मतलब साफ़ था कि अब छेदी बाबू के जलपान का समय हो गया था। छेदी बाबू वार्त्ता-क्रम भंग करते हुए बोले—

"अरे! अन्दर आ जाओ। सब घर के ही बच्चे हैं।"

काकी अन्दर आयीं—काँपती हुई काया, सिर पर लम्बा घूँघट, एक हाथ में गन्ने के रस से भरा लोटा और दूसरे हाथ में सादा पानी—और किसी तरह से खुद को सँभालते हुए लोटे को बगल की मेज़ पर रख दिया। भतीजों ने झट

उठकर काकी के पैर छूकर प्रणाम किये और मिट्ठू भाई ने दूर से ही पालागन कर उनका आशीर्वाद प्राप्त किया। काकी भी घूँघट के भीतर से ही सभी को बारी-बारी 'खुश रहो बेटवा' के आशीर्वाद से नवाज़ती रहीं और फिर खड़े-खड़े ही खाली लोटा और गिलास लेकर लौटने लगीं।

जब काकी पिछउड़ हुई तो छेदी बाबू ने अपना व्याख्यान थोड़ी ऊँची आवाज़ में कहना शुरू किया; उद्देश्य यह था कि काकी भी जाते-जाते इस अमर-गाथा को सुन लें। वे बोले—

"...भइया! मैं तो कहता हूँ कि गिरहस्त बने रहने में ही कौन सी बुराई है? मुझे ही देख लो...! बयासी का हो गया हूँ लेकिन आज भी तुम्हारी चाची मुझ पर जान छिड़कती हैं...! मेरी मरदानगी पर अटूट विश्वास है उनको...! मजाल क्या है जो तुम्हारी चाची ने मेरे अलावे किसी और मरद की ओर कभी नज़र उठाकर भी देखा हो...!!"

छेदी बाबू ने बोलने के क्रम में देखा कि चाची दरवाज़े की ओट में खड़ी होकर अपनी तारीफ़ को सुनने की कोशिश कर रही थी। वे अपने प्रयास में सफल हो गये थे। क्षण भर में ही उनके ज़ेहन में अपने जवानी के दिनों की याद ताज़ा हो गयी जब काकी अक्सर ही इस दरवाज़े की ओट से छिपकर उनका ताम-झाम देखती थी। छेदी बाबू भी क्षण भर में मानो अतीत में खो-से गये थे। तभी पिछवाड़े की गली से बच्चों के ज़ोर से चिल्लाने की आवाज़ आयी और छेदी बाबू ने दीवार में टँगी घड़ी की ओर देखते हुए थोड़ा चिन्तित लहज़े में कहा—

"आज जगलेटरवा का भी टाइम हो गया लगता है...अठन्नी को रेज़कारी का ज़खीरा दे के जायेगा ससुरा!"

यह कहते-कहते छेदी बाबू तनिक झुँझलाकर अपनी कुरसी से उठे और भीतर आराम करने चले गये। छेदी बाबू के जाते ही रमई और बिजई, मिट्ठू भाई से बारी-बारी बैरागी बाबू के यहाँ सम्पन्न अठन्नी पट्टी की मीटिंग का ताज़ा हाल जानने की कोशिश में जुट गये।

4

दरअसल छेदी बाबू जिसे जगलेटर कह रहे थे, वह वास्तव में किसी मशीन या यन्त्र के लिए नहीं बल्कि एक जीते जागते इंसान को सम्बोधित था, जिसे मदारीपुर के चुहुलबाज़ों ने पड़ोस के ही एक गाँव उजियारपुर के एक गरीब ब्राह्मण के माथे पर चिपकाकर जगलेटर बाबा (जनरेटर बाबा) का नाम दे दिया

था। वस्तुतः जगलेटर बाबा 'अखिल भारतीय कटोरा महासंघ' के स्वघोषित और आजीवन सदस्य थे तथा भिक्षाटन करके अपना पेट पालते थे। मदारीपुर के कुछ जानकार तो यह बताते थे कि जगलेटर बाबा घर से बहुत सम्पन्न आदमी थे और दुनिया को केवल बेवकूफ़ बनाने के लिए यह काम करते थे। जबकि कुछ विशेषज्ञ लोगों की इस मत से आंशिक सहमति थी और उनका यह मानना था कि किसी ज़माने में बाबा के पास खेती-बारी बहुत हुआ करती थी, पर उनकी काहिली और जाहिली ने उन्हें दरवाज़े-दरवाज़े भीख माँगने के लिए मजबूर कर दिया था।

कुछ नये शोधकर्ताओं के अनुसार ये दोनों ही बातें गलत थीं। असल में किसी ज़माने में जगलेटर के पिताजी ने उनकी बहन की शादी मदारीपुर में कर दी थी। बाबा अपनी बहन के यहाँ आते-जाते उसकी 'छोटी ननदिया' से एकतरफ़ा प्यार कर बैठे। लेकिन बहन के ससुर को यह रिश्ता कतई मंजूर नहीं हो सकता था। सो बाबा का बहन के घर आना-जाना भी प्रतिबन्धित कर दिया गया। पहले तो बाबा, दीदी की ननदिया से उसके दिल का हाल जानने के लिए योगी के भेस में आते रहे; लेकिन जब उसने भी उनसे मुँह फेर लिया और किसी दूसरे के साथ ब्याह कर चली गयी तो उनके लिए जीवन में फिर बचा क्या ! अर्थात बाबा के लिए बैराग ही सबकुछ हो गया। मदारीपुर के शोधकर्ताओं की ठेठ भाषा में बाबा तभी से 'फटकलंडगिरधारी' बनकर घूम रहे थे। लेकिन काश कि बाबा से कोई उनके दिल का हाल पूछता तो वे यह ज़रूर बताते कि कैसे उनके लिए आज भी मदारीपुर की गलियों में घूमना अपने प्रेमी-हृदय के लिए तसल्ली तलाश करने की कोशिशों का हिस्सा-भर था...!

मदारीपुर में उनकी इस पीड़ा को समझने वाला कोई न था। सभी के लिए वे बस चिढ़ौना बनकर रह गये थे। गाँव में पुरानी पीढ़ी के लोग उनके साथ साले-बहनोई का रिश्ता जोड़कर चलते थे, उन्हें 'पहुना' बुलाते थे और उनके गाँव में घुसते ही पूछ बैठते 'हरे सारे पहुनवा...! अपनी बहिनियाँ को कहाँ छोड़ आये!' बाबा बौखलाकर जवाब देते– 'आज तो मैं तुम्हारी दीदी से ही काम चलाऊँगा। उसे मेरे साथ विदा कर दो।' कहते-कहते बाबा किसी 'बिगड़ैल रेडियो' की तरह बुदबुदाते हुए भागने लगते; क्योंकि रुकने का हश्र वे बख़ूबी जानते थे।

नयी पीढ़ी के लोग उन्हें जगलेटर बाबा बुलाते थे। बाबा के इस नये नामकरण के पीछे उनके शरीर के अंग-विशेष का निरन्तर वृहदाकार होते जाना प्रमुख कारण था। बाबा भी जानते थे कि वे एक ऐसी सत्ता को ढो रहे थे जो उनके

किसी काम की नहीं रह गयी थी। तिस पर भी मजबूरी यह कि इसे अन्तिम साँस तक ढोना ही था। यह एक ऐसा मर्ज़ था जिसे बाबा छिपा नहीं सकते थे और इसके प्रगट होने के बाद उनका चिबिल्ली से बचना कतई सम्भव नहीं था। बाबा की इसी उपलब्धि और नामकरण के आधार पर मदारीपुर की नयी पीढ़ी के बच्चे उनसे तरह-तरह की फ़रमाइश करते। कोई उनसे गाँव में बिजली की सप्लाई बढ़ाने की माँग करता, कोई उनसे जले हुए ट्रांसफार्मर का विकल्प पूछता और कोई अपनी परीक्षा के नज़दीक होने पर बिजली की अग्रिम उपलब्धता के बारे में जानकारी हासिल करने की कोशिश करता था।

मदारीपुर ही क्यों...! बाबा की कीर्ति आस-पास के कई गाँवों तक फैल गयी थी। बाबा ज्यों ही एक गाँव से दूसरे गाँव की सीमा में प्रवेश करते, तमाम छोटे बच्चे उनके पीछे-पीछे चलते हुए उन्हें सीवन तक छोड़ने आते-गरियाते, पोंकियाते, छेड़ते और खोदते हुए...! बाबा दोनों टाँग फैलाए, कन्धे पर गठरी लादे और हाथ में डंडा लिए, जिसका उद्देश्य सम्भवतः बच्चों की ओर से किसी प्रकार का आक्रमण होने की दशा में मोर्चा सँभालने के लिए अपने लिए मनोवैज्ञानिक साहस पैदा करना था, भागते चले जाते थे। कई बार जब एकाध छोटा बच्चा बाबा के क़रीब होता तो बाबा उसे लपककर पकड़ भी लेते थे और चेहरे से ऐसा हाव-भाव दिखाने की कोशिश करते थे जैसे उसकी जान ही ले लेंगे। तब सारे बच्चे एक साथ बाबा से मिमियाकर उसे छोड़ने का निवेदन करने लगते। बाबा फिर से ऐसी हरक़त न करने की शर्त पर ही उन्हें छोड़ते थे। लेकिन हाथ से छूटते ही बच्चे फिर वही सब करने लगते। दरअसल बच्चे इसके अभ्यस्त हो गये थे और बाबा भी।

बाबा अपने ऊपर जबरिया थोपे गये इस दूसरे विशेषण 'जगलेटर' से हर हाल में इसी जन्म में मुक्त होना चाहते थे और इसके लिए उनके पास वैद्य आत्मानन्द से बेहतर कोई और विकल्प हो ही नहीं सकता था। शायद इसी लोभ में बाबा मदारीपुर में आते थे। हाँ! मदारीपुर के पुरानी पीढ़ी के लोगों में उनका थोड़ा-बहुत तालमेल गाँव के गौरोहित्य के अन्तिम अवशेष माईराम तिवारी से बैठता था। यद्यपि दोनों में समानता लायक कुछ भी नहीं था—एक आपादमस्तक रामनामी चोला ओढ़े हुए था, दूसरा सिर से पाँव तक फटेहाल; एक की काया शीशे की तरह चमकदार थी, दूसरे की मैल और धूल से सनी हुई; एक के माथे पर सदैव चन्दन का मोटा लेप लगा रहता था, दूसरे के माथे पर नियति की अमिट और विकृत रेखाएँ; एक जन्म से ब्राह्मण था, दूसरा जन्म से अभागा; एक ब्राह्मण समाज में समाज में सर्वत्र समादृत था, दूसरा सभी समाजों में सदैव तिरस्कृत। फिर भी दोनों में एक अबूझ

किस्म का लगाव था, क्योंकि दोनों पेशे से एक-दूसरे के बहुत क़रीब थे—एक राम के नाम पर माँगकर खाता था और दूसरा राम के नाम पर झूठ बोलकर। हालाँकि बहस उनमें भी कम न होती थी। माईराम उन्हें देखते ही कहने लगते—

'रे नीच ब्राह्मण...! तुम्हें अस्सी की उम्र में भी भिक्षा ग्रहण करने में शर्म नहीं आती?...यह समय रामनाम स्मरण करने का है; भिक्षाटन और ऋतुप्रवास करने का नहीं...!'

तब जगलेटर बाबा बोल उठते—'माँग ही तो रहा हूँ! तुम्हारी तरह यजमानों को स्वर्ग-नरक का भय दिखाकर, भेड़-बकरियों की तरह दूह तो नहीं रहा हूँ न...!'

इस नैसर्गिक मित्रता के चलते जगलेटर बाबा यदि मदारीपुर में कहीं सुकूनपूर्वक विश्राम कर सकते थे तो वह थी—माईराम बाबा के ओसारे में रखी वह जर्जर चारपाई, जो सम्भवतः माईराम को किसी मज़बूत जजमान ने प्रदान की थी किन्तु अभागे समय के अन्तराल ने उसमें कुछ और विशिष्टताएँ भी जोड़ दी थीं। मसलन उस पर बैठते ही उसमें से ऐसी आवाज़ें आने लगतीं जैसे कोई छोटा बालक भूख से कराह रहा हो! और इस कराह के साथ ही उसमें से विविध स्वरलहरियाँ इस कदर निकलती चली जाती थीं जैसे विधाता ने उसमें अचानक से शास्त्रीय संगीत के सातों स्वर पिरो दिये हों! फिर चारपाई पर करवट बदलते ही ये सातों स्वर मिलकर किसी विधिवत् संगीतमय वातावरण को जन्म देते हुए प्रतीत होते थे। जगलेटर बाबा सारे गाँव में भागते हुए आते और इस विलक्षण चारपाई को बिछाकर उस पर धम्म से गिर पड़ते। फिर सन्ध्या होने का इन्तज़ार करते ताकि गाँव के कर्णधारों से गालियों का बोझ लिए बग़ैर ही अपने गन्तव्य को लौट सकें।

माईराम यों तो इलाक़े में अपने पांडित्य के लिए जाने जाते थे, परन्तु उनके व्यक्तित्व की एक और अनन्यतम विशेषता थी, जिसके कारण वे हमेशा अपने छोटे जजमानों के बीच ख़ौफ़ और आतंक का विषय बने रहते थे; वह थी—उनकी अत्यधिक भोजन-ग्राहिता। शायद इसीलिए वे हर जगह पंडिताई के लिए नहीं बुलाए जाते थे, क्योंकि उनकी पंडिताई की फीस देना तो सम्भव था किन्तु उन्हें भोजन कराकर सन्तुष्ट करना सामान्य आदमी के बस के बाहर की बात थी। उनके बारे में कहा तो यह जाता था कि जो उन्हें भोजन कराकर सन्तुष्ट नहीं कर पाता था वह स्वयमेव दारिद्र्य को प्राप्त हो जाता था। पर सच्चाई यह थी कि उनको भोजन से तृप्त कराने के बाद आम साधकों का दारिद्र्य आना लगभग सुनिश्चित था। लोग आश्चर्य करते थे कि इतनी दुबली-पतली काया के भीतर इतना सारा अनाज एक साथ कैसे समा जाता था...! कुछ लोग उन्हें लम्बोदर का

दूसरा रूप मानकर सन्तोष कर लेते थे और ईश्वर से यही प्रार्थना करते थे कि 'वह उन्हें ऐसा कोई अवसर न दे कि यह मानवरूपी लम्बोदर उनके यहाँ पधारे।'

माईराम के समकालीन तो यह बताते थे कि दरअसल माईराम के बचपन का असली नाम कुछ और ही था; उनका यह उपनाम तो उनकी इसी अतिशय भोजनग्राहिता के कारण पड़ गया था। बताते हैं कि अपनी युवावस्था में एक बार किसी वैवाहिक कार्यक्रम में उन्होंने इतना अधिक भोजन ग्रहण कर लिया था कि वे ज़मीन से उठ नहीं पा रहे थे और अपनी आँतों में निरन्तर घुलती पीड़ा के आधिक्य के चलते कभी अपनी माँ को 'अरे माईऽ...' बुलाकर और कभी स्वयं भगवान् राम को 'हरे रामऽ...' कहकर चिल्लाने लगे थे। तत्समय इस दृश्य के उनके प्रत्यक्षदर्शी साथियों ने माईराम के मुँह से निकले अमृतवचनरूपी इन दोनों शब्दों को, संस्कृत के किसी अज्ञात सन्धि-सिद्धान्त का उपयोग कर एक नये शब्द 'माईराम' का गठन कर लिया था। तभी से उनका नाम माईराम हो गया था। यद्यपि जब कोई उन्हें सामने से इस नाम से पुकारता था तो वे उसे तमाम देशी गालियों से नवाज़ते हुए चिल्लाकर कहते–'मैं तुम्हारा बाप हूँ, माई नहीं...! भरोसा न हो तो जाकर अपनी अम्माँ से पूछ लो...!'

आज जब जगलेटर बाबा, माईराम के दरवाज़े पर पहुँचे तो माईराम सम्भवतः अपने किसी बड़े जजमान के यहाँ शंख बजाने गये हुए थे। बाबा हमेशा की तरह चारपाई बिछाकर लेट गये और 'सीताराम-सीताराम, सीताराम कहिए/जेहि विधि राखे राम, तेहि विधि रहिए' गुनगुनाते हुए माईराम के लौटने की प्रतीक्षा करने लगे।

एकाध घंटे के इन्तज़ार के बाद माईराम लौटे और अपने ओसारे में जगलेटर को लेटे हुए देखकर दूर से ही बोले–'का रे पहुनवा...! बीमार हो का ऽ...?' फिर बाबा के तनिक नज़दीक आकर ओसारे में पड़ी तखत पर बैठते हुए बोले–'अरे! हमारे शास्त्रों में तमाम असाध्य रोगों से मुक्ति के विधान बताये गये हैं। तुम कहो तो मैं मित्रता की खातिर कुछ कोशिश करूँ?'

बाबा चारपाई पर बेहाल पड़े थे, लेकिन माईराम के इस रूक्ष आतिथ्य से तिलमिला से गये और चारपाई पर अपने बिखरे अंगों को तनिक सहेजते हुए बोले–'पहले अपनी बढ़ती हुई भूख और घटती हुई परतिरथा को रोकने का तो उपाय करो। फिर मेरी बीमारी के बारे में सोचना। मेरा क्या है...! आज यहाँ हूँ। कल सब कुछ छोड़कर काशी चल दूँगा...! मेरे आगे पीछे कौन है रोने वाला...!'

माईराम को बाबा के सर्वस्वत्याग की इस नयी अवधारणा में कुछ शंका नजर आयी। वे तपाक् से बोल पड़े–'कुल कुक्कुर काशी चलि जइहैंऽ, तब हड़िया के टकटोरी हो मरदवाऽ...?'

पर न जाने क्यों अबकी बार बाबा ने माईराम के इन शुभवचनों का तनिक भी बुरा नहीं माना, बोले–

'ससुर के नातीऽ...! बड़े सौभाग से तोहरे दरवाजे पर एक भरमचारी आया है। कुछ खिलाने-पिलाने का इंतिजाम करो...! कि पिछुआरे में अँगुरिए करते रहोंगे?'

बाबा के इस स्वाभाविक और अतिशय मर्यादित निवेदन को स्वीकार करते हुए माईराम ने अपनी अर्द्धांगिनी, जो गाँव में 'पंडिताइन' के नाम से मशहूर थीं, को इशारे से जलपान का इन्तज़ाम करने को कहा। दरअसल पंडिताइन को सारी बातें इशारे से ही समझानी पड़ती थीं क्योंकि वे ऊँचा सुनती थीं। बताते हैं कि किसी ज़माने में पंडिताइन की श्रवण-शक्ति अत्यन्त उच्चकोटि की थी; लेकिन पंडित माईराम द्वारा आदतन अपने घर के भीतर आपसी बातचीत के दौरान भी, यजमानों के यहाँ संस्कृत के श्लोकों जैसा निरन्तर उच्चस्वरीय उच्चारण के कारण पंडिताइन के कान के संवेदनशील पर्दों ने जवाब दे दिया था और अब पंडित घर में लाख चिल्लाएँ, पंडिताइन पर उनका कोई ख़ास असर नहीं होने वाला था। दोनों पति-पत्नी के बीच संवाद का एकमात्र सेतु यह इशारा ही बचा था। माईराम भी धीरे-धीरे इस क्रिया के अभ्यस्त हो गये थे।

ख़ैर! पंडितजी के इशारे के बाद पंडिताइन झट दौड़कर अन्दर गयीं और जलपान की तैयारी में जुट गयीं। इधर माईराम ने बाबा से औपचारिक हाल-चाल के बाद कुछ नया सुनाने को कहा। यद्यपि वे मन-ही मन यह जानते थे कि 'इस हरामख़ोर को चाहे जितना कहो, स्साला पच्चीस साल से वही पुराना राग टेरता है!' उधर माईराम के कहने भर की देरी थी कि बाबा ने तनिक ऊँचे स्वर में अपना फेवरिट निरगुन सुनाना शुरू किया–

नाहीं तोरी चदरिया झीनी रे,
काहें मोहें इहाँ धर दीन्ही रे!

एहि बाजार में राजा सोवै,
परजा बहुतै कराहि के रौवै!

झूठ में सबको बहुतै महारत,
जाति है बड़की इहाँ सुआरथ!

नाहीं मोहें इहाँ कोई चीन्ही रे,
काहें मोहें इहाँ धर दीन्ही रे!!

इधर बाबा निरगुन गाने में व्यस्त थे; उधर थोड़ी देर में पंडिताइन एक

कटोरे में गुड़ के कुछ टुकड़े, गिलास में ठंडा पानी तथा पीतल के लोटे में एक बना-बनाया घोल लेकर अवतरित हुई। जगलेटर बाबा ने गुड़ खाया, ठंडा पानी पिया और इस प्रक्रिया में लोटे की ओर तनिक शंका-मिश्रित निगाह से देखने लगे। माईराम ने बाबा की आँखों में झाँकने की कोशिश की और अचानक से दोनों की आँखें एक हो गयीं। माईराम ने बाबा की आँखों में मौन इनकार के भाव को पढ़ लिया। फिर तनिक दायें-बायें देखकर बोले–

'ले लो भाई! ...ठंडई है! भाँग के साथ केसर, पिस्ता, बादाम–सब कुछ मिला है इसमें...! मैंने आज ही पंडिताइन से मिन्नत करके स्पेसली तुम्हारे लिए ही बनवाया है...पी लो पंडित...! जवानी लौट आयेगी तुम्हारी...!'

जगलेटर बाबा माईराम की आँखों-में-आँखें डालकर तनिक देर तक देखते रहे, फिर थोड़ा गुस्सा दिखाते हुए बोले–'बहिनचोद! यही चाहते हो न कि तुम्हारे गाँव से विदा होने से पहले, धोती खोलकर नंगा नाच करूँ...! बड़ी मोसकिल से शरीर के जिन हिस्सों को अब तक ढँकता आया हूँ, उसे भाँग के नशे में उघाड़ दूँ...! तुम स्साले मदारीपुरवाले कोई भी भरोसे के लायक़ नहीं हो!'

माईराम ने बाबा का, उनके ऊपर से अचानक से इस क़दर विश्वास उठता देखकर कहा–

'निरे बकलंडे हो काऽ...? अरे भकचोन्हरदास! ई भाँग नहीं है, पौष्टिक तत्वों से युक्त यौवनशक्ति को पुनर्जीवित करने वाली संजीवनी है! संजीवनी...! जिसके लिए तुम बैदवा के यहाँ रोजे चक्कर लगाते रहते हो...!'

बाबा ने भावुक मन से कहा–'मुझे भरमाओ मत माईराम! अगर कुछ गड़बड़ हुई तो मेरा मितई पर से हमेशा के लिए भरोसा उठ जायेगा।'

'मितई' और 'भरोसा' जैसे दो भारी-भरकम शब्दों को सुनते ही माईराम के शरीर में अचानक से हरक़त हुई और उन्होंने ठंडई से भरा लोटा उठाकर बाबा के मुँह में लगा दिया। ऐसा होता देख, बाबा अचानक से पीछे की ओर झुके जिसके चलते माईराम लोटे समेत बाबा के ऊपर लुढ़क पड़े। इस पूरी प्रक्रिया में अन्दर से न सही, बाहर से ही सही–बाबा के अंग-अंग ने भाँग का रसपान किया। यद्यपि इस अनिर्धारित और अनियोजित क्रिया के बाद माईराम ने हमेशा की तरह बाबा से क्षमायाचना की, किन्तु बाबा ने अपना बोझा समेटा और–'बभने में तिवारी! गयभा महतारी! लाला में पटवारी! हैजा के बेमारी! कटहर के तरकारी! मुकदमा में फौजदारी! ऊँट के सवारी...! ई सबसे दूरे रहना चाहिए...!' का बुदबुदाहट भरा उच्चारण करते हुए तथा 'एक दिन कुत्ते की मौत मरोगे...!' का अभिशाप देते हुए माईराम के दरवाज़े से निकल भागे।

जगलेटर बाबा कुछ समय पहले तक अपने खास दोस्त माईराम तिवारी और अब 'मइरमवा सारेऽ' के रूप में परिवर्तित हो चुके पंडित के चंगुल से निकलकर, अपनी ताक़ में देर से प्रतीक्षारत शेष युवा शिकारियों में से कुछ के ऊल-जुलूल सवालों का उनकी ही भाषा में जवाब देते हुए तथा कुछ को अगली बार देख लेने की धमकी देते हुए, अपने शरीर पर लदी और जुड़ी दोनों तरह की गठरियाँ समेटकर किसी तरह काँखते-पादते गाँव में ही अपने एक असल रिश्तेदार बदलू सुक्कुल के यहाँ पहुँच रहे थे ताकि रात्रिविश्राम के बाद अगले दिन प्रातःकाल ही बैदजी को अपना मर्ज़ दिखा सकें।

5

बैद आत्मानन्द अठन्नी पट्टी से आते थे और अठन्नी वालों की शान थे। बैदकी उन्हें मूलतः विरासत में मिली थी। वे अपने परिवार के चौथी पीढ़ी के बैद थे—परमात्मानन्द, अन्तरात्मानन्द, जीवात्मानन्द और फिर आत्मानन्द। वैसे तो बैदजी किसी जमाने में इलाहाबाद विश्वविद्यालय से दर्शन शास्त्र में पीएच.डी. थे और आई.ए.एस. की परीक्षा पास कर कलट्टर बनना चाहते थे ताकि वे देश की सच्ची सेवा कर सकें और देशवासियों की समस्याओं को हल करने में उनकी मदद कर सकें। पर यूनिवर्सिटी के शुरुआती दिनों में घटने वाली घटनाओं के साथ कुछ अन्य प्रभावकारी तथ्यों ने धीरे-धीरे उनका हृदय-परिवर्तन करना शुरू किया, ऐसा बैदजी सम्भवतः सिविल सर्विस की परीक्षा में अपनी असफलता पर परदा डालने के लिए गँवई मित्रों के बीच अकसर हाँका करते थे। कई बार फुरसत के क्षणों में बैदजी अपने औषधालय में इस आमूल हृदय-परिवर्तन की कहानी, संस्मरण के रूप में टुकड़ों में सुनाते रहते थे। यदि संस्मरण के इन टुकड़ों को जोड़कर एकमुश्त बनाया जा सकता तो उसका स्वरूप कुछ यूँ होता—

"आप सभी तो जानते ही हो कि ख़ून-खच्चर से तो मेरा दिल बचपने से बहुत 'घबड़ाता' है...! और भइया! मैं तो ऐसे मौकों से कोसों दूर भागता हूँ। अगर कोई घायल हो जाये तो उसके पास जाने से डरता हूँ कि फिर मुझे कौन सँभालेगा? भइया! मैं तो इनवरसीटी में बड़े अरमानों से गया था कि कलट्टर ही बनूँगा। पर दुर्भाग्य देखिए! जिस दिन पहली बार कैंपस में कदम रखा, उसी दिन यूनियन हाल के सामने बंम-धमाका हो गया। आस-पास मौजूद सभी सिर

पर पाँव रखकर भागे और मैं भी भागा। इस भागम-भाग में मेरे पैरों की अमूल्य चप्पल कहीं छूट गयी और इसके साथ ही मेरी क्लास भी। क्लास तो ख़ैर दो-तीन दिन में कांटीन्यू हो गयी पर चप्पल 'ससुरी' नहीं मिली। पिताजी ने अपनी गाढ़ी कमाई से इसे खरीदा था और ट्रेन में बैठा के विदा करते समय इस पर विशेष ग़ौर करने को कहा था।

...बहरहाल, हॉस्टल में चप्पल के अभाव में पूरे महीने मुझे जूते से ही काम चलाना पड़ा। कमरे के भीतर भी जूता ही पहनना पड़ता था। यहाँ तक कि जब सुबह टॉयलेट जाना होता था तब भी वही जूता; मेस में जाना है तब भी वही जूता; शाम को चाय पीने जाना है तो भी वही जूता। मेरे सीनियर्स आँखें फाड़-फाड़ के देखते थे और आपस में बतियाते हुए कहते थे कि 'वो देखो! कहाँ का बन्दर आ गया है स्साला! लगता है माँ के पेट से ही जूता पहन के निकला है...! पूरा लहकट है...!' और मैं उनकी आँखों में रहम के भाव से झाँकता था; मानो कहना चाहता था कि 'माई-बाप! अब तो अगले महीने ही ले पाऊँगा, जब पिताजी पैसा भेजेंगे...!'

धीरे-धीरे मुझे आदत सी हो गयी—जूते की भी और इनवरसीटी में फूटने वाले बमों की भी! कुछ समय बाद तो मेरी हालत ऐसी हो गयी कि यदि कैंपस में किसी दिन बम न फूटे तो सब कुछ अधूरा-अधूरा सा लगता था...! रोज़ नयी-नयी ख़बर! आज कहाँ फूटा तो सीनेट हाल पर; आज कहाँ फूटा तो हिन्दी डिपार्टमेंट के सामने; आज कहाँ तो हालैंड हाल के सामने, आज कहाँ तो केपीयूसी के तिराहे पर...! जहाँ देखो वहीं यह जुमला कि 'दुई बम मार देवे के रहा सारे का...!' पर खूबी यह कि शायद ही कभी किसी की जान गयी हो!

...अब मेरे मन में एक नयी उलझन थी। 'आखिर ये बम चलते क्यों हैं?' इनवरसीटी में नया होने और अपने अन्तर्मुखी स्वभाव के चलते, कई महीने तक मैं इस सवाल को दबाए रहा; लेकिन एक दिन मुझसे न रहा गया। 'किलास' करके लौटते समय मैंने अपने मित्रों के सामने पूरी कोशिश करके यह प्रश्न दाग ही दिया। जवाब तो नहीं मिला पर न जाने क्यों सभी मन्द-मन्द मुस्कराने लगे। तब मेरे एक करीबी मित्र भिखारीलाल को मेरी इस आश्चर्यजनक 'मूढ़ता' से थोड़ी हमदर्दी सी हो गयी। लेकिन बीच-बहस में उसने भी इसका उत्तर लाक्षणिक ढंग से ही दिया- 'सभी विश्वविद्यालयों में बम फूटने के एक ही कारण होते हैं बेटा!' फिर उसने मेरे कान में धीरे से कहा—'लड़की...!'

'...लड़की...!' यह शब्द मेरे कानों में पूरी रात गूँजता रहा और इस कारण मैं रात भर सो नहीं पाया। कई दिनों तक इसी उलझन में पड़ा रहा। सोचता

रहा कि शिक्षा के मन्दिरों का यह हाल केवल इस कारण से? निन्दनीय! अत्यन्त निन्दनीय!! इसे बदलना ही होगा। अन्ततः बड़े सोच-विचार और दिमाग़ी-कसरत के बाद मैं इस निष्कर्ष पर पहुँचा कि पुरुष-समाज में फैली विकृत मानसिकता में बदलाव लाना ही होगा।

...इस घटना के साथ ही अपने आस-पास के वातावरण में मर्दाना कमज़ोरी से अटे पड़े विज्ञापनों ने भी मुझे अपना निर्णय बदलने के लिए मजबूर किया। शहर की गलियों-चौराहों और नुक्कड़ों पर सैक्स की बीमारियों से भरे विज्ञापनों तथा फुटपाथ पर तंबू ताने, भाँति-भाँति की जड़ी-बूटियों के द्वारा 'मर्दाना कमजोरी' को दूर करने वाले यूनानी-बंगाली डॉक्टरों के दावों को देखकर मन अकसर ही व्यथित हो जाता। मैंने महसूस किया कि ये दृश्य तो कमोबेश पूरे देश में आम हैं। देखकर यही लगता जैसे दुनिया के सबसे ज़्यादा 'नामर्द' यहीं बसते हैं। मैं देखता कि आते-जाते लोगों के कदम एक-बारगी दायें-बायें देखकर, थोड़ी देर के लिए इन विज्ञापनों पर अचानक से ठिठक जाते। मुझे लगता कि हर कोई अपनी मर्दानगी को और अधिक मज़बूत करने की चाहत रखता है। अन्ततः मैंने अपने हृदय पर पत्थर रखकर यह निर्णय किया कि यदि मैं अपने समाज के कुछ लोगों को भी इस तरह के मर्ज़ से मुक्त कर सका तो देश की बाकी समस्याएँ तो अपने आप हल हो जायेंगी। कलट्टरी जाये भाड़ में...!

...बाबूजी मेरे इस निर्णय को जानकर बिल्कुल भड़क गये। अम्माँ ने भी मुझे समझाने की लाख कोशिश की कि 'बेटा बैदई में अब कुच्छू नाहीं रक्खा है...! एस्से अब नून-तेल-तरकारी चलाना मोस्किल है।' पर मैं अपने निर्णय पर अडिग रहा। हार मान के बाबूजी ने फोफ्फा को मेरे पीछे लगाया कि 'अब तुमहीं समझाओ चूतिया को...!' मैंने फोफ्फा से बाक़ायदा कह दिया कि यदि तुम लोग मेरे पीछे ज्यादा पड़ोगे तो घर-बार छोड़कर जोगी बन जाऊँगा। फोफ्फा मुझे ठीक से जानते थे। सो उन्होंने बाबूजी को तनिक समझाते हुए कहा—'ऐ सारंम...! लड़के को छेड़ना ठीक नहीं है। जवान हो गया है। उसे अपना निरनय खुदे लेने दो। नहीं तो एक दिन लड़के से हाथ धो बैठोगे!' फिर बाबूजी ने मुझे आगे से कभी नहीं रोका। हालाँकि 'फरजी' नाराजगी वे बहुत दिनों तक दिखाते रहे।"

बहरहाल! वैद्यजी के 'बैद' बनने के पीछे वास्तविक कारण चाहे जो भी रहा हो, पर देखते-ही-देखते वे पूरे इलाक़े में इस तरह के मर्ज़ के एकमात्र सफल चिकित्सक बन गये थे। दरअसल बैदजी का हाथ कई पीढ़ियों से जनता की नब्ज़ पर था। वे अपने पुरखों के अनुभव से यह बखूबी जानते थे कि वे जिस माटी में पैदा हुए थे, वहाँ के बच्चे से लेकर बूढ़े तक का काम-भावना के प्रति

अतिरिक्त लगाव था। इसकी चर्चा करते ही वहाँ के गूँगों की जुबान भी हिलने लगती थी और नितान्त मूढ़, गँवार और लड़खड़ाकर बोलने वाले भी अचानक से साहित्यिक हो जाते थे। यही नहीं, तमाम खटियापकड़ लोगों के शरीर तक में भी हरकत पैदा होते देखा गया था और एकाध वाक़या तो ऐसा भी हुआ बताते हैं जब मुर्दे भी उठकर बैठ गये थे। इलाक़े के तमाम ऐसे रोगियों के लिए बैदजी अब उम्मीद की एक मात्र किरण थे।

धीर-धीरे बैदजी ने अपने शास्त्र-ज्ञान से कई अन्य बीमारियों मसलन दाद, खाज, खुजली से लेकर कैंसर, सिफलिस, गोनेरिया और एड्स तक का अचूक इलाज ढूँढ़ लिया था; ऐसा दावा वे स्वयं करते थे। यद्यपि उनके इस दावे की पुष्टि दूसरी चिकित्सा-पद्धतियों से होना शेष था। क्योंकि एक बार जब कोई मरीज़ उनके यहाँ दाख़िल हो जाता था तो बैदजी उसके ऊपर अपनी मृदुभाषिता की ऐसी कुंडली मारकर बैठ जाते थे कि वह कहीं और जा ही नहीं सकता था। इसलिए फिलहाल इस बात का निश्चय नहीं हो पाता था कि दरअसल मरीज़ अपनी मौत मरा या फिर बीमारी से। हालाँकि चवन्नी पट्टी के कुछ ईर्ष्यालु, बैदजी पर यह आरोप ज़रूर लगाते थे कि उनकी चिकित्सा-पद्धति रोग और रोगी दोनों को एक-साथ मारती थी। लेकिन उनके लिए भी यह सिद्ध करना नामुमकिन था कि वास्तव में रोग ने रोगी को मारा या स्वयं रोगी ने ही रोग के प्रति लापरवाही बरती।

वैसे भी बैदजी चवन्नी वालों की किस-किस बात का जवाब देते...! छेदी बाबू ने तो उनके नाम तक को औरतों का नाम बता दिया था। पर बैदजी की खूबी यह थी कि वे अपना आपा कभी न खोते थे और अवसर-बे-अवसर हर बात का जवाब ज़रूर देते थे। एक बार गाँव के ही इंटर कॉलेज में आयोजित एक शादी समारोह के जनवासे में उन्होंने छेदी बाबू की मौजूदगी में अपने नाम को दार्शनिक तर्कों से सही ठहराते हुए कहा था कि—

"मित्रो! मेरे नाम को लेकर ज्यादा चिहुँकने की ज़रूरत नहीं है। जिन्हें सांख्य दर्शन का क-ख-ग भी मालूम है, वे जानते होंगे कि वहाँ आत्मा को ही पुरुष कहा गया है। लेकिन कामान्धों को तो चौतरफ़ा औरत ही नज़र आती है।" जवाब सुनकर छेदी बाबू मन-मसोसकर रह गये थे।

सांख्य के बाक़ी हिस्से के आत्म-विश्लेषित दर्शन को वे केवल अपने औषधालय में कुछ विशिष्ट और गम्भीर किस्म के मरीज़ों की उपस्थिति में ही बताते थे; मसलन—"...प्रकृति अर्थात् स्त्री भोग्या है और पुरुष उसका भोक्ता...स्त्री का यह दायित्व है कि वह स्वयं को पुरुष के समक्ष भोग के लिए प्रस्तुत करे; और पुरुष की यह जिम्मेदारी है कि वह स्त्री को पूर्णतः तृप्त करने के लिए उसका

उन्मुक्त भोग करे...बिना भोग के मुक्ति नहीं मिल सकती। किन्तु कई बार काम में अन्धी स्त्री, पुरुष को पंगु बना देती है। इसलिए इस भोग के लिए भी, पुरुषों को विवेक-ज्ञान होना अत्यन्त आवश्यक है...! जो पुरुष अविवेकी ढंग से इसमें रत हो जाते हैं, वे रोगों के बन्धन में पड़ जाते हैं और नरक को प्राप्त होते हैं। इस बन्धन से मुक्ति के लिए आयुर्वेद ही एकमात्र-मार्ग है..." आदि-आदि। जगलेटर बाबा भी इन विशिष्ट मरीज़ों में से एक थे।

बदलू के यहाँ रात्रिविश्राम के उपरान्त अगले दिन जब जगलेटर बाबा बैदजी के औषधालय पहुँचे तो वहाँ नज़ारा देखकर क्षण भर के लिए वे भी हतप्रभ रह गये। न जाने ऐसा क्या हुआ था कि 'सौ-सौ जूता खायें/तमाशा घुस के देखें' जैसे प्राचीन मतवाद के सैकड़ों अनुयायी चारों तरफ़ एक घेरा बनाकर खड़े थे और इस क़दर एक-दूसरे को धक्का देकर आगे निकल जाने के लिए जद्दोजहद कर रहे थे जैसे किसी देश में तमाम राजनीतिक दलों के प्रतिनिधि एक-दूसरे के साथ किया करते हैं। मजमा देखकर बाबा को भी थोड़ी जिज्ञासा हुई; हालाँकि वे अपनी सीमाएँ जानते थे। अन्ततः बाबा ने थोड़ा सोच-विचार करने के बाद अपने शरीर के चारों तरफ़ लटके तमाम पोटलियों को सहेजने का असफल उपक्रम किया; फिर तनिक और ऊँचाई पर खड़े होने की जुगत में लग गये ताकि मजमे का असली मन्तव्य जान सकें और उसका आनन्द ले सकें।

उन्होंने देखा कि एक आदमी ज़ोर-ज़ोर से लगातार किसी मन्त्र का उच्चारण करता जाता था, मानो उसके इस कृत्य से क्षण भर में ही मदारीपुर की धरती का भाग्य बदल जानेवाला था! उसे घेरकर खड़े तमाम लोग भी सम्भवतः उसे इसी आशा से निहार रहे थे। बड़े ध्यान से सुनने के बाद बाबा को यह समझ में आया कि दरअसल वह शख़्स कोई और नहीं, बल्कि इलाक़े का ही एक होनहार सँपेरा था और वह अपने मुख से निरन्तर साँपों को पकड़ने वाले किसी मन्त्र का उच्चारण कर रहा था। मन्त्र का स्वरूप कुछ यूँ था—

"चल जोड़ा के-तिरपट के-नागिन के-साँपिन के-डोढ़हाँ के-चीतल के-चली आऽ।
बसहा बाबा हो-पुजमान हो-डिहवार हो-तो नती आ-जंगली हो-तो चलो आऽ।
न मारब-न गरिआइब-जंगल में छोड़ब-मंगल गइबे-मूस-मुसरिन से-भेंट कराइब-चली आऽ।
अरगज बानूहो-गरगज बानूहो-बानूहो सवा लाख तिरफन्न-बेटा छाती फाट के मर जाऽ।
चल जोड़ा के-तिरपट के-नागिन के-साँपिन के-डोढ़हाँ के-चीतल के-चली आऽऽ...।"

मौके पर उपस्थित तथा इलाक़े के अन्य लोगों का ऐसा पक्का विश्वास था कि इस मन्त्र को सुनने के बाद बड़े-से-बड़ा ज़हरीला साँप स्वयं चलकर सामने आ जाता था तथा सँपेरे के सामने 'सिलिंडर' (सरेंडर) कर देता था। बैदजी ऐसे सर्प के विष का उपयोग अचूक औषधियों के निर्माण में करते थे और विषविहीन सर्प को वापस सँपेरे को सौंप दिया जाता था। सँपेरा इन सर्पों को सड़क के किनारे भीख माँगने वाले तमाम हुनरमन्द लोगों को औने-पौने दाम में बेच देता। फिर ये भिखमंगे इन सर्पों को नागदेवता का अवतार बताकर और किंचित् डराकर समाज के आभिजात्य माने जाने वाले लोगों से, जिनमें से अधिकांश कुँवारी कन्याएँ और कुछ महिलाएँ हुआ करती थीं, पैसों की वसूली किया करते थे।

सँपेरे द्वारा आयोजित इस पूरी प्रक्रिया के दौरान बैदजी एक किनारे ध्यानस्थ खड़े थे—'करिया बाभन' की प्रतिमूर्ति, कोंहड़े की तरह उभरी हुई तोंद, शरीर पर वसन के नाम पर एक स्वच्छ धोती, कन्धे से कमर तक लटकता जनेऊ, माथे पर त्रिशूलधारी टीका, सिर के पिछवाड़े में लटकती मोटी शिखा, मुँह में कत्था-चूनायुक्त पान, एक हाथ कमर पर अड़ाए हुए और दूसरे हाथ में पान का डब्बा दबाये हुए...! अचानक से बैदजी की नज़र जगलेटर बाबा पर पड़ी। बाबा बड़ी देर से इस 'वैद्य-दृष्टि' की प्रतीक्षा में थे। वैद्य-दृष्टि का साक्षात्कार होते ही बाबा अभिवादन की मुद्रा में अपने कमर के नीचे की ओर तनिक झुके और बैदजी ने उन्हें अपनी ताज़ातरीन व्यस्तता के चलते बरामदे में ऐसे ढंग से बैठने का आग्रह किया मानो यह कहना चाहते हों कि 'यह सारा उपक्रम उन्हीं के लिए तो हो रहा है।' बाबा भी आश्वस्त होकर बरामदे में बैठ गये।

पता नहीं! सचमुच कोई साँप निकला या नहीं, किन्तु मन्त्र के समाप्त होने के बाद जब सँपेरा औषधालय के पिछवाड़े से लौटा तो उसके हाथ में एक मोटा-लम्बा 'गेहुँअन' साँप लिपटा हुआ था और इस अभूतपूर्व सत्य का साक्षात्कार तत्समय वहाँ उपस्थित सभी भद्रजनों को निरन्तर हो रहा था।

ख़ैर! बैदजी के लिए पूर्वनियोजित और बाक़ियों के लिए इस अघोषित कार्यक्रम की समाप्ति के बाद बैदजी रोगियों की भीड़ को तनिक चीरते हुए अपने औषधालय के पैतृक और पारम्परिक आसन पर आकर बैठे। आसन के अन्तर्गत एक-डेढ़ फ़ीट की चौकी शामिल थी, जो दीवान के सहारे टिकी हुई थी तथा दीवार और चौकी के सम्मिलन-स्थल पर दो हाथ की एक गोलनुमा तकिया रखी हुई थी, जिस पर बैदजी अपनी तोंद को पीठ के सहारे टिकाकर बैठते थे। तकिये को एक श्वेत खोल में लपेटा गया था, जिसके चारों किनारे तो अब भी अर्द्धश्वेत से दिखाई पड़ते थे किन्तु खोल के बीच के भाग बैदजी

के शरीर के पिछले हिस्से के निरन्तर रगड़-घस्स के कारण थोड़े से मटमैले हो गये थे। और हाँ! खोल के भीतर की रूई अगर आज की तिथि में किसी स्त्री जैसी कोई जीवित सत्ता होती तो वह निश्चित रूप से चिल्ला-चिल्लाकर कह रही होती कि 'रे निरबंशी! अब हमसे तुम्हारा यह उत्पीड़न सहा नहीं जाता। मुझे तुमसे हर कीमत पर आज ही तलाक़ चाहिए...! देते हो कि नदी में छलाँग लगाकर जान दे दूँ...!'

अपने इस अद्भुत आसन पर बैठते ही बैदजी ने थोड़ा मुस्कराते हुए, एक नज़र अपने सभी मरीज़ों की ओर दौड़ायी। फिर बाबा से उनका कुशल-क्षेम पूछने लगे, यद्यपि उनके आने का कारण उन्हें पहले से ही मालूम था। बोले—

'कैसे हैं बाबा? सब ख़ैरियत तो है!'

बाबा ने थोड़ी लम्बी साँस भरकर कहा—'अब तोहके का बताईं बैदजी? हमार जिनगी तो फटे हुए बिछावन की तरह हो गयी है। जब तक जीना है, इसे सीना पड़ेगा।'

बैदजी ने अपनी आँखें तनिक बन्द कीं और बाबा की बातों के समर्थन में सिर को दो बार नीचे-ऊपर हिलाया। फिर देर से इन्तज़ार कर रहे एक मरीज़ को देख लेने तक उन्हें इन्तज़ार करने को कहा। बाबा इन्तज़ार करने की स्थिति में बिल्कुल नहीं थे, लेकिन बुढ़ापे का मर्ज़ आदमी से क्या-क्या नहीं कराता...! बैदजी ने दूर देश से आये और एक दिन पूर्व से ही प्रतीक्षारत अपने एक ख़ास मरीज़ को देखना शुरू किया। उन्होंने सबसे पहले मरीज़ से उसका नाम पूछा। मरीज़ ने अपना नाम बताया—

'गुरुजी....! भेली परसाद'।

बैदजी ने अपने कार्यालयीय चेले 'लोढ़ा' को, जिसके व्यक्तित्व का इसी स्थल पर वर्णन करना न तो औषधीय-न्याय के हक़ में होगा और न ही चारित्रिक-न्याय के तथा जिसके चलते लोढ़ा के व्यक्तित्व-वर्णन हेतु पृथक् से स्थान सुरक्षित रखना ही ज़्यादा श्रेयस्कर होगा, इस नये मरीज़ का नाम तत्काल रजिस्टर में दर्ज़ करने का हुक्म फ़रमाया। फिर बैदजी ने भेली से उसके रोग के बारे में अपनी जिज्ञासा प्रगट की। भेली ने थोड़ा रुआँसा होकर बैदजी से कहा—

'गुरुजी! हमके कौनों चीज का सुआद पता नाहीं चलता है...हम बहुत परेशान हूँ।'

बैदजी ने क्षण भर के लिए आँखें बन्द कीं और लोढ़ा से बहत्तर नम्बर की शीशी से दो बूँद दवा भेली के मुँह में चुआने को कहा। लोढ़ा ने झट शीशी खोली और भेली के मुँह में टपका दिया। भेली के चेहरे का रंग और मुँह का स्वाद

अचानक से बदल गया। वह बोल पड़ा—'बैदजी! ई तो पेशाब जईसन नून्छार लगता है। छिनि भर में मनवे दुकइसन हो गया है!'

ऐसा लगा जैसे बैदजी ने भेली की बात को अनसुना कर दिया हो। उन्होंने अपने चेहरे पर तनिक आश्वस्ति का भाव लाते हुए कहा—'देखो! दवा डालते ही तुम्हारे स्वाद की क्षमता कुछ ठीक हो गयी लगती है। थोड़ा और इंतिजार करो!'

इतना कहने के बाद वे बाक़ी मरीज़ों तथा बाबा की ओर मुख़ातिब होने लगे। इस प्रक्रिया में न जाने क्यों अचानक से ऐसा लगा कि भेली उनसे फिर कुछ कहना चाहता हो। उन्होंने पूछा—

'हाँ भाई भेली! बताओ!! अब कैसा महसूस कर रहे हो?'

भेली ने बात छूटते ही कहा—'ए गो अऊर पिराबलम (प्रॉब्लम) है! हमरा मेमोरियो काम नाहीं करता है। एहू खातिर कौनो दवाई मिलि जाता तो बड़ा नीक रहता।'

बैदजी ने उसे बीच में ही रोकते हुए कहा—'लोढ़ा! पाँच-पाँच मिनट के अन्तराल पर इसे बहत्तर नम्बर वाली दवा पुनः चार-चार बूँद पिलाओ?'

भेली बोल पड़ा—'अर्रे गुरुजी महाराज...! फिर वही पेसबवे वाली दवाऽ...?'

बैदजी ने उसे निबटाते हुए कहा—'भेली! लगता है कि दो बूँद की दवा में ही तुम्हारी याद्दाश्त भी ठीक हो गयी है। लोढ़ा के पास दवा का शुल्क जमा कर दो। लेकिन बीमारी को जड़ से खत्म करने के लिए हर तीसरे दिन आना पड़ेगा—तीन महीने तक...!'

भेली ने शुल्क अदा किया और देर तक बैदजी की ओर कृतज्ञ-भाव से निहारता रहा। फिर बैदजी का पालागन कर, मन-ही-मन ईश्वर को धन्यवाद देते हुए अपनी राह चलता बना।

एक मरीज़ को निपटाने के बाद बैदजी अब अपने सबसे 'बीआईपी पेसेंट' की ओर उन्मुख हुए और इशारे से जगलेटर बाबा के दाहिने हाथ को अपनी ओर बढ़ाने को कहा। बाबा ने हाथ आगे किया और बैदजी काफी देर तक उनकी नब्ज़ पर हाथ रखकर शून्य आकाश में देखते रहे। बताते हैं कि बैदजी को नब्ज़ के द्वारा बीमारी और उसका स्तर ज्ञात करने में महारत हासिल थी और इसके द्वारा वे कई बार आधुनिक चिकित्सा-पद्धतियों से की गयी जाँच को भी गलत ठहरा चुके थे। फ़िलहाल आज उन्होंने बाबा की नब्ज़ से हाथ हटाया तो उस समय तक उनके चेहरे का भाव काफ़ी कुछ आशावादी हो चला था; मानो अब बीमारी उनकी गिरफ़्त में थी और उनके लिए अब उसका ख़ात्मा बस कुछ ही दिनों की बात थी। अगले ही क्षण उन्होंने बाबा के कान में सम्भवतः बीमारी की

प्रगति जानने के लिए कुछ पूछा, जिसका जवाब भी बाबा ने उन्हीं की शैली में उनके कान में फुसफुसाते हुए दिया। तत्समय उपस्थित रोगी और अन्य समस्त जन इस अभूतपूर्व औपनिषदिक वार्त्ता के साक्षी बन रहे थे।

वार्त्ता के उपरान्त बैदजी ने मसनद के सहारे टिके अपने बेडौल और भारी-भरकम शरीर को बड़ी ही मुश्किल से पीछे की ओर घुमाया और आधी खुली-आधी बन्द एक अलमारीनुमा कलाकृति के भीतर अपना बायाँ और लगभग काला हाथ अन्दर की ओर पेल दिया। बैदजी के ऐसा करते ही अलमारी के भीतर से अचानक से एक मोटा चूहा, सम्भवतः अपने ऊपर बिल्ली जैसी किसी सत्ता के सम्भावित आक्रमण के डर से, धम्म से नीचे कूद पड़ा और भागने के लिए इधर-उधर किसी बिल की तलाश करने लगा। इस क्षणिक अन्तराल में बैदजी भी थोड़ा सहम से गये और फिर चूहे को ऐसी गम्भीर निगाहों से निहारने लगे मानो उसका उपयोग करके कोई नयी औषधि ईजाद करने की सोच रहे हों...!

चूहे ने जल्दी ही अपने लिए कोई पुराना रास्ता तलाश लिया और बैदजी भी थोड़ा संयत होने की कोशिश करते हुए पुनः अलमारी के भीतर 'ऑपरेशन सर्च' में जुट गये। कुछ ही देर में बैदजी के हाथ बाहर निकले। इस बार उनके हाथ में एक धूल-फाँकती पुस्तकनुमा पांडुलिपि थी। अगर बैदजी की मानें तो इस पांडुलिपि को वैदिक काल के किसी रचयिता ने स्वयं अपने हाथों से उनके परिवार के किसी पुरखे को प्रदान की थी। बैदजी ने झट पांडुलिपि को खोलकर उसमें अपनी नज़रें गड़ा दीं। बमुश्किल दस-बारह सेकंड ही बीते होंगे कि बैदजी ने पुस्तक के दरवाज़े बन्द किये और बायें हाथ की भिंची हुई मुट्ठी को उसके मुख्यपृष्ठ पर दे मारा। परिणाम यह हुआ कि पांडुलिपि के पन्ने फर्श पर बुरी तरह बिखर गये और लोढ़ा मरीज़ों के पैरों के भीतर अपना सिर घुसेड़-घुसेड़ कर इन बिखरे पन्नों को बटोरने लगा। दरअसल बाबा की बीमारी का इलाज करते-करते बैदजी आज किसी ऐसे गूढ़-रहस्य का पता लगाने में सफल हो गये थे जो मानव-जीवन में एक नया प्रकाश भर सकता था; ठीक उसी प्रकार जैसे थामस अल्वा एडीसन के बल्ब के आविष्कार ने भर दिया था।

बैदजी ने बाबा की ओर उन्मुख होकर अपने चेहरे पर थोड़ा आश्वस्ति का भाव लाते हुए कहा—'महाराज! अब आपको दुबारा यहाँ नहीं आना पड़ेगा।' बाबा ने वैद्य कथन की सहमति में अपना मायूस सिर हिलाया, यद्यपि वे बैदजी से पूर्व में भी सैकड़ों बार यह आश्वासन पा चुके थे।

बैदजी आगे बोले—'बाबा! इस बार आपकी दवा में संशोधन किया जा रहा

है। अथर्ववेद में उल्लिखित एक अप्राप्य बूटी का स्वर्णभस्म है। एकदम ब्रह्मास्त्र है। नियमित रूप से दवा का सेवन कीजिए और पन्द्रह दिन बाद चमत्कार देखिए...!'

इतना कहकर बैदजी ने लोढ़ा को इशारे से समझाकर दवा प्रस्तुत करने को कहा। निर्देश पाते ही लोढ़ा ने तमाम छोटी-छोटी डिब्बियों से अबूझ गोलियों को गिनकर निकालना शुरू किया और एक झटके में ही सभी गोलियों को पुश्तैनी प्लेट में रखकर अपने नामधरी यन्त्र के माध्यम से इस कदर पीसना और मिलाना शुरू किया जैसे किसी लोकतांत्रिक देश में चुनाव के पूर्व व बाद में, ढेरों राजनीतिक दल पहले दाँत पीसते और फिर हाथ मिलाते बताए जाते हैं। इस पूरी प्रक्रिया में लोढ़ा को बमुश्किल दो-तीन मिनट लगे और झट पन्द्रह-दूना तीस पुड़िया तैयार हो गयीं।

अन्त में बाबा ने बैदजी की दवा का मूल्य अदा करने के लिए सदैव की भाँति अपने फटे हुए क़ुरते के भीतर हाथ डाला, बटुआ निकाला और चवन्नी-अठन्नी की रेज़ग़ारी का एक भरा हुआ गट्ठर, जो विगत हफ़्ते भर में उनके कटोरे में इकट्ठा हुआ होगा, बैदजी को भेंट स्वरूप प्रस्तुत किया। यह वही गट्ठर था, जिसकी चर्चा छेदी बाबू ने अपने बँगले की बैठक की समाप्ति की घोषणा करते हुए की थी। इस पूरी क्रिया में बैदजी भी कृतज्ञ हुए और बाबा भी! तदुपरान्त दोनों ने अभिवादन में इस क़दर एक-दूसरे के हाथ जोड़े—मानों बाबा कहना चाहते हों कि 'हे भगवान्! यह दवा वास्तव में इतनी कारगर हो कि मुझे दुबारा यहाँ न आना पड़े।' और बैदजी कहना चाहते हों कि 'साँस की अन्तिम डोर टूटने तक बाबा का यह आवागमन यूँ ही चलता रहे...!'

6

कहते हैं—'सन्त के साथ की गयी असन्तई मौत के बाद भी इंसान का पीछा नहीं छोड़ती;' फिर जीते-जी वह लोगों का क्या हाल करती होगी—वास्तव में यह शोध का विषय होना चाहिए। मदारीपुर में भालू बाबा के साथ घटी घटना और उनकी गुमशुदगी को पखवारे भर का समय बीत चुका था और दुर्भाग्यवश अधिकांश लोग उस घटना को लगभग भूलकर नवीन विषयों के अन्वेषण में लग गये थे। यही नहीं, कइयों के द्वारा तो बाक़ायदा 'भालू बाबा अवसान दिवस' की तारीख़ें तक तय कर ली गयी थीं। सही मायनों में घटना को यदि नहीं भूले थे तो केवल इस इलाक़े के शोधी-प्रकृति के वे सच्चे मीडियाकर्मी, जिनकी

घ्राण-शक्ति सड़क पर घूमने वाले आवारा कुत्तों से अधिक तीव्र और संवेदनशील मानी गयी थी।

जब उनकी यह बेचैनी किसी गर्भवती स्त्री की प्रथम प्रसव-पीड़ा के समान असह्य-सी होने लगी, तब अन्ततः उन्होंने यह फ़ैसला लिया कि वे स्वयं मदारीपुर में जाकर वहाँ के निवासियों से साक्षात् रूबरू होंगे और 'आज़ादी के बाद देश के गाँव में हो रहे विकास की पड़ताल' के बहाने भालू बाबा और उनसे जुड़ी घटनाओं की छानबीन करने की कोशिश करेंगे। इसी मिशन को लक्ष्य करके मीडियाकर्मियों की एक तीन-सदस्यीय टोली आज मदारीपुर में दस्तक देने की पूरी तैयारी में थी। यहाँ की सड़कें भी मानो इस तरह के स्वर्णिम आगमन की तैयारी कर रही प्रतीत होती थीं!

काल की दृष्टि से और विषेशकर 'चाल' की दृष्टि से मदारीपुर एक ऐतिहासिक गाँव हुआ करता था। और इस इलाक़े की न केवल सड़कें बल्कि उनके निर्माण में लगे एक-एक कंकड़-पत्थर-ईंट तक अपनी घिसावट और बिखराव से अपनी प्राचीनता का आभास देते प्रतीत होते थे और उनकी वर्तमान दशा को देखकर उन्हें केवल ईश्वर की तरह सम्मान देने अथवा कैशोर्य-प्रेम की मनःस्थिति में ही सड़क जैसे अभिधान से सम्बोधित किया जा सकता था। बहरहाल आस-पास के गाँवों के निवासी इन सड़कों पर चलने के इतने अभ्यस्त थे कि यदि उनमें से ज़्यादातर की आँखों पर पट्टी बाँधकर इन रास्तों पर चलने को कहा जाता तो वे मार्ग में पड़ने वाले एक-एक गड्ढे को सामने आने से पहले ही बता देते!

सड़क कहे जाने वाले इन मार्गों पर चलने का एक अतिरिक्त लाभ यह भी था कि यदि इनसे होकर इलाक़े की किसी गर्भवती स्त्री को प्रसव हेतु अस्पताल ले जाया जाता तो वह अस्पताल पहुँचने से पहले ही बच्चा जन देती थी। इस प्रकार ये सड़कें अघोषित तौर पर न केवल डॉक्टर, वार्ड-ब्वॉय, अस्पताल की सामूहिक ज़िम्मेदारी निभाती थीं बल्कि सरकारी मुलाज़िमों को 'अनावश्यक के सिरदर्द' से मुक्त रखने की कोशिश भी करती थीं। 'संसार के आठवें आश्चर्य' के रूप में घोषित होने की अपेक्षा लिए ये सड़कें फ़िलहाल सरकारी अभिलेखों में राजमार्ग का दरज़ा धारण किये हुए थीं और इस ऐतिहासिक राजमार्ग से होकर जब भारी सामानों से लदा हुआ कोई वाहन गुज़रता था तो मदारीपुर और आस-पास के तमाम गाँवों के निवासी उस वाहन के बोझ को हल्का करने का कोई अवसर नहीं चूकते थे।

एक बार ऐसा वाक़या हुआ बताते हैं कि एक रात को इस रास्ते से गुज़रते हुए काजू-किशमिश-बादाम से लदे एक ट्रक के पहियों ने थक-हारकर और आगे

चलने में असमर्थ होकर, बीच सड़क में अपने हाथ खड़े कर दिये। फिर क्या था! इलाक़े के लोगों ने इस स्वर्णिम अवसर का लाभ उठाने की नीयत से वाहन के ड्राइवर-क्लीनर के ऊपर सामूहिक हल्ला बोल दिया और इस आपसी प्रतिस्पर्धा में लग गये कि कौन-सा शख़्स कम-से-कम समय में, ज़्यादा-से-ज़्यादा माल पार कर सकता है...! हालाँकि अमावस की रात के घुप्प अँधेरे की वजह से इस प्रतिस्पर्धा के वास्तविक विजेताओं के सम्बन्ध में अन्तिम निर्णय तो नहीं हो सका, किन्तु इतना ज़रूर हुआ कि इलाक़े की मज़दूर और मेहनतकश कही जानेवाली महिलाओं ने अपने पतियों-बेटों के साथ मिलकर उनके इस पवित्र कर्म में जमकर हाथ बँटाया। कुछ महिलाओं ने तो बोरों और झोलों के अभाव में अन्तः वस्त्र कहे जानेवाले अपने पेटीकोट के मुँह को एक ओर से बन्द कर तात्कालिक तौर पर न केवल झोलों का विकल्प प्रस्तुत किया, बल्कि उसमें काजू-किशमिश-बादाम ठूँस-ठूँसकर और सिर पर लादकर अपने घर ले आयीं।

इस अभूतपूर्व और अविस्मरणीय आन्दोलन का क्रान्तिकारी परिणाम यह हुआ कि इलाक़े के जिन घरों में अनाज के अभाव में कई दिनों तक चूल्हा तक नहीं जलता था; उन घरों के बच्चे अब आठों पहर काजू-किशमिश-बादाम का सेवन करने लगे और इलाक़े की कुपोषण की समस्या रातों-रात उड़न-छू हो गयी। यही नहीं, दिन भर कटोरे लेकर सड़कों पर घूमने वाले छोटे बच्चों से लेकर भीख माँगने वाले बूढ़े, महीनों तक अपने घर से नहीं निकले और चोरी की घटनाओं में भी गिरावट देखी गयी। दरअसल कुछ ही समय के लिए ही सही, पूरे इलाक़े के कोलाहल भरे वातावरण में अचानक से 'सम्पन्नता का छद्म सन्नाटा' सा छा गया था। लोगों के इस छोटे-से सद्प्रयास का एक प्रभाव यह भी हुआ कि देखते-ही-देखते यह इलाक़ा अब ज़िले के सबसे समृद्ध इलाक़े के रूप में गिना जाने लगा था और सबसे बढ़कर सरकार के मुलाज़िमों ने हमेशा की तरह इस बार भी इस बदलाव को अपने दिन-रात के संघर्ष का परिणाम बताना नहीं छोड़ा।

बहरहाल, तीनों मीडियाकर्मी देश के पटल पर अपना नाम चमकाने वाले इस इलाक़े में पहुँचते हुए अपने को निरन्तर गौरवान्वित महसूस कर रहे थे। पहले मुख्य सड़क, फिर सी-सी रोड, तब पगडंडी और अन्ततः साक्षात् खेतों के बीच निरन्तर मानवीय-क़दमताल या यों कहें कि 'जबरन घुसपैठ से बनी अस्थायी सड़कों' से होते हुए यह टीम मदारीपुर के सीवान तक पहुँचने ही वाली थी। प्रातःकाल का समय था। निशा देवी के विश्राम का और दिनकर देव के जागरण का समय भी हो चला था। समय की इसी स्वर्णिम सन्धिवेला में, जिस तरह की

सन्धिवेला में कभी भगवान् ने नृसिंहावतार रूप धारण कर हिरण्याकश्यप राक्षस का वध किया था, आज तीनों मीडियाकर्मी मदारीपुर पधार रहे थे।

यहाँ के निवासियों को भी मानो इन अतिथियों के आगमन का जैसे पूर्वाभास हो चुका था। तभी तो उन्होंने इस अघोषित आगमन की तैयारी पहले से ही कर रखी थी। दरअसल मदारीपुरवासियों की सबसे बड़ी ख़ूबी यह थी कि वे अपने आतिथ्य-भाव में कभी कमी नहीं आने देते थे, परिस्थितियाँ चाहे कितनी भी प्रतिकूल क्यों न हों! धीरे-धीरे तीनों मीडियाकर्मियों को इसका एहसास भी होने लगा। वस्तुतः सड़क के दोनों तरफ़ निरन्तर सुगन्धि का प्रसार कर रहे ग्रामीणों के मानव-मल के फैलाव से मीडियाकर्मियों ने अब यह निरन्तर महसूस करना शुरू किया कि यहाँ के अधिकांश निवासी वैदिक-ग्रन्थों में उल्लिखित आचार-विचार का पालन करने वालों में से थे और तद्नुरूप ब्रह्मवेला में उठने और खुले आसमान में नैसर्गिक क्रियाओं को अंजाम देने के अभ्यस्त थे। हालाँकि सड़क के ठीक बीचों-बीच सम्पादित ऐसी एकाध क्रियाएँ, न केवल वैदिक रीतियों को बल्कि इस स्वतःस्फूर्त और आत्मनियन्त्रित लोकाचार को ठेंगा दिखा रही थीं बल्कि मीडियाकर्मियों की अग्निपरीक्षा के लिए माकूल माहौल भी प्रदान कर रही थीं।

थोड़ी ही देर में तीनों साथियों को सामने से एक बैलगाड़ी आती हुई दिखाई पड़ी जिसे दो निरीह बैल हाँफते हुए खींचते चले आ रहे थे। बैलगाड़ी के पीछे के तीन-चौथाई हिस्से में सम्भवतः गोबर की खाद लदी हुई थी और आगे के शेष एक-चौथाई भाग में एक मानवाकृति अपने दोनों पैरों को आकाश की दिशा में इस भाव से टाँगे हुए थी मानो सूर्यदेव को यह बताना चाहती हो कि 'यह जो तुम मदारीपुर के निवासियों को रोज़ ही अपने समय के पान्बद होने का एहसास कराते हो, मेरे लिए उसकी हैसियत इन पैरों में फटी बिवाइयों और ताज़े-सने गोबर से अधिक तनिक भी नहीं!'

बैलगाड़ी जब मीडियाकर्मियों के थोड़ा और नज़दीक पहुँची तो टीम के सदस्यों को अचानक से यह एहसास हुआ कि उस पर लेटी हुई ऊर्ध्वमुखी सत्ता अपनी गँवई भाषा में कोई ग्राम्यगीत गा रही थी और इस प्रक्रिया में उसके मुख से धुएँ जैसी कोई चीज़ निःसृत हो रही थी; मानो उसके हृदय में देशप्रेम की आग निरन्तर धधक रही हो! ग्राम्यगीत के बोल कुछ यूँ थे–

'हमरे गाँव की धरती
गोबर उगले
उगले बालू-मिट्टी
हमरे गाँव की धरती...

बैरागी अउर छेदी बाबू
हैं इसकी तो शान रे
दूनों लड़िहें अउर बतइहें
हम होबें परधान रे
जितिहें अबकी कउन रे भइया
बिकि जइहें खेतवा परती
हमरे गाँव की धरती...'

इस मनोरम-दृश्य को देखते ही मीडिया टीम के सदस्यों में अचानक से हर्ष की लहर दौड़ गयी; क्योंकि अब उनको अपने अभियान का मकसद पूरा होता हुआ दिखाई देने लगा। आख़िरकार! उनको अपने कवरेज-कार्य को आरम्भ करने के लिए इससे उपयुक्त पात्र नहीं मिल सकता था। फिर क्या था! अतिउत्साह में टीम के एक सदस्य ने बैलगाड़ी के थोड़ा नज़दीक जाकर गाड़ीवान को आवाज़ दी–

'ऐ चच्चा...!'

इस आकस्मिक आकाशवाणी से गाड़ीवान का ध्यान अचानक से भंग हुआ और वह एक झटके में ही अपने वाहन पर उठकर खड़ा हो गया। इस क्रिया से क्षण भर में बैलगाड़ी में नधे बैलों का न केवल सन्तुलन बुरी तरह बिगड़ गया बल्कि उनके कन्धे पर समानान्तर तौर पर रखी हुई मोटी 'थुन्ही', एक ओर बँधे बैल के कन्धे से स्वयमेव उतरकर उसके गले के नीचे लहराने लगी, जिसका स्वाभाविक परिणाम यह हुआ कि दूसरा बैल एकाएक घुटनों के बल नीचे बैठ गया। फलतः पहले बैल के सामने भी ऐसी ही क्रिया को दुहराने के अलावा कोई और चारा नहीं रह गया।

वास्तव में यदि किसी भी स्थान और कालखंड में इस घटना का निष्पक्ष ढंग से विश्लेषण किया जाता तो यह पूरी घटना किसी मामूली गाड़ीवान के लिए भी 'सार्वजनिक अपमान' से कम न होती। पर यह गाड़ीवान जिस ग्राम का निवासी मालूम पड़ता था वहाँ के जीव-जन्तुओं तक में आतिथ्य-मर्यादा का संस्कार रगों में ख़ून बनकर दौड़ रहा था। बहरहाल! गाड़ीवान ने क्षण भर में ही सब कुछ भुलाकर पहले अपने दायें-बायें देखा और तदनन्तर बिना कुछ बोले ही मीडिया के सदस्यों को इस कदर ग़ौर से निहारने लगा जैसे किसी थाने के दीवान, एफ.आई.आर. की निःशुल्क नकल लेने पहुँचे मुवक्किल को देखकर निहारा करते हैं। इस 'निहार-क्रिया' में उसने अपने होंठों के बायें किनारे पर दबी और लगभग बुझ चुकी बीड़ी को ज़ोर से साँस लगाकर इस कदर अन्दर की ओर खींचा मानो किसी यौगिक आसन का सम्पादन कर रहा हो। तत्पश्चात् उसने अवशिष्ट बीड़ी

के टुकड़े को एक ओर फेंकते हुए अपने भीतर के धुएँ को नाक के दोनों छिद्रों से बाहर निकालते हुए पूछा–

'कौन चच्चा? हमार नाम लोढ़ा है...! लोढ़ालाल...! बईद लोढ़ालाल...!'

तब तक मीडिया टीम के सभी सदस्य आत्मविस्मृत और भौचक मुद्रा में, एकटक इस ईश्वरीय कृति को निहारने लगे थे। इस 'निहार-क्रिया' के भी कुछ तात्कालिक और वास्तविक कारण थे। दरअसल, लोढ़ा प्रकृति की विकृति का अद्‌भुत नमूना था। उसे देखकर ऐसा लगता था जैसे बनाने वाले ने बड़े ही बेमन से सारे अंगों को जैसे-तैसे चिपका भर दिया हो! उसके कुछ अर्जित चारित्रिक विशेषणों के कारण उसका सौन्दर्य द्विगुणित हो गया लगता था। मसलन उसकी बायें हाथ की अँगुलियाँ, नाक के दोनों छिद्रों में बारी-बारी से सफाई अभियान में संलग्न रहती थीं तो उसका दायाँ हाथ सदैव दोनों जाँघों के सन्धि-स्थल पर उत्पन्न खुजली का समूल-नाश करने में लगा हुआ था।

बताते हैं कि एक बार मदारीपुर के कुछ लतख़ोरमिज़ाजी किस्म के विद्वानों के बीच चले 'दैहिक-शास्त्रार्थ' के दौरान उसने बीच-बहस में यह सुन लिया था कि 'खुजलाने से खाज मिटती है।' सम्भवतः इसी वेदवाक्य को ध्यान में रखकर उसने प्रथम बार खुजलाने का मन बनाया था। खाज तो खैर नहीं गयी, पर खुजलाने की आदत उसके जीवन का अभिन्न हिस्सा ज़रूर बन गयी। अब उसकी मनःस्थिति ऐसी हो गयी थी कि वह बिना भोजन के तो कई दिन गुज़ार सकता था, पर खुजलाए बिना एक मिनट भी रहना उसके लिए असम्भव था। खुजलाने में मानो उसे दैवी अनुभूति होती थी। हालाँकि जबसे उसने बैद आत्मानन्द के यहाँ 'कंपाउंडरी' का काम सँभाला था, तब से उसकी इस क्रिया की तीव्रता में कमी देखी गयी बताते हैं।

फिलहाल आजकल वह सारा दिन बैदजी के दवाखाने में बूटियों के मिश्रण तैयार करने में और सुबह-शाम उन्हीं के चचाजात भाई बैरागी बाबू के सिरवार के तौर पर, उनके दरवाज़े पर बँधे गोरुओं के सानी-पानी की ज़िम्मेदारी निभाने में बिताता था। आज सुबह-सुबह वह बैरागी बाबू के दरवाज़े पर महीने भर से जमा की गयी गोबर की खाद को लेकर उनके खेतों की ओर ही जा रहा था कि रास्ते में इन मीडियाकर्मियों से मुठभेड़ हो गयी। बहरहाल दूसरे मीडियाकर्मी ने थोड़ा साहस जुटाते हुए लोढ़ा से पूछा–

'चच्चा...! ई बैलगड़िया में का लादे जा रहे हो?

लोढ़ा प्रश्न सुनकर अचानक से आगबबूला हो गया। बोला–'देखो भइया! तुम लोग हम्में चाहे जेतना रूपैय्या देइ दो, लेकिन ई गोबरवा हम तुमको नाहीं

देइ सकते। ई माल तो बैरागी बाबू के खेतवे में जायेगा...! हम अपने मालिक के साथ कौनों धोखा नाहीं कर सकते। असामी हैं हम उनके...! हमारा कान् काट के गाड़ा हुआ है उनके दरवज्जे पै! चाहे तो अपनी आँखि से देखि लो...!'

लोढ़ा की इस सादगी पर, मीडिया टीम के तीसरे सदस्य ने लोढ़ा को बीच में ही टोकने की गुस्ताखी कर डाली। बोला–

'चच्चा! हम आपका गोबर खरीदने नहीं; आपका हाल-चाल लेने आये हैं।'

चूँकि पिछले कुछ दिनों से लोढ़ा का हाज़मा ख़राब चल रहा था और बड़ी मुश्किल से बैदजी के 'हिंग्वाष्टकादि चूर्ण' के भरोसे कुछ-कुछ नियन्त्रित होने की प्रक्रिया में था; इस कारण उसे मीडियाकर्मियों की यह बात कुछ हज़म नहीं हुई। वह थोड़ा शंकाग्रस्त होकर बोला–'काहें भइया? हम तोहार रिश्तेदार तो हैं नहीं! फिर हमरा हाल-चाल काहे लेना चाहते हो? एतना बड़ा गाँव है। किसी अऊर का लेई लो! हमारे पास टेम नहीं है। अभी लउट के बैद महाराज के यहाँ जाना है...!' इतना कहकर लोढ़ा बेतकल्लुफ़ अपनी बैलगाड़ी की ओर चल पड़ा।

उधर लोढ़ा की इस आकस्मिक व्यस्तता का लाभ उठाकर, उसके दोनों बैल पास के ही एक खेत में खड़ी गेहूँ की फसल को, न केवल ऊपरी सिरे छाँटकर उनकी ऊँचाई को एक समान करने की क्रिया में, बल्कि सम्बन्धित खेतिहर को उसके मज़दूरी इत्यादि के अनावश्यक खर्चों और रोज़-रोज़ के खेती-बारी में सिर खपाने जैसे तमाम झंझटों से भी मुक्त करने के अभियान में एक साथ जुट गये थे। लोढ़ा ने उन्हें ऐसा करते देखकर ज्यों ही अपने हाथ में पड़े बैलों के 'उसमें'(?) खोदने वाले बाँस के पैने को हवा में लहराकर 'आँव-आँव' जैसे किसी वैदिक मन्त्र का उच्चारण किया, दोनों ही बैल अचानक से अपनी 'पौधचरन-क्रिया' को चमत्कारिक ढंग से बीच में ही छोड़कर बैलगाड़ी की ओर वापस लौट पड़े।

लोढ़ा ने सरपट दोनों बैलों को पूर्ववत् बैलगाड़ी में नाधा और प्रस्थान करने से पूर्व अपनी कनखियों से मीडियावालों की ओर एक अन्तिम नज़र दौड़ाया। सच मानिए! यह मीडियाकर्मियों की आँखों में व्याप्त निरीहता ही रही होगी, जिसने लोढ़ा को अपने निर्णय पर पुनर्विचार करने को मजबूर कर दिया। फलस्वरूप लोढ़ा अचानक से अपनी धोती को समेटते और सँभालने की कोशिश करते हुए, हालाँकि अब उसमें समेटने-सँभालने लायक कुछ ख़ास शेष नहीं रह गया था, मीडियाकर्मियों की ओर लौटते हुए चिल्लाकर बोला–

'अच्छा...! चलो लेई लो...!'

लोढ़ा के इस आकस्मिक हृदय-परिवर्तन से टीम के सदस्यों के उत्साह का ठिकाना नहीं रहा। हालाँकि अब उनके इस उत्साह में घबराहट का तत्व इस क़दर घुल-सा गया लगता था मानो वे किसी मामूली गाड़ीवान का नहीं, देश के प्रधानमन्त्री का इंटरव्यू लेने जा रहे हों...!

मीडियाकर्मियों द्वारा आनन-फानन में पास के ही एक छायादार बरगद के वृक्ष के नीचे अपना सारा तामझाम फैला दिया गया। इस समय वृक्ष की शाखाओं की सन्धियों पर लगे तमाम घोंसलों में विविध प्रजातियों के पक्षी अपनी नित्य-क्रिया से निवृत्त होकर कलरव-क्रिया में रत थे और सारा वातावरण उनके कोलाहल से गुंजायमान हो उठा था। वृक्ष की एक दिशा में मधुमक्खियों ने एक बड़ा-सा छत्ता भी लगा रखा था। सम्भवतः आज की ही विशेष तिथि में छत्ते की रानी मक्खी ने अपने नर साथी से प्रजनन करने के लिए आठ नर साथियों का मल्लयुद्ध भी आयोजित कर रखा था।

जिस दिशा में मीडियाकर्मियों का यह सारा उपक्रम चल रहा था, उसके ठीक विपरीत दिशा में 'कभी भी स्कूल का मुँह न देखने' का आरोप झेल रहे तथा गाँव के 'आवारा' कहे जाने वाले बच्चे, अपने पशुओं को चराने के बहाने से बरगद की शाखाओं से झूलती लटों से लटककर सम्भवतः कोई नया खेल सीख रहे थे। इस खेल के साथ ही वे एक अतिरिक्त सामाजिक कार्य यह भी कर रहे थे कि ज्यों ही उस रास्ते से कोई साइकिल सवार गुजरता था, वे लटों से झूलते हुए अचानक से उसके सामने आ जाते। तब कई बार वह साइकिल सवार अपने वाहन सहित ज़मीन पर लुढ़क पड़ता। परिणामस्वरूप देखते-ही-देखते बच्चों का अपने खेल की तकनीक के प्रति आत्मविश्वास कई गुना बढ़ जाता। और यदि कभी कोई साइकिल सवार अपने साथ हुए इस बरताव से बिदक कर उन्हें दौड़ाने ही लगता तो वे भागते हुए पास के खेत में बिखरे माटी के ढेलों से उस पर सामूहिक हमला बोल देते। अन्ततः जब हार मानकर सवार गाली देते हुए लौटने लगता तो वे उसे और चिढ़ाने के लिए एक स्वर होकर—'पाड़े नाना पाँव लागी/ गड़ियाँ में घाव लागी, पाड़े पडुक्की/मछरी के टुक्की, ओय पहाड़ी/लोएँ-लोएँ/ चिल्लर काटे/टोएँ-टोएँ'—जैसे पारम्परिक काव्य-पुच्छों का इस्तेमाल करके उसके ज़मीर को कुरेदने की कोशिश करने लगते। प्रत्युत्तर में वह सवार अपनी रोनी सूरत के साथ उन बच्चों की माँ के साथ अपने पुराने काल्पनिक सम्बन्धों का हवाला देने लगता! बावजूद इसके, बच्चे इस तरह के आरोपों से बेपरवाह अपने काम में लगे रहते थे।

ऐसे ही विलक्षण स्थान पर लोढ़ा का इंटरव्यू होने जा रहा था। क्षण भर में

ही संयत होने की कोशिश करते हुए एक मीडियाकर्मी ने कैमरा ऑन किया और दूसरे ने माइक लोढ़ा के मुँह के पास ले जाकर सटा दिया। तमाम अपरिचित यन्त्रों को देखकर लोढ़ा अचानक से बिदक गया। बोला—

'अरे मोरे भइया! हमार हाल-चाल लेने आये हो कि नसबन्दी करने! ई तार-वार काहें फैला रहे हो माई-बाप?'

स्थिति को थोड़ा अनियन्त्रित होता देखकर अब मीडिया के तीसरे सदस्य ने मोर्चा सँभाला—'चच्चा! हम आपको टीवी पर दिखाएँगे!'

लोढ़ा बैरागी बाबू के मुँह से कई अवसरों पर 'टिब्बी' का गुणगान सुन चुका था। इसलिए वह अचानक से सतर्क हो गया और अपने बालों को सँवारने लगा। बहरहाल सवाल-जवाब का सिलसिला शुरू हुआ। एक मीडियाकर्मी ने लोढ़ा की मुट्ठी में बीड़ी का बंडल देखकर, उसके संख्या-ज्ञान से ही साक्षत्कार का आरम्भ करना मुनासिब समझा। बोला—

'चच्चा! सतहत्तर, अठहत्तर और उनहत्तर बीड़ी के तीन बंडलों में से, संख्या में कौन अधिक होगा?'

सुनते ही लोढ़ा बिफ़र पड़ा—'काहें का सतहत्तर हो मोरे राजाऽ? एक बंडल में केवल बीसे देते हैं बनिए स्साले!'

दूसरे ने पूछा—'अच्छा! यह बताइए कि यह बीड़ी आपकी सेहत को नुकसान नहीं पहुँचाती?'

लोढ़ा ने इस सवाल का जवाब एक गँवई कहावत के सहारे बड़े ही स्वाभिमान भरी भाषा में दिया। बोला—

'राजा पिएँ गाँजा,
तमाखू खालें चोर!
सुरती खालें चूतिया!
थूकेलें चारू ओर...!'

तीसरे साथी ने छेड़ा—'...मतलब?'

लोढ़ा ने समझाया—'मतलब ई मोरे भइया कि बीड़ी अऊर गाँजा तो बड़मनइन के निसानी है...!'

मीडिया वालों को बात समझ में आ गयी। एक ने विषयान्तर करने की कोशिश में दूसरा भारी-भरकम सवाल दाग दिया—'आपकी उम्र काफ़ी लगती है। आपने गुलामी भी देखी होगी। आज़ादी के पहले और बाद में आपने क्या अन्तर महसूस किया?'

प्रश्न सुनकर लोढ़ा को ख़्वामखाह इंटरव्यू देने के अपने निर्णय पर पछतावा होने

लगा। तमतमाकर बोला–'अरे मालिक! हम किसी अज्जादी-वज्जादी-हरामजाद्दी को नहीं जानते। हमार ई लँगोटी, तोहरे ऊ कंठलँगोट से भी टैट है। हमने तो अपनी मेहरी लेंगड़ी देवी को छोड़कर, किसी और की मेहरिया को कब्बो आँखियो उठाकर नहीं देखा...! समझे की नाहीं...!'

सवाल जारी था–'...अच्छा छोड़िए! देश की प्रगति के बारे में आपकी क्या राय है?

लोढ़ा बोला–'अब ई देस कौन है साहेब?'

'...मतलब! आप किस देश में रहते हैं?'

'...हम कौनों देस-भेस में नाहीं रहते...हम तो एही मदारीपुरवे में टाटी-मड़ई डालकर रहते हैं गोरुजी...!'

'ओ.के.! ओ.के.! सरकार के बारे में आपकी क्या राय है?'

'...भइया! हमरा हाल-चाल लेई रहे हो कि कौनों मोकद्दमे में फँसाने की तैयारी कर रहे हो? न जाने कवन-कवन चोर-उच्चकों का नाम लिए जा रहे हो...! मोहें सर्कार-वर्कार के बारे में कुच्छू नाहीं मालूम है हो...!'

'अच्छा! आप चुनाव में वोट तो देने जाते होंगे न!!'

'भोट दें तोहार बाप!! हमका भोट से का मतबल? जेका वोट चाहिए वो हमरा घर पर आता है...! अऊर साड़ी-कंबल-रामरस सबका इन्तिजाम करता है महीने भर...! अगर चुनाव में आठ आदमी खड़ा है तो आठों इन्तिजाम करते हैं स्साले...! अब हम एक को अपना भोट 'कंफायर' (कन्फर्म) करके, अपना एतना सारा नोक्सान काहें कराएँ? ...किसको भोट देना है अऊर किसको नहीं देना है, हम ओहमें अपना माथा नाहीं खपाते हैं। लास्ट में जेके बैरागी बाबू कहते हैं ओहके भोट दे देते हैं...! अऊर भोट में रक्खा भी का है? भोट देने से हमरी तकदीर बदल जायेगी काऽ?'

'वोट ही हमारी तकदीर बदल सकता है...!'

'...देखो! हमें चूतिया न समझो... !...अगर तुमको भोट चाहिए तो साफ-साफ बताओ...! कौन पारटी है तुम्हारी?...दाम लगेंगे इसके...! 'फीरी' में कुच्छू नाहीं मिलता है आजकल...! 'बरमबाबा' का 'वो' भी बिना दाम दिये मिलना मोस्किल हो गया है हो...!'

इंटरव्यू निरन्तर अपने चरमोत्कर्ष की ओर बढ़ रहा था और न केवल मीडियाकर्मियों को, बल्कि लोढ़ा को भी इसमें अब अच्छा-ख़ासा मज़ा आने लगा था। इतने में न जाने ऐसा क्या हुआ कि पास में ही खेल रहे बच्चों द्वारा किसी साइकिल सवार के ऊपर चलाने के लिए लगे ढेले के निशाना चूकने के कारण और उसके मधुमक्खी के छत्ते पर लग जाने की प्रतिक्रिया में अथवा

रानी मक्खी द्वारा अन्तिम रूप से अपने नर साथी का चयन न कर पाने के आक्रोश में, मधुमक्खियों की पूरी टीम ने मीडिया के सदस्यों सहित लोढ़ा पर एकाएक हमला बोल दिया। आक्रमण इतना आवेगमय, सघन और संकेन्द्रित था कि कुछ सेकंड के लिए तो किसी को कुछ भी समझ नहीं आया कि 'आख़िर माजरा क्या है?'

और जब समझ में आया तो जो जहाँ था, वहीं से सिर पर पैर रखकर भागा। लेकिन मधुमक्खियों की टीम ने हमेशा की तरह एक सुनियोजित युद्ध-रणनीति के तहत अपनी सेना को चारों ओर बिखेरने के बजाय, भागते हुए शत्रुओं में से किसी एक शत्रु पर हमला करना ज्यादा उचित समझा। दुर्भाग्य से मधुमक्खी-सेना ने जिसे अपना वास्तविक शत्रु समझा, वह कोई और नहीं बल्कि लोढ़ा ही था। फिर क्या था...! मधुमक्खी-सेना ने सर्वप्रथम लोढ़ा के सिर से गरदन तक के हिस्से को पूरी तरह से ढँक लिया। परिणाम यह हुआ कि लोढ़ा की आँखों के सामने न केवल घुप्प अँधेरा छा गया बल्कि वह चिल्लाता हुआ बेतहाशा इधर-उधर खेतों में भागने लगा। जब भागते हुए उसके सिर से कुछ मधुमक्खियाँ अलग हो गयीं तो उसने देखा कि कोई एक शख़्स इस पूरी घटना से बेख़बर सड़क के किनारे साइकिल खड़ी करके अपने पाजामे की डोरी खोलकर आराम की मुद्रा में मूत्र-त्याग करने में लगा हुआ था। लोढ़ा ने न आव देखा न ताव और 'बचईहऽ हो मोरे दादा...!' कहते हुए दौड़कर उसके शरीर से लिपट गया। परिणामस्वरूप राहगीर अपने खुले पाजामे की डोरी पकड़े हुए ही औंधे मुँह गिर पड़ा। मधुमक्खी-सेना अब इस राहगीर को अपना अगला शत्रु समझकर उस पर टूट पड़ी और बड़ी मुश्किल से लोढ़ा के शरीर के कुछ हिस्सों को आक्रमण से मुक्त किया।

बच्चे सदैव की भाँति थोड़ी दूर स्थित टीले पर बैठकर इस पूरी घटना का आनन्द ले रहे थे और मीडियाकर्मी, जो भागते हुए थोड़ी दूर निकल गये थे, वापस लौटकर लोढ़ा का कुशल-क्षेम पूछने लगे। लोढ़ा खेतों के बीचों-बीच अधमरा-सा होकर लेट गया था और तन्द्रा टूटने पर बीच-बीच में बुदबुदाता जाता था–

'का रे सारे भलुआऽ...? ससुर के नाती...! पूरे गाँव में हमहीं मिले थे तोहकेऽ चाँपने के लिए!!'

मतलब साफ़ था। लोढ़ा अपने साथ घटी इस पूरी घटना का स्पष्ट दोषारोपण पहले ग़ायब हो चुके और गँवई मान्यता के अनुसार अब शैतान का रूप धारण कर चुके भालू बाबा पर मढ़े दे रहा था। मीडियाकर्मी भी इस घटना से भीतर तक हिल गये थे और उन्हें समझ नहीं आ रहा था कि विपत्ति की इस वेला में वे क्या करें...!

7

गाँव में यह ख़बर आग की तरह फैली कि 'शहर से नसबन्दी करने वालों की एक टीम आयी है और इस समय दक्षिणी सीवान की ओर खुले खेत में लोढ़ई की जबरन नसबन्दी चल रही है...!', 'बारी-बारी से गाँव के सभी पुरुषों की नसबन्दी की जायेगी और जो नहीं कराएगा उसे मुकद्दमा लड़ना पड़ेगा' आदि-आदि। इस काल्पनिक तथ्य को हमेशा की तरह इस बार भी ख़बर के रूप में फैलाने का काम किया मदारीपुर में 'चतुर बुरबकवा' के नाम से मशहूर इमरजेंसी 'यादो' ने; जो तत्समय पास के ही किसी खेत में दीर्घशंका-समाधान के लिए गया हुआ था और जिसके बारे में गाँव के युवा अकसर यह कहते पाये जाते थे कि 'वह पूरे गाँव में अकेला अहीर है, बाक़ी सभी आदमी हैं।' गोया अहीर, मानव और पशु से भिन्न ईश्वर निर्मित जीवों की कोई तीसरी कोटि हो!

गाँव के युवाओं के बीच इमरजेंसी के इस फिरंगी नाम के प्रति ईर्ष्या के साथ-साथ नामकरण के पीछे छिपे तथ्यों को लेकर भी किंचित् मतभेद देखा गया था। एक वर्ग यह मानता था कि उसका जन्म आज़ादी के बाद देश में लागू इमरजेंसी व्यवस्था के दौरान, जब जीवन की लगभग प्रत्येक सामाजिक और व्यक्तिगत गतिविधि पर प्रतिबन्ध लगा दिया गया था, चमत्कारिक ढंग से हो गया था। जबकि कुछ अन्य शोधपसन्द युवाओं की मानें तो चूँकि इमरजेंसी की उत्पत्ति उसके माँ के गर्भ से महाभारत कालीन योद्धा कर्ण की भाँति बिना किसी नियोजित प्रयास के, दैवी सत्ता की तरह स्वतःस्फूर्त ढंग से हो गयी थी; इस कारण उसका यह नामकरण किया गया होगा। बहरहाल इमरजेंसी का काम गाँव में घटने वाली हर सम्भावित घटना, विचार-विमर्श और यहाँ तक कि काना-फूसी को भी बिना किसी लाग-लपेट और संकोच के निर्भीक ढंग से सभी के बीच प्रसारित करना था। इस मामले में वह जितना क़रीबी छेदी बाबू का था, सम्भवतः उतना ही बैरागी बाबू का भी।

लोढ़ा के नसबन्दी की ख़बर बैरागी बाबू के कानों तक भी पहुँची। बैरागी बाबू अठन्नी पट्टी से आते थे। यदि वैद जी अठन्नी की बौद्धिक शक्ति थे तो बैरागी बाबू अठन्नी की राजनीतिक शक्ति। उनके राजनीतिक आदर्श थे सम्राट चन्द्रगुप्त मौर्य के मन्त्री और सदैव से ही ब्राह्मणों के आदर्श माने जाने वाले पंडित चाणक्य—जिनके 'साम-दाम-दंड-भेद' जैसे तमाम सिद्धान्तों को बैरागी बाबू ने मानों आत्मसात कर लिया था और उनकी नीतियों को वे अकसर अपने तरीक़े से

विश्लेषित करते तथा आपसी विचार-विमर्श में प्रगट करते रहते थे। बैरागी बाबू के समकालीनों की मानें तो उनके माथे पर सदैव चन्दन का टीका विराजमान हुआ करता था और वे किसी ज़माने में शिव-भोले के बड़े भक्त हुआ करते थे तथा गाँव के दक्खिन में स्थित प्राचीन शिव मन्दिर में बारहों महीने जल चढ़ाया करते थे। किन्तु कालान्तर में चवन्नी वालों से कुछ मतभेद के चलते उन्होंने न केवल अपना आराध्य बदल लिया था बल्कि गाँव में ही एक नया हनुमान मन्दिर भी स्थापित करवा लिया था। इस स्थापना के बाद से बाक़ी चीज़ों के साथ ही अठन्नी और चवन्नी वालों के कुल-देवता भी अलग-अलग हो गये थे।

गाँव के युवाओं में बैरागी बाबू की लोकप्रियता छेदी के मुक़ाबले थोड़ी ज़्यादा थी। गाँव के होनहार नौजवान बैरागी बाबू के तारीफ़ में अकसर ही कसीदे गढ़ते पाये जाते थे और उनके व्यक्तित्व के भी इतने आयाम थे कि उन्हें संक्षेप में विश्लेषित कर पाना सम्भव न था। फिर भी थोड़े शब्दों में इतना ज़रूर कहा जा सकता था कि वे स्वभाव से धीर-गम्भीर-अन्तर्मुखी थे; अपने उसूलों के बिल्कुल पक्के थे; जो ठान लेते थे उसे किसी भी कीमत पर पूरा करके ही दम लेते थे; विपरीत परिस्थितियों में भी अपना आपा नहीं खोते थे; सक्रिय राजनीति से निर्लिप्त रहते हुए भी 'राजनीति के चाणक्य' थे; 'यारों-के-यार' थे; गाँव की सभी भौजाइयों के 'जन्मना देवर' थे; हृदय से कवि और 'गाँव के एकमात्र सेक्सपीयर' थे तथा इसके अलावा और भी न जाने क्या-क्या थे! हालाँकि उनके पूरे व्यक्तित्व पर उनके भीतर का साहित्यकार बुरी तरह से छाया हुआ था। बताते हैं कि अपने कॉलेज के दिनों में उन्होंने अतिउत्साह में एक प्रसिद्ध हिन्दी उपन्यास 'आवारा मसीहा' का अपनी स्थानीय भाषा में 'बरबाद लवण्डा' नाम से एक उत्कृष्ट अनुवाद भी कर डाला था।

उनके साथ ठिठोली करने के लिए, सम्राट अकबर के दरबारियों की भाँति नवरत्नों की एक टोली अकसर मौजूद रहा करती थी—जिनमें मुख्यरूप से माथाकुँवर, नागेश्वर उर्फ नगई, सीरा काका, खब्बू पाड़े, गुरुघंटाल, भौकाली भाई, करैली गुरु, केला मिसिर और एक स्त्री सदस्या मन्नोरानी उर्फ मनरखनी आदि थे। हालाँकि मनरखनी की भूमिका शेष आठ नवरत्नों से थोड़ी अलग थी, जिसका मूल कारण छेदी बाबू की मदद से उसके स्वर्गवासी पति द्वारा स्थापित पान की वह दुकान थी जहाँ छेदी बाबू के टीम के मेम्बरान भी कभी-कभार अपनी बैठकें आयोजित किया करते थे। इसलिए 'मनरखनी बैरागी बाबू के क़रीब होकर भी केवल उनकी ही नहीं थी और छेदी बाबू की न होकर भी थोड़ी-थोड़ी उनकी भी थी।' इस प्रकार अघोषित तौर पर ही सही मनरखनी अपने नाम को भी किंचित सार्थकता प्रदान कर रही थी।

बैरागी बाबू के इन नवरत्नों की अपनी कुछ ख़ास और जन्मजात विशेषताएँ थीं। ऐसा लगता था कि विधाता द्वारा उनका इस धरती पर अवतरण केवल इसलिए कराया गया था ताकि वे शेष प्राणियों को समय-समय पर इस तथ्य से अवगत करा सकें कि 'सामने वाले ने अपने जीवन में क्या-क्या गलतियाँ कीं'। मसलन, यदि गाँव का कोई भी शख़्स उनसे बिना पूछे हुए किसी नये काम को ठान लेता तो वे तुरन्त उसके घर जाकर बताते कि 'इसे फलाँ तरह से किया जाये, तो ज़्यादा बेहतर होगा।' या फिर यदि कोई आदमी अपने किसी काम को पूरा करके राहत की साँस लेना चाहता तभी वे प्रगट होकर उसे समझाने लगते कि 'आपके प्रयास में क्या-क्या कमियाँ रह गयीं।' और यदि किसी गाँव वाले ने भूल से भी कोई ऐसा काम कर लिया जिसकी भनक उनमें से किसी को न लगी, तब तो वे सारे गाँव में सामने वाले के व्यक्तित्व की इतनी सारी कमियाँ बता डालते थे जितनी उसके सगे बाप को भी मालूम न होंगी।

मदारीपुर के कई मूढ़, अज्ञानी और पट्टीवादी मानसिकता से ग्रस्त पूर्वाग्रही लोग इन नवरत्नों को 'लखैरा,' 'औघड़,' 'निठल्ले,' 'गिरहकट,' 'लहकट,' 'बेहया,' 'लतख़ोर' और न जाने किन-किन विशेषणों से सम्बोधित करके उनके सामाजिक महत्व को अनावश्यक रूप से कम करने की कोशिश करने में लगे रहते थे। पर वास्तविक तौर पर इनके लोकसंग्रही योगदान को नकारा नहीं जा सकता था। उदाहरण के तौर पर यदि गाँव का कोई 'बड़मनई' गलती से ही सही उन्हें अपना सहयोग देने के लिए अपनी एक तर्जनी उँगली भी पकड़ा देता तो वे कसकर उसका 'पहुँचा' पकड़ लेते थे और लाख मशक्कत के बाद भी छोड़ते न थे। या यदि वह इंसान एक बार भी उन्हें अपने साथ किसी ख़ास कार्यक्रम में लेकर चला जाता तो अगली बार से वे बिना बुलाए ही उसके वाहन की अगली सीट पर बैठे मिलते थे। ऐसा करके धीरे-धीरे वे अपने व्यक्तित्व को सामने वाले के व्यक्तित्व के साथ इस क़दर विलीन कर लेते थे कि ज्यों ही वह आदमी हँसना, रोना या खाँसना चाहता तो उसके पहले ही वे उसकी साँसों की गति भाँपकर हँसने, रोने या खाँसने लगते थे।

इन तमाम योग्यताओं के बावजूद इन नवरत्नों की सबसे ख़ास विशेषता यह थी कि वे सदैव अपने लिए निर्धारित क्षेत्र में ही चहलकदमी करते थे; कभी एक-दूसरे के क्षेत्र में जबरन घुसपैठ करने की कोशिश नहीं करते थे। लेकिन उन्हें अपने क्षेत्र में पराजित करने वाला कोई दूसरा 'माई का लाल' पैदा नहीं हुआ था, इसे गाँव का बच्चा-बच्चा तक जानता था। बैरागी बाबू इन नवरत्नों की प्रतिभा के हद दर्ज़े के कायल थे। उनके यहाँ चलने वाले रोज़ाना लंगर में

इन नवरत्नों को सदैव ही मुफ्त भोजन उपलब्ध होता था तथा उनके बँगले में बिछी चारपाइयाँ इनके द्वारा स्वयं को नित्यप्रति मसले जाने का किसी किशोरवय कन्या की भाँति इन्तज़ार किया करती थीं।

बताते हैं बैरागी बाबू किसी ज़माने में छेदी बाबू के लँगोटिया यार हुआ करते थे। उनकी इस यारी की नींव बचपन में अखाड़े में कुश्ती खेलते हुए एक-दूसरे की लँगोट फाड़ने के दौरान उस समय पड़ गयी थी, जब दोनों कुश्ती के दौरान लगभग नग्न से हो गये थे और तत्समय खेल देख रहे दर्शकों के बीच से आकस्मिक तौर पर रेफरी के रूप में प्रगट हुए कुछ बड़े-बुजुर्गों ने बड़ी मुश्किल से दोनों को 'जोड़ा-पारी का योद्धा' घोषित कर उनके बीच 'सट्टे-पट्टे' कराते हुए खेल का समापन कराया था। तब से लेकर वर्षों तक दोनों के बीच ऐसी 'मितई' चलती रही कि वे लँगोट से लेकर सिर पर सजने वाली टोपी तक एक ही रंग और साइज़ की धारण करते थे और ज़माना उन्हें 'लँगोटिया यार' कहने लगा था।

वंशानुक्रम के अनुसार पद में छेदी बाबू चाचा लगते थे और बैरागी बाबू भतीजा। इलाक़े में चाचा-भतीजा की दोस्ती की कहानियाँ खूब मज़े लेकर कही और सुनी जाती थीं। लेकिन कहा जाता है कि 'जो चीज़ जितनी मीठी होती है, उसमें कीड़े भी उतनी ही जल्दी लग जाते हैं।' विधि का विधान देखिए...! दोनों की दोस्ती की मिठास को भी जल्दी ही पट्टीवादी स्वार्थ का कीड़ा लग गया और उनकी दोस्ती में दरार पड़ गयी। तबसे दोनों एक-दूसरे को देखना तो दूर, एक-दूसरे की परछाईं तक से घृणा करते थे। और इसका स्वाभाविक परिणाम यह हुआ कि बैरागी बाबू चाणक्य-नीति के मुताबिक़ इस मत के समर्थक हो चले कि 'हर मित्रता के पीछे कोई स्वार्थ ज़रूर होता है'। और उधर छेदी बाबू जो कभी आपसी सम्बन्धों को लेकर इतने बेपरवाह हुआ करते थे कि 'केला भी बिना छीले हुए खा लेते थे,' अब 'रसगुल्ला भी छीलकर खाने लगे थे।'

बैरागी बाबू को लोढ़ा लाल के जबरन नसबन्दी किये जाने की ख़बर मनराखन देवी की पान की दुकान पर मिली। बैरागी बाबू इस समय श्रोताओं के बीच 'पाशविक प्रेम में निहित मानवीय तत्व' विषय पर व्याख्यान दे रहे थे। व्याख्यान अपने पूरे चढ़ाव पर था कि इतने में उनके नवरत्नों में से एक केला गिसिर ने बैरागी बाबू के थोड़ा नजदीक़ आकर उनके कानों में फुसफुसाते हुए कुछ कहा। सुनते ही बैरागी बाबू झट उठ खड़े हुए और श्रोताओं से अगली बैठक में 'मनुष्यों के बीच व्याप्त पाशविकता' पर प्रवचन देने की बात कहकर नवरत्नों के साथ उस दिशा में चल पड़े जहाँ लोढ़ा लाल की नसबन्दी की प्रक्रिया चलने की ख़बर आ रही थी।

बैरागी बाबू घटनास्थल की ओर भागे चले जा रहे थे और मन-ही-मन यह सोच रहे थे कि '...आख़िर गाँव में बे-मौसम नसबन्दी की टीम क्यों आयी है? पिछली बार जब नसबन्दी की महामारी फैली थी तब तो उन्होंने उसमें बूढ़े-जवान, तमाम पात्रों-अपात्रों सबकी नसबन्दी करवा दी थी, ताकि सरकार द्वारा दिये जाने वाले फंड का एक भी रुपया वापस न जाने पाये। फिर यह नयी नसबन्दी टीम...? अभी उनके दिमाग़ में यह मन्थन चल ही रहा था कि इतने में उन्हें लोढ़ा दिखाई दे गया। बैरागी बाबू ने दूर से ही देखा कि लोढ़ा को तीन आदमी घेरे हुए खड़े हैं, लोढ़ा घायल-परेशानहाल तथा पसीने से तर-बतर है और ज़मीन पर लेटे हुए कराह रहा है। उन्होंने तेज़ी से क़दम आगे बढ़ाते हुए टीम के सदस्यों को रोकते हुए कहा—

'क्यों नाहक परेशान करते हो बूढ़े आदमी को? ...कोई और नहीं मिला तुमको? ...किससे परमीशन लेकर कर रहे हो यह सब?'

मीडिया टीम के सदस्य इस हुंकार से क्षण भर के लिए ठिठक गये और उनमें से एक ने अपने को थोड़ा सँभालते हुए अपना जवाब दाख़िल करते हुए कहा—'दरअसल, हम लोग गाँव के विकास के...'

बैरागी बाबू ने उसकी बात को बीच में ही काटते हुए और थोड़ा डाँटते हुए कहा कि '...नसबन्दी करने से गाँव का विकास नहीं हो जायेगा।'

नसबन्दी शब्द से मीडिया टीम के दो सदस्य बिल्कुल ही अनभिज्ञ जान पड़ते थे। तीसरे ने अपने माथे पर ज़ोर डालकर उसका अंग्रेज़ी रूपान्तरण ढूँढ़ने की कोशिश की और तत्काल ही अपने बाक़ी साथियों को इससे अवगत कराया। पर तीनों ही दोस्त इस स्थान पर इस शब्द के प्रयोग के औचित्य को समझ नहीं पाये। काफी देर तक चली बहस के बाद दोनों पक्ष एक-दूसरे को वस्तुस्थिति से अवगत कराने में समर्थ हो सके। बैरागी बाबू ने झट लोढ़ा को बैदजी के यहाँ भिजवाने का उपक्रम किया और मीडिया वालों के मदारीपुर पधारने के मन्तव्य को जानने में लग गये। मीडिया वालों ने अपने आगमन के बारे में बैरागी बाबू को पूरे विस्तार से बताया। तब जाकर कहीं बैरागी बाबू सन्तुष्ट हुए।

हालाँकि स्थिति के थोड़ा अनुकूल होते ही मीडिया की टीम बैरागी बाबू से एक नया निवेदन करने लगी। वस्तुतः सभी मीडियाकर्मी यह चाहते थे कि बैरागी बाबू मीडिया के माध्यम से 'देश के विकास और गाँव में आये बदलाव' विषय पर अपना मत रखें।

काफी मान-मनौवल और हुज्जत के बाद बैरागी बाबू इसके लिए राज़ी हुए। शर्त यह थी कि यह साक्षात्कार इन खेतों में नहीं, बल्कि गाँव के सरकारी पाठशाला

के प्रांगण में सम्पादित होगा। मीडिया टीम के सदस्यों के पास इस शर्त को मान लेने के सिवा कोई और चारा नहीं था। बहरहाल बैरागी बाबू अपने चेलों के साथ प्राइमरी पाठशाला की ओर चल पड़े और पीछे-पीछे मीडिया की टीम भी। रास्ते में जो भी इस अद्‌भुत दृश्य को देखता वह उनके साथ हो लेता; ठीक उसी प्रकार जैसे किसी युग में राम के वनवासगमन के समय सभी ग्रामवासी उनके पीछे-पीछे भागते चले गये थे।

लगभग डेढ़ किलोमीटर की दूरी तय करने के बाद सभी उस स्थान पर पहुँचे, जो इलाक़े में सरकारी शिक्षा का एकमात्र केन्द्र था। किसी ज़माने में पाठशाला के चारों तरफ एक बाउंडरी बनाई गयी होगी, जो अब जगह-जगह से टूट गयी थी जिसके कारण उसके मुख्यद्वार और अनुषंगी द्वारों में भेद करना मुश्किल हो गया था। पाठशाला के इकलौते मास्टर जगरोपन, जिन्हें बच्चे प्यार से 'माट्स्साब' और कई बार उनकी अनुपस्थिति में 'जगरोपना' भी कहकर बुलाते थे, देश के प्रतिष्ठित 'राष्ट्रपति पुरस्कार' से नवाज़े जा चुके थे और 'सांसारिक जीवन का मोक्ष' लगभग प्राप्त कर चुके थे। इसलिए उनके भीतर अब पढ़ने-पढ़ाने की कोई खास महत्वाकांक्षा शेष नहीं रह गयी थी। हाँ! पुरस्कार की पहचान को प्रदर्शित करने के लिए वे सदैव अपने सिर पर 'नेहरू टोपी' धारण करते थे और विषम-से-विषम परिस्थिति में भी, मसलन उन्हें पाख़ाना ही जाना होता, टोपी नहीं उतारते थे। सम्भवतः आज वे आगामी गणतन्त्र दिवस की तैयारियों में व्यस्त थे और अहाते के एक हिस्से में, जो ग़ैर-सरकारी अभिलेखों में 'गगन तले विद्यालय' के नाम से जाना जाता था, पेट के बल लेटकर चार-पाँच बच्चों से अपने शरीर पर कच्चे सरसों के तेल की भरपूर मालिश करा रहे थे।

बैरागी बाबू के साथ अच्छी-ख़ासी भीड़ देखकर जगरोपन मास्टर का दिमाग़ चकरा गया और वे गणतन्त्र दिवस की तैयारियों को अन्तिम रूप दिये बिना ही सभी बच्चों को देशज भाषा में हाँक लगाते हुए पाठशाला के मुख्य भवन की ओर भागे। हालाँकि बैरागी बाबू के नेत्रों और हाथों से निश्चित रहने का आश्वासन पाकर वे थोड़े ठहर से गये। दरअसल, जगरोपन मास्टर पर बैरागी बाबू की असीम कृपादृष्टि थी और वे हृदय से बैरागी बाबू का सम्मान करते थे। उन्होंने ही ज़िले के दूसरे छोर पर तैनात मास्टर साहब का गाँव के निकट के स्कूल में ट्रांसफर कराया था और उनकी मेहरिया को चवन्नी वालों के दैहिक-शोषण के प्रकोप से बचाकर तथा उसे अपने पूरे संरक्षण में लेकर, उसे इसी धरती पर 'इंसान के रूप में भगवान् होने' और इसी जीवन में 'बैकुंठ-गमन जैसी अनुभूति' कराने की कोशिश की थी।

बहरहाल! पाठशाला के बरामदे से ठीक सटा हुआ जो कमरा था उसे एक ओर से देखने पर वह बन्द मालूम पड़ता था जबकि दूसरी ओर से देखने पर बिल्कुल खुला हुआ...! दरअसल ऐसा किसी दैवी चमत्कार के कारण नहीं था, बल्कि इसका मूल कारण यह था कि दरवाज़े में मध्यकालीन डिज़ाइन वाली जो सिटकिनी लगी हुई थी वह तो यथास्थान मौजूद थी, परन्तु उसे घुसेड़ने के लिए जिस कब्ज़े की आवश्यकता होती, वह अपने स्थान से नदारद था। इसलिए यह सन्देह कई गुना बढ़ गया था। और जेठ की तपती दोपहरी में चलनेवाले लू के थपेड़ों ने आस-पास के लोगों के बीच इस तरह के अन्धविश्वास तक को जन्म दे दिया था कि 'स्कूल के पिछवाड़े में चुड़ैल जैसी किसी सत्ता का वास है।'

पाठशाला के बरामदे में चार-पाँच देशी पिल्ले टाँग पसारकर धूप सेंक रहे थे और खूँटे से बँधी हुई दो बकरियाँ, पिल्लों की आरामतलबी को इस क़दर निहारे जा रही थीं मानो ईश्वर से यह प्रार्थना कर रही हों कि 'हे ईश्वर! अगले जन्म में हमें भी पिल्ला ही बनाना...!' बैरागी बाबू ने ज्यों ही स्कूल के बरामदे में क़दम रखा, पिल्ले अतिउत्साह में इधर-उधर भागने लगे और बकरियों ने झटके से अपने शरीर में बँधी रस्सी को खूँटे से अलग करने की असफल कोशिश की और मुँह की खाने के बाद वहीं विश्राम की मुद्रा में लेट गयीं। पर पिल्लों ने हार नहीं मानी और लगे रहे। कहते हैं—'कुत्ता आदमी का सबसे अच्छा दोस्त होता है।' यह बात वैज्ञानिक तथ्यों से भी प्रमाणित हुई है। हमारे पहले के अनुसन्धानकर्ताओं द्वारा जातिगत तौर पर मनुष्य का आदि पूर्वज बन्दर-चिंपैंजी-लंगूर को बताया गया था। किन्तु प्रवृत्तिगत तौर पर हमारा आदि-पूर्वज कुत्ता ही प्रतीत होता है। हमारी बहुत सारी आदतें, हाव-भाव, आचार-व्यवहार उनसे मिलते हैं। बैरागी बाबू के बरामदे में क़दम रखते ही कुत्तों ने न केवल उन्हें पहचान लिया, बल्कि उनकी दोनों टाँगों के बीच से निकल-निकलकर कोई नया खेल सीखने लगे।

इस गतिरोध से बा-ख़बर बैरागी बाबू अपने पैरों को तनिक सहेजते हुए, बरामदे में आगे बढ़े और स्कूल के कमरे के दरवाज़े पर दायें पैर से तगड़ा प्रहार किया। परिणाम यह हुआ कि दरवाज़े का एक पल्ला, जो केवल चिपकाकर खड़ा किया गया मालूम पड़ता था, दूसरी ओर ज़ोर की आवाज़ करते हुए गिर पड़ा। इस आवाज़ को सुनकर कमरे के भीतर से तीन-चार कबूतर जो सम्भवतः इस नीरव एकान्त का लाभ उठाने आये होंगे, पंख फड़फड़ाते हुए भाग निकले। कमरा देश के ज़्यादातर सम्मानित राजनेताओं के दिमाग़ की तरह बिल्कुल खाली था और उसमें जहाँ-तहाँ कबूतरों के मल और पंख बिखरे हुए थे, जो आकस्मिक तौर पर कमरे के खाली होने के भ्रम को खंडित कर रहे थे। कमरे

के कोने में एक कुरसी रखी हुई थी जो अपनी प्राचीनता की कहानी स्वयं कह रही थी। कुरसी के तीन पैर तो बिल्कुल सही सलामत थे; केवल चौथे पैर के स्थानापन्न के रूप में ईंट के छह-सात टुकड़ों को लगा दिया गया था। बैरागी बाबू ने अपने एक शिष्य से कुरसी को बाहर निकाल कर लाने को कहा। इस आदेश के अनुपालन में दो-तीन शिष्यों ने बचते-बचाते इस अद्भुत कलाकृति को बरामदे में पुनर्स्थापित किया।

अब तक स्कूल के अहाते में अच्छी-ख़ासी भीड़ ज़मा हो गयी थी और बैरागी बाबू ने बाक़ायदा आसन भी ग्रहण कर लिया था। मीडिया वालों ने कैमरा ऑन कर दिया और बैरागी बाबू से अनुमति लेकर माइक उनके मुँह के पास ले जाकर लगा दिया। अब इंटरव्यू शुरू हुआ। एक सदस्य ने बैरागी बाबू से सवाल पूछना शुरू किया—'आपके गाँव की जनसंख्या कितनी है?...मतलब यहाँ कितने आदमी रहते हैं?'

बैरागी बाबू बोले—'बहुत कठिन सवाल पूछा है तुमने! जिन्हें तुम आदमी समझ रहे हो, उनमें से बहुत से आदमी हैं ही नहीं! वे तो स्साले पैदा हो गये हैं हाड़-मांस के पुतले के रूप में! इसमें उनका कसूर भी नहीं! जोगी मल्लाह को ले लो! इतने बच्चे पैदा कर दिये ससुर के नाती ने कि रात में उसकी मेहरिया को अपने बच्चों को भेड़-बकरियों की तरह गिनना पड़ता है—कि सोलहो आ गये कि नहीं!'

अलग प्रश्न हाज़िर था—'गाँवों में आज भी जाति-प्रथा, छुआछूत, धार्मिक उन्माद की ख़बरें ज़्यादा देखने में आती हैं। आपको क्या लगता है कि आज के परिवेश में इस तरह का भेदभाव उचित है?'

जवाब भी वैसा ही मिला—'देखो बच्चा! तुम्हारी समझ ही ख़राब है। कुत्तों की तो जाति हो सकती है और उनमें देशी-विदेशी के कारण ऊँच-नीच की भावना हो सकती है। पर आदमी की जाति...! छुआछूत...? ...सब बेकार की बातें हैं भाई...! आदमी तो केवल स्वार्थ से ही एक-दूसरे से जुड़ता है और अपना स्वार्थ न सधने पर सामने वाले से दूरी बनाता है। हमारे गाँव का ही उदाहरण ले लो। यहाँ पर एक पंडित, किसी दूसरे पंडित से केवल ब्राह्मण होने के कारण हाथ नहीं मिलाता; नहीं तो आज बहत्तर पट्टियों में न बँटे होते ससुरे! हमारी ही पट्टी के छुन्नी भाई हैं न...! चमाइन रखे हुए हैं। पूरी पट्टी ने अपने से अलग कर दिया, लेकिन जांबाजी देखो! छोड़ा नहीं उसको! दूर न जाओ; टिकुली बाबू को ही देख लो! बाप मर गये! सौ बीघे की सीरदारी...! वंश कैसे चलता? माँ ने सूझ-बूझ दिखाई और अपने दरवाज़े पर काम करने वाले मिठाई मल्लाह के सहयोग से एक बच्चा जन दिया। आज उस बच्चे को दुनिया टिकुली बाबू के नाम

से पहचानती है। दुनिया चाहे कुछ भी कहे, कम-कम टिकुली के आने से उनका वंश तो चलेगा...! ऐसे ही हमारे मौलवी साहब मुसलमान हैं...! लेकिन पंडितों के यहाँ हरि-कीर्तन हो, अखंड रामायण हो, चाहे जन्माष्टमी हो—ढोलक तो मौलवी साहब ही बजायेंगे! कहाँ है तुम्हारी छुआछूत? कहाँ है तुम्हारा धार्मिक-उन्माद? आदमी-आदमी पर डिपेंड करता है। तुम लोग अभी नादान हो; इसलिए इन चीजों को समझने में तुम्हें समय लगेगा।'

इस बार मीडियाकर्मी का सवाल थोड़ा व्यापकता लिए हुए था—'देश संकट के दौर से गुजर रहा है। चारों तरफ अराजकता का माहौल है। भ्रष्टाचार चरम पर है। आपकी राय में इसका क्या समाधान हो सकता है?'

यह पहला ऐसा सवाल था, जिसका जवाब बैरागी बाबू पूरी संजीदगी से देना चाहते थे। उन्होंने लम्बी साँस भरते हुए अपने एक पैर को थोड़ा हवा में लहराया और अपने चमड़े के जूते की ओर इशारा करते हुए बोले—'यह है इसका इलाज...!'

'मतलब?'

'मतलब जूता...! बिना जूते का इस्तेमाल किये कुछ नहीं हो सकता।'

'लेकिन जूता मारना तो ग़ैर-कानूनी है...!'

'...किसने कह दिया तुमसे भाई...? हमारे संविधान में ऐसा लिखा है कहीं पर...? आई.पी.सी.-सी.आर.पी.सी. की किस धारा में इसे ग़ैर-कानूनी बताया गया है? बेटा...! जूता तो हमारी जातीय संस्कृति की नींव है। केवल कानून बना देने से कुछ नहीं होगा...कानून तो निर्जीव वस्तु है। उसमें जान आती है जूते से...! कानून का अनुपालन तभी हो सकेगा, जब उसमें जूते को अनिवार्य तौर पर जोड़ा जायेगा...! इस देश को एक सच्चे ठोंकपाल की ज़रूरत है...इसलिए जब भी कोई कानून बने तो उसके अनुपालन के लिए एक जूताधिकारी की नियुक्ति की जानी चाहिए...जूताधिकारी राजधानी में बैठे और देश के कोने-कोने में तैनात अपने अधीनस्थों के माध्यम से हर सम्मानित नागरिक को उसके सुबह उठते ही, बिना पूछे दस जूता लगाये... ऐसा दसियों साल तक रोज़ करना होगा...जब सभी लोग जूता खाने के आदी हो जायें, तब देखिए कि कानून का अनुपालन कैसे नहीं होता है? आज तो प्रॉब्लम यह है चार आदमी जूता खाते हैं और आठ आदमी को एलीट-क्लास मानकर छोड़ दिया जाता है। इससे आम पब्लिक में असन्तोष पैदा होता है। जब सबके साथ समान बरताव होगा तो लोग विद्रोह नहीं करेंगे। तब न अराजकता रहेगी न भ्रष्टाचार...! जो भ्रष्टाचारी नेता हैं, वो भी ठीक हो जायेंगे इससे...!'

'वो कैसे?'

'अरे भाई...! नेता आसमान से थोड़े ही टपकते हैं...वो भी तो जनता के बीच से ही जन्म लेते हैं न...! देखो...! मैं इस बात को तुम्हें अपनी एक कविता के माध्यम से समझाता हूँ–

'जनता हमारी
है लतख़ोर
एक बार मारने पर
कहती है 'और'
दो-चार बार पिटने पर
हो जाती है आदी
दस-बारह बार पिटकर
पहन लेती है खादी...
फिर कर लेती है
हिंसा-अराजकता-साम्प्रदायिकता
न जाने कितनों से शादी
बनकर पांचाली और
प्रेम-जाल में फाँसकर
लाखों को रुलाती है
कभी भाँग तो
कभी अफीम बनकर
करोड़ों जागने वालों को
सुलाती है।...'

'...इसलिए बन्धुवर अगर देश को रास्ते पर लाना है तो सिवाय जूते के और कोई मार्ग नहीं है।'

बैरागी बाबू के इस पूरे विश्लेषण से मीडियाकर्मी मन्त्रमुग्धता के आगोश में चले गये थे, बावजूद इसके वे कुछ और सवालों को उनसे पूछने का लोभ-संवरण नहीं कर पा रहे थे। उनमें से एक मीडियाकर्मी, जो अब तक इस पूरे साक्षात्कार में लगभग मौन रहा था, ने अपना सवाल दागा–

'...पर बैरागी बाबू! केवल जूता मारने से काम नहीं चलेगा। जनता को कुछ अधिकार भी तो चाहिए होंगे?'

बैरागी बाबू ने उस मीडियाकर्मी को तनिक ग़ौर से देखा, फिर अपने नवरत्नों की ओर तनिक निहारते हुए और दोनों हाथों से ताली बजाते हुए माइक के नज़दीक आकर बोले–'सच कहा तुमने मेरे दोस्त...! अभी बहुत कुछ किया जाना बाक़ी

है। लेकिन ठोंकपाल को लागू किये बिना इन सारे अधिकारों पर हमेशा की ही तरह एलीट-क्लास कब्ज़ा जमा के बैठ जायेगा और गरीब-मज़दूर वर्ग का आदमी सताया जाता रहेगा। इसलिए मैं यह फिर से दुहराना चाहता हूँ कि बिना जूते के कुछ नहीं होने वाला...! अधिकारों के उपयोग के लिए समझ और अनुशासन ज़रूरी है। और विश्वास मानिए! यह जूते से ही आयेगा।'

प्रश्नकर्ता को अचानक से बैरागी बाबू के भीतर किसी महान् व्यक्तित्व की परछाईं नज़र आने लगी। उसने बैरागी बाबू से पूछा—'बैरागी बाबू! आप परधानी का इलेक्शन क्यों नहीं लड़ते? इस समाज को आप जैसे दूरदर्शी लोगों की ज़रूरत है...!'

बैरागी बाबू के माथे पर क्षण भर के लिए चिन्ता की लकीरें दिखाई देने लगीं। लेकिन झट ही उन्होंने अपने भीतर के राजनीतिज्ञ को थोड़ा सन्तुलित किया और लम्बी-गहरी साँस लेते हुए बोले—

'परधानी का क्या है...! भेड़ियाधसान है। एक जिस दिशा में चलेगा, दूसरा भी उधर ही चल देना चाहता है। बिना आगा-पीछा देखे, बिना अपनी औक़ात समझे! आज हर कोई तो परधान होना चाहता है...! अपना सब कुछ गँवाकर भी! इस दौड़ में न जाने कितने बरबाद हो गये और चन्द लोग चौधरी बने बैठे हैं...! लेकिन यह सब इस बैरागी के बस की बात नहीं। मुझे इस भेड़ियाधसान की दौड़ में शामिल होकर चौधरी बनने में तनिक भी रुचि नहीं। मैं जैसा हूँ वैसा ही ठीक हूँ। तुमने गोंडवी जी को नहीं सुना है क्या कि—

'जितने हरामख़ोर थे कुर्बो जवार में,
परधान बन के आ गये अगली कतार में।
दीवार फाँदने में यूँ जिनका रिकॉर्ड था,
वे चौधरी बने हैं उमर के उतार में।'

इतना कहकर बैरागी बाबू अपनी कलाई में बँधी घड़ी को देखने लगे। मीडियाकर्मी संवाद को और ऊँचाई तक ले जाना चाहते थे, पर बैरागी बाबू ने अपनी अटकी पड़ी तमाम रोज़ाना मीटिंग्स और अटे-पड़े कामों के बहाने मीडियाकर्मियों से कार्यक्रम की समाप्ति की इच्छा जताई। परन्तु जाते-जाते एक मीडियाकर्मी ने अब तक दबा कर रखे गये अपने एक पूर्वनिर्धारित सवाल को हवा में उछालते हुए बैरागी बाबू से पूछ ही लिया—

'बैरागी बाबू...! ई भालू बाबा कहाँ गये? कुछ पता नहीं चल रहा है उनका...! कुछ लोग आपको और आपकी पट्टी वालों की ओर...'

इतना सुनना था कि बैरागी बाबू बिल्कुल ही बिफ़र गये और लगभग पैजामे से बाहर होते-होते बोले—'...जाकर छेदी से काहे नहीं पूछते हो? मन्दिर भी उनका था और आदमी भी उनका...! गायब कर दिया होगा कहीं उसको...!' इतना कहकर बैरागी बाबू झल्लाते हुए कुरसी से उठे और नवरत्नों की अपनी टोली के तमाम साथियों को लेकर पास के खलिहान की ओर चल दिये।

8

अगले दिन मदारीपुर की सुबह का नज़ारा थोड़ा बदला हुआ-सा था। लोढ़ा जैसे सदाशय और महात्मा प्रकृति के व्यक्ति के साथ मधुमक्खियों के दुर्व्यवहार की घटना गाँव के एक-एक आदमी की ज़ुबान पर चर्चा का विषय बनकर उनके होंठों पर अठखेलियाँ कर रही थी और बैरागी बाबू द्वारा मीडिया के सम्बोधन की घटना को लेकर चवन्नी और उनके साथ सन्तुलन बनाने वाले दूसरे तीसमारखानों के बीच काना-फूसी शुरू हो गयी थी। फिलहाल आज सुबह-सुबह मदारीपुर के अधिकांश बुद्धिजीवी अपने घरों को छोड़कर, हृदय में कौतूहल की अतिरिक्त प्यास लिए बैठकबाज़ी के लिए चौराहों की ओर निकल पड़े थे। छेदी बाबू को भी इन घटनाओं को जानकारी हो गयी थी। पर उनकी ख़ूबी यह थी कि वे हमेशा ही ताश के खेल के किसी मँजे हुए खिलाड़ी की तरह स्थिति पर पैनी नज़र रखते थे और अपने पत्ते सबसे अन्त में खोलते थे।

रोज़ की ही तरह छेदी बाबू आज भी सुबह-सवेरे नित्यक्रिया के लिए ताल की ओर निकल गये थे और वापस लौटते हुए शिव मन्दिर के प्रांगण में स्थित तालाब में स्नान करने के उपरान्त शिव-भोले पर जल चढ़ाकर घर की ओर लौट रहे थे। रास्ते में निरन्तर चलते हुए उनका आने-जाने वाले ग्रामवासियों से 'पालागन' और 'खुश रहो' का सांस्कारिक आदान-प्रदान चल रहा था। तभी अचानक से उन्हें टिकोरा मोड़ के पास कुछ भीड़ इकट्ठी दिखाई पड़ी। छेदी बाबू को इतनी सुबह इस इकट्ठी भीड़ का माजरा कुछ समझ में नहीं आया। हालाँकि छेदी बाबू का अपने दरवाज़े पर उपस्थित होने वाले तथा पाँचों वक़्त 'निन्दा-रस का पाठ करने वाले नमाज़ियों' के साथ बैठकबाज़ी करने का समय लगभग हो चला था; फिर भी उन्होंने अपने शरीर को तनिक अवकाश देते हुए थोड़ी देर ठिठककर सोचा और फिर सीधे घर पहुँचाने के अपने निर्णय में आंशिक संशोधन करते हुए टिकोरा मोड़ पर लगे इस मजमे का मज़मून जानने निकल पड़े।

जब छेदी बाबू भीड़ के थोड़ा और नज़दीक पहुँचे तो उन्हें एक जानी-पहचानी तथा निहायत कर्कश आवाज़ में किसी के गाने, चीखने-चिल्लाने और रोने की आवाज़ सुनाई पड़ी; साथ में कुल जमा भीड़तन्त्र के तालियों एवं गालियों की गड़गड़ाहट भी। छेदी बाबू को अपनी ओर आते देखकर भीड़ के समझदार किस्म के कई सहभागियों ने उन्हें सम्मानपूर्वक रास्ता दे दिया। छेदी बाबू जब भीड़ को थोड़ा चीरते हुए मौक़ा-ए-वारदात तक पहुँचे तो वहाँ का नज़ारा देखकर बिल्कुल दंग रह गये। बोले–

'ई तो पनिकटवा जियउना है स्साला..! नाटक फैलाए हुए है सुबहें-सुबहें...!'

बताते हैं कि जियावन मदारीपुर के पास के ही एक गाँव 'ठकुराइन उधारनपुरवा' का रहनेवाला था और इलाक़े में पाँच रुपये सैकड़े की मासिक-दर से लोगों को सूद पर उधार देने का व्यवसाय करता था। उसका कारोबार भी अच्छा-ख़ासा चल निकला था। तभी न जाने किस ग्रह की दशा में मदारीपुर के अठन्नी पट्टी के एक पंडीजी ने, जिनकी स्वयं की हैसियत कभी सैकड़ों बीघे की हुआ करती थी, जियावन से मछली-पालन के नाम पर एक साल की अवधि के लिए पाँच लाख रुपये उधार लिए। पंडीजी ने जियावन से जिस दिन से पैसा उधार लिया, उसी दिन से उसका व्यवसाय निरन्तर गिरता गया और उधर पंडीजी का स्वास्थ्य भी...! अन्ततः पंडीजी एक साल के भीतर ही किसी अज्ञात बीमारी से परलोक सिधार गये।

जियावन ने पंडीजी को पैसे बस यूँ ही दे दिये थे, जैसे वह बाक़ियों को दिया करता था–बिना लिखा-पढ़ी के...! जब उसने पंडीजी के 'किरिया-करम' और 'बरमभोज' के उपरान्त उनके पुत्रों से अपने पैसों के लिए तगादा शुरू किया तो वे उससे कन्नी काटने लगे। जियावन भी कहाँ मानने वाला था...! बात आगे बढ़ी और इस मुद्दे पर पंचायत भी बैठी। लेकिन जियावन द्वारा अपने कथन के समर्थन में कोई अभिलेख या गवाह प्रस्तुत न कर पाने के कारण, पंचायत ने उसकी अरज़ी को सिरे से खारिज़ कर दिया। हार मानकर जियावन ने न्यायालय का दरवाज़ा खटखटाया, पर वहाँ भी उसे मुँह की खानी पड़ी।

अन्ततः इस लड़ाई को लड़ने की प्रक्रिया में न जाने कब उसके दिमाग़ का एंटीना एकदम से हिल गया। तभी से वह कभी इस चौराहे पर तो कभी उस चौराहे पर, अपने दोनों हाथों को तलवार की तरह निरन्तर हवा में भाँजते हुए, अधनंगे खड़ा रहता था–मानो पंडीजी के तालाब के पानी को टुकड़ों-टुकड़ों में काटकर अपने मूल और सूद की वसूली कर लेना चाहता हो...! धीरे-धीरे लोग उसकी इन गतिविधियों से अवगत होकर उसे 'पनिकटवा' ही बुलाने लगे थे।

कई बार ठंड के दिनों में पनिकटवा के दिमाग़ का एंटीना थोड़ा-थोड़ा काम भी करने लगता था और कभी-कभार वह अपने घर-परिवार के लोगों को पहचान भी लेता था। परन्तु ज्यों-ज्यों गरमी बढ़ती जाती थी उसके एंटीने का नेटवर्क फेल्योर हो जाता...! तब वह अकसर आते-जाते लोगों को देखकर एक गन्दा-खुरचा एवं 'मुझे न्याय चाहिए' लिखा हुआ साइन-बोर्ड लेकर सड़क के बीचों-बीच दौड़ लगाने लगता...!

दरअसल न्यायप्रियता एक बहुत ही मादक एहसास है। जिसे इसकी लत लग जाये उसे कैशोरवय प्रेमियों की तरह सारी रात सोने नहीं देती। बताते हैं कि अपने जीवन के शुरुआती दिनों में 'पनिकटवा' अत्यन्त न्यायप्रिय और देश के संविधान के प्रति बहुत आस्थावान हुआ करता था और हृदय से यह चाहता था कि सभी लोग इस संविधान के अनुसार ही चलें। परन्तु इस तरह की कोशिश और पंडीजी की उधारी में उसके अपने दिमाग़ का संविधान कब ख़राब हो गया, उसे पता ही नहीं चला। पनिकटवा के व्यक्तित्वान्तरण के शुरुआती दिनों में कुछ लोगों ने उसे यह कहकर भी भड़काया कि 'उसकी यह गति संविधान के ही कारण हुई है।' तब से वह कई बार अर्धनिद्रा में ही सोते-सोते उठ खड़ा होता और दोनों हाथों को आकाश में लहराते हुए 'मैं समधियान बदल दूँगा...! समधियान बदल दूँगा...!' कहकर चिल्लाने लगता।

बहरहाल पनिकटवा ने ज्यों ही छेदी बाबू को देखा, वह अपना 'पारम्परिक स्लोगन' वाला बोर्ड छोड़कर उनके दोनों पैरों को पकड़कर घिघियाने लगा और फिर छाती पीटते हुए लोट-लोटकर एक स्वरचित गीत गाने लगा—

'ई जहनवाँ हीलैलाऽ
हमार मनवाँ हीलैलाऽ
लुटि गइलीं
हम हो बाबू
सारा तनवाँ हीलैलाऽ
ई जहनवाँ हीलैलाऽ
हमार मनवाँ हीलैलाऽ...'

...गाते-गाते पनिकटवा अचानक से अचेत हो गया, उसकी आँखें उलट गयीं और मुँह से निरन्तर फिंचकुर निकलने लगा। कई लोग जल्दी-जल्दी उसे अपने कीचड सने जूते निकालकर सुँघाने लगे। छेदी बाबू पनिकटवा की इस दशा को देखकर हमेशा की ही तरह थोड़े-से भावुक हो गये और पास खड़ी भीड़ को थोड़ा किनारे हटने के लिए कहा, ताकि उसके दिमाग़ को शुद्ध वायु मिल सके और

उसकी चेतना वापस लौट सके। विश्वास मानिए...! तत्समय बहने वाली हवा के न जाने किस तत्व ने, पनिकटवा के दिमाग़ के सुन्न पड़े न जाने किस हिस्से को कुरेदा कि वह अचानक से होश में आ गया और झट से ही छेदी बाबू को पहचानते हुए बोला–

'बाबूऽ ...! ए छेदी बाबू...! हमार पइसवा दिया दऽ...! हमके अब्बे चाहींऽ...!'

फिर छेदी बाबू के दोनों पैर पकड़कर अपने स्टाइल में घिघियाने और दाँत–निपोरने लगा। छेदी बाबू भी 'मिलेगा-मिलेगा' कहते हुए मन-ही-मन अठन्नी वालों को गाली देने के अन्दाज़ में बुदबुदाने लगे और पास खड़े दो-चार लौंडों को बुलाकर पनिकटवा को ले जाकर किसी छायादार स्थान पर लिटाने को कहा। तदनन्तर थोड़ा ग़ुस्सा दिखाने की कोशिश करते हुए दर्शनार्थी-भीड़ का हिस्सा बने लोगों को अपना-अपना काम देखने की सलाह देते हुए स्वयं भी घर की ओर लौटने लगे।

किन्तु लौटते समय छेदी बाबू पास में ही स्थित मन्नोरानी की दुकान पर पहुँचकर उसके देह-दर्शन के बहाने आशीर्वाद देने अथवा सीधे घर वापस लौटने की अस्ति-नास्ति में पड़ गये। अन्ततः उन्होंने अपने अन्तर्मन की बात मानते हुए मनरखनी को सौन्दर्याशीर्वाद देने के बाद ही घर वापस लौटने का निर्णय किया। तब तक गाँव के 'बौद्धिक जुगाली' करने वाले तमाम युवा और चिरयुवा मन्नोरानी के यहाँ अपनी हाज़िरी दर्ज़ कराकर वार्ता का चौसर बिछा चुके थे। हालाँकि मन्नोरानी की दुकान पर इस तरह की बैठकें रोज़मर्रा का ही हिस्सा थीं। न जाने मन्नोरानी में ऐसा कौन-सा दैवी आकर्षण था कि अल-सुबह सारा मदारीपुर उनकी दुकान की ओर कुछ इस क़दर भागा चला जाता था मानो काशी में गंगा स्नान के लिए जा रहा हो...! इसमें गाँव वालों का कुछ ख़ास गुनाह भी नहीं था, ऐसा मन्नोरानी से विशेष लगाव रखने वाले स्वयं बताते थे।

सुनने में तो यह आता था कि दरअसल मन्नोरानी को अपने हुस्न को दिखाने की पुश्तैनी बीमारी थी और इसने मदारीपुर के युवाओं से लेकर बूढ़ों तक को मनोवैज्ञानिक रूप से बीमार बना दिया था। इसका आमूल परिणाम यह हुआ था कि अभी मदारीपुर में समाज में जनतांत्रिक व्यवस्था भले ही नाबालिग अवस्था में थी, पर मन्नोरानी देवी के सफल प्रयासों से यहाँ यौनतांत्रिक व्यवस्था पूरी तरह से अमल में लाई जाने लगी थी। और यदि कभी, किसी विश्वविद्यालय के पीएच.डी. कार्यक्रम का कोई शोध छात्र इस इलाक़े के विकास को अपने अनुसन्धान का विषय बना सकता, तो सच मानिए! कोई भी मन्नोरानी की पहचान को एक 'सैक्सुअल रिवोल्यूशन के जनक' के रूप में स्थापित होने से नहीं रोक सकता था।

सम्भवतः किसी महात्मा ने कहा है कि 'स्त्री या तो खूबसूरत हो सकती है या तो वफ़ादार। पर दोनों एक साथ नहीं हो सकती।' लेकिन मन्नोरानी की खूबी यह थी कि वे बला की खूबसूरत भी थीं और इसके बल पर मदारीपुर के सारे पुरुष-समाज की अग्निपरीक्षा भी ले रही थीं। युवाओं की तो छोड़िए जनाब...! मदारीपुर के विवाहित पुरुषों तक की हालत यह थी कि वे बिना पत्नियों के तो महीनों गुज़ार सकते थे परन्तु मन्नोरानी को देखे बिना उनका एक-एक दिन कटना मुश्किल हो जाता था। बताते हैं कि मन्नोरानी देवी के इस सार्वत्रिक आकर्षण के चलते, ब्याह कर मदारीपुर लाई गयीं तमाम महिलाओं ने अपने पतियों को इस बात की धमकी देना तक छोड़ दिया था कि 'यदि वे उनकी अमुक बात को नहीं मानेंगे तो वे मायके चली जायेंगी और आगमी छह महीने तक वापस नहीं लौटेंगी।' बल्कि इसके उलट हुआ यूँ था कि ये महिलाएँ अपने पतियों द्वारा लाख लतियाने-जुतियाने के बावजूद ससुराल छोड़कर मायके जाने का नाम ही नहीं लेती थीं। उनमें से कुछ का अनुभव यूँ था कि 'भतार कइलीं सुख से सोवे के/कि पाटी धऽ के रोवे के...?' तो कुछ का इनसे थोड़ा सा जुदा और यूँ था—'केकरा ख़ातिर मैं करूँ सिंगार/पिया मोरा आन्हर...!'

रही बात गाँव के बूढ़ों की, तो उनके बुढ़ापे का तो एक मात्र सहारा मन्नोरानी ही थीं। गाँव के कई मरणासन्न पुरुष केवल नेत्रविनोद के लिए सुबह से शाम तक मन्नोरानी की दुकान पर बैठे रहते थे। अगर विज्ञान पर भरोसा करें तो 'रोज़ाना स्त्रियों को निहारने से शरीर में ख़ून का दौरा सही रहता है और दिल की कार्यक्षमता में सुधार होता है, जिससे आदमी की औसतन उम्र में वृद्धि होती है।' लेकिन यहाँ तो विज्ञान के तमाम शोध तक अतिक्रमित होने लगे थे। हृदय को तो छोड़िए! मन्नोरानी के नियमित दर्शन से आँखों के कई असाध्य रोग तक दूर होने लगे थे। और अगर क्षण भर के लिए चमत्कारों पर विश्वास करें तो ऐसा भी सुनने में आता है कि मन्नोरानी के नियमित दर्शन से इनमें से न केवल कइयों के आँख की रौशनी लौट आयी थी बल्कि कितनों का मोतियाबिन्द बिना किसी शल्य-क्रिया के अपने आप ही ठीक हो गया था। हालाँकि मदारीपुर के अधिकांश युवा मन्नोरानी की दुकान पर बुढ़वन की इस बैठकबाज़ी को 'नज़र की मजबूरी का रोग' मानते आये थे और यह विश्वास करते थे 'निरन्तर नेत्र सेंकने से ही इन डग्गामार बुड्ढों को इस मर्ज़ में आराम मिलता है।' जबकि गाँव के कई-एक बुजुर्ग कई युवाओं को यह समझाते हुए पाये जाते थे कि 'न कौनो हाट/न बजरिया से होला/नजरिया के रोग हऽ/नजरिए से होला...!'

छेदी बाबू को मन्नोरानी की दुकान की ओर आते देख बैरागी बाबू के कई

नवरत्न मसलन–भौकाली भाई, गुरुघंटाल और केला मिसिर–जो तत्समय वहाँ बैरागी बाबू के इंटरव्यू के विषय में लम्बी-लम्बी हाँकने में लगे थे, ने पिछवाड़े के रास्ते से खिसकना ही उचित समझा। छेदी बाबू ने ज्यों ही मन्नो की दुकान के भीतर प्रवेश किया वहाँ उपस्थित मिट्ठू भाई और बचे हुए एक-दो अन्य लोगों ने छेदी बाबू का अभिवादन किया। मिट्ठू बोले–

'पालागीं हो कका...!'

छेदी बाबू ने मिट्ठू के इस अभिवादन पर कोई भी प्रतिक्रिया नहीं दी और इस तरह का व्यवहार किया, मानो उन्होंने कुछ सुना ही न हो...! मिट्ठू भाई ने अपने अन्दाज़ में छेदी बाबू के अन्तरतम को झिंझोड़ा–

'नाराज़ हो का कका?'

अबकी बार छेदी बाबू से न रहा गया। तमतमाकर बोले–'ससुर के नाती! हमरी चुगली भी करते हो और पैलगी भी...!'

मिट्ठू भाई अवाक् रह गये–'का ककाऽ...! चुगली और तोहार...?... राम-राम-राम...!'

छेदी बाबू और भी बिफ़र गये–'हमसे जियादा सवाल-जवाब न करो बेट्टा...! हम जानते हैं तुम्हें...! दूनों ओर चलते हो–गइयो गाभिन-बैलो गाभिन...! अभी देखा है हमने भउकलिया और केलवा को यहाँ से निकलते हुए...!'

मिट्ठू के पास जवाब तो हाज़िर था, पर वे शायद इसे तुरन्त नहीं देना चाहते थे कि 'कहीं ककवा औरो बउरा न जाय...!' वे यह भी जानते थे कि असली पंडित वही है, जो केवल दो तरह से कंट्रोल में आता है–या तो गलती करने के बाद पाँव पकड़ लेने पर अथवा मिठाई का डिब्बा देखकर! छेदी बाबू का गुस्सा उपशमित करने के लिए उन्होंने मन्नोरानी को आँखों के इशारे से काका की ख़ातिरदारी में पानी और चाय का इन्तज़ाम करने को कहा। मन्नोरानी कुछ करतीं इससे पहले वे झट अपनी सीट से उतरीं और झुककर छेदी बाबू के चरण छूकर आशीर्वाद लिए।

मन्नोरानी के चरण छूते ही छेदी बाबू के दिमाग़ का टेंपरेचर अचानक से डाउन हो गया और उन्होंने थोड़ा संयमित होकर उससे पूछा–'का रे मनरखनी...! सब ठीक-ठाक तो है...!' मनरखनी ने हमेशा की तरह इस बार भी अपने नयनों को थोड़ा मटकाते हुए केवल होंठों की मुस्कुराहट से जवाब दिया और पास ही रखे एक लोक हृदय-ग्राही मटके से ठंडा पानी निकालने की कोशिश में लग गयी।

मदारीपुर के तमाम सम्मानित लोग मन्नोरानी के हाथों से इस मटके के मृदुजल का पान करने के लिए घंटों प्रतीक्षा किया करते थे। इस समय मटके का

सौन्दर्य किसी आदिवासिनी स्त्री की तरह म्लान और किंचित् अलसाया हुआ-सा नज़र आ रहा था। समय के थपेड़ों ने उसके भीतर और बाहर काइयों की एक रंगीन परत चढ़ा दी थी, जिसके चलते मटके की खूबसूरती कई गुना और बढ़ गयी थी। यही नहीं, पुआल के जिस मोढ़े पर यह मटका रखा हुआ था, उसने मटके के साथ निरन्तर रिसने वाले जल के साथ अपना मैथुन-कर्म जारी रखा था जिसके प्रभाव में आकर आस-पास की मिट्टी भी शीतलता का रसास्वादन करने लगी थी।

मन्नोरानी ने तनिक आगे की ओर झुककर और मटके को अपनी ओर थोड़ा झुकाकर उसमें से पानी निकाला और गिलास लेकर छेदी बाबू की ओर बढ़ीं। संयोग देखिए! ठीक इसी समय मन्नोरानी के रेडियो पर बज रहे राष्ट्रीय समाचार के बीच में ही एक सदाबहार मधुर संगीत बजने लगा—'ये मौसम भीगा-भीगा है/हवा भी ज़्यादा-ज़्यादा है/क्यों न मचलेगा मन मेरा/तुम्हें पाने का इरादा है/ये मौसम...'। गाने की मधुर ध्वनि के बीच मन्नोरानी ने छेदी बाबू की ओर तनिक लजाते हुए पानी भरे गिलास सहित अपना दाहिना हाथ आगे बढ़ाया और छेदी बाबू ने भी गिलास थामते हुए अपनी खुराफाती अँगुलियों से मन्नोरानी की अँगुलियों को छू-भर दिया। मन्नोरानी और स्वयं छेदी बाबू इस स्पर्श-क्रिया से अन्दर से खिल-खिलाकर हँस पड़े। फिर दोनों के अन्तरतम ने रेडियो पर बज रहे संगीत को दरकिनार कर, एक-दूसरे की आँखों-में-आँखें डालकर स्थानीय भाषा का एक दूसरा गाना गुनगुनाना शुरू किया—'पिरीति में न धोखाधड़ी/पियार में न झाँसा/पिरीति करीं अइसे/जइसे कटहर क लासा।'

क्षण भर के लिए ही सही दोनों ही इस बेदर्द दुनिया से दूर, एक नयी दुनिया की कल्पनाओं में गोते लगाने लगे थे। अभी कुछ सेकंड ही बीते होंगे कि छेदी बाबू की तन्द्रा टूटी और उन्हें अचानक से ध्यान आया कि 'अरे! यहाँ तो तमाम हरामी किस्म के चिबिल्ली-बाज़ बैठे हैं स्साले...!' फिर उन्होंने झट से गिलास सहित हाथ अपनी ओर पीछे खींच लिए और उपस्थित जनों के ध्यानभंग की सायास कोशिश करते हुए मन्नोरानी से बोले—

'कैसी हो रे मनरखनी? दुकान-दउरी ठीक-ठाक चल रही है कि नहीं?'

मन्नोरानी कुछ बोलतीं, इसके पहले ही मिट्ठू बोल पड़े—'मन्नो की थोड़ी मदद कर दो कका...! वो आपसे कुछ अपनापन रखती हैं...!'

अब तक छेदी बाबू भी संयत हो चुके थे। वे मिट्ठू की बात को बीच में ही काटते हुए बोले—'तुम मन्नो के ठेकेदार हो का बे...? मन्नो को ज़रूरत होगी तो खुदै बताएगी हमको...! ई दुकनिया हमरी ही खड़ी की हुई है...! और हाँ...!

औरत-जात की अपेक्षाओं को पूरा करना एतनों आसान नहीं है...तीनों तिर्लोक दे दिया जाये, तब भी औरत सन्तुष्ट नहीं हो सकती।'

मिट्ठू बोले—'कका! आप तो औरत जात का अपमान कर रहे हैं...ज़माना कहाँ-से-कहाँ चला गया और आप वही घिसी-पिटी बातें कर रहे हैं।'

छेदी बाबू भड़क गये—'पूरा लड़बक हो का भाई...! ज़माना आगे चला गया तो इससे सचाई बदल जायेगी का?...तुम्हारी बकचोदी से हमारे रिसियों-मुनियों ने अपने अनुभौ के आधार पर जो कुछ कहा, ऊ बदल जायेगा?...आँयऽ...! तुमने सुना नहीं है—'त्रियास्चरित्रम पुरुषस्य भाग्यम, दैवो न जानामि कुतः मनुष्यः?' '

छेदी बाबू बोले जा रहे थे और मन्नो तथा अन्य श्रोता उन्हें सुनने में निमग्न थे। मन्नोरानी को संस्कृत तो क्या, कोई भी भाषा ठीक से नहीं आती थी। पर इस वाक्य का मर्म वो बखूबी जानती थीं, क्योंकि छेदी बाबू कई बार अपनी बैठकों में इसे उद्‌धृत कर चुके थे और इस पर लम्बा-चौड़ा व्याख्यान दे चुके थे। मन्नोरानी ने ज्यों ही यह उद्‌बोधन सुना, उनके चेहरे का रंग फीका पड़ गया। छेदी बाबू मनरखनी की पीड़ा को भाँप गये और बोले—

'नाराज़ क्यों होती हो मनरखनी...! यह एक जीती-जागती सच्चाई है...! अभी बैरगिया होता तो चाणक्क बाबा का एक डायलॉग मार देता कि स्त्री की सुन्दरता और पुरुष का विवेक दुनिया की सबसे बड़ी ताकत है—और तुम खुश हो जाती...! हमसे इहे सब नहीं होता...जो है, सब समनवेऽ है...।'

छेदी बाबू के उद्‌बोधनों पर अकसर ही चुप रहनेवाली मन्नो, आज न ज़ाने क्यों उनसे झगड़ने के मूड में थी। बोली—

'महराज जी! अउरत का अपना क्या है ? जइसा आदमी लोग बनाते हैं, अउरत वैसी ही बन के रहती है। चाहे तो बीवी बना लो, चाहे कोठे पर बिठा दो...! चाहे पैसे से खरीद लो, चाहे पैसे लेकर बेच दो बजार में...! अउरत तो मरदों के हाथ का खिलौना है। अउरत की अपनी कोई औकात नहीं...! लेकिन जब देखो सारी तोहिमत अउरत के नाम...! अउरत को ये चाहिए...अउरत को वो चाहिए! अउरत ऐसी है...अउरत वैसी है...अउरत कुलटा है—अउरत के पास चरित्तर नहीं है...अउरत भरोसे लायक नहीं है...! का करे अउरत?...कहवाँ जाये अउरत?'

मन्नोरानी के भीतर की इस नये प्रकार की आग का सामना छेदी बाबू भी पहली बार कर रहे थे। इसलिए कुछ मिनट के लिए तो वे बिल्कुल ही असहज हो गये और विषयान्तर करने की कोशिश करते हुए बोले—

'नाराज काहें हाती हो मन्नो? संजम रक्खो और गुस्सा थू दो। मैं कुछ कह देता हूँ तो इसलिए कि तुम पर स्नेह रखता हूँ। नेह, स्नेह और मधुमेह संयम और समर्पण से ही सम्हलते हैं। अच्छा छोड़ो...! लाओ कुछ खिलाओ-पिलाओ...!'

इस समय तक मन्नोरानी के मन का गुबार भी लगभग निकल चुका था और उसके पास अब कहने के लिए कुछ ख़ास नहीं बचा था। फिर वह छेदी बाबू को बिल्कुल से नाराज़ भी नहीं करना चाहती थी। उसने अपनी गलती का एहसास करते हुए थोड़े मधुर भाव में छेदी बाबू से पूछा–

'का लेंगे महाराज जी? मिट्ठा कि खट्टा?'

छेदी बाबू मुस्कुराकर बोले–'गयी नारि जो खाये मिठाई और गये पुरुष जो खाये खटाई...! हम मरद हैं मरद...! खटाई हमारी मर्दानगी पर असर डालती है। हम मिट्ठा पसन्द करते हैं...केवल मिट्ठा!'

इतना सुनते ही मन्नोरानी ने डिब्बे में रखे लड्डुओं को छेदी बाबू की ओर बढ़ाया और छेदी बाबू डिब्बे में से एक लड्डू उठाकर उसे पहले अपने दाँतों से पीसकर और फिर जीभ से लपेटकर उसका रसास्वादन करने लगे। अभी यह सब कुछ चल ही रहा था कि तभी दूर से इमरजेंसी यादो आता हुआ दिखाई पड़ा। मिट्ठू भाई बोले–

'कका...! इमरजेंसिया भिनहिएँ-भिनहिएँ इधर आ रहा है। देखो कौन सी ख़बर लाया है आज...?'

मुश्किल से तीस सेकंड के भीतर इमरजेंसी सीधे मन्नोरानी की दुकान में घुसा और छेदी बाबू का पालागन करते हुए बोला–

'का चचा...! कहाँ-कहाँ नाहीं खोजा आपको? आज एक गो बड़ी धमाकेदार खबर है जो है कि सो...! '

इतना कहकर वह अपने हाथ में पड़े अख़बार की ताज़ा ख़बर को छेदी बाबू को दिखाने लगा। अभी छेदी बाबू कुछ बोल पाते, इसके पहले ही मिट्ठू ने इमरजेंसी के हाथ से अख़बार का वह पन्ना ले लिया और उसमें नज़रें गड़ा दीं। ख़बर वास्तव में बड़ी धमाकेदार थी। एक दिन पहले मीडियाकर्मियों ने बैरागी बाबू का जो इंटरव्यू लिया था, उसको आज न केवल बड़ा कवरेज दिया गया था बल्कि बैरागी बाबू को 'इलाक़े के विकास-पुरुष' के रूप में व्याख्यायित किया गया था। छेदी बाबू अपनी जानकारी और अख़बार में बैरागी की फोटो को देखकर, छपी ख़बर के बारे में जानने के लिए बिल्कुल ही उतावले हो रहे थे। उन्होंने अधीर होते हुए मिट्ठू से पूछा–

'...का लिखा है होऽ चूतियों ने?

मिट्ठू ने अख़बार पढ़कर सुनाना शुरू किया–'असल लोकतन्त्र लाने के लिए देश में आमूल-चूल सुधार की ज़रूरत है। एक-एक को सुधारना होगा... जब सभी के भीतर कानून के प्रति सम्मान की भावना आ जाये, तब अधिकारों

को विस्तार दिया जाये...अधिकारों के वितरण में ऊँच-नीच का भाव नहीं होना चाहिए...सबसे ज़रूरी है—लोगों की जागरूकता और मानसिकता में बदलाव...सभी को एकजुट होना होगा। केवल भेड़ियाधसान के बल पर आगे चलकर कुछ नहीं हासिल होने वाला...'

इतना सुनकर छेदी बाबू, मिट्ठू को बीच में ही रोकते हुए बोले—'सब बकचोदी है...आज तक किताब में जो पढ़ा था, वही बोल दिया ससुरे ने...! मीडियावाले भी तो लीचड़ हैंऽ! बाहरे-बाहरे चले गये...! हमसे पूछते तब न बताता कि कैसे सुधरेगा देश? कैसे होगा इलाके का विकास?...जिस देश में पानी पिलाने वाले प्याउ में गिलास को और ट्रेन के डिब्बे में पिछवाड़ा धोने वाले डिब्बे को केवल इसलिए चेन से बाँधकर रखा जाता है कि कोई उसे उठा न ले जाये, वहाँ सुधार की बाते करना बेकार है...असली लोकतंतर हमारे यहाँ आ ही नहीं सकता। लोकतंतर तो पशु-समाज में है। कौनो नैतिकता का दायरा नहीं, कौनो सामाजिक बन्धन नहीं। जिसके साथ जैसे चाहो रहो...! जब हर चीज पर बन्धन लगा दिया जायेगा तो लोकतंतर कैसे आयेगा?'

छेदी बाबू अब पूरे फार्म में आ गये थे। बोले—'...और वह जो यह कह रहा है कि सबको एकजुट होना होगा, सरासर गलत बोल रहा है। मैं तो कहता हूँ कि चाहे पूरी कायनात लग जाये, लेकिन अकेले मदारीपुर के पंडितों को ही एकजुट नहीं कर सकती...! हमें एकजुट करने का प्रयास करना मेंढक तौलने के बराबर है। जब तक एक को सम्हालोगे, दूसरा छिटक जायेगा!'

मिट्ठू भाई ने बीच में ही टोका—'कका आप समझे ही नहीं, इस इंटरभू का मतलब...! चुनावी स्टंट है सब...! परधानी का चुनाव लड़ने की तैयारी में हैं बैरागी भइया...!'

'कोई तैयारी-वैयारी में नहीं है होऽ! हमें सब मालूम है...!' छेदी बाबू ने झुँझलाते हुए कहा।

मिट्ठू बोले—'आप पूरी बात समझी नहीं रहे हैं कका...! भावावेश में मत आइए...! यदि केवल कसाइयों के कोपमात्र से बकरे की गरदन उतर जाया करती तो धरती से हँसुए का अस्तित्व कब का खत्म हो गया होता...! मैं तो कहता हूँ कि पहिले से सावधान हो जाइए और हँसुए की धार तेज करके रखिए, नहीं तो गच्चा खा जायेंगे...!'

छेदी बाबू एकाएक आवेश में आ गये। बोले—'अबे लफंडूस हो का...! झुट्ठे कउआ कान ले के भागा—कउआ कान ले के भागा चिल्लाते रहते हो...! असल में तुम हो भिंडी की तरकारी! हमेशा लिबिर-लिबिर करते रहते हो। न

काटने में आराम, न बनाने में और न ही खाने-पचाने-हगने में...! का कर लेगा बैरगिया परधानी का चुनाव लड़ के? हमार एक्को बरओ नहीं उखाड़ पायेगा।... तीन बार का अनुभौ है हमको परधानी का। अभी रमइया और बिजइया को रोक दूँगा कि हटो हमको आजमाने दो अउर लँगोट कस के मैदान में उतर जाऊँगा। फिर ऐसी पटखनी दूँगा कि अठन्नी वाले सात पुस्त तक याद रक्खेंगे...इंटरभू से चुनाव जीत जाओगे का?'

छेदी बाबू का ब्लडप्रेशर ऊपर चढ़ने लगा था। वे थोड़ा साँस लेकर बोले–'देखो...! परधानी भेड़ियाधसान तो नहीं है। लेकिन साँड़ के पीछे लटकने वाले मांस-पिंड की तरह मादक और गतिशील ज़रूर है। मिला तो मिला, नहीं मिला तो नहीं मिला...! यदि तुमको इसके फल चाभने हैं तो दौड़ते रहो पाँच साल तक पीछे-पीछे। 'अब गिरा कि तब गिरा' के इंतिजार में...! हाँ...! इस दौड़ का भी अपना मज़ा है...! दौड़ने दो स्साले को...!'

मिट्ठू ने टोका–'मान लीजिए सारे अठन्नी वाले एक हो गये और टोलों के अपने सभी असामियों को मिला लिया तो?'

छेदी बाबू तमतमा गये और मदारीपुर की स्थानीय डिक्शनरी के कुछ प्रचलित शब्द-संक्षेपों का इस्तेमाल करते हुए बोले–'तुम अपने को पीजी (परमज्ञानी) समझते हो और हमको पीपी (परमपाड़ा)....? आँयऽ...! आधी राति के खाँसी आवैऽ, साँझही से मुँह बवावैऽ...! वही हाल है तुम्हारा! बैरागी जैसे लोगों का टाइम खत्म हो चुका है इसके लिए...! अइहें तो रौंदि दिहल जइहें सरऊ...! तब्बे समझ में आयेगा कि भेड़ियाधसान किस चिड़िया का नाम है...! तुमने ऊ बैलों वाली कथा नहीं सुनी है का बेऽ...?'

मिट्ठू भाई तनिक सकपकाते हुए और कथा के सम्बन्ध में अपनी अभिज्ञता प्रदर्शित करते हुए बोले–'नाहीं त कका...! तनिक सुनाइए...!'

छेदी बाबू का आत्मविश्वास लौट आया। बोले–'तो सुनो! एक आदमी को अधेड़ उम्र में शादी का शौक चर्राया। वह अपनी इच्छा लेकर लड़की के बाप के पास गया। लड़की के बाप ने अधेड़ के सामने एक शर्त रक्खी। बोला–मैं बारी-बारी से अपने तीन बैलों को छोड़ूँगा। अगर तुम उनमें से एक की भी पूँछ पकड़ लोगे तो मैं तुम्हारे साथ अपनी बेटी का ब्याह कर दूँगा। अधेड़ ने शर्त मान ली और खेत में जाकर खड़ा हो गया। पहले दो बैल इतने ताकतवर थे कि उस अधेड़ की उन बैलों की पूँछ पकड़ने की हिम्मत ही नहीं हुई। अन्त में एक मरियल-सा बैल निकला। अधेड़ खुश हो गया। लेकिन उसने ज्यों ही बैल की पूँछ पकड़ने के लिए हाथ आगे बढ़ाया, एकदम सन्न रह गया क्योंकि

उस बैल की पूँछ थी ही नहीं...! यही हाल तुम्हारे बैरागी का भी होने वाला है। उसे भी बुढ़ापे में परधानी का शौक चर्राया हुआ है। पर हाथ कुछ नहीं लगेगा। परधानी हमरे घर में ही रहेगी। चला है परधान बनने...! बाप न मारे मेंढकी, बेटा तीरंदाज...!'

मिट्‌ठू ने छेदी बाबू से थोड़ा तेल मालिश करने के अन्दाज़ में चुटकी लेते हुए कहा—'मजा आ गया हो कका...! आप भी चीजों को पियाज की एक-एक परत की तरह खोलकर रख देते हैं। लेकिन ई बताइए कि पहिले तो आपकी बैरागी भइया से खूब छनती थी...! अब एतना बैर...?'

'तो का चाहते हो कि लरकई में जिस खाट पर टट्टी-पेशाब किया, उसी पर आज भी मड़इया मारूँ?'

'नहीं कका...! हमारे कहने का मतलब...!'

'कहने का मतलब ई है बेट्‌टा कि जब दो खानदानों में आज तक नहीं पटी तो हमसे कैसे पटती? गलती की उससे दोस्ती निभाकर...अन्त में वही हुआ, जो होना था—राम-रावण का बैर...!'

'तो इसमें राम कौन है और रावण कौन कका?'

'...बहुत बड़े लतख़ोर हो तुम...! कब्बो अपनी आदत से बाज़ आओगे कि नहीं...! लाओ सुरती खिलाओ...! तब सभा विसर्जित की जाय...!'

छेदी बाबू के आदेशानुसार मिट्‌ठू भाई ने इमरजेंसी से, पास में रखा अपना बटुआ खोलने को कहा और फिर उसमें से एक हाथ की हथेली में सुरती को टुकड़ों में करते हुए, दूसरे हाथ की एक अँगुली से चूने की डिबिया में से चूना निकालकर हथेली पर झट से रखा और फिर दोनों यौगिकों को विधिवत् मसलने लगे। गाँव के रसायन विज्ञान के जानकार बताते थे कि इस मसल-क्रिया के कुछ ही सेकंड के भीतर एक बुद्धिवर्धक चूर्ण तैयार हो जाया करता था, जिसे युवाओं द्वारा कोडवर्ड के रूप में 'बीबीसी' का नाम दिया गया था। गाँव के युवाओं को इस तत्व के रस-ग्रहण के प्रशिक्षण के दौरान भी इसे बीबीसी ही पुकारा जाता था और यह नामकरण गोपनीय रखने की पूरी कोशिश की जाती थी, ताकि नव-रसग्राही युवाओं के अभिभावकों को उनके पुत्रों के ज्ञानवान बनाने के एक अन्तरराष्ट्रीय समाचार चैनल के श्रोता बनने अथवा लख़ैरा बनाने के एक प्रारम्भिक रसायन के व्यसनी बनने के बीच भ्रम पैदा किया जा सके।

मिट्‌ठू ने सुरती बनाकर उसका पहला खेप छेदी बाबू की ओर बढ़ाया और फिर बारी-बारी से उपस्थित सभी रसग्राहकों को देने लगे। तदनन्तर बचे हुए अवशेष को सबसे अन्त में स्वयं ग्रहण किया। वस्तुतः यह पूरी प्रक्रिया इलाक़े

में 'सुरती के समाजवाद' के नाम से जानी जाती थी, जिसका जनक मदारीपुर के निवासियों को माना गया था। इस नये प्रकार के समाजवाद का मूल सिद्धान्त यह था कि 'सुरती का सेवन सभी वयस्कों को अनिवार्य रूप से करना चाहिए। क्योंकि इसे खाने वाले सभी स्वजन न केवल एक-दूसरे के प्रति समानता का व्यवहार करते हैं, बल्कि उनके बीच जाति-पाँति-सम्प्रदाय का कोई भेद नहीं रह जाता। इस तरह के व्यावहारिक समाजवाद के रास्ते पर चलकर ही देश को उन्नति के पथ पर अग्रसर किया जा सकता है।' बहरहाल सभा समाप्ति की औपचारिक घोषणा हो चुकी थी। छेदी बाबू ज्यों ही अपने घुटनों पर हाथ रखकर उठने को हुए त्यों ही उनके भतीजे रणंजय भागते हुए आये और सीने पर हाथ रखकर हाँफते हुए बोले–

'चचा! एक बहुत बड़ी दुरघटना हो गयी है...चइता बता रहा है कि आज सुबहें अपना हरवाह मतईया, बैरागी के बगीचे से होते हुए कहीं जा रहा था। तभी उसके ऊपर पेड़ की एक डाल टूटकर गिर गयी। सर फट गया है उसका...! घर वाले उसे लेकर सरकारी हॉस्पिटल में गये हैं! उसकी साँस भर चल रही है। देखिए जान बचती है कि नहीं!'

मिट्ठू बोले–'अरे तो ऊ सारे को बगीचे से होकर जाने की क्या ज़रूरत थी? सड़किया काहें लिए बनी है?'

छेदी बाबू ने मिट्ठू को इशारे से बीच में ही बोलने से रोका और 'राम-राम' कहते हुए धम्म से अपने स्थान पर फिर से बैठ गये। उनके चेहरे पर अब तक तनाव की जो रेखाएँ तैरने लगी थीं, जिसे वे काफी देर से मिट्ठू के साथ अनावश्यक बहस करके छिपाने की कोशिश कर रहे थे, वे क्षण भर में ही मिट-सी गयीं और उस पर अचानक से सुकून की रेखाएँ तैरने लगीं। फिर भी वे अपने तात्कालिक मनोभावों को तनिक छिपाते हुए बोले–

'अबे! तुम तो ऐसे बदहवास हुए जा रहे हो जैसे तुम्हारे बाप मर गये हों...! बेट्टा...! चिन्ता मत करो। सब कुछ ऊपर वाले के हाथ में है। करम के लेखे को कोई मिटा नहीं सकता। जो होना था, वो तो हो गया। जाओ अपना काम करो। मैं देखता हूँ...!'

कहते हुए छेदी बाबू उठे और सबके अभिवादन का बारी-बारी से जवाब देते हुए घर की ओर रवाना हुए, मन-ही-मन प्रफुल्लित होते हुए और यह सोचते हुए कि 'चलो ससुरा! बैठे-बिठाए बैरगिया के इंटरभू की काट मिल गयी...!'

9

आज मदारीपुर के हरिजन टोले में अजीब-सा सन्नाटा पसरा हुआ था। एक दिन पूर्व राह चलते पेड़ टूटकर गिरने के कारण गम्भीर रूप से घायल मतई की मृत्यु हो गयी थी और इस प्रकार एक अच्छा-ख़ासा इंसान असमय ही इस धरती से विदा हो गया था। जीवन और मौत के बीच चले कठिन संघर्ष में मतई ने ज़िले के सबसे बड़े सरकारी अस्पताल में अपनी अन्तिम साँसें ली थीं।

उसका इलाज कर रहे डॉक्टरों की टीम ने हमेशा की तरह अस्पताल के प्रांगण में दुर्घटना से मरने वाले तमाम मरीज़ों की भाँति मतई के बारे में भी केवल इतना ही बताया था कि 'दरअसल घायल के सिर के फटने से खून अधिक निकल गया था और अन्दर का घाव भी बहुत गहरा हो गया था। इसलिए लाख कोशिशों के बावजूद उसे बचाया न जा सका।'

बहरहाल, जब मतई की लाश अस्पताल से निकलकर चीर-घर होते हुए डिलिया घाट पर स्थित श्मशान स्थल पर पहुँची तो कुछ समय के लिए उसके दाह-कर्म को सम्पादित करने को लेकर भी किंचित् संकट की स्थिति उत्पन्न हो गयी। यदि परम्परागत सामाजिक व्यवस्था में महिलाओं को श्मशान घाट पर जाने की इजाज़त दी गयी होती तो आज यह धर्म-संकट उत्पन्न नहीं हुआ होता, क्योंकि तब मतई की तेजतर्रार और चढ़बाँक बीवी मेघिया इस क्रिया को अंजाम देने में सक्षम होती...! श्मशान घाट पर मतई की लाश कई घंटे तक केवल इस जद्दोजहद में पड़ी रही कि आख़िर मृतक को मुखाग्नि कौन देगा? समस्या केवल यह नहीं थी कि लाश को आग कौन लगाएगा; बल्कि असल मुद्दा यह था कि मतई के किरिया-करम होने तक तमाम वर्जनाओं के अक्षरशः अनुपालन की ज़हमत कौन उठाएगा?

अन्त में मतई के परिवार के चइता नामक एक भतीजे ने, जो कबीरपन्थ का अनुयायी था और अरसे से समाज की सड़ी-गली मान्यताओं के विरुद्ध अपनी बिरादरी के लोगों को जगाने में लगा हुआ था, मुखाग्नि देने के लिए हामी भरी। उसने मतई के शरीर को आग लगाकर न केवल 'सगे पुत्रों के द्वारा आग लगाये जाने पर ही मोक्ष-प्राप्ति' जैसी सनातन मान्यता को भी मुखाग्नि दी, बल्कि मतई के शरीर के दाह-कर्म के दौरान संस्कृत के श्लोकों का अपनी टूटी-फूटी भाषा में उच्चारण कर पंडित-कर्म निभाते हुए अनादिकाल से चले आ रहे पंडितों के इस एकाधिकार को भी चुनौती दे डाली।

उधर दिवंगत मतई के दरवाज़े पर गाँव और टोले के लोगों का भारी जमघट लगा हुआ था। मतई की बीवी मेघिया, उसके छह अबोध बच्चों तथा उसकी अधेड़ माँ का रो-रोकर बुरा हाल हो रहा था। मुहल्ले की तमाम महिलाएँ, जिनकी मतई के जीते-जी मेघिया से कभी नहीं पटी, वे भी आज दुःख की इस कठिन वेला में मतई के परिवार के साथ खड़ी थीं और बिलख-बिलख कर रो रही मेघिया और उसकी सास के निरन्तर बहने वाले आँसुओं को पोंछने में लगी थीं। इस प्रक्रिया में वे कई बार खुद भी भावुक हो जातीं और अपने अँचरे से चेहरे को ढँक लेती थीं। उनमें से कई ने तो अत्यधिक मोहग्रस्त होकर मेघिया के दो दुधमुँहे बच्चों को न केवल अपनी छाती से चिपका लिया था बल्कि उन्हें अपना दूध पिलाकर, मानवीय भावनाओं के पुनः सृजन का एक नया उदाहरण भी प्रस्तुत कर रही थीं।

मतई के अनाथ हुए तथा निरन्तर रो रहे बच्चों में से कई को तो यह भी मालूम नहीं था कि आख़िर वे रो क्यों रहे हैं...! वे तो बस अपने बाबू की ग़ैर मौजूदगी में चलने वाले इस सम्पूर्ण रुदन-क्रिया में अपने भाई-बहनों का साथ देने के लिए इसमें सहभाग भर कर रहे थे, जैसा वे कई बार अपनी अम्माँ से पिटने के बाद किया करते थे। अन्तर बस इतना था कि इस बार उन्हें पीटने वाली सत्ता पहले से ही इस रुदन-क्रिया में सम्मिलित थी जिसके कारण वे किसी बड़ी अनहोनी की आशंका से डर-से गये लगते थे और लोगों की भारी भीड़ की उपस्थिति के कारण थोड़े बदहवास भी हो गये थे। इस कारण उनके भीतर के 'भय तथा चीत्कार का वॉल्यूम' थोड़ा बढ़ा हुआ था।

इस समय मतई के दरवाज़े पर तमाशबीन के रूप में जमा हुए टोले के अधिकांश निवासियों की सहानुभूति एकपक्षीय ढंग से मतई के लिए हो गयी थी। लोग आपस में तरह-तरह की बातें कर रहे थे। कोई कहता कि 'अच्छे इंसान की भगवान् के यहाँ भी बहुत पूछ होती है।' तो कोई यह फरमाता कि 'जिस व्यक्ति ने अपने जीवन में कभी अनजाने में एक मच्छर तक भी न मारा हो, नियति ने उसके साथ बहुत क्रूर मज़ाक किया।' कोई कहता कि 'वह निहायत सीधा-सादा और सरल इंसान था।' कोई उसे 'सादगी में गाँधी बाबा के समतुल्य' बताने की कोशिश कर रहा था। भीड़ में उपस्थित एकाध लोग अपने व्यक्तिगत अनुभव के आधार पर मतई की सज्जनता का बखान करते हुए यह भी बताने में लगे थे कि कैसे अपनी सज्जनता के चलते मतई कई अवसरों पर रास्ते में खड़े गधे से भी बच-बचाकर निकल जाया करता था। कुल मिलाकर गाँव के उत्थान-पतन का मौखिक रजिस्टर संरक्षित करने वालों के रिकॉर्ड में मतई रातों-रात ही एक

अवतारी पुरुष के रूप में दर्ज हो गया था, जिसे विधाता की ओर से इस लोक की सेवा का बहुत कम समय मिल पाया था।

रिकॉर्ड के मुताबिक़, अन्य अवतारों से थोड़ा भिन्न मतई का जन्म एक निहायत ही ग़रीब परिवार में हुआ था और मतई ने अपने इस अवतार में सभी सांसारिक समस्याओं के साथ खुश रहकर जीना सीख लिया था। वैसे तो ग़रीबी और जिहालत निरन्तर रिस रहे बवासीर के मर्ज़ की तरह है, लेकिन जिसको इसके साथ जीने की आदत पड़ जाये तो फिर इसका भी अपना अलग ही मज़ा है...! मतई अपनी पत्नी, माँ और छह सन्तानों सहित कुल नौ लोगों के परिवार का इकलौता खेवनहार था। गाँवों में, परिवार में अधिक बच्चों के होने के पक्ष में ग्रामवासियों के अपने वाजिब तर्क हैं। मसलन बच्चे भगवान् के अवतार माने जाते हैं। इसलिए उनके इस संसार में सहज आगमन पर किसी प्रकार की रोक की कोशिश को ठीक नहीं समझा जाता। फिर पूरब की पूरी धरती ही चावल की धरती है। आदमी चावल खाता है, अलसाता है और सो जाता है। ऐसी मान्यता है कि इस आलस के मूल में ही बच्चों के सृजन का रहस्य छिपा हुआ है। ख़ैर...!

मतई के ज़िम्मे अपने इन बच्चों के पालन-पोषण के अलावा दरवाज़े पर बँधे दो बैलों के सानी-पानी तथा बाड़े में क़ैद बारह सूअरों को नियमित रूप से खिलाने-पिलाने-टहराने की भी इकलौती ज़िम्मेदारी हुआ करती थी। बताते हैं कि मतई के जीते-जी मेघिया ने कभी इन पशुओं की ओर आँख उठाकर भी नहीं देखा था। और आज मेघिया के रुदन में इस भावना की झलक भी स्पष्ट रूप से दिखाई दे रही थी। मसलन, वह गायन-शैली में निरन्तर रोते-रोते कह उठती—

'अरे मोरे मइया रे मइया...!
आ...हा...हाऽऽ...!
अब हमरे आगे-पीछे
केहु नाहीं रेऽ...
हम लुटि गये
बरबाद हो गये...
अब हम्मे पटिदारन से
लड़ने से कउन रोकेगा...!
इन बच्चन के नून-तेल कै
इंतिजाम कउन करेगा...!'

मतई पिछले बीस-बाईस साल से छेदी बाबू का असामी और अधियरा हुआ

करता था और उनके विक्रय से अवशेष बचे खेतों के खाद-पानी-बीज तथा कोड़ाई-जुताई-कटाई-दँवाई का काम देखता था। इसलिए विपत्ति की इस घड़ी में छेदी बाबू उसके परिवार का पुरसाहाल लिए बिना कैसे रह सकते थे...! वे अपनी फौज के साथ हरिजन टोले की ओर चल पड़े।

छेदी बाबू को पूरे लाव-लश्कर और ताम-झाम के साथ टोले की ओर आता देख हरिजन बस्ती के वे तमाम बेरोज़गार युवा, जो अब काम के अभाव में साहित्य प्रेमी बन चुके थे और नित्यप्रति बगीचे में बिछाई गयी खाट पर पूरे मनोयोग से केशव पंडित, वेद प्रकाश वर्मा, गुलशन नन्दा, रानू, कुशवाहा कांत, इब्ने सफ़ी आदि के मूलतः मानवीय सम्बन्धों के क़त्ल पर आधारित रचनाओं, मसलन–'शाकाहारी खंजर', 'शिखंडी', 'खून से सनी वरदी', 'लाश पर सजा तिरंगा', 'नागिन माँगे दूध', 'दहेज में रिवाल्वर', 'खून की बौछार', 'अन्धा वकील गूँगा गवाह' जैसी महान् घासलेटी साहित्यिक कृतियों तथा 'मस्तराम-साहित्य' के विविध संस्करणों का नियमित रसपान किया करते थे, अचानक से उठ बैठे और किसी गम्भीर काना-फूसी में व्यस्त हो गये। फिर सभी मद्धिम कदमों से छेदी बाबू के पीछे चल पड़े।

जब मेघिया ने छेदी बाबू को अपने घर की ओर आते हुए देखा तो उसका रुदन थोड़ा और तेज़ हो गया। फिर वह गद्यात्मक-शैली में चिल्ला-चिल्लाकर यह कहते हुए रोने लगी कि–

'...लतमरुआऽ...! हमके अकेल्ले छोड़ि के चलि दिया...! हमको भी अपने साथ ले जाता...! पापीऽ...!'

छेदी बाबू गमगीन मनःस्थिति का लबादा ओढ़े मतई के दरवाज़े पर पहुँचे और चइता द्वारा पहले से ही उनकी आवभगत में एक किनारे बिछाई गयी खाट पर बैठ गये। पूरे गाँव में छेदी बाबू अकेले ऐसे 'महात्मा' थे, जिनकी चइता इज़्ज़त करता था। बाकी को तो वह हरिजन टोले का दुश्मन समझता था। यदि उसका वश चलता तो वह इस सड़ी-गली व्यवस्था को कब का उखाड़कर फेंक चुका होता! पर न जाने क्यों छेदी बाबू के व्यक्तित्व में उसे सादगी नज़र आती थी और उसे छेदी बाबू में जातीय-उच्चता की भावना भी औरों की तुलना में कुछ कम दिखाई पड़ती थी। फिर छेदी बाबू मतई के गुरुघराने से भी आते थे। इसलिए चइता के मन में छेदी बाबू के प्रति सम्मान का भाव अभी भी जीवित था। इसके अतिरिक्त उसकी थोड़ी-बहुत दोस्ती छेदी बाबू के भतीजे बिजई से भी थी। हालाँकि इस दोस्ती के पीछे का असल कारण मधुशालाओं में उनकी कभी-कभार होने वाली बैठकें ही थीं, कुछ और नहीं!

आज मतई के दरवाज़े पर छेदी बाबू के साथ चवन्नी पट्टी के रमई, बिजई, **अंजय, मंजय,** रणंजय के अलावे लल्लन-मल्लन-ढिल्लन जैसे कई बड़े-बुजुर्ग भी आये थे तथा इस समय माहौल को तनिक राजनीतिक रंग देने के लिए आपस में खुसुर-पुसुर करने में व्यस्त थे। टोले के घासलेटी साहित्य के पाठक भी उन्हें हतप्रभ घेरे हुए खड़े हो गये थे। कई बार ऐसा होता है कि जब किसी के घर 'मरन' के चलते वातावरण ग़मगीन होता है तो परिवार के लोग रोते-रोते अकसर विश्राम की मुद्रा में तनिक रुक जाते हैं और रोज़मर्रा की ही भाँति एक-दूसरे से खान-पान की तैयारी के बारे में पूछने लगते हैं। फिर लोगों की उपस्थिति को भाँपकर अपने रुदन कार्यक्रम को पूर्ववत् जारी रखते हैं। मेघिया और चइता की माँ के बीच चल रहे ऐसे ही कठिन वार्त्तालाप के क्षणों में, माहौल को थोड़ा शान्त पाकर बिजई ने इशारे से चइता को अपने पास बुलाया और उसके कानों में कुछ कहा। इसके तुरन्त बाद ही मतई की बूढ़ी माँ और मेहरारू मेघिया, छेदी बाबू के पास आयीं और छेदी उन्हें धीरज रखने की तमाम नसीहतें देने लगे। साथ ही इस वार्त्ता के क्रम में कई बार 'सब ठीक हो जायेगा—सब ठीक हो जायेगा' का भी उच्चारण करते रहे।

मेघिया ने छेदी बाबू के मुँह से इस खोखले ढाड़स को सुनकर अपनी रुदन क्रिया को कुछ क्षण के लिए विराम दिया तथा अत्यन्त आक्रामक होते हुए बोल उठी—

'कइसे सब ठीक हो जइहें मालिकऽ...? का मतई लउटि अइहेंऽ...? हमार तो सब कुछ छिनि गया... अब हम कइसे जियबेंऽ...?'

छेदी बाबू यद्यपि मेघिया से बहस करने की स्थिति में नहीं थे, फिर भी उसे सब्र की घुट्टी पिलाते हुए बोले—'धीरज रक्खो मेघिया...! जब ऊपर वाला एक दरवाज़ा बन्द करता है तो दस रास्ते खोल देता है...! समय का इन्तिज़ार करो, वही सारे जख़्म भरता है...! तुम्हारे भी भरेगा...'

छेदी बाबू के इस स्नेह भरे मरहम से मेघिया द्रवित हो गयी और अपने दूध पीते बच्चे को अपनी छाती से चिपका लिया। फिर अपने माथे को छेदी बाबू के घुटनों पर रखकर रोने लगी। छेदी बाबू ने दिखावे के स्नेह में उसके सिर पर अपने हाथ फेरे और चइता को इशारा कर मेघिया को उनसे दूर हटाने को कहा। अन्त में लौटने के पूर्व छेदी बाबू ने अपने कुरते की थैली में हाथ डाला और उसमें से बटुआ निकालकर पहले से ही सँजोकर रखे गये पाँच हजार की गड्डी को मेघिया के हाथ में रखते हुए बोले—

'मतइया हमारा हाथ-पैर था...देवता था—देवताऽ...! उसके चले जाने का

दुक्ख हमको भी है...परेशान मत हो...जब ऊपरवाले ने पेट दिया है तो वही भरेगा भी...पहिले किरिया-करम निबिटाओ...फिर बाकी इंतिजाम होगा...बीच में अनाज-पानी की कौनों ज़रूरत हो तो चइता को दरवाज़े पर भेज देना।'

चलते-चलते छेदी बाबू ने चइता को एक ओर किनारे बुलाया और निरन्तर चल रहे कराह एवं कोलाहल के माहौल के बीच, उसे सांकेतिक भाषा में कुछ समझाने की कोशिश की। फिर अपने साथी-संघातियों के साथ वापस लौट गये।

10

मतई की मृत्यु की घटना की जानकारी तो बैरागी बाबू को भी हो गयी थी, पर वे सम्भवतः किसी काम के सिलसिले में बाहर गये थे और वापस लौटने के बाद बैदजी से मन्त्रणा करने के उपरान्त माहौल थोड़ा अनुकूल होने का इन्तज़ार कर रहे थे। जेठ की तपती दोपहरी का समय था। बैरागी बाबू अपने नवरत्नों में से कुछ सदस्यों—माथाकुँवर, गुरुघंटाल और खब्बू पाड़े के साथ ओसारे में बैठकर ताश खेलकर मन को बहलाने और हल्का करने की कोशिश में लगे हुए थे। पर न जाने क्यों! इस खेल में हमेशा ही सबको मात देने वाले बैरागी बाबू को आज समझ में नहीं आ रहा था कि अपनी चाल चलने के लिए कौन-सा पत्ता फेंकें और कौन-सा छिपाकर रखें। खेल मगर फिर भी जारी था।

इतने में मोटरसाइकिल सवार लोटन-घोटन नामधारी दो सिपाहियों की गाड़ी आकर रुकी। उनमें से एक ने दूसरे से धीरे से कहा—'घर तो यही लगता है, लेकिन पूछना पड़ेगा!' फिर उसने ज़ोर से चिल्लाकर पूछा—'अरे! बैरागी का घर यही है?' इतना सुनना था कि राजा-महाराजाओं के ज़माने से निरन्तर चला आ रहा यह ऐतिहासिक खेल एकाएक वहीं रुक गया और गुरुघंटाल ने सरपट सबके सामने बिखरे और हाथों में पड़े पत्तों को समेटना शुरू कर दिया। सिपाही ने थोड़ा बदले हुए अन्दाज़ और ऊँचे स्वर में अपना प्रश्न फिर से दुहराया—

'...अरे! मैं तुम्हीं लोगों से पूछ रहा हूँ—बैरागी का घर यही है?'

पत्ते अब तक समेटे जा चुके थे। सवाल छूटते ही तीनों नवरत्नों ने पहले एक-दूसरे की ओर, फिर एकटक बैरागी बाबू की ओर देखा। अन्त में बैरागी बाबू ने सिपाहियों की ओर मुख़ातिब होते हुए पूछा—

'बताइए?'

दूसरे सिपाही ने झट अपने पॉकिट से काग़ज़ का एक टुकड़ा हवा में लहराते

हुए कहा—'थाने का सम्मन है...! बता देना...! बड़े साहब ने बुलाया है...!'

इस बार बैरागी बाबू की ओर से माथाकुँवर ने सवाल पूछा—'आज ही आना ज़रूरी है...!'

सिपाही बोला—'आज ही नहीं, अभी...! कल तो बहुत लेट हो जायेगा। सम्मन गेट पर चस्पा कर दे रहा हूँ, उनसे बता देना...बाकी वो जानें अउर उनकी किस्मत...!'

कहते हैं कि गाँव के लोग न केवल बहुत ही इज़्ज़तदार बल्कि इज़्ज़तपसन्द भी होते हैं। उनकी इस इज़्ज़त को तब तक कोई माई का लाल बट्टा नहीं लगा सकता जब तक कि उनके दरवाज़े पर पुलिस न आ जाये...! बैरागी बाबू इस मर्म को बख़ूबी जानते थे और इसीलिए यह जानते हुए भी कि 'पुलिसवालों की दोस्ती और दुश्मनी दोनों अच्छी नहीं होती,' इलाक़े में अपनी हनक बनाये रखने के लिए थाने के पूरे स्टाफ को बाक़ायदा खिला-पिलाकर दुरुस्त रखते थे। संयोगवश इसी महीने थाने का सारा स्टाफ बदल दिया गया था। अन्यथा इन पुलिस वालों के सामने उनको पहचान के इस नये संकट का सामना हरगिज़ नहीं करना पड़ता...! गाँव वाले पुलिस वालों के इस आगमन की बात का बतंगड़ न बना दें, इसीलिए बैरागी बाबू ने सिपाहियों से थोड़े निवेदन के भाव से कहा—

'आइए साहब...! कुछ पानी-वानी पीकर जाइएगा।'

दूसरा सिपाही बोला—'...अभी पानी पीने का टाइम नहीं है। लौटकर रिपोर्ट करना है...!'

इतना कहते हुए दूसरे सिपाही ने अपनी जीभ बाहर निकाली और झट से उस पर अपने दायें हाथ को रगड़ा। फिर इस क्षणिक अन्तराल में हाथ द्वारा ग्रहण किये गये थूक को सम्मन के पिछले पृष्ठ पर पोतने लगा। अन्त में उसने एक झटके में ही सम्मन को दीवार पर थपकी मारकर चिपका दिया। फिर दोनों सिपाही मोटरसाइकिल घुमाते हुए वापस निकल गये।

बैरागी बाबू का दाँव उलटा पड़ा। पर वे कुछ कर भी नहीं सकते थे। 'थाने से बुलावा...?' 'सम्मन?' दूसरों के झगड़े में रोज़ ही पुलिसवालों से उनकी पैरवी करने वाले बैरागी बाबू, स्वयं के इस आकस्मिक आमन्त्रण से चकरा से गये थे। उनकी अपनी बुद्धि ने कोई समाधान बताने से इनकार करते हुए जवाब दे दिया था। इस आपातकालीन वेला में उन्होंने बैदजी से परामर्श करना ही उचित समझा।

बैद आत्मानन्द सुबह के मरीज़ों को देखने के उपरान्त घर आ गये थे और भोजन करके आराम फ़रमा रहे थे। 'बैरागी आये हैं', यह सुनते ही वे तुरन्त घर से बाहर निकले और साथ के नवरत्नों को बाहर बैठने का इशारा करके उन्हें अपने

बैठके में लिवाकर चले गये। लगभग दस मिनट की गहन मन्त्रणा के बाद अठन्नी के दोनों पंडित सुकून की मुद्रा के साथ बाहर निकले। तय हुआ कि पहले बैरागी बाबू कुछ चुनिन्दा नवरत्नों के साथ थाने जायेंगे और वहाँ पहुँचकर नये थानेदार से मामले को समझने की कोशिश करेंगे। फिर जैसी स्थिति-परिस्थिति बनेगी उसके हिसाब से निर्णय लिया जायेगा। नवरत्नों में से कुल चार लोग—गुरुघंटाल, केला मिसिर, भौकाली भाई और सीरा काका—न केवल पूरे समय साये की तरह बैरागी के साथ बने रहेंगे, बल्कि पल-पल की ख़बर रखते हुए कोई विशेष परिस्थिति उत्पन्न होने पर तत्काल बैदजी को अवगत कराएँगे।

बैदजी के निर्देश पर तात्कालिक रूप से गठित इस 'अनुशीलन समिति' ने सर्वसम्मति से यह निर्णय लिया कि थाने जाने के लिए निजी गाड़ी के स्थान पर किसी अन्य साधन का इस्तेमाल किया जाये, ताकि छेदी के गड़खुल्ले खुफियागीरों को इस गोपनीय-यात्रा का पता न चल सके। तय किया गया कि सर्वप्रथम पीपल चौराहे पर पहुँचकर अविलम्ब एक गाड़ी रिज़र्व कर ली जाय और उससे ही आने-जाने का रास्ता तय किया जाये। बाक़ी रणनीतियाँ रास्ते में डिस्कस कर ली जायेंगी।

सभी सदस्य बदली हुई वेशभूषा में तैयार होकर पीपल चौराहे पर पहुँचे। केवल केला मिसिर ही अपने निजी कारणों से पैंट के स्थान पर लुंगी को पूर्ववत् धारण किये रहे। इस नियमित और अपरिवर्तनीय परिधान के शगल के साथ मिसिर जी के शारीरिक आवरणों की एक अतिरिक्त विशेषता यह थी कि चाहे गरमी हो, जाड़ा हो या फिर बरसात—वे अपने साथ सदैव एक छाता भी लिए रहते थे। इस छाते का उपयोग वे धूप या बरसात से अपनी सुरक्षा के लिए नहीं, बल्कि अपने आस-पास घूमनेवाले गाँव के आवारा कुत्तों को खदेड़ने के लिए किया करते थे। बताते हैं कि एक बार कुत्तों की एक देशी जमात ने मिलकर उनकी लुंगी को सरेराह खींच लिया था। तभी से वे अपनी लुंगी की सुरक्षा को लेकर तनिक अधिक गम्भीर हो गये थे।

समिति के सदस्य पीपल चौराहे पर स्थित पीपल के विशालकाय वृक्ष के नीचे गाड़ी के इन्तज़ार में खड़े हो गये। कुछ देर के इन्तज़ार के बाद समिति के सदस्यों को सामने से एक जीप आती हुई दिखाई पड़ी। इलाक़े के लोग इस तरह के वाहनों को 'जुगाड़ गाड़ी' के नाम से सम्बोधित करते थे। क्योंकि यह गाड़ी स्थानीय अभियन्त्रण-सेवा के स्वयोषित तकनीकी विशेषज्ञों द्वारा तैयार की गयी थी और इस गाड़ी की सबसे ख़ास विशेषता यह हुआ करती थी कि इसमें लगे पम्पिंग सेट के इंजन को छोड़कर इसका कोई भी हिस्सा अपना नहीं होता था, बल्कि उसे विविध वाहनों से इकट्ठा करके और वेल्डिंग-विधा के सहयोग से

जोड़-तोड़ करके बनाया जाता था। बड़े ग़ौर से देखने पर ही उसके गाड़ी होने का एहसास हो पाता था। फिर भी वह मदारीपुर को जोड़ने वाली सड़कों पर रोज़ ही सरपट दौड़ती थी और एकाध अवसरों को छोड़कर, जब उसके चक्के अचानक से खुल जाते या स्टीयरिंग फ़ेल हो जाता, इलाक़े के लोगों को अकसर उनके गन्तव्य तक पहुँचा देती थी।

बहरहाल, जब जीप ड्राइवर ने चौराहे पर वाहन का इन्तज़ार करते चार-पाँच लोगों को इकट्ठे देखा तो उसने पचास मीटर पहले से ही ब्रेक लगाना शुरू कर दिया और विश्वास मानिए! चौराहे से बमुश्किल बीस क़दम आगे जाकर जीप रुक भी गयी। जीप के आगे का हिस्सा बिल्कुल फुल था, क्योंकि इलाक़े के लोगों को जीप के आगे के हिस्से में बैठकर सफ़र करने में अतिरिक्त गौरव की अनुभूति होती थी। यही नहीं, पीछे की सीटों में भी सवारियाँ ठुँसी हुई थीं। अनुशीलन समिति के एक सदस्य गुरुघंटाल ने ड्राइवर से इशारे से पूछा–

'हम पाँच आदमी हैं...हमें कहाँ बैठाओगे?'

सवारियों के बीच 'डरेईबर' के नाम से लोकप्रिय वाहन चालक ने, जिसके शरीर का तीन चौथाई हिस्सा जीप से बाहर निकला हुआ था, कोशिश करके अपने शरीर को तनिक अन्दर की ओर धकेलते हुए तथा अपने मुँह में दबाकर रखी गयी ठोस कसैली को द्रव रूप में परिवर्तित कर बाहर निकालते हुए कहा–

'आओ लटकि लो...! आगे वाले मोड़ पर तीन सवारी उतरेंगी तब बइठि जाना...!'

अनुशीलन समिति के सदस्य, जो इस तरह के गौरव को हासिल करने की तनिक भी पात्रता नहीं रखते थे, इस वाहन पर कभी लटककर तो कभी बैठकर बड़ी मुश्किल से अपनी यात्रा सम्पादित करते हुए थाने तक पहुँचे।

थाना अपनी मौजूदगी की कहानी स्वयं कह रहा था। थाने के बाहर लगे गेट को लाल और नीले रंग के संयुक्त रंग में रँगा गया था और गेट के ऊपरी हिस्से में मोटे अक्षरों में–'जनपद का आदर्श थाना–नेबुआ' लिखा गया था। गेट के बायीं ओर के पाये पर इस आदर्श थाने में आम जनता को दी जानेवाली तमाम सुविधाओं का उल्लेख किया गया था तो दूसरे पाये पर कुछ स्पष्ट वर्जनाओं का भी; मसलन–'थाने के भीतर दलालों का प्रवेश वर्जित है', 'रिश्वत देना और लेना दोनों ही दंडनीय अपराध है,' 'दीवारों पर पोस्टर चिपकाने या पेशाब करने पर पाँच सौ जुर्माना देय होगा' आदि-आदि।

थाने के ठीक सामने चाय की एक पुरानी गुमटी हुआ करती थी और उससे दस क़दम की दूरी पर आश्चर्यजनक रूप से 'इंग्लिश स्पीकिंग कोर्स' का पाठ

कराने वाला एक संस्थान भी; जहाँ हमेशा आने-जानेवालों की भीड़ लगी रहती थी। बैरागी बाबू और शेष सभी सहयोगी थाने के दस क़दम पहले ही जीप से उतर गये और माहौल का जायज़ा लेने के लिए टहलते हुए चाय की दुकान पर आकर बैठ गये। थाने के नाक के ठीक नीचे इस तरह के इंग्लिश स्पीकिंग कोर्स का लम्बे समय से नियमित और बेखौफ़ संचालन यों ही नहीं चला आ रहा था, बल्कि संस्थान के मालिक इसके एवज़ में थाने को 'हफ़्ता' नामक कोई स्थानीय शुल्क दिया करते थे।

यहाँ पर चलने वाले कोर्स की कुछ ख़ास और निजी विशेषताएँ हुआ करती थीं। मसलन, यहाँ आनेवाले प्रशिक्षणार्थियों को महीने-दो महीने में नहीं, बल्कि चमत्कारिक ढंग से मात्र दस मिनट में अंगरेज़ी बोलना सिखाया जाता था। आश्चर्य यह कि मौक़े पर न तो कोई शिक्षक, न ही कोई शिक्षार्थी; न कोई श्यामपट, न चाक और न ही कोई डस्टर...! यहाँ आने वाले सभी 'गुरु' थे। दरअसल वे आपस में एक-दूसरे को इसी नाम से सम्बोधित करके बुलाते थे। सब-के-सब अपने-अपने फ़न में माहिर...! संस्थान की ख्याति इलाक़े में बहुत दूर-दूर तक थी, क्योंकि एक तो यहाँ पर उपलब्ध कराए गये मटीरियल अपेक्षाकृत उच्चकोटि के हुआ करते थे और दूसरे यहाँ जाति-बिरादरी को लेकर कोई भेद-भाव नहीं रखा जाता था। संस्थान के दरवाज़े सभी के लिए खुले हुए थे। कदाचित् इसीलिए संस्थान में ज्ञान प्राप्त करने वालों की चौबीसों घंटे लाइन लगी रहती थी।

लोग अज्ञानता के गधे पर चढ़कर हाथ-में-हाथ डाले आते और सर्वप्रथम संस्थान के भीतर एक ओर मोढ़े पर पालथी मारकर बैठे हुए इंचार्ज को आरम्भिक प्रवेश शुल्क अदा करने के बाद उससे 'अंगूरी', 'गुलाबो' या 'माधुरी' नामक मटमैले रंग का तरल पदार्थ हासिल करते। फिर ज़मीन पर ही तीन-तीन, चार-चार की टोलियों में ग्रुप-डिस्कसन करने की मुद्रा में बैठ जाते। उनमें से एक साथी गिलासें फैलाकर उसमें मटमैले द्रव को निर्धारित मात्रा में डालता जाता और दूसरा उसमें बारी-बारी से पानी डालता जाता था। फिर सभी एक साथ गिलासों में भरे गये इस मिश्रण को उठाकर, अपने साथ लेकर आये प्याज और नमकीन के टुकड़ों के साथ गटकने लगते थे। लगभग आठ से दस मिनट के भीतर ही मिश्रण अपना असर दिखाना शुरू कर देता था और अंगरेज़ी किसी पुरानी चुड़ैल की तरह सिर चढ़कर बोलने लगती थी। तदनन्तर सभी ज्ञान के हाथी पर चढ़ने की कोशिश में लड़खड़ाते हुए और बिल्कुल फिरंगी भाषा में बुदबुदाते हुए बाहर निकलते थे। संस्थान इलाक़े में 'मदिरालय' के नाम से बिख्यात था। हालाँकि कुछ लोग इसे स्थानीय भाषा में 'चकड़ियहवा आश्रम' भी पुकारते थे।

बैरागी बाबू ने अपने नवरत्नों के साथ चाय की दुकान पर बैठे-बैठे एक नज़र संस्थान की ओर दौड़ायी। 'यह क्या...!' स्वयं को छिपते-छिपाते थाने तक पहुँचने वाले बैरागी बाबू, तत्समय संस्थान से ज्ञान प्राप्त कर बाहर निकल रहे चिर-परिचित चेहरों को देखकर बिल्कुल चौंक गये। उनके मुँह से अचानक ही निकल पड़ा—

'जेकरा खातिर अलगै भइनीं, उहे परल बखरा...!'

बाकी नवरत्नों ने भी देखा कि संस्थान के भीतर से मटका मामा, हबीब मियाँ और कभी बैरागी के घनिष्ठ मित्र रहे घरभरन सिंह बाहर निकलते हुए उनकी ओर ही चले आ रहे हैं। इस सत्य का साक्षात्कार होते ही सबने अपने मुँह दूसरी ओर घुमा लिए। लेकिन जिनके सिर पर ज्ञान की भारी गठरी हो उन्हें राह में आने-जानेवाले मूढ़ों से उलझने से क्या वास्ता? तीनों साथी झूमते हुए तथा अपने अर्जित ज्ञान का सार्वजनिक वितरण करते हुए अपनी राह चल निकले।

थोड़े और इन्तज़ार के बाद बैरागी बाबू ने अपने नवरत्नों के साथ थाने के भीतर प्रवेश करने का साहस किया। थाने के एक ओर कुछ टूटी-फूटी गाड़ियाँ बिखरी हुई थीं और अहाते में स्थित मुख्य भवन के प्रवेश-द्वार पर एक दर्पण लगाया गया था, जिस पर लिखा हुआ था कि 'क्या मेरी वर्दी ठीक है?' भीतर के एक कक्ष में दो सिपाही थाने में अपने पिता के साथ, दुष्कर्म की रपट लिखाने आयी किसी युवती का बायोडाटा नोट कर रहे थे और इस प्रक्रिया के बीच-बीच में इलाक़े के कुछ नामी-गिरामी बदमाशों के नामों के साथ सीधे 'मइया-बहिनिया' का उच्चारण भी कर रहे थे। दरअसल नेबुआ थाने की पूरी पुलिस व्यवस्था मातृसत्तात्मक समाज में यक़ीन रखती थी, इसीलिए वे भाई और पिता के बजाय माँ और बहन के सम्बन्धों के माध्यम से अपनी भावनाओं की अभिव्यक्ति में भरोसा करते थे।

थाने के ही प्रांगण में दूसरी ओर 'गैर-लाइसेंसी कट्टा संघर्ष समिति' के सदस्यों और कुछ अन्य पुलिसवालों की एक गुप्त समीक्षा बैठक भी चल रही थी और विगत मास में समाज में आर्थिक विषमता दूर करने के लिए समिति द्वारा चलाए गये अघोषित अभियान से प्राप्त माल के बँटवारे पर चर्चा जारी थी। दरअसल इस समिति ने किसी ज़माने से ही अपने अथक प्रयासों से थाने के पुलिसवालों का इस क़दर मन मोह लिया था 'स्लीपिंग सिकनेस' की शिकार स्थानीय पुलिस और संघर्ष समिति के बीच 'चुम्मा-चुम्मी का रिश्ता' बन गया था। यह एक नये प्रकार का 'लिव-इन-रिलेशनशिप' था। दोनों ही बेचारे किसी तरह दिन के उजाले में अपने-अपने कर्तव्यों का निर्वहन करते और फिर इसी प्रकार सन्ध्या के समय या रात के अँधियारे में एक-दूसरे के सान्निध्य से अपनी थकान मिटाते थे।

मुख्य भवन के एक पृथक् कक्ष में दीवान की कुरसी लगी हुई थी, जिस पर बैठा हुआ आदमी आस-पास की कारगुजारियों से बिल्कुल ही बेख़बर शान्तचित्त होकर अपने काम में मशगूल था। इस माहौल में बैरागी बाबू के साथ सीरा काका, जो अपने जवानी के दिनों में कुछ 'नवाबी शौक़' रखने के कारण अलग किस्म के हाव-भाव के लिए प्रसिद्ध थे, ने तनिक साहस दिखाते हुए दीवान के नज़दीक जाकर अपने अन्दाज़ में उससे पूछा–

'बड़े साहब कब मिलेंगे?'

दीवान इस समय सम्भवतः कोई ऐतिहासिक मुक़दमा लिखने में व्यस्त था। इस हस्तक्षेप से उसने अपनी चलती हुई कलम को बीच में रोका और अपनी आँखों पर चढ़े चश्मे को थोड़ा नीचे खिसकाकर, सामने वाले की तरफ इस तरह से देखा मानो कोई न्यायाधीश फाँसी की ऐतिहासिक सजा सुनाते-सुनाते अचानक से रुक-सा गया हो। बोला–

'बताइए?'

चूँकि दीवान 'एलएलटीटी' अर्थात् 'लुकिंग लन्दन एंड टॉकिंग टोकियो सम्प्रदाय' के स्वघोषित सदस्यों में से था, इसलिए प्रथमदृष्ट्या सीरा काका यही नहीं समझ पाये कि वस्तुतः दीवान उनसे बात कर रहा है या परमपिता परमेश्वर से कोई निवेदन कर रहा है। अतः दूसरी बार केला मिसिर ने अपनी तोतली भाषा में उनका प्रश्न दुहराया। इस बार दीवान ने प्रश्न को समझे बिना ही जवाब दिया–

'बैठ जाइए! समय लगेगा...साहब अभी तफ़्तीश में गये हैं...।'

सभी सदस्य सामने पड़ी बेंच पर मुँह लटकाकर बैठ गये। कुछ समय के लिए ही सही, बैठे-बैठे बैरागी बाबू के मन के चलचित्र पर अतीत की वे सारी तस्वीरें तैरने लगीं, जब वे बड़े शान से थाने में अन्दर आते और थानेदार सहित पूरा स्टाफ उनकी आवभगत में जुट जाता था। ख़ैर! दीवान के कथन के एकदम विपरीत, थोड़ी ही देर में ही थानेदार की गाड़ी घरघराती हुई अन्दर आकर रुकी। पीछे से तीन-चार सिपाही उतरे और भागते हुए थानेदार के पीछे-पीछे हो लिए। थानेदार अभी नया-नया ही आया था। नाम था–शेर सिंह। यद्यपि बाद में उसने एक-दो फर्जी एनकाउंटर के बाद अपने नाम के साथ 'बाघ' टाइटिल भी जोड़ लिया था और इस प्रकार अब उसका पूरा नाम शेर सिंह 'बाघ' हो गया था।

थानेदार ज्यों ही अपने चैम्बर में आकर बैठा, पहले से ही ताक़ लगाये इलाक़े के तमाम पत्रकार-बन्धु सूँघते हुए उसके चैम्बर के अन्दर घुसे और थानेदार के साथ किसी गम्भीर प्रकरण में बातें करने में मशगूल हो गये। बीच-बीच में गालियों और ठहाकों की ध्वनि से थाने के भीतर का वातावरण तनिक आन्दोलित हो

उठता, फिर शान्त हो जाता था। अभी यह वार्त्ता चल ही रही थी, तभी थाने का एक पुराना मुख़बिर चैम्बर के सामने आकर खड़ा हो गया। शेर सिंह ने ज्यों ही उसे खड़ा देखा, उसने उपस्थित सभी पत्रकार बन्धुओं से हाथ जोड़कर तथा दाँत निपोरते हुए किसी और समय पधारने का निवेदन किया। पत्रकारों के चले जाने के बाद मुख़बिर ने थानेदार के कान में थोड़ा नज़दीक आकर फुसफुसाहट भरी आवाज़ में कुछ कहा। सुनते ही थानेदार ज़ोर से चिल्लाया–

'देखता हूँ उनको...तुम घेरेबन्दी का इंतिजाम करो...छह महीने तक चक्की पीसेंगे स्साले!'

कहते-कहते उसकी नज़र सामने बैठे बैरागी बाबू और उनके अन्य साथियों पर पड़ी। उसने उनकी तरफ अँगुली दिखाते हुए पूछा–'आप लोग कैसे...?'

भौकाली बोले–'साहब! सम्मन गया था बैरागी बाबू के नाम...! उसी सिलसिले में हम लोग...'

थानेदार ने भौकाली की बात को बीच में काटते हुए कहा–'चलो! जल्दी से अन्दर आ जाओ...!'

सभी अन्दर दाखिल हुए और साथ में बैरागी बाबू भी। इतनी ही देर में थानेदार ने अपने कमर का बोझ तनिक कम करने के लिए अपनी सर्विस रिवॉल्वर निकालकर सामने की मेज़ पर रख दी थी और दिमाग़ का बोझ हल्का करने के लिए वेदों में वर्णित श्वेत-दंडिका नामक बूटी को सुलगाकर उसे साँस-प्रश्वाँस के क्रम के साथ लगा दिया था। अन्दर आते ही थानेदार ने सभी आगन्तुकों को इशारे से कुरसियों पर बैठने को कहा। सभी बारी-बारी से बैठ गये। लगभग आधे मिनट तक वातावरण में सन्नाटा छाया रहा। फिर थानेदार ने चुप्पी तोड़ते हुए पूछा–

'बैरागी कौन है?'

बैरागी बाबू ने हाथ जोड़कर अभिवादन करते हुए कहा–'जी साहब...!'

'कबसे कर रहे हो यह सब?'

'क्या सरकार?'

'नादान मत बनो! लोगों को ग़ायब करने का धन्धा! गवाहों की हत्या का षड्यन्त्र! और क्या?'

'मैं समझा नहीं...!'

'सीधे-सीधे कुबूल कर लो, वरना हमें समझाने के दूसरे तरीके भी आते हैं...!'

'देखिए साहब! मैं बहुत इज़्ज़तदार आदमी हूँ। मैंने आज तक एक मक्खी भी नहीं मारी।'

'हाँ...! हाँ...! क्यों नहीं–क्यों नहीं...? अपराधी कब कहता है कि उसने

अपराध किया है...! भालू को ग़ायब मैंने किया कि मतई को मैंने मरवाया? मेघिया नाम के औरत की अप्लीकेशन आयी है हमारे पास...! गवाह हैं—चइता और बदलू सुक्कुल। ये देखो...!'

'देखिए साहब...! मेरा विश्वास कीजिए! यह सब मेरे गाँव के विरोधियों की साजिश है।'

'साजिश तो अब हम करेंगे तुम्हारे साथ...! ऐसी-ऐसी धारा ठोंकेंगे कि हाईकोर्ट से भी जमानत नहीं मिलेगी। गुंडा, गैंगस्टर, एनडीपीएस, एससी-एसटी, तीन सौ चार, तीन सौ सात, एक सौ बीस बी—सब लादेंगे। फिर कोर्ट में बताते रहना कि सब विरोधियों की साजिश है...ये काग़ज़ का टुकड़ा देख रहे हो न...! इससे कुंडली बदल जायेगी तुम्हारी! आज के बाद तुम कहाँ सोओगे, क्या खाओगे, क्या पहिरोगे और कहाँ रहोगे—ये हम डिसाइड करेंगे, तुम्हारी कुंडली बाँचने वाले पंडितजी नहीं...!'

'मुऑफी सरकार...! लेकिन आप हमको ग़लत समझ रहे हैं...!'

'तो कोर्ट में जाकर सही-सही समझाना...! बताते रहना कि तुम ये नहीं वो हो...!'

'कोर्ट भी केवल पुलिस के भरोसे चलती है। हम चार्जशीट में एक बार जो लिख देंगे, उसे कोई कोर्ट भी नहीं काट पायेगी।'—थानेदार ने आँखें तरेरीं।

'लेकिन सरकार...!'

'लेकिन-वेकिन कुछ नहीं...! लगता है तुमने पुलिसवालों के हरामीपन वाली वो कथा नहीं सुनी है...!'

बैरागी बाबू थानेदार का मुँह ताकने लगे। थानेदार ने उनकी आँखों में अपनी आँखें डालीं और यह मानते हुए कि 'बैरागी बाबू उसकी कथा सुनेंगे नहीं तो जायेंगे कहाँ?'—अपनी कथा सुनाना शुरू किया—'एक बार किसी ज़िले के कप्तान साहब सुबह-सवेरे अपने बगीचे में टहल रहे थे। तभी एक देशी कुत्ते ने उन्हें दौड़ा लिया। भागते हुए दाँत टूट गये उनके! फिर क्या था! दस बजते-बजते कप्तान साहब का यह आदेश निकला कि शहर के सारे आवारा कुत्तों को पकड़कर उनका एनकाउंटर कर दिया जाय। इधर आदेश निकला और उधर सारे कोतवाल इन आवारा कुत्तों को पागल कुत्तों की तरह तलाशने में लग गये। बेचारे कुत्ते, जो कभी बेख़ौफ घूमने और राह चलते लोगों को अनायास ही दौड़ाकर काटने के लिए मशहूर थे, अपने छिपने के लिए जगह तलाशने लगे। कुत्तों की इस अफरा-तफरी में तुम्हारी तरह एक बिचारा ऊँट भी भागा चला जा रहा था। एक कुत्ते ने ठहरकर ऊँट से पूछा—ऊँट भाई! आदेश तो हमारे लिए हुआ है, तुम

क्यों भाग रहे हो? ऊँट बोला—माई बाप! अगर पुलिसवालों ने तुम्हारी जगह मुझे पकड़ लिया तो मुझे यह साबित करने में कि मैं कुत्ता नहीं, ऊँट हूँ—बीसों साल लग जायेंगे। समझे...!'

'जी...!' बैरागी बाबू बोले।

'...हम तो पुलिसवाले हैं। हमारा काम है अपराधियों को पकड़ना। हम अपराध को गुमनाम नहीं मरने देते। अगर कोई दोषी पकड़ में नहीं आता तो किसी निर्दोष को भी फाँस देते हैं। तुम अभी थाना-पुलिस के चक्कर में नहीं पड़े हो इसीलिए अकड़ दिखा रहे हो। हमारे पास अकड़ ढीली करने की भी मशीन है—थर्ड डिग्री बोलते हैं उसको...! आई.पी.सी. की किताब में लिखी सब धाराओं से भी तगड़ी धारा है...! अच्छे-अच्छों का दिमाग़ ठिकाने आ जाता है इससे...!' थानेदार ने अपनी बात पूरी की।

बैरागी बाबू ने कहा—'सरकार मेरी बात तो सुन लीजिए एक बार...!'

'बताओ...! क्या कहना चाहते हो?' थानेदार ने थोड़े ठंडे मिज़ाज से कहा।

बैरागी बाबू ने अपनी कथा यूँ बयान की—'मैं मदारीपुर का एक इज़्ज़तदार आदमी हूँ। मेरी बड़ी साख़ है इलाक़े में...! मेरा विश्वास कीजिए, मुझे फँसाया जा रहा है। मुझे थोड़ा वक़्त दीजिए। मैं अपनी बेगुनाही साबित कर दूँगा। आपके पिछले साहब से भी मेरी बड़ी बनती थी। आप जैसा कहिए, मैं तैयार हूँ। लेकिन मुझे इस संकट से उबारिए।'

'देखो पंडित। मैं ठाकुर बिरादरी का हूँ और पंडितों की बहुत इज़्ज़त करता हूँ। लेकिन ये तुम्हारे भोले शंकर का दरबार नहीं हैं कि धतूरा और जल चढ़ाया, घंटा हिलाया और बाबा प्रसन्न...! यहाँ दाम लगते हैं इसके! एक-एक थाना बिका हुआ है भइया मेरे...! थानों की बाक़ायदा बोली लगती है एस.पी. साहब के यहाँ। और यहाँ का कलेक्शन ऊपर तक जाता है। बेगारी करेंगे तो पूरा सिस्टम बैठ जायेगा पुलिस का...! नेताजी लोगों की तो बेगारी करनी ही पड़ती है...! अब आम पब्लिक की भी करने लगे तो हो गया बेड़ापार...!'

थानेदार फिर थोड़ा रुककर और लम्बी साँस लेकर बोला—'दो आदमियों की जान का मामला है—दो दूना चार का इन्तजाम करो। मामला अभी रफा-दफा...! उधर से पाँच का ऑफर है...!'

'लेकिन इतनी जल्दी चार...! दो-तीन दिन का टाइम तो दे दीजिए साहब...!'

'चलो रहने दो। तुम्हारे बस की बात नहीं है...!'

'कल कोर्ट में ज़मानत की तैयारी करा लो।'

बीच में गुरुघंटाल ने हस्तक्षेप किया—'रहम कीजिए सरकार...!'

थानेदार भड़क गया। बोला—'तुमसे किसने बात किया बेऽ...? अरे ओ पहरा...! दीवान को बोलो कि तुरन्त मुकद्दमा दर्ज करे हरामख़ोरों के ख़िलाफ़...! आज सब सालों की दैहिक-समीक्षा करूँगा मैं...! लातों के भूत बातों से नहीं मानते...!'

सुनते ही दीवान और सिपाही थाने का जीडी रजिस्टर लेकर बड़े साहब के आगे-पीछे भागने लगे। बात आगे बढ़ता देख बैरागी बाबू ने अपने साथियों की तरफ़ से थानेदार से क्षमा माँगी। लेकिन थानेदार का ग़ुस्सा सातवें आसमान पर पहुँच गया लगता था। उसने बैरागी के साथियों की मइया-बहिनिया एक करते हुए उन्हें न केवल थाने से बाहर खदेड़ दिया बल्कि दीवान को बैरागी बाबू के खिलाफ भालू को ज़िन्दा ग़ायब करने तथा मतई की हत्या का षड्यन्त्र रचने का मुक़दमा पंजीकृत करने का फ़रमान सुनाया।

इस घटना के बाद बैरागी बाबू थाने में एकदम शान्तचित्त होकर बैठ गये थे, जैसे उन्हें काठ मार गया हो—बिल्कुल उस किसान की तरह आसमान की ओर देखते हुए और ईश्वर से चमत्कार की आस लिए, जिसकी फसल अचानक पाले की मार से नष्ट हो गयी हो; और उस सैनिक की तरह भी जो अपने दुश्मन की मार से इस क़दर थक गया हो कि अब उसके पास हथियार उठाने की हिम्मत न रह गयी हो...! वे एक ओर चिन्तित मुद्रा में बैठे अभी 'वैचारिक-पगुरी' कर ही रहे थे, तभी अपनी बैठक समाप्त कर वापस लौट रहे 'कट्टा-समिति' के खोखा पहलवान नामक एक सदस्य ने उन्हें पहचान लिया और झट अपने 'गुरु महाराज' के पैर छूकर उनके आशीर्वाद लिए। फिर उनके यहाँ आने का प्रयोजन जानना चाहा।

बैरागी बाबू ने जब उसे अपनी आपबीती सुनाई तो खोखा पहलवान बिल्कुल ही बिफर गया और भागकर दीवान के पास गया। लेकिन इतनी देर में मुक़दमा पंजीकृत हो गया था। काफी देर तक दोनों के बीच कानाफूसी चली और फिर दीवान जीडी रजिस्टर लेकर थानेदार के पास गया। खोखा पहलवान दरअसल इसलिए खोखा बुलाए जाते थे कि उनकी कारतूस जितनी भरी होती थी, उससे कई गुना खाली होती थीं—परन्तु असर धमक भरे हुए कारतूस से भी ज्यादा...! इसी धमक का परिणाम था कि थानेदार की बारी-बारी से पहले खोखा पहलवान और फिर बैरागी बाबू के साथ गोपनीय वार्ता चली। अन्त में मामला तय हुआ कि बैरागी बाबू के बिहाफ पर खोखा पहलवान आज ही एक निश्चित धनराशि थानेदार के पास जमा कराएँगे; थाने की ओर से बैरागी बाबू की गिरफ्तारी की कोई कोशिश नहीं की जायेगी और अगले दिन जब वे न्यायालय में दर्ज मुक़दमे

को खारिज किये जाने या ज़मानत की दरख़ास्त लगाएँगे तो पुलिस वाले न्यायालय में इसका कोई ख़ास विरोध नहीं करेंगे।

बैरागी बाबू, थानेदार और खोखा पहलवान का धन्यवाद ज्ञापित करते हुए थाने से कुछ दूर पर भागकर खड़े हुए अपने नवरत्नों के साथ घर वापस हो लिए। जिस प्रकार किसी स्त्री के विवाहित हो जाने पर उसके सौन्दर्य के भाव पूर्व की तुलना में घट जाते हैं, उसी प्रकार किसी पुरुष के सरेआम बेइज़्ज़त हो जाने पर उसकी सामाजिक हैसियत को भी बट्टा लग जाता है। आज बैरागी बाबू के साथ भी थाने के भीतर कुछ ऐसा ही हुआ था। हालाँकि अन्त में उन्होंने सब कुछ मैनेज कर लिया था।

11

बैरागी बाबू के साथ एक बड़ी सामाजिक दुर्घटना होते-होते रह गयी थी। बैरागी यह बख़ूबी जानते थे कि इस व्यूह-रचना का सूत्रधार कोई और नहीं छेदी ही होंगे। पर बैरागी की ख़ूबी यह थी कि वे तुरन्त ही हमलावर नहीं होते थे, बल्कि सबसे पहले स्वयं को बिल्कुल सुरक्षित कर लेते थे और अपने शत्रु पर तभी आक्रमण करते थे जब वह अपनी सफलता की खुशियाँ मना रहा हो और अहम के दर्प में चूर हुआ जा रहा हो। फिर तो वे किसी मकड़ी के जाले की तरह रात भर में ही अपने हमले की व्यूह रचना कर डालते थे।

बैरागी बाबू ने बहुत कोशिश की थी कि आज उनके साथ घटित होने वाली इस घटना की जानकारी गाँव वालों को न हो। लेकिन न जाने थाने की ओर से चलने वाली हवा के झोंकों ने अथवा उनके साथ उड़कर आने वाली धूल भरी आँधियों ने, बैरागी बाबू और उनके साथियों के गाँव पहुँचने के पहले ही आग की तरह यह ख़बर गाँव में फैला दी थी। और फिर इमरजेंसी का तो जन्म ही केवल इसी तरह के कार्यों के सकुशल सम्पादन के लिए हुआ था...! अब बैरागी बाबू के सामने भी खुलकर मैदान में आने के अलावा और कोई रास्ता नहीं बचा था। आख़िर 'जब उतर गयी लोई तो क्या करेगा कोई?' इसलिए वे अब स्वयं को 'लोगवा काऽ कहीऽ...' के सामाजिक-यक्षप्रश्न से ऊपर उठाने की जुगत में लगे हुए थे।

फिलहाल बैरागी बाबू अपने साथियों के साथ देर रात घर लौटे थे और अगले दिन सुबह से ही उनके बँगले के भीतर अठन्नी के सभी मान्य बुद्धिजीवियों के बीच, नेबुआ थाने में दर्ज मुक़दमे को कमज़ोर करने के लिए

गम्भीर मन्त्रणा शुरू हो गयी थी। पूरे गाँव में सबसे खूबसूरत बँगला बैरागी का ही हुआ करता था। बँगले के भीतर चारों तरफ लकड़ी की कुरसियाँ रखी गयी थीं, जिन पर खूब महीन पच्चीकारी की गयी थी और उनके बीच में एक गोल आकृति की मेज़ रखी गयी थी जो कई बार गम्भीर बैठकों के दौरान गोलमेज सम्मेलनों का भ्रम पैदा कर देती थी। कुरसियों और मेज़ की वार्षिक तौर पर पॉलिश की जाती थी और दीवारों को नियमित रूप से रँगा जाता था। दीवारों के ऊपर और नीचे के हिस्से में बेलबूटों की रंगीन आकृतियाँ उकेरी गयी थीं, जिससे बँगले का सौन्दर्य कई गुना बढ़ गया था। दो दीवारों के सम्मिलन स्थल पर कुछ मूर्तियाँ और उनके एक ओर रामायण, भगवद्गीता, रामचरितमानस, हनुमान् चालीसा, शिव स्तोत्र जैसी कई पुस्तकें सलीके से सजाकर रखी गयी थीं। इधर जब से बैरागी बाबू ने अपनी छावनी वाली ज़मीन बेची थी, तब से बँगले का रंगरोगन भी जल्द ही करा दिया गया था।

आज अठन्नी से बाहर के लोगों में केवल अकेले मिट्ठू भाई ही इन मन्त्रणाधिकारियों की बैठक में प्रतिभाग कर रहे थे; हालाँकि वे इस बार भी हमेशा की ही तरह बिन बुलाए मेहमान के रूप में वार्ता में शामिल थे। बैदजी, बैरागी बाबू, नवरत्नों में से कुछ चुनिन्दा लोग, मौलवी साहब तथा खोखा पहलवान इस बैठक में अपने-अपने विचार व्यक्त कर रहे थे। पर समस्या का कोई भी हल अभी भी निकलकर सामने नहीं आ पाया था। सबसे पहले भौकाली भाई ने अत्यन्त ही आक्रामक अन्दाज़ में, जिसके लिए वे लोगों के बीच जाने जाते थे, वार्ता की औपचारिक शुरुआत की। वे बैदजी की ओर मुख़ातिब होकर बोले–

'मैं तो बैरागी भइया के इन्तज़ार में खड़ा रहा। अगर इन्होंने तनिक भी इशारा किया होता तो मैं थाने के भीतर ही पुलिसवालों की ऐसी-तैसी कर देता...!'

इस स्थान पर केला मिसिर ने, जो बोलते समय तनिक तुतलाते ज़रूर थे किन्तु प्रहार करने का कोई अवसर नहीं छोड़ते थे, अपने अन्दाज़ में भौकाली के इस कथन में तनिक शंका ज़ाहिर करते हुए कहा–

'वेकिन अफवहा तो फुम घववें छोव गये थे। फिव फामना फैसे कवते पुविसवावों का?' (लेकिन असलहा तो तुम घरवें छोड़ गये थे! फिर सामना कैसे करते पुलिसवालों का?)

भौकाली भाई हमेशा से एक ऐसी गाड़ी की तरह थे, जिसके एक्सीलटेर तो बहुत कारगर थे पर ब्रेक बिल्कुल ही कमज़ोर! इसलिए जब एक बार उनकी ज़ुबान चल निकलती थी तो उन्हें कोशिश करके जबरन रोकना पड़ता था। वे केला भाई की बात सुनकर बिल्कुल पसर गये। बोले–

'अरे चूतियादास! तुमको मालूम नहीं कि मैं अपने जवानी के दिनों में अखाड़े के भीतर चार-चार, पाँच-पाँच पहलवानों को अकेले पटक देता था—धोबियापाट लगा के...! आज तो केवल भइया के कहने भर की देरी थी। रेड़ मार देता मैं पुलिसवालों की...! छट्ठी का दूध याद दिला देता सबको..! छक्के छूट जाते सालों के...!'

ठीक ऐसे ही समय गुरुघंटाल, जिनकी शैक्षिक योग्यता बाक़ी नवरत्नों के मुकाबले थोड़ी कम थी और हाईस्कूल की एक ही कक्षा में पाँच साल पीएच.डी. करने के कारण नवरत्नों के बीच उनके व्यावहारिक ज्ञान को हमेशा ही संशय की नज़रों से देखा जाता था, ने भौकाली के इस आत्मविश्वासयुक्त कथन में हस्तक्षेप करते हुए कहा—

'लेकिन थाने के भीतर अच्छे-अच्छों के दाँव भूल जाते हैं भौकाली भाई...! याद रह जाती है केवल पुलिसवालों की लाठी...! जब-जब पुरवइया हवा चलती है तो आदमी के हड्डियों के भीतर से एक कराह भर निकलती है। और हाँ...! बीच-बीच में पुलिसवालों के धूमिल चेहरे भी याद आते हैं...! किसी भी नूरानी और यूनानी तेल के मालिश से यह दर्द नहीं जाता! अच्छा हुआ कि तुमने पुलिसवालों से मोर्चा नहीं लिया; नहीं तो तुम्हें कन्धे पर लादकर लाने की जिम्मेदारी हमारी ही होती। अपने भी पिटते और हमें भी...'

इस बहस को असल मुद्दे की ओर खींचने की कोशिश में मिट्ठू भाई बैदजी की ओर मुख़ातिब होते हुए बोले—'बैदजी! कहीं यह सब तमाशा इसलिए तो नहीं हो रहा है कि बैरागी भइया एकदम से डाउन हो जायें और चवन्नी वालों का परधानी पर कब्ज़ा बना रहे?'

बैदजी बोले—'देखो फिलहाल अठन्नी वालों का परधानी से कोई लेना-देना नहीं है।'

'...लेकिन जब कोई इस तरीके से छेड़ेगा तब भी?' मिट्ठू भाई ने पूछा।

बैदजी बोले—'...बेइज्जती के बदले बेइज्जती करने के सिद्धान्त को अठन्नी वाले फॉलो नहीं करते। लेकिन सामने वाले को वाकओभर भी नहीं देना है। नहीं तो इसे हमारी कमजोरी समझ लेंगे। चवन्नी वाले थेथर हैं और छेदिया थेथरोलाजी विभाग का एचओडी है...अभी ऊ सियासत कर रहा है और हमको अनाड़ी समझ रहा है...! पर उसको मालूम नहीं है कि सियासत के मुद्दे कभी दफनाए नहीं जाते। चवन्नी वालों की इस सियासत का जवाब सियासत से ही दिया जायेगा...यही तो सोचता होगा कि बहुत उस्ताद बने फिरते हैं; अब चक्की पीसेंगे...! लेकिन बैरागी के साथ घटी घटना को हमने भी गाँठ बाँध लिया है...!

यह हम्मरे लिए एक खुली चुनौती है...और हमें चुनौतियों और चूतियों दोनों से निबटना खूब आता है...!'

'चूतिया कौन है? चवन्नी वाले कि अकेले छेदी?' मिट्ठू ने बैदजी से अपनी शंका का स्पष्टीकरण चाहा।

बैदजी भड़क गये—'सबसे बड़े चूतिया तुम हो...! एक ही बात है बेऽ...! चवन्नी माने छेदी और छेदी माने चवन्नी...!'

मिट्ठू ने अबकी बार शान्त भाव से अपनी बात रखी—'लेकिन बैदजी! इस मुकदमे में भालू, मतई और चइता तीनों का एक साथ आना, किसी अनहोनी का संकेत है...! लग रहा है कि छोटकी बिरादरी पर से अठन्नी वालों का नियन्तरण खत्म हो रहा है...'

बैदजी का आवेग बढ़ता ही जा रहा था। बोले—'तुम सरऊ तुरन्ते निस्कर्स निकाल लेते हो...! भालू माने क्या? आदमी नहीं शैतान...! दुनिया जानती है कि शैतान जान नहीं मारता, लेकिन परेशान बहुत करता है। कहीं मर-मरा गया होगा और प्रेत बनकर हम सबको परेशान करेगा। जहाँ तक मतई और चइता की बात है तो वे तो उनके ही आदमी हैं, इसे सारा इलाक़ा जानता है। लेकिन इसका यह मतलब थोड़े है कि सारे हरिजन टोला, लोहरटोली, पसियाना, केवटोली, मुसमटोली पर चवन्नी वालों का कब्ज़ा हो गया है...! सच्चाई यह है कि मुझे चुनाव लड़ना नहीं है और बैरागी किसी दशा में छेदी से लड़ना नहीं चाहते। नहीं तो अगर अठन्नी वाले आज एक हो जायें तो चवन्नी वालों की जमानत ज़ब्त हो जायेगी।'

इस अवसर पर मिट्ठू ने बैदजी के ज़मीर को कुदेरना चाहा—'लेकिन छेदी कका तो कहते हैं कि उनसे अठन्नी वाले घबराते हैं।'

अब तक इस बार पूरी बहस में बिल्कुल ही शान्त बैठे बैरागी बाबू ने मिट्ठू के इस कथन से थोड़े आहत हो गये और मिट्ठू से बोले—'मिट्ठू बाबू...! किससे कौन घबराता है, ये तो आनेवाला समय ही बताएगा। लेकिन सियासत में हिस्सा न लेने का सबसे बड़ा दंड यही है कि समाज में छेदी जैसे अयोग्य और नकारात्मक तत्व न केवल हावी हो जाते हैं बल्कि वे जनता पर शासन भी करने लगते हैं...'

'मतलब?' मिट्ठू ने अपनी जिज्ञासा प्रगट की।

मिट्ठू के मुख से इस शब्द का उच्चारण सुनते ही बैदजी ने सवाल को फिर से लपक लिया और मिट्ठू पर बरसते हुए बोले—'या तो तुम बहुत बड़े हरामख़ोर हो या दुइ चूड़ी मिस्स हो...! सब कुछ जानते हुए भी अनजान बने रहते हो... औलाद किराबी हो...?'

फिर उन्होंने अपने आक्रोश को भीतर से तनिक नियन्त्रित करते हुए मिट्ठू

को एक कथा सुनाई। कथा का मज़मून कुछ इस प्रकार था–'एक जंगल था। बड़ा ही खुशहाल...! वहाँ के दो ईमानदार मन्त्री थे–एक सुग्गा और दूसरा हंस। सुग्गा बड़ा कुशल और ज्ञानी था और हंस बड़ा धैर्यवान और संवेदनशील। वहाँ के सभी प्राणी उन पर गर्व करते थे। एक बार उस जंगल में एक चरवाहा भटक कर आ गया। जंगल के रखवालों ने उसे पकड़ लिया और राजा के सामने सभा में प्रस्तुत किया। वहाँ का राजा सियार हुआ करता था, पर उसने लोगों को भ्रमित करने के लिए बाघ की खाल ओढ़ रखी थी। राजा ने कहा कि मैं इस चरवाहे को मारकर खा जाऊँगा। लेकिन उसके मन्त्री कर्तव्यनिष्ठ और ईमानदार थे। उन्होंने राजा को ऐसा करने से रोका। उन्होंने सभा में कहा कि 'राजन...! यह चरवाहा है और अतिथि भी...! इसका सत्कार करिए और कुछ उपहार देकर विदा करिए जिससे यह जंगल का गुणगान करे।' सभा ने भी एक मत में उनका समर्थन किया। ऐसा ही हुआ और वह चरवाहा वहाँ से प्रसन्न होकर चला गया।

...कुछ वर्षों बाद एक बार फिर वह चरवाहा जंगल से गुजर रहा था। उसने सोचा–चलो! राजा और उनके मन्त्रियों से मिल लिया जाये। वह जब सभा में पहुँचा तो राजा बड़ा प्रसन्न होकर बोला कि आज हमें एक हृष्टपुष्ट आदमी खाने को मिलेगा। चरवाहा भयभीत होकर बोला राजन आप नीति के अनुसार चलते हैं, आपके मन्त्री नेक हैं और आप ऐसी बातें कर रहे हैं। राजा बोला–

'सुग्गा तो मारा गयो
और हंसा गयो पहाड़।
अब हमरे मन्त्री भये
गधे, सूअर, भेड़िया
और राजा बना सियार।'

...अन्त में वो चरवाहा मारा गया। यही हाल तुम्हारे छेदी का है। कहते हैं न कि 'सियरा उहे हवे, रोउवाँ झार दिहले बा...!' चारों ओर तुम्हारे जैसे चमचों से घिरा है और अपने को शहंशाह समझने लगा है। इसके राज में किसी को न्याय नहीं मिलने वाला है। और अगर आगे भी चवन्नी वालों के हाथ में परधानी रही तो तुम्हारे जैसे मन्त्रियों का वही हाल होगा, जो सुग्गे और हंस का हुआ। और इस गाँव के एक-एक लोगों का वही हाल होगा, जो उस चरवाहे का हुआ।'

बैरागी बाबू के बँगले में बातें लगातार चल रही थीं और सुबह से शाम होने को आ गयी थी, लेकिन बहस का किसी निष्कर्ष की ओर पहुँचना मुश्किल हो रहा था। बैरागी बाबू को बेचैनी होने लगी थी और अब वे इस बहस को तनिक

भी भटकाना नहीं चाहते थे। इसलिए उन्होंने सायास विषयान्तर करते हुए खोखा पहलवान से पूछा–

'अब हमें आगे क्या करना है?'

खोखा पहलवान बोले–'गुरुजी! गवाहों को हर हाल में तोड़ना होगा और यह काम आज ही हो जाना चाहिए। क्योंकि कल आपको सिलिंडर (सरेंडर) भी करना होगा। पुलिस और सरकारी वकील आपकी तभी कोई मदद कर पायेंगे, जब गवाह टूट जायें। नहीं तो जमानत मिलनी मुश्किल हो जायेगी।'

सुनते ही बैरागी बाबू एकटक बैदजी की ओर देखने लगे। चूँकि चइता के विद्रोही स्वभाव को गाँव का बच्चा-बच्चा जानता था, इसलिए अब बैरागी सहित सभी की उम्मीदें बदलू सुक्कुल पर आकर टिक गयी थीं। बदलू इलाक़े में 'वैचारिक उदारवाद' तथा 'उदारवादी विचारवाद' के जनक माने जाते थे और उनकी इस विचारधारा से इलाक़े का हर कोई परिचित था। उनकी मेधा के बारे में लोग यह कहते पाये जाते थे कि बदलू सुक्कुल कभी भी और कहीं भी बहुत ज्यादा देर तक टिकते न थे और अकसर उस पक्ष के साथ खड़े पाये जाते थे जिसकी ओर से उन्हें दी जाने वाली तात्कालिक थैली भारी होती थी। यही नहीं, अगर एक ही मुद्दे पर एक दिन में अलग-अलग पक्षों द्वारा उन्हें अलग-अलग दामों में क्रय किये जाने का प्रयास किया जाता तो वे हर समय बिकने को तैयार मिलते थे। कई लोग उन्हें इसी कारण से 'थाली का बैगन' कहकर बदनाम करने की भी कोशिश करते थे, लेकिन क़ायदे से बदलू 'सामाजिक सन्तुलन और लचीलेपन की नयी परिभाषा' गढ़ने में अपना अमूल्य योगदान दे रहे थे तथा इसी बहाने अपने नाम को भी सार्थकता प्रदान करने की कोशिश कर रहे थे।

किसी ज़माने में बदलू सुक्कुल के दादा-परदादाओं ने आज़ादी की लड़ाई में अंग्रेज़ों से जमकर लोहा लिया था। बताते हैं जब असहयोग आन्दोलन के दौरान सन् 1922 में चौरी-चौरा नामक स्थान पर आन्दोलनकारियों ने थाने को आग लगा दी थी और इस विद्रोह ने हिंसा का रूप ग्रहण करते हुए स्थानीय ग्रामीण इलाक़ों में लूट-मार जैसी घटनाओं की शक्ल ले लिया था; उस समय बदलू सुक्कुल के दादा भग्गन सुक्कुल ने लम्बे समय से नज़र गड़ाए एक अंग्रेज़ अफ़सर की बीवी को भी इन लूट की वारदातों का हिस्सा बना लिया था। जब विद्रोह थमा तो अंग्रेजों ने विद्रोहियों को चिह्नित करना शुरू किया। भग्गन सुक्कुल की भी तलाश जारी हुई और कई दिनों की मुखबिरी के बाद भग्गन अपने घर की मिट्टी की बड़ी 'डेहरी' के भीतर से बरामद हुए। गहन न्यायिक-प्रक्रिया से गुज़रने के बाद भग्गन को सरेआम फाँसी दे दी गयी थी।

आज़ादी की लड़ाई में भग्गन सुक्कुल द्वारा किया गया यह अथक संघर्ष गाँव के प्राथमिक विद्यालय के पाठ्यक्रम में अघोषित तौर पर शामिल हो गया था। जब जगरोपन मास्टर इतिहास पढ़ाते-पढ़ाते अपने शिष्यों से अचानक से पूछ उठते कि 'आज़ादी की लड़ाई में भग्गन बाबू का कित्ता बड़ा हाथ था?' तो सभी बच्चे एक साथ अपने दोनों हाथ ऊपर उठाकर जोर से चिल्ला उठाते—'इत्ता बड़ा हाथ था'। सुनते ही जगरोपन मास्टर के हृदय में गुरुत्व का भार अचानक से पृथ्वी के गुरुत्व से भी कई गुना अधिक बढ़ जाया करता था। फिर वे अतिउत्साह में बच्चों को भग्गन बाबू के बारे में इतनी सारी किंवदंतियाँ बताने लगते जितनी स्वयं भग्गन को भी मालूम नहीं होंगी।

जब देश आज़ाद हुआ तो भग्गन के परिवार वालों को स्वतन्त्रता संग्राम सेनानियों के आश्रितों का दरज़ा मिल गया था और सरकार के द्वारा दी जा रही तमाम सुविधाओं के कारण बदलू के बाप सहीराम लम्बे समय तक आस-पास के लोगों के बीच ईर्ष्या का विषय बने रहे। हालाँकि वे अपने को सही साबित करने की असफल कोशिश में ही परलोक सिधार गये थे। कालान्तर में उनके योग्य पुत्र बदलू ने अपने निजी व्यवहार से लोगों में प्रसारित इस 'सार्वत्रिक ईर्ष्या' को 'गार्हस्थिक प्रेम' में बदल डाला था। यद्यपि गाँव के बीच बदलू की लोकप्रियता का कारण उनका यह निजी व्यवहार न होकर कुछ और ही था।

दरअसल बदलू के पास एक ऐसे फिरंगी चश्मे की उपलब्धता बताई जाती थी, जिसको लगाने के बाद सामने वाले के शरीर से वस्त्रों का आवरण हट जाता था और वह सत्ता अपने प्राकृतिक रूप में नज़र आने लगती थी। बताते हैं—यह चश्मा उनके दादा भग्गन के हाथ, अंग्रेज अफ़सर की बीवी को लूटने के दौरान लग गया था। मदारीपुर के युवा बदलू से वार्ता के क्रम में इस चश्मे के प्रयोग की इच्छा को लेकर अकसर ही रूमानी हो जाते और उनके इर्द-गिर्द ऐसे मँडराते रहते थे जैसे भौंरे कमल के इर्द-गिर्द मँडराया करते हैं। हालाँकि बदलू ने स्वयं को छोड़कर कभी उस जादुई चश्मे को किसी और के लिए इस्तेमाल नहीं होने दिया था।

बदलू, जगलेटर बाबा के दूर के रिश्ते में आते थे, यह बात मन्त्रणा के दौरान मिट्ठू ने सभी को बताई। इस तथ्य के उजागर होते ही सभी की आशा भरी नज़रें बैदजी पर आकर टिक गयीं; क्योंकि मदारीपुर में जगलेटर बाबा केवल बैदजी की ही बात मानते थे। बैदजी ने सभी आग्रहियों से अपनी ओर से कोई भी कोर-कसर न छोड़ने का वायदा किया। फिलहाल लोढ़ा को जगलेटर बाबा को ढूँढ़कर ले आने का काम सौंप दिया गया तथा इस काम में लोढ़ा के

साथ माथाकुँवर भी लगा दिये गये। माथाकुँवर वैसे तो ठीक-ठाक दिमाग़ वालों के दिमाग़ की चूड़ी को भी ढीला करने के विशेषज्ञ माने जाते थे और सामान्य तौर पर उनका दिमाग़ कभी भी सही दिशा में काम नहीं करता था। पर कई बार जब सभी का दिमाग़ चकराने लगता था, तब माथाकुँवर की विपरीत बुद्धि अचानक से सक्रिय हो जाती। फिर तो वह अच्छे-अच्छों के दिमाग़ की गति को भी पछाड़ देती थी।

जब बैदजी ने लोढ़ा से किसी सूरत में जगलेटर को रातों-रात ढूँढ़कर लाने को कहा तो माथाकुँवर ने उनसे सर्वप्रथम, जगलेटर को कहीं दूर जाकर ढूँढ़ने के बजाय अपने गाँव में ही पंडित माईराम के यहाँ तलाशने की अनुमति देने का आग्रह किया। बैरागी से अनुमति मिलने के बाद दोनों माईराम के घर की तलाशी लेने निकल पड़े। यह क्या! माथाकुँवर का सन्देह तो बिल्कुल सही निकला। जगलेटर बाबा माईराम के यहाँ ही बरामद हुए। दरअसल आज जगलेटर को लौटते हुए तनिक देर हो गयी थी और वे रात्रि-विश्राम करके सुबह की वेला में उजियारपुर निकलने की तैयारी के साथ माईराम के यहाँ रुक गये थे। वे रात के अँधियारे में दीपक की मद्धिम रोशनी के बीच माईराम के ओसारे में पेट के बल लेटकर, पंडिताइन से इशारों-इशारों में अपने दोनों हाथ चमका-चमकाकर बातें करने में मशगूल थे और पंडिताइन भी इसी भाषा में उनका जवाब देने के लिए उद्यत हो रही थीं।

'बैदजी ने उन्हें इसी वक़्त याद किया है'–लोढ़ा के मुखारबिन्दु से इतना सुनते ही जगलेटर बाबा अपनी गठरी-पथरी समेटते हुए बैदजी से मिलने निकल पड़े। सभी एक साथ बैरागी बाबू के दरवाज़े पर पहुँचे। बाबा ने देखा तो वहाँ अजीब-सा सन्नाटा पसरा हुआ था, जैसे किसी के यहाँ मरन पड़ गया हो! बाबा की बेचैनी बढ़ गयी। अन्दर पहुँचते ही बैदजी से बोले–

'सब ठीक-ठाक तो है बैदजी महाराज!'

बैदजी ने लम्बी साँस भरते हुए कहा–'सब ठीक होता तो आपको इतनी रात को तकलीफ क्यों दी जाती।'

'मेरे लायक कोई हुकुम हो तो बताइए?'

'बदलू कहाँ हैं?'

'उसका नाम मत लीजिए महाराज! चवन्नी वालों के हाथ की कठपुतरी बना हुआ है आजकल...! कोई बात हुई है क्या?'

'...लेकिन काम तो उसी से है हमारा...! अब अठन्नी वालों की इज्जत-परतिस्था आपके हाथ में है...!'

'साफ-साफ बताइए बैदजी महाराज...! करना क्या है? मुझे थोड़ी उलझन हो रही है...!'

बैदजी ने जगलेटर बाबा को एक कोने में ले जाकर पूरे विस्तार से घटनाक्रम के बारे में बताया और फिर अपने आसन पर आकर बैठ गये। जगलेटर बाबा कुछ देर तक समझ नहीं पाये कि क्या किया जाये। फिर थोड़ा आश्वस्त होकर बोले–

'दलबदलू है ससुरा...! ऐसे नहीं मानेगा...! कुछ टुकड़ा फेंकना पड़ेगा उसके आगे...! दो दिन से तो चवन्नी वालों के ही यहाँ पड़ा हुआ है। दोनों टाइम का दाना-पानी वहीं ले रहा है। शायद कुछ नगद भी मिला है उसको...! तभी लम्बी-लम्बी हाँक रहा था...! मैंने भी सोचा कि ये उल्टी गंगा कहाँ से बह रही है...!'

बैरागी बोले–'आख़िर क्या किया जाये?'

'देखिए...! ऊ अईसे तो चवन्नी वालों के घेरे से बाहर आयेगा नहीं...! एक्के उपाय है...!'

इतना कहकर जगलेटर बाबा ने अपने मुँह के आगे एक हाथ लगाकर और बैरागी के कानों के तनिक क़रीब जाकर फुसफुसाहट भरी आवाज़ में कुछ कहना चाहा। सुनते ही बैरागी झट कमरे से बाहर निकले और दो-तीन नवरत्नों को किनारे बुलाकर कुछ समझाया। चूँकि अठन्नी वालों के लिए मिट्ठू भाई की सत्यनिष्ठा सदैव से ही सन्दिग्ध हुआ करती थी, इसलिए बैरागी बाबू ने उनसे क्षमा माँगते हुए फिर कभी आने का निवेदन किया। मिट्ठू उठे और चलते बने। इतनी ही देर में देखते-ही-देखते वे तीनों नवरत्न भी सबकी आँखों से ओझल हो गये।

बमुश्किल पन्द्रह से बीस मिनट ही बीते होंगे कि रात के धुँधलके में तीनों नवरत्न अपने कन्धे पर गठरी जैसी कोई चीज़ लादे लौटे और उसे लाकर बँगले में एक ओर रखे गये दीवान पर पटक दिया। प्रथमदृष्ट्या गठरी के भीतर से छनकर आ रही मिमियाहट भरी आवाज़ को सुनकर ऐसा लगता था कि गठरी में कोई भारी बकरा बाँधा गया होगा। बैदजी के आदेश पर तीनों नवरत्नों ने झट से गठरी खोली। गठरी के खुलते ही भीतर का दृश्य देखकर सभी उपस्थित स्वजन दंग रह गये कि 'यह तो बदलू सुक्कुल हैं!' दरअसल बदलू सुक्कुल को उस समय कसकर उठा लिया गया था, जब वे पाख़ाना करने के लिए छेदी बाबू से अनुमति लेकर ताल की ओर गये थे। उन्हें उठाते समय नवरत्नों ने उनके मुँह पर एक गमछा भी लपेट दिया था, ताकि बदलू रास्ते में कोई शोर-शराबा न कर सकें। गमछा खुलते ही बदलू चिल्ला पड़े–

'यह कौनों तरीका थोड़े है...! अरे हम्में तनिक अपनी लँगोटिया तो बाँध

लेने दिये होते...! बता दिये होते कि बैरागी बाबू के यहाँ चलना है तो हम भाग थोड़े ही जाते...!'

कहते-कहते उनकी नज़र जगलेटर पर पड़ी। उन्हें देखते ही बदलू लँगोटी के बाहर हो गये। बोले—

'ओ हो हो हो...! तो हमरे दादा के सार भी यहीं बैठे हैं...शरम नहीं आयी कि तुम्हारा भैने इस तरीके से घसीटा जायेगा!! अपनी तरह ही सबको लड़थम्हा समझे हो का? मामा होके अपने भैने की बेइज्जती कराते हो...! तुम्हारे जैसे लोगों के कारण ही मामा जुतियाए जाते हैं...!'

मामा-भैने की इस गरमागरम बहस के दौरान ही बैदजी ने बदलू को जोर से डाँटा। बोले—

'अपनी औक़ात भूल गये बदलू तुम...! आज जिस जगह पर बैठकर तुम बाबा के ऊपर जोर-जोर से चिल्लाने की गुस्ताख़ी कर रहे हो, कभी उसके नीचे बिछी कालीन पर बैठकर दो जून की रोटी के लिए रिरियाया करते थे। और आज तुम्हारी हिम्मत इतनी बढ़ गयी कि तुम बैरागी के खिलाफ़ झूठी गवाही देने थाने पहुँच गये? अठन्नी और अपने परिवार के पुराने सम्बन्धों को ताक़ पर रख दिया तुमने? सुक्कुल खानदान की जगहँसाई करा रहे हो...!'

इतना सुनना भर कि बदलू लड़खड़ाते हुए धम्म से दीवान से नीचे कूद पड़े और घस्स से दरी पर बैठ गये। बदलू की ख़ूबी यह थी कि वे कभी भी थूककर चाटने में हिचकते न थे। उनका यह पक्का विश्वास था कि 'थूक भी दरअसल कुछ देर पहले इसी शरीर का हिस्सा था। और फिर अपने ही शरीर से निकले हुए रस को पुनः ग्रहण करने में किस बात की शर्म...!' अपनी इसी सर्वसमावेशी भावना के कारण वे गाँव में कभी किसी सामूहिक जूतांजलि या जनधुलाई के शिकार नहीं हुए। बैदजी आगे कुछ और कहते इसके पहले ही बदलू अपने दोनों हाथ जोड़कर बैदजी से घिघियाते हुए बोले—

'हम्मे कुच्छू नहीं मालूम था बैदजी...! हम तो अपनी गिरहस्ती के लिए कुछ मदद भर माँगने गये थे। छेदी बाबू की ओर से रुपया तो मिला, लेकिन मुंशी से एक सादे कागज पर दस्तखत भी करा लिए गये। अब ऊ कागज का क्या किये; हमें बिल्कुले नहीं मालूम...! बस हमें खबर किये थे कि तुम्हारे जान को खतरा हो सकता है... दो-चार दिन हमरे दरवज्जे पर ही रहो...! इसीलिए हम वहीं बना-खा रहे थे। कौनों बात हो गयी का महाराज...?'

भौकाली बोले—'जियादा नादान मत बनो...! हमें पड़रौना के बउक समझे हो काऽ? तुम्हारी नौटंकी हम खूब जानते हैं...! मेघिया ने बैरागी भइया के खिलाफ

भालू को गायब करने और मतई को मरवाने का मुकदमा किया है। और इसमें गवाह हो तुम और चइता...!'

सुनते ही बदलू बिल्कुल रुआँसे हो गये और क्षण भर के लिए तो उनकी मनःस्थिति उस लज्जाशील बहू की तरह हो गयी जो अपने ससुर से परदा करने की जल्दीबाज़ी में चुनरी की जगह घाघरे से अपना मुँह ढँक लेती है। वे बैरागी बाबू की ओर देखते हुए बोले—

'राम-राम-राम! अगर मैं सपने में भी ऐसा सोचूँ तो मैं उसी समय सोते हुए ही परलोक सिधार जाऊँ...! मेरी धरमपत्नी पागल हो जाये। मेरी जवान बेटी रम्भा कुँवारी रह जाये...! मुझे छेदी बाबू का यह खड्यन्त्र मालूम नहीं था। विश्वास न हो तो आप भी मुझसे सादे काग़ज़ पर दस्तखत ले लीजिए। बेटी जवान हो गयी है मलिकार! आप तो जानते ही हैं कि आज के जमाने में बेटी एक बोझा है, जिसे उतारना भी एक मजबूरी है। अपने तो रूखी-सूखी खा के रह सकते हैं, पर बेटी को घर में कुँवारी नहीं रख सकते। बिबाह के लिए किसके-किसके सामने भीख नहीं माँगनी पड़ती। हर कोई हाथी की तरह मुँह फैलाता है! जब तक बाबूजी ज़िन्दा थे तब तक सेनानी वाली पिंसिनिया भी मिल जाती थी। अब तो दाल-रोटी चलाना मुश्किल हो गया है। तिस पर घर में जवान बेटी...! कब्बो-कब्बो तो रातभर नींदे नहीं आती है। हमरी हालत तो उहे हो गयी है कि झोरे में बार नाहीं/सराय में डेरा/कुत्तों ने लूट लिया/बन्दरों ने घेरा...! ...लेकिन आप जइसे कहो, हम तइयार हैं...!'

बैदजी बोले—'तो सुनो! तुम्हें इतनी टाइम से लेकर बैरागी के जमानत होने तक उनके साथ ही रहना होगा। अभी से खाना-पीना-हगना सब घर के भीतर...! कल कोर्ट में बैरागी की पेशी होगी। बाक़ी चीजें तुम्हें वकील साहब समझाएँगे। रही बात बिटिया की शादी की तो उसकी चिन्ता मत करो। रम्भा जइसे तुम्हारी बेटी है वैसे ही हमारी भी। बैरागी से दस हजार एडवांस में ले लो। बाकी लेन-देन चलती रहेगी। किसी से डरने की कोई ज़रूरत नहीं है।'

तदनन्तर बैदजी से प्राप्त निर्देश के उपरान्त सभा स्थगित करने की घोषणा की गयी। जगलेटर बाबा विदा हुए और बदलू पर कड़ी पहरेदारी लगा दी गयी। अब आगामी दो दिनों के लिए बदलू, बैरागी बाबू की जागीर बन गये थे जो उनकी पूरी सीरदारी और कमाई हुई इज़्ज़त को लुटने तथा मटियामेट होने से बचा सकते थे।

12

छेदी बाबू, बदलू सुक्कुल के अचानक से ग़ायब होने को लेकर तनिक चिन्तित हो गये थे। वस्तुतः उन्हें डर इस बात का नहीं रह गया था कि बदलू मतइया के केस में अपनी गवाही बदल देगा, बल्कि अब उन्हें निरन्तर इस बात का ख़ौफ सताए जा रहा था कि कहीं बैरगिया बदलू को बहकाकर, क़ोर्ट से स्वयं उनके खिलाफ बदलू को फर्ज़ी गवाह बनाने, कोर्ट को गुमराह करने और न्यायालय का समय ज़ाया करने के एवज़ में कोई कम्प्लेन न करवा दे। सम्भवतः इसीलिए उन्होंने अपने चंगुओं-मंगुओं के साथ काफी विचार-विमर्श के बाद बदलू, बैरागी और बैदजी के घरों के आस-पास अपने गुप्तचर लगा दिये थे ताकि विरोधियों के हमलावर होने की दशा में, पल-पल की जानकारी उन्हें मिलती रहे।

पर बैरागी को भी समझना इतना आसान नहीं था। थाने में घटी घटना के बाद भी वे अपने सभी मिलने-जुलनेवालों से इस तरह का व्यवहार कर रहे थे मानो कुछ हुआ ही न हो...! इसका सीधा उद्देश्य यह था कि किसी को उनके द्वारा आगे के लिए अपनाई जाने वाली रणनीतियों तक का पता न चल सके। लेकिन भीतर-ही-भीतर बैरागी वे सारी तैयारियाँ कर रहे थे जिससे उनके जमानत में कोई अवरोध न आये। इसके अतिरिक्त उनके द्वारा गाँव के महान् ज्योतिर्विद मिथुन बाबा के साथ बैठकर घर से निकलने से लेकर जमानत के लिए पेश होने तक के समय की साइत भी दिखवा ली गयी थी। बताते हैं कि मिथुन बाबा के पास असल 'रावण-संहिता' हुआ करती थी, जिसका अध्ययन करके वे बैरागी बाबू को अगले दिन किस रंग का वस्त्र पहनना है, घर से निकलते समय दिशाशूल के सिद्धान्त को निष्प्रभावी करने के लिए क्या-क्या उद्यम करने हैं और हाथ की किस अँगुली में किस रंग का मूँगा, माणिक्य, गोमेद या स्फटिक धारण करना है—इसकी पूरी तैयारी करा चुके थे।

अगले दिन प्रातः बैरागी, बदलू सहित अन्य सभी संगी-साथी, मदारीपुर के नाम से ही स्थापित पास के रेलवे-जंक्शन की ओर निकल पड़े। बमुश्किल सुबह के साढ़े पाँच-पौने छह बजे होंगे, लेकिन स्टेशन का नज़ारा देखकर ऐसा लगता था मानो वहाँ की शोभा बढ़ाने वाले दुकानदार और यात्रीगण ईश्वर से चौबीसों घंटे जागने का वरदान लेकर पैदा हुए हों। भिखमंगे, सिरफिरे पागल, कोढ़ी, ज़हरखुरान, सँपेरे, चूरन बालमखीरा बेचने वाले वैद्य, यौनशक्ति-वर्धक तेल बेचने वाले हक़ीम, कानों से गन्दी खूँट निकालने वाले कारीगर, डमरू की ध्वनि पर

उस्ताद और जमूरे का खेल दिखाने वाले मदारी तथा और भी न जाने किन-किन विधाओं के जानकार स्टेशन पर सुबह-सुबह अपनी प्रतिभा दिखाने के लिए व्यग्र हुए जाते थे। थोड़ी दूर पर एक बाइस्कोप वाला अपनी तान अलग टेरे हुए था—'देखो बाइस्कोप देखो/लोला का स्कोप देखो'। बाइस्कोपकार की इस मेधा से प्रभावित होकर, लम्बी दूरी की यात्रा करके लौटने वाले परिवारों के भूखे-प्यासे और ऊँघते बच्चे इस अनोखे चलचित्र के दर्शन का लोभ-संवरण नहीं कर पा रहे थे और अपने माता-पिता से कैसे भी लड़-झगड़ कर बाइस्कोप देख लेना चाहते थे।

स्टेशन के मुख्य द्वार से ठीक पहले, 'बाबा' की सर्वाधिक प्रसिद्ध दुकान पर नियमित रूप से यात्रा करने वाले यात्रियों का जमावड़ा शुरू हो गया था। बाबा की दुकान पर बिकने वाले सामानों का विवरण हाथ से लिखे गये एक बोर्ड पर कुछ यूँ टँगा हुआ था—

बाबा की तड़पती चाय	:	5 रुपए
बदनाम आमलेट —1 अंडा	:	10 रुपए
2 अंडा	:	18 रुपए
तैरती हाफ फ्राई—1 अंडा	:	10 रुपए
2 अंडा	:	28 रुपए
चिल्लाती चटनी	:	मुफ्त
प्रोप्राइटर	:	'बाबा'

बाबा की दुकान तक पहुँचते ही बदलू ने भूखी निगाहों से एक नज़र बैरागी की ओर देखा। फिर बैरागी ने उसी निरन्तरता में अपनी घड़ी की ओर देखा। चूँकि छुकछुक एक्सप्रेस के आने में अभी आधे घंटे का समय बाक़ी था, इसलिए बैरागी ने गुरुघंटाल को सभी के लिए टिकट लाने के पैसे देते हुए अपने अन्य सभी साथियों को इशारे से बाबा की दुकान पर रुकने का आग्रह किया ताकि समय का वास्तविक सदुपयोग किया जा सके। बाबा, बैरागी बाबू को ढंग से पहचानते थे। इसलिए उन्होंने झूठी मुस्कान के साथ आँखों ही आँखों में बैरागी बाबू का अभिवादन किया और इशारे से ही ऑर्डर की सामग्री के बारे में जानना चाहा। प्रत्युत्तर में बैरागी ने अपने एक हाथ की अँगुलियों को इस प्रकार गोल करके अपने मुँह की ओर लगाया, जिसे देखते ही बाबा उनका इशारा समझ गये और अगले ही क्षण अपनी सुप्रसिद्ध तड़पती चाय की तैयारियों में व्यस्त हो गये।

बाबा की चाय भी, चाय कम और विविध प्रकार के तत्वों का एक मौलिक मिश्रण ज्यादा हुआ करती थी। उसका नाम चाय तो केवल इसलिए भर था कि

उसके निर्माण का तरीक़ा बहुत कुछ चाय से मिलता-जुलता था। अन्यथा उसका इस प्रकार के हेय द्रवों से क्या मुक़ाबला...! बाबा के इस मौलिक मिश्रण में सबसे पहले दूध के विकल्प के रूप में सीमापार से सप्लाई होने वाले एक सफेद तत्त्व के साथ साबुन और यूरिया का घोल तैयार कर लिया जाता था और फिर उसमें गुलाब जामुन को गरम रखने के लिए बनाये गये कई दिन पुराने सीरे को एकाएक उड़ेल दिया जाता था। तदनन्तर स्टेशन के एक ओर स्थित तालाब के किनारे उगे रेड़-बहेड़ जैसे तमाम आयुर्वेदिक क्षमता से युक्त पौधों की सूखी पत्तियों और फूलों को डालकर, उसे मिश्रित द्रव के साथ कुछ देर तक खौलाया जाता था। अन्ततः वह मिश्रण तैयार होता था, जिसे स्थानीय लोग 'बाबा की तड़पती चाह' के नाम से पुकारते थे और जिसका पान करने के लिए लोग-बाग घंटों लाइन लगाये रहते थे।

ख़ैर! बैरागी बाबू को अपने रसूख और यात्रा की महत्ता के कारण बाबा की चाय का ज्यादा इन्तज़ार नहीं करना पड़ा। बमुश्किल तीन-चार मिनट में ही एक लड़के ने अपनी आँखें मलते हुए और पैंट के भीतर खुजली का व्यवहार निभाते हुए, बाबा की तड़पती चाय की पहली खेप बैरागी बाबू की टीम के सामने प्रस्तुत किया। तब तक गुरुघंटाल भी टिकट लेकर वापस आ गये थे। चाय के सामने आते ही बैरागी बाबू बोले—'चलो सब...! जल्दी करो...! बदलू तुम भी लो...!' बदलू के लिए आज अतिरिक्त ऊर्जा की आवश्यकता की सम्भावनाओं को देखते हुए उनके लिए अलग से 'तैरती हाफ फ्राई' भी मँगा ली गयी थी। बहरहाल, सबने जल्दी-जल्दी इस सूक्ष्म जलपान को निपटाया और भागते हुए प्लेटफॉर्म के एक ओर आकर खड़े हो गये।

अब छुकछुक एक्सप्रेस के आने का समय भी हो चला था। सभी यात्रियों की नज़रें छुकछुक के आने वाली दिशा की ओर लगी रंगीन बत्तियों पर आकर टिक गयी थीं। बत्ती के हरी होते ही दूर से ट्रेन के आने की आवाज़ सुनाई पड़ी। लोगों के चेहरों पर अचानक से प्रसन्नता का माहौल छा गया। अधिकांश लोग पटरी के बीचों-बीच से कूदते-फाँदते हुए ट्रेन तक पहुँचे। ट्रेन के भीतर का वातावरण एक़दम से घुटन भरा था। बैठने के स्थानों को तो छोड़िए! सामान रखने के लिए बने जगहों और टॉयलेट के आस-पास तक लोग पसरे पड़े थे। बड़ी मुश्किल से बैरागी, गुरुघंटाल, भौकाली भाई, सीरा काका, केला मिसिर और बदलू अन्दर घुस पाये।

डिब्बे में घुसने से पहले भौकाली ने एक चालाकी यह दिखाई थी कि खिड़की के रास्ते एक खाली पड़ी सीट पर अपना पुश्तैनी गमछा डाल दिया था। फिर

इशारे से बैरागी बाबू को अपनी इस त्वरित चालाकी के बारे में अवगत भी कर दिया था। जब बैरागी बाबू की टीम किसी तरह घुसते-घुसाते डिब्बे के अन्दर पहुँची तो पाया कि भौकाली का गमछा नीचे पैरों तले रौंदा जा रहा है और उस सीट पर दो-तीन आदमी बैठे ताश के पत्ते बाँट रहे हैं। पहले तो भौकाली को कुछ समझ में नहीं आया। फिर उन्होंने ताश के पत्ते बाँट रहे एक शख़्स से पूछा–

'भइया! ये हमारी सीट है। हमने इस पर अपना गमछा रखा था...!'

सामने वाले ने पहले भौकाली की कद-काठी को नीचे से ऊपर तक ग़ौर से देखा मानो इसके पहले उसने कभी इंसान ही न देखा हो। फिर नीचे पड़े गमछे को उठाकर उनके कन्धे पर रखते हुए बोला–

'तुम्हारा गमछा बच गया, यही क्या कम है...!'

भौकाली ने उसे ज़ोर से घूरा! तभी ताश-कमेटी के दूसरे साथी ने बीच में ही हस्तक्षेप करते हुए कहा–

'घूर क्यों रहे हो बेऽ...! गमछा रखने से चीज़ तुम्हारी हो जायेगी क्या?'

फिर उसने भौकाली को समझाने की नीयत से अपने सामने बैठे एक नौकरीपेशा आदमी की ओर इशारा करते हुए कहा–'मान लो मैं अपने गमछे को इन भाईसाहब की बीवी के ऊपर रख दूँ तो क्या ये भाभीजी हमारी बीवी हो जायेंगी?'

फिर तीनों ताशिए एक स्वर में 'क्या जमाना आ गया है'–'क्या जमाना आ गया है' कहते हुए और अपनी खीझ का इज़हार करते हुए अपने खेल में मशगूल हो गये। भौकाली और उनके साथियों को इन ताशियों पर गुस्सा तो बहुत आया पर अपने टीम लीडर बैरागी की मूक असहमति के कारण उन्होंने ताश कमेटी के सदस्यों के साथ बहस को आगे न बढ़ाकर, अपनी खोई हुई सीट को हासिल करने के बजाय, खड़े रहकर यात्रा करना ही उचित समझा।

छुकछुक चलती चली जाती थी और उसमें बैठे हुए, लेटे हुए या स्थानाभाव में खड़े हुए यात्री उसकी गति के साथ अपने शरीर की गति को मिलाकर एकमेक करने में लग गये थे। ब्रीच-बीच में कई ऐसे स्थान भी आये, जब रास्ते में कोई स्टेशन न होने के बावजूद 'भैकुम' नामक कोई यन्त्र खोल देने के कारण छुकछुक अचानक से रुक जाती, मानो उसमें अचानक से ब्रेक लगा दिया गया हो। फिर लोग 'चौरा आ गया-चौरा आ गया' कहते हुए डिब्बों से उतरने लगते। भैकुम खोलने वाले दरअसल कोई और नहीं, बल्कि इलाक़े के ही समाज-सेवा का अघोषित बीड़ा कूचने वाले कुछ लोग हुआ करते थे जिन्होंने आज़ादी के बाद इस भाव को एकदम से आत्मसात् कर लिया था। या यों कहें कि आज़ादी

उनकी रगों में बुरी तरह घुसपैठ कर उनको आपादमस्तक संक्रमित कर चुकी थी और वे इस आज़ादी का एहसास सभी यात्रियों को कराना अपना कर्तव्य समझते थे। बहरहाल, जब भी ऐसे किसी अघोषित स्टेशन पर छुकछुक रुकती, ट्रेन का ड्राइवर इस क़दर भुनभुनाते हुए नीचे उतरता मानो देश में फैली इस सारी अराजक आज़ादी का सबसे बड़ा नुक़सान वही उठा रहा हो। फिर वह किसी 'हौजपाइप' नामक यन्त्र को बन्द करते हुए गार्ड की हरी झंडी का इशारा पाते ही ज़ोर का हॉर्न बजाते हुए चल निकलता।

इस पूरी यात्रा में बैरागी बाबू निरन्तर अपनी कलाई पर बँधी घड़ी देखते जाते थे। छुकछुक ज्यों-ज्यों लेट होती जाती, उनके चेहरे पर तनाव की रेखाएँ गहराने लगतीं। आज का एक-एक सेकंड उन पर मानो एक-एक पहर के समान बीत रहा था। तभी अचानक से उनकी नज़र अपने टीम मेंबरान की ओर गयी। 'अरे यह क्या...! बदलू का तो कहीं पता ही नहीं है।' बैरागी बाबू के मन में तरह-तरह के सवाल कौंधने लगे—'कहीं रास्ते में ही तो नहीं उतर गया ससुरा?' तभी उन्हें ध्यान आया कि 'अरे! यहाँ से तो सीरा भी गायब है।' तब उनके दिमाग़ में कुछ जायज़ शंका हुई। उन्होंने सोचा कि क्यों न दोनों चूतियों को सबसे पहले टॉयलेट की ओर ही निहार लिया जाये।

जब वे टॉयलेट के करीब पहुँचे तो उन्होंने देखा कि टॉयलेट का दरवाज़ा आधा खुला है, बदलू बाहर खड़े हैं और सीरा खजुराहो के मूर्तिकारों से प्रेरित होकर टॉयलेट की दीवारों पर अपनी चित्रकला की मेधा का प्रदर्शन करने में लगे हुए हैं। बैरागी से आँखें चार होते ही सीरा अपनी चित्रकृति बीच में ही अधूरी छोड़ पलटकर भागे और पूर्ववत् उसी स्थान पर आकर इस प्रकार खड़े हो गये मानो कुछ हुआ ही न हो...! पीछे-पीछे बैरागी बाबू और बदलू भी लौटे। तबसे लेकर यात्रा समाप्ति तक सीरा काका, बैरागी बाबू से आँखें मिलाने से बचते रहे। सीरा के इस पूरे व्यवहार से बैरागी बाबू आज दो बातों को लेकर बिल्कुल दृढ़ हो गये थे कि 'कला सदैव कुंठा से उपजती है' और यह भी कि 'सच्चा संवेदनशील कलाकार हमेशा अन्तर्मुखी होता है।'

बहरहाल इन विविध सच्चाइयों के खुलासों के तमाम अवसर प्रदान करते हुए छुकछुक एक्सप्रेस किसी तरह अपने गन्तव्य तक पहुँची। आज छुकछुक ने कुल जमा डेढ़ घंटे की यात्रा साढ़े तीन घंटे में पूरी की थी। बैरागी बाबू बिल्कुल ही बेसब्र हो रहे थे क्योंकि वकील साहब ने उन्हें पौने दस बजे कचहरी पहुँचने का समय दिया था और यहाँ स्टेशन पर ही सवा दस बज गये थे। ख़ैर! बैरागी अपने साथियों के साथ ज्यों ही स्टेशन से बाहर निकले, उन्हें वकीलों का एक

झुंड रास्ता रोकने की कोशिश करता हुआ दिखाई पड़ा। वे जान बचाकर दूसरे किनारे से निकलने की कोशिश करने लगे तो वहाँ भी वकीलों ने रास्ता जाम कर दिया।

दरअसल, आज सभी अधिवक्ता कचहरी में घटी किसी घटना को लेकर अपना विरोध जता रहे थे। वे सभी अपने निजी अनुभव से यह जानते थे कि 'सरकार मूलतः बहरी और कानून जन्मजात रूप से अन्धा होता है। इसलिए प्रशासन के कान के पास बम फोड़कर और कानून की आँखों में पिसी मिर्च झोंककर ही कुछ हासिल किया जा सकता है।' इस अनुभव के साथ वे सभी अधिवक्ता अतीत में इस सत्य का साक्षात्कार भी कर चुके थे कि 'जो दाँत निपोरने से न मिले उसे शोर मचाकर ले लेना चाहिए।' इसलिए उनमें से अधिकांश तो एकदम से 'मारो-मारो-मारो' की रणनीति अख़्तियार कर चुके थे। इसी आक्रोश में कुछ ने सरकारी वाहनों के शीशे तोड़ डाले और उनमें आग लगा दी; कुछ ने स्कूल से वापस लौट रहे बच्चों की बसों के पहियों की हवा निकाल दी। जो शेष बचे, उनमें से कुछ हलवाई की दुकान में घुस गये और तत्समय छन रही गरमागरम जलेबियों के भरे कड़ाहे को बिल्कुल ही उलट दिया। इस सारे उपक्रम का एक ही उद्देश्य था कि किस तरह सिस्टम को अपनी बात मनवाने के लिए मजबूर कर दिया जाये।

अभी यह सबकुछ चल ही रहा था, तभी बैरागी को अपने वकील साहब कलट्टर सिंह दिखाई पड़े। बैरागी उन्हें एक कोने में ले गये और भारी शोर-शराबे के बीच इशारे से ही पूछा–

'आख़िर माजरा क्या है?'

कलट्टर सिंह ने बताया कि 'कल किसी बात को लेकर बार और बेंच में झगड़ा हो गया था। दरअसल, एक वकील ने भरी इजलास में ही बहस करते समय कोर्ट के एक कोने में पान थूक दिया। कोर्ट ने इसे अपनी अवमानना के रूप में ले लिया और वकील साहब को नोटिस थमा दिया। मैंने किसी तरह से बीच-बचाव करने की कोशिश की, लेकिन बार असोसिएशन के पंडित गुट के अध्यक्ष रमायन तिवारी ने अपने कुछ साथियों के साथ कोर्ट के बहिष्कार का फैसला लिया है और यह तय किया है कि जब तक कोर्ट अपना नोटिस वापस नहीं लेती, वे अपने संघ के सदस्यों के साथ कचहरी की दीवारों सहित शहर के साफ-सुथरे इलाकों में पान थूककर अपना विरोध जताते रहेंगे।'

बैरागी को क्षणभर में ही यह सारा षड्यन्त्र समझ में आ गया क्योंकि वे रमायन तिवारी को खूब अच्छी तरह से जानते थे और यह भी जानते थे कि वह

छेदी बाबू का दूर का रिश्तेदार भी है। उन्होंने सोचा—'हो-न-हो, यह व्यूह-रचना केवल उनके मामले को और उलझाने के लिए की गयी हो।' फिर उन्होंने माथे पर बल डालते हुए कलट्टर सिंह से पूछा—

'अब क्या किया जाये?'

कलट्टर सिंह ने जवाब दिया—'आप परेशान मत होइए। ठाकुर गुट मामले के बीच-बचाव में लगा हुआ है। कई थानों की फोर्स भी मँगाई गयी है। कोर्ट चलेगी ही...! मूँछ का मामला है...! आप फ़ौरन कचहरी पहुँचिए। मुंशीजी को नकल-वकल का ख़रचा दे दीजिएगा। मैं थोड़ी देर में अपने तख़्ते पर पहुँचता हूँ।'

बैरागी बाबू, बदलू को अपनी गहन पहरेदारी में लेकर कोर्ट पहुँचे। तब तक न्यायालय परिसर में पर्याप्त पुलिस-बल भी तैनात कर दिया गया था ताकि न्यायालय के काम-काज में कोई बाधा न पहुँचे। बैरागी के निर्देश पर बदलू को गुरुघंटाल और भौकाली के साथ एक ओर बिठा दिया गया। फिर बैरागी बाबू स्वयं मुंशीजी के साथ आवश्यक काग़ज़ातों को जुटाने और सादे काग़ज़ों पर दस्तखत करने में जुट गये। जब एफआईआर की नकल लेने की बारी आयी तो मुंशीजी ने स्वयं बैरागी बाबू को लेकर कोर्ट के पेशकार और अहलमद के पास चलने के लिए निवेदन किया। बैरागी बाबू मुंशी को लेकर पेशकार के दफ़्तर की ओर बढ़ चले।

कचहरी के भीतर की कई आन्तरिक गलियों से होकर गुज़रने के बाद बैरागी मुंशी के साथ उस स्थान पर पहुँचे, जहाँ पेशकार साहब बैठते थे। एक कमरानुमा हाल के भीतर, चारों तरफ़ फ़ाइलों के रैक से घिरी हुई टूटी हुई टेबल पर काग़ज़ों के अंबार में अपना सिर खपाने वाली एक अर्धविक्षिप्त सत्ता को ही यहाँ पेशकार साहब कहा जाता था। कमरे में चारों तरफ़ घुप्प अँधेरा छाया हुआ था और पेशकार साहब आँखें बन्द करके कुरसी पर झूलते हुए भारत भूषण के ज़माने का कोई पुराना रोमांटिक गीत गुनगुना रहे थे। मुंशी के साथ किसी मुवक्किल के कदमों की आहट मात्र से वे एकाएक सक्रिय हो गये और मुंशी को एक किनारे ले जाकर अर्जेंट नकल की ग़ैर-सरकारी फीस को लेकर दाम-काम करने लगे।

पेशकार दफ़्तर के एक ओर, रैक पर लाल-लाल गट्ठरों में कुछ अभिलेख बाँधकर रखे गये थे। कचहरी में प्रसरित मान्यता के अनुसार ये अभिलेख किसी ज़माने में दफ़्तर बन्द करते समय चपरासी की गलती से भीतर छूट गये एक देशी कुत्ते के द्वारा अभिलेखों के साथ किये गये बरतात के अवशेषों की याद दिलाते थे। बाक़ी रैकों पर भी कुछ ऐसे ही ऐतिहासिक दस्तावेज़ सजाकर रखे गये थे। इन गट्ठरों और काग़ज़ातों ने समय के साथ अपने आस्तीन में धूल

के महीन कण और मकड़ी के जालों को पनाह देकर अपना एक नया संसार बना लिया था, जहाँ धीरे-धीरे मच्छरों ने भी अवैधानिक रूप से अपने डेरे जमा लिए थे। पेशकार दफ़्तर के मुख्य द्वार के ठीक नब्बे अंश से कोण बनाती हुई एक खिड़की हुआ करती थी, जिसके शीशे इस क़दर टूटे हुए थे कि उसके बन्द होने पर भी खुले होने जैसा ही एहसास होता था। खिड़की के पीछे के हिस्से में अपने-आप से उग आये बेहया, बबूल और कुकुरमुत्ते के पौधे नित्यप्रति कचहरी के अधिवक्ताओं और मुवक्किलों के मूत्र से सिंचित होते रहते थे और इसका अतिरिक्त फ़ायदा यह हुआ करता था कि उधर से जब कभी पुरवइया हवा चलती थी तो सम्पूर्ण पेशकार दफ़्तर और उसमें मौजूद समस्त स्टाफ, वातावरण में अचानक से अमोनिया जैसे किसी रासायनिक तत्त्व के निर्माण में वृद्धि का एहसास करते पाये जाते थे।

मुंशीजी ने पेशकार साहब के पास अर्जेंट फीस जमा की और पाँच मिनट में ही एफआईआर और केस डायरी की नकल उनके हाथ में आ गयी। दोनों इसे लेकर वकील साहब के तख़्ते की ओर बढ़ चले। कलट्टर सिंह लौट आये थे। उन्होंने बैरागी को बताया कि 'कोर्ट बैठ गयी है। फ़ौरन हाज़िर होना होगा।' सभी कोर्ट की ओर चल निकले। इस समय कोर्ट के भीतर एक गम्भीर मसले पर जिरह चल रही थी। एक मुक़दमे में आज़ाद नामक शख़्स की गवाही चल रही थी। गवाह बार-बार इस बात की दुहाई देता जाता था कि 'मैं ही आज़ाद हूँ' 'हुज़ूर! मेरा विश्वास कीजिए,' 'मैं ज़िन्दा हूँ,' परन्तु प्रतिपक्षी का वकील तमाम सबूतों के बिना पर उसके इस दावे को खंडित कर दे रहा था। अन्त में कोई निष्कर्ष न निकलता देख कोर्ट ने केस में अगली तारीख दे दी और 'नेक्स्ट' शब्द का उच्चारण किया।

अगला केस मतई का था। फ़ाइल ज्यों ही पेश हुई, कोर्ट ने पूछा—

'क्या मामला है?'

सरकारी वकील ने कहा—'हुज़ूर! हत्या और हत्या के प्रयास का मामला है...! एसटी-एसटी भी लगा है...!'

'एफआईआर दिखाइए...! हूँ...! दूसरा केस तो हत्या का लगता है, पर पहला थोड़ा डाउटफुल है...! कहीं सात साल बाद भालू नाम का आदमी प्रगट हो गया तो? आपने देखा नहीं कि अभी-अभी एक गवाह कह रहा था कि मैं ज़िन्दा हूँ...! हम इस तरह के केस का कोई संज्ञान नहीं लेंगे। केस डायरी कहाँ है?'

'जी...! यह है हुज़ूर...!' सरकारी वकील ने सामने दस्तावेज़ रखते हुए कहा।

कोर्ट ने पूछा—'गवाह कौन-कौन हैं?'

'जी! चइता और बदलू सुक्कुल...!'

'बयान कराइए...!'

'हुज़ूर! एक गवाह हाज़िर है और दूसरा अभी आया नहीं है...!'

सरकारी वकील ने जिरह शुरू की—'तुम्हारा क्या नाम है?'

'हुजूर चइता भारती...!'

'तुमने घटना के वक़्त क्या देखा?'

'मैंने देखा कि मतई काका के ऊपर बैरागी बाबू का पेड़ गिरा हुआ है और मतई काका टें बोल गये हैं।'

'घटना के वक्त तुम कहाँ थे?'

'अपने खेत में पानी चला रहा था।'

'तब तुम कैसे कह सकते हो कि मतई को बैरागी ने मरवाया?'

'...तो मुझे क्या मालूम था कि उनका पेड़ गिरने वाला है कि मैं वहाँ खड़ा रहता?'

'तुम्हारा खेत बैरागी के बाग से कितनी दूरी पर है?'

'पौना मील...!'

'तुम्हें कितनी दूर तक दिखाई देता है?'

'जितनी दूर तक आपको दिखाई देता है...!'

'मज़ाक़ मत करो...! यह कोर्ट है...!'

'तो मैं कहाँ कह रहा हूँ कि यह मुसाफ़िरख़ाना है?'

कोर्ट ने कहा—'ऑर्डर...! ऑर्डर...!'

सरकारी वकील ने जिरह जारी रखा—'तुम मतई के रिश्ते में क्या लगते हो?'

'वही जो एक भतीजा, अपने चाचा का लगता है...!'

'तुम्हारी बैरागी से पहले की कोई दुश्मनी तो नहीं है?'

'मेरी पट्टी के साथ जन्म-जन्मान्तर की दुश्मनी है...! केवल छेदी बाबू को छोड़कर...! ऊ मेरे गुरु महराज हैं...!'

इस स्थान पर बैरागी बाबू के वकील कलट्टर सिंह ने पहली बार हस्तक्षेप करते हुए और कोर्ट से निवेदन करते हुए कहा—

'हुजूर! पॉइंट नोट किया जाय। यह पूरा केस केवल राजनीतिक प्रतिद्वंद्विता में एक सम्मानित आदमी को फँसाने की नीयत से गढ़ा गया है। मैं हानरेबल कोर्ट से यह दरख़्वास्त करूँगा कि सम्बन्धित एसएचओ को इस बात के लिए आदेशित किया जाये कि वह अपने इन्वेस्टिगेशन में असली षड्यन्त्रकारियों का पता लगाये और उन्हें नामज़द करे।'

कोर्ट ने 'ऑर्डर-ऑर्डर' कहते हुए कलट्टर सिंह से पूछा—'आप अपनी सफाई में कोई साक्ष्य-सबूत-गवाह पेश करना चाहते हैं?'

कलट्टर बोले—'हुज़ूर! मैं इसी केस के एक दूसरे गवाह बदलू सुक्कुल को अदालत के सामने पेश करना चाहता हूँ।'

कोर्ट का आदेश हुआ—'पेश किया जाये।'

कुछ सेकंड बाद ही बदलू सुक्कुल आँखें नीची किये हुए अदालत के भीतर आये और कठघरे के एक कोने में खड़े हो गये। सरकारी वकील ने उनसे सवाल किया—'आप अपना बयान किसी के दबाव में तो नहीं दे रहे हैं?'

बदलू नीची आँखों से ही धीरे-से बोले—'नहीं हुज़ूर...!'

'आप कोर्ट से क्या कहना चाहते हैं?'

बदलू दोनों हाथ जोड़कर कोर्ट की तरफ़ मुख़ातिब होकर बोले—'हुज़ूर...! सरकार...! माई-बाप...! पेड़ गिरा भी और मतई मरा भी...! लेकिन इसमें बैरागी बाबू का कौनों कसूर नाहीं...! अगर कसूर है तो ऊ पुरवा बयार का जो पेड़ समेत मतई पर गिर पड़ी। अगर सजा देना है तो उस पुरवा बयार को ही दीजिए हुज़ूर...! मेरा तो माई-बाप से इहे रिक्वेस्ट है कि इस तरह की जानलेवा आन्ही-पानी पर ही रोक लगा दिया जाय तो बहुतै मुनासिब होगा...!'

'तुम्हारी बैरागी के साथ कोई दुरभिसन्धि तो नहीं है?' सरकारी वकील ने पूछा।

चूँकि बदलू कई मामलों में कोर्ट में गवाही दे चुके थे, इसलिए वे इस शब्द का अर्थ न जानते हुए भी यह जान चुके थे कि इसका उत्तर 'न' में ही देना है। उन्होंने इनकार में सिर हिलाया और सरकारी वकील ने धन्यवाद कहते हुए फ़ाइल बन्द कर कोर्ट के सामने रख दी।

अब तक कोर्ट की सारी आवश्यक प्रक्रिया पूरी की जा चुकी थी। अन्त में कोर्ट का फैसला आया—'तमाम साक्ष्यों के अवलोकन और गवाहों के बयान से प्रथमदृष्ट्या बैरागी का अपराध सिद्ध नहीं होता है। इसलिए यह अदालत बैरागी को न्यायिक अभिरक्षा में रख जाने का कोई औचित्य नहीं समझती है और उन्हें सशर्त जमानत देती है कि वे जाँच-प्रक्रिया में पूरा सहयोग करेंगे। अदालत जाँच-अधिकारी से भी यह अपेक्षा करती है कि वह घटना से जुड़ी सभी बिन्दुओं की गहराई से जाँच-पड़ताल करे और समय-समय पर अदालत को अवगत कराए।'

बैरागी बाबू ने कोर्ट से बाहर निकलते ही कलट्टर सिंह को अपने गले लगा लिया। बदलू ने भी छूटते ही बैरागी के पाँव छुए और उन्होंने भावुक मन से उसे आशीर्वाद दिया। बैरागी बाबू मन-ही-मन प्रफुल्लित होते हुए यह सोच रहे थे कि आज बदलू ने वह काम किया जिसने उसके पुरखों के ऊपर लगे दाग़ को

हमेशा-हमेशा के लिए धो दिया। उधर गुरुघंटाल, भौकाली भाई, सीरा काका, केला मिसिर—सभी जश्न मनाने के लिए कचहरी के बाहर मिठाई की दुकान की ओर दौड़ पड़े।

13

देखते-देखते मदारीपुर की एक छोटी-सी घटना ने अठन्नी और चवन्नी—इन दोनों पट्टियों के बीच 'सनातन चलनेवाले संघर्ष की आग में शुद्ध देशी घी का काम' किया था। कुछ समय के लिए ही सही, गाँव के परधानी का सम्भावित चुनाव बिल्कुल नेपथ्य में चला गया था। अब सामने आ गयी थीं—एक-दूसरे को नीचा दिखाने की नयी-नयी करतबें, चालबाजियाँ, लंगीमारी और पैंतरेबाजी। ये सभी तरक़ीबें वस्तुतः दोनों पट्टियों की परधानी के चुनाव के पहले एक-दूसरे के मनोबल को तोड़ने और प्रकारान्तर से स्वयं के लिए मनोवैज्ञानिक लाभ अर्जित करने के क्षुद्र प्रयासों का एक हिस्सा भर थीं।

पिछले कुछ समय से मदारीपुर के हर गली-मोहल्ले-चौराहे पर मतई की मृत्यु को लेकर, थाने में बैरागी बाबू की फ़ज़ीहत और फिर कोर्ट में उनकी पेशी एवं जमानत के सम्बन्ध में तरह-तरह की चर्चाएँ मिर्च-मसालों के साथ चल रही थीं। फिलहाल इस सम्बन्ध में छेदी बाबू की ओर से अभी तक कोई आधिकारिक बयान नहीं दिया गया था। हालाँकि छेदी बाबू के चाहने वाले इसे 'उनकी मेधा का आंशिक प्रयोग भर' बताने में नहीं हिचक रहे थे। वहीं बैरागी बाबू के समर्थक इसमें छेदी की तयशुदा असफलता की झलक और अब बैरागी के 'लोहारवाले प्रहार का इन्तज़ार करने के लिए तैयार रहने के लिए' कहकर, इन मुँहफटों से किसी तरह से अपना पीछा छुड़ा रहे थे।

आज एक बार फिर सुबह-सुबह ही दोनों शूरवीरों के बँगलों में बैठकबाजों की महफिल सज गयी थी। बैरागी बाबू अपने बँगले में बैठे हुए थे और अपना हाल-चाल पूछने आने-जाने वाले तमाम सच्चे-झूठे लोगों का सामने की मेज़ पर एकमुश्त रखे गये गुड़ और मृदुजल से आवभगत करते हुए, ऐसी घटनाओं से बिल्कुल ही बेफ़िक्र रहने की नसीहत देते हुए तथा उनका धन्यवाद करते हुए, उन्हें बारी-बारी से विदा कर रहे थे। वे इन सभी आगन्तुकों को बँगले के दरवाज़े तक छोड़ते और फिर इन्हें आगे के मुख्यद्वार तक छोड़ने का जिम्मा किसी-न-किसी नवरत्न का होता था।

बैरागी बाबू के बँगले में चल रही वार्ता का क्रम कभी भी टूटता न था। बैदजी, लोढ़ा, इमरजेंसी, नवरत्नों में से अधिकांश, अठन्नी के कुछ बड़े-बुजुर्ग व कतिपय चुनिन्दा विद्वान, मिट्ठू भाई, मन्नोरानी, माईराम तिवारी, पांडे-मिसिर-चौबे कुल के कुछ असामी, मौलवी साहब, और भी न जाने कौन-कौन लोग बैरागी बाबू के पुरसाहाल के लिए आते-जाते रहे। अठन्नी की भौजाइयाँ भी बैरागी बाबू के मानसिक स्वास्थ्य को लेकर बहुत चिन्तित हो गयी थीं। इस समय बैदजी की मेहरारू के साथ आयी कुछ ऐसी ही भौजाइयों के साथ बैरागी बाबू मनोविनोद में व्यस्त थे। बैदजी की धर्मपत्नी, जिन्हें लोग उनकी न्यायप्रियता के कारण 'जज-साहिबा' भी कहकर बुलाते थे, ने बैरागी से एक सवाल पूछा—

'...तो देवर जी! तू हमको तनि ई बताई दो कि हम तोहरे और बैदजी के रहते ऐसे ही अपमान सहते रहेंगे का?'

बैरागी बाबू बोले—'अरे भउजी! तू तनिक हमार बात तो समझो...ई छेदिया एकदम्मे पगला गया है। खेती-बारी तो पहिले लुटा चुका है। अब अपनी बची-खुची इज़्ज़त भी लुटाने चला है।'

'...लेकिन देवर जी! इज़्ज़त तो हमारे अठन्नी वालों की जा रही है न...!' —जज भउजी ने कहा।

'तनिक धीरज रखो भउजी...! समय का इंतिजार करो! अबहिन तू ओके आपन दाँव चलने दो! जरा हम भी तो देखें कि ओकरे तरकश में कितने तीर हैं...!'

बैरागी बाबू के इस तर्क से तनिक असहमत एक दूसरी भौजाई सुशीलादेवी ने इस वार्तालाप के बीच में ही अपना हस्तक्षेप दाख़िल करते हुए कहा—'बबुआ, अब तोहार ई इंतिजार हमसे देखा नाही जाता...! कौनों ऐसा उपाय करो कि हमार करेजा जुड़ा जाये...बस...!'

बैरागी बोले—'देखो बड़की भउजी...! जो हमारी राह में काँटा बोएगा, हम उसकी राह में भाला बो देंगे...! लेकिन हमारी शर्त है कि हम हथियार पहले नहीं उठाएँगे। तोहके घबराने की कौनों ज़रूरत नहीं है; ई छेदिया की दीया बुझने के पहले वाली भभकन है...! भभक लेने दो, जितना भभकना है उसको!'

इस पूरी बहस में अब तक मौन-भाव से सबकुछ सुन रहे बैदजी ने अपनी धर्मपत्नी की ओर मुख़ातिब होकर कहा—'जज्जो रानी...! ये सियासत की बातें हैं। तुम लोग नहीं समझोगी। जब गधों के हाथ में सरकार रहेगी तो ऐसे ही चलेगा...! यहाँ गधे राज भोग रहे हैं...! अन्धेर नगरी है...!'

जज-साहिबा बोलीं—'...तो घोड़ों को रोका किसने है राज भोगने से?'

'...जनता ने...!'

'जनता ने...? अरे तो तू दिनभर जो अपनी डिस्पेंसरिया पे भीड़ लगाये रहते हो, ऊ जनता नाहीं कछू और है काऽ...?'

'अरे मैडम! भीड़ को एकजुट करना पड़ता है। मशक्कत वाला काम है।'

'हम सब ई नाहीं जनती...! आज शपथ लो कि बैरागी अगली बार परधानी के चुनाव लड़ीहें ऽ...! हाँ नहीं तोऽ...!'

'देखो...! ई सब मेहरारून के बहस का विषय नाहीं है। एहिपर हम सब मिलिके बिचार करेंगे...! तुम लोग जाओ आपन खान-पान के इन्तिजाम देखो...!'

इतना सुनते ही जज-साहिबा अपने चेहरे पर तनिक असन्तोष का भाव लिए तथा 'तू जानो-तोहार काम' का उद्घोष करते हुए अपनी टीम की सभी महिला सदस्यों को लेकर वापस चली गयीं।

भौजाइयों का जत्था वापस जाते ही बैरागी बाबू के बँगले में महामहोपाध्याय ज्योतिषाचार्य पंडित श्री मिथुन शर्मा अपनी प्रागैतिहासिक पांडुलिपि 'रावण-संहिता' के साथ पधारे। माईराम को छोड़कर, सबने शर्माजी का खड़े होकर उनका अभिवादन किया और शर्माजी सबके अभिवादन का समुचित जवाब देते हुए, तुरन्त ही अपनी संहिता के पन्नों में खो गये। थोड़ी देर में संहिता के पन्नों को बन्द करते हुए मिथुन पंडित ने निचोड़ के रूप में बैरागी बाबू को बताया कि 'महोदय! आपकी कुडंली के मुताबिक शनि की महादशा चल रही है। शनि परेशान बहुत करता है...! बिल्कुल तोड़ के रख देता है...! इसके शमन के लिए काले घोड़े के नाल की अँगूठी धारण करें, नियमित रूप से शनिवार को पीपल के वृक्ष के नीचे तिल का दीपक जलाएँ तथा काले वस्त्र का दान करें।'

हालाँकि किसके पास असली काले घोड़े के नाल की अँगूठी उपलब्ध है, इसे लेकर मिथुन पंडित और माईराम पंडित में कुछ देर के लिए ठन गयी। साथ ही माईराम इन समस्त उपचारों को शनि के प्रकोप से बचने के उपायों के लिए अपर्याप्त बता रहे थे और इसके लिए सत्संग, अखंड रामायण और रामलीला को भी पर्याप्त तवज्जो देने की वकालत कर रहे थे। चूँकि माईराम स्वघोषित तौर पर इलाक़े के सर्वश्रेष्ठ विद्वान थे और उनका ज्ञान कोरे पोथी के बजाय अपने निजी अनुभूति पर आधारित था, इसलिए उनकी काट प्रस्तुत करना फिलहाल किसी मिथुन-विथुन के बस की बात नहीं थी। इसके अलावा मिथुन ठहरे पछाहीं पंडित! पुरबिया पंडित से पछाहीं पंडित का भला क्या मुक़ाबला? अन्त में सभा में उपस्थित लोगों ने दोनों पंडितों के विचारों का मध्यम-मार्ग निकाला। तय किया गया कि मिथुन पंडित के उपचारों के साथ-साथ अठन्नी के चन्दे से 'श्री श्री 1008 औघड़दानी बाबा ढपालूजी महाराज' का प्रवचन और सत्संग कराया

जाये और लोगों के आध्यात्मिक विनोद को बनाये रखने के लिए रामलीला की एक संक्षिप्त प्रस्तुति भी दी जाये। इस निष्कर्ष के साथ सभा की बैठक सायंकाल के लिए स्थगित कर दी गयी।

कहते हैं—'दीवारों के भी कान होते हैं।' सम्भवतः इसी माध्यम से होते हुए बैरागी बाबू के बँगले में चलने वाली बहस और अन्तिम रूप से लिए गये निर्णय की ख़बर चवन्नी वालों के यहाँ भी पहुँच गयी थी। लेकिन इस समय चवन्नी पट्‌टी में अजीब-सा घमासान मचा हुआ था। रात में बिजई को पुत्ररत्न की प्राप्ति हुई थी और पट्‌टी के सभी लोग रात से ही जश्न में डूबे हुए थे। छेदी बाबू रोज़ की तरह आज भी रमई के साथ शिव मन्दिर की ओर निकल गये थे। इसी अवधि में रमई का बड़ा पुत्र चलबिद्धर, जिसका मानसिक विकास पिछले पाँच-छह साल से एक ही स्थान पर अवरुद्ध था, ने किसी खुन्नस में या ज़िद में अपने दरवाज़े पर रहने वाले रमबरना नाऊ से पूछा कि 'गरमी में बाल बनवाने और मुँडवाने में कौन ज्यादा आरामदायक होता है?' रामबरन ने ज्यों ही इसका जवाब 'मुँड़वाना' बताया, त्यों ही चलबिद्धर ने न केवल अपना, बल्कि अपने दरवाज़े पर मौजूद सभी बड़े-बूढ़ों और असामियों तक के बाल मुँड़वा दिये। जब छेदी बाबू लौटे तो क्षणभर के लिए तो वे पट्‌टी का बदला हुआ नज़ारा देखकर बिल्कुल ही अहसज हो गये। लेकिन कुछ देर बाद ही अपने पौत्र की बाल-सुलभ-चपलता पर मुग्ध होते हुए उन्होंने अपने और रमई के बाल भी मुँड़वा लिए। अब चवन्नी पट्‌टी में चारों तरफ 'केशमुक्त खोपड़ी का साम्राज्य' हो चला था।

दोपहर का समय था। छेदी बाबू के लौटने के कुछ घंटे बाद ही मिट्‌ठू भाई पहुँच गये थे और उनसे इस सामूहिक केश-कर्तन का कारण जानना चाहा। बैरागी बाबू ने मनोविनोद की नीयत से प्रकरण को तनिक अधिक गम्भीर और संवेदनशील बनाने की कोशिश करते हुए कहा—

'आज शहीद दिवस है...! हम चवन्नी पट्‌टीवाले आजादी की लड़ाई के शहीदों को भावभीनी श्रद्धांजलि देने के लिए ऐसा कर रहे हैं।'

मिट्‌ठू भाई अपने जीवन में आज पहली बार चवन्नी पट्‌टी वालों के इस प्रखर भावनात्मक पक्ष से रूबरू हो रहे थे और अपनी नीच-भावना को कोसते हुए तनिक शर्मसार भी हो रहे थे। इसके दबाव में उन्होंने भी अपनी कलुषित भावना को थोड़ा परिष्कृत करने के लिए रमबरना से तत्काल ही अपने बाल मुँड़वा लिए। हालाँकि बाद में जब उन्हें असलियत मालूम पड़ी तो वे सबके साथ हँस-हँस के लोट-पोट हुए जा रहे थे।

कुछ ही समय बाद मिट्‌ठू भाई अवसर पाकर छेदी बाबू को आज बैरागी

बाबू के बँगले में लिए गये निर्णयों से अवगत कराने की कोशिश करने लगे। छेदी बाबू भी उनकी बातें सुनते हुए काफी देर तक 'हाँ-हाँ-हूँ-हूँ' करते रहे। छेदी बाबू को अपनी बातों में कोई इंटरेस्ट न लेता देख मिट्ठू भाई ने उन्हें छेड़ा—

'का ककाऽ...! दाँव तो फेल रहा तोहार...! बैदजी ने एक दिन पहले ही बदलू को हजैक (हाइजैक) करा लिया था।'

छेदी बाबू बिफर गये—'तो कौन सा बड़ा तीर मार लिया होऽ...? हग्गत के बटेर मरलींऽ, बुझलींऽ तीरंदाज...! उहे हाल है तोहरे बैद का! अऊर हमरे सामने औके बैद न बोला करो। कोई बैदई-वैदई नहीं आती है उसको...! डिगिरी तक तो फर्जी है उसकी...! नीम-हकीम ख़तरे-जान है ससुरा...! स्साला गंजों को भी कंघी बेच देगा...!'

छेदी बाबू का तेवर देखकर मिट्ठू क्षण भर के लिए चुप लगा गये।

रमई ने, जो अब तक इस बहस में बिल्कुल खामोश थे, तनिक ठहरकर छेदी बाबू से पूछा—

'चचा! अब आगे का क्या प्लान है?'

'खेलब न खेले देब, खेलिए बिगाड़ब...!'

'मतलब...?'

'...रामलीला के स्थान पर रासलीला...! चन्दे की जगह पर टिकस...! ढपालू बाबा की जगह मुन्नी बाई...! फिर देखना कि मारामारी चन्देवाली जगह पर होती है कि टिकसवाली जगह पर...!'

अभी यह गम्भीर वार्ता चल रही थी कि बँगले के बाहर कर्कश स्वर में कुछ फिल्मी धुनें गाती हुई सुनाई पड़ी; बोल कुछ यूँ थे—'अर्रे/परदेसिओ से नाऽ/आखियाँ मिलानाऽ/परदेसिओ को है/एक्क दिन्न जानाऽ/परदेसिओ से नाऽ/आखियाँ मिलानाऽ।' तत्समय छेदी बाबू समेत बँगले में बैठे सभी महाशय जब बाहर निकले तो उन्होंने देखा कि हिजड़ों की एक टोली बिजई के पुत्र के जन्म के उपलक्ष्य में नेक लेने आयी हुई है और दस-पाँच बीघे की रजिस्ट्री और दो-चार तोले सोना से कम लिए बिना जाने को तैयार नहीं हो रही है। लगभग दो से तीन मिनट तक छेदी बाबू हिजड़ों के इस व्यवहार को देखते रहे, फिर स्थिति को नियन्त्रित करने की कोशिश करते हुए दूर से ही बोले—

'अरे! हो गयाऽ...! अब रहने भी दो...!'

इतना सुनना भर था कि काफी देर से घर के सबसे वृद्ध मुखिया की तलाश में गायन के माध्यम से अपने नेक के लिए जोर-आजमाइश कर रहे हिजड़ों की टीम का दो-तिहाई जत्था छेदी बाबू की ओर मुड़ गया। हिजड़े छेदी बाबू के करीब

पहुँचकर अपने हाथों को तरह-तरह से चमकाने लगे। एक ने अपने हाथ को बीच से मोड़ा, उसकी केहुनी के नीचे दूसरे हाथ को लगाया और उसे अपनी दाढ़ी के निचले हिस्से से चिपकाकर हिलाते हुए गाने लगा। इस पूरे उपक्रम का उद्देश्य सम्भवतः छेदी बाबू को यह बताना था कि 'भगवान् ने तुम्हारे और हमारे भीतर केवल इतने भर का ही तो अन्तर पैदा किया है...!' या यह भी कि 'तुम केवल इसी के बल पर तो इतना इतराते हो...!'

बमुश्किल दस से पन्द्रह सेकंड तक इस हलचल को बरदाश्त करने की कोशिश करते हुए, छेदी बाबू अब बिल्कुल ही आगबबूला हो गये और बोले—'चलो, हटो सब लोग...!'

छेदी बाबू के इस व्यवहार पर भी हिजड़ों ने बड़ी सधी हुई प्रतिक्रिया दी। एक हिजड़े ने छेदी बाबू के खुरदुरे और छुहारे की तरह सूखकर चिचुक गये गालों को ताज़े दशहरी आमों की तरह सहलाते हुए कहा—

'अरे ओ मेरे अमिता भच्छन! नाराज काहें होते हो...!'

छेदी बाबू हिजड़ों के इस व्यवहार से निरन्तर धोती के बाहर होते जाते थे। उनके दिमाग़ का पारा सातवें आसमान पर पहुँचता देख बिजई ने बड़ी मुश्किल से अपनी पॉकेट ढीली की और इन हिजड़ों से अपना और छेदी बाबू का पीछा छुड़ाया। हिजड़े अब भी छेदी बाबू को तनिक चिढ़ाते हुए और बिजई बाबू को 'जुग-जुग जियो मोरे करेजा'/'जियो रजा बनारस' का हृदय से आशीर्वाद देते हुए उनके दरवाज़े से रुख़सत हो रहे थे।

14

माईराम के अथक प्रयत्नों से और अठन्नीवालों के विशेष सौभाग्य से, उन्हें उनके वर्तमान संकट से बाहर निकालने के लिए ढपालूजी महाराज के सत्संग का कार्यक्रम प्राप्त हो गया था और इस सम्बन्ध में पंडित माईराम द्वारा औघड़दानी बाबा के आगमन की नियत तिथि के सम्बन्ध में बैदजी और बैरागी बाबू को अवगत भी करा दिया गया था। यद्यपि देखा जाय तो यह प्रस्तावित सत्संग ढपालूजी महाराज की रुटीन यात्रा का हिस्सा भर थी, क्योंकि वे प्रत्येक नौ मास के उपरान्त अपनी टोली के साथ मदारीपुर और आस-पास के गाँवों में जन्मे नवजात पुत्रों के नामकरण के लिए अनिवार्य रूप से आते थे और कई दिनों तक ऋतु-प्रवास के उपरान्त भिक्षा-नकदी आदि लेकर विदा होते थे।

ढपालूजी महाराज हाथ से बने हुए कपड़े धारण करते थे, पैरों में लकड़ी की खड़ाऊँ पहनते थे, दीवारों की बंदिशों में सोने के बजाय पेड़ों के नीचे बने अस्थायी कुटीर में रात्रि-विश्राम करने के हामी थे और आजन्म कंद-मूल-फल पर जीवित रहने का प्रण ले चुके थे। इसलिए उनके मदारीपुर आगमन पर इनके इन्तज़ामात और उनके द्वारा उपयोग की जानेवाली वस्तुओं की स्वच्छता का विशेष ध्यान रखना पड़ना था। इसी के मद्देनजर बैरागी बाबू अपने नवरत्नों के साथ सत्संग के कार्यक्रम की तैयारियों में जुट गये थे। पास के ही खलिहान में टेंट आदि की व्यवस्था की जा रही थी और उससे सटे आम के बाग में औघड़दानी बाबा की पूरी टीम के रात्रि-विश्राम और ऋतु-प्रवास का भी इन्तज़ाम होना था। जब छेदी बाबू को ढपालू महाराज के इस कार्यक्रम की जानकारी हुई तो उन्होंने लम्बी साँस खींचते हुए कमेटी के लोगों से केवल इतना कहा था कि 'लम्बी दाढ़ी, मीठी बानी/दगाबाज के, इहे निसानी।'

बहरहाल, अखंड रामायण और रामलीला इत्यादि के मंचन के लिए साउंड-माइक-लाउडस्पीकर इत्यादि का ज़िम्मा गाँव के ही लूलवा मिस्तिरी को दे दिया गया था। इलाक़े में लूलवा की ख्याति एक 'हिडन इंजीनियर' के रूप में थी, जबकि कुछ लोग उसे 'तकनीकी पागल' की संज्ञा देते थे। दरअसल लूलवा सदैव से ही कुछ सरकारी महकमों को अघोषित सेवाएँ देने के लिए ख्यात था। मसलन कई बार जब आँधी इत्यादि के कारण बिजली के तार टूट जाते और इस कारण से बिजली की आपूर्ति बाधित होने की नौबत आ जाती, तब वह लूलवा ही होता था जो एक कुशल विशेषज्ञ की हैसियत से इन खम्भों पर बेख़ौफ चढ़ जाता और खम्भे से नीचे तब तक नहीं उतरता था, जब तक विद्युत्-आपूर्ति पूर्ववत् स्थापित नहीं हो जाती थी। एक बार उसके इसी अतिशय जोश के कारण बिजलीरानी ने उसे ज़ोर के झटके दे दिये थे जिसके कारण उसका एक हाथ बुरी तरह से झुलस गया था और वह महीनों तक बिस्तर पर अचेत पड़ा रहा। फिर ढपालूजी महाराज द्वारा भेजे गये 'भभूत' से ही उसकी स्थिति में सुधार हो पाया था। तबसे वह 'महराज जी' को ही अपना भगवान् मानता था और उनके किसी भी कार्यक्रम में अपने इस जन्मजात हुनर का बढ़-चढ़कर प्रदर्शन करता था।

लूलवा अपने दायित्वों के निर्वहन में व्यस्त था और बैरागी बाबू की पूरी मैनेजमेंट टीम कार्यक्रम को अपने ढंग से अन्तिम रूप देने में जुटी थी। टीम के सदस्य गुरुघंटाल, भौकाली, सीरा काका, नगई, करैली गुरु, खब्बू पंडित आदि स्वैच्छिक रूप से दो टीमों में बँटकर अपने दिमाग़ की सुन्न पड़ी तंत्रिकाओं को झंकृत करने के लिए कोई खेल खेलने में व्यस्त थे। खेल का नाम हर पन्द्रह-बीस

मिनट के उपरान्त कभी ‘दहला-पक्कड़,’ कभी ‘काट-पट्टी,’ कभी ‘फ्लस,’ कभी ‘ट्वंटी नाइन’ और कभी ‘किट्टीस’ के रूप में बदलता जाता था। खिलाड़ी खेल के साथ दस-पाँच रुपये के नोट लहराते जाते थे और एक-दूसरे का उत्साहवर्धन करने के लिए यथासमय ‘जियो खिलाड़ी’ का उच्चारण भी करते जाते थे। खेल इस मायने में अद्भुत और विशिष्ट था कि कई बार देखते-ही-देखते कोई खिलाड़ी अचानक से अमीर बन जाता और फिर चन्द मिनटों में ही उसकी दूसरे सदस्यों से उधारी की नौबत भी आ जाती थी। बैरागी की प्रेरणा से सभी खिलाड़ी बीच-बीच में सुस्ताने की नीयत से, कभी गाँजे और कभी ताड़ी के माध्यम से अपनी व्यय की गयी ऊर्जा के पुनर्संचयन में लग जाते थे। तब लूलवा भी कुछ देर के लिए अपना काम छोड़कर इस हुक्का-ताड़ी समिति में शामिल होता था।

सत्संग और रामलीला की तैयारियाँ अपने अन्तिम मुकाम की ओर बढ़ रही थीं तभी अचानक से रास्ते से होकर गुज़रने वाली एक कर्कश आवाज़ ने मैनेजमेंट कमेटी के सदस्यों के माथे पर चिन्ता की लकीरें खींच दीं। रमबरना नाऊ, जो कभी इलाक़े के एक बन्द पड़े सनीमाहाल ‘फट्टा टाकीज’ में लगनेवाली फ़िल्मों का प्रचार किया करता था और वहाँ से सेवानिवृत्ति के बाद मदारीपुर के पीपल चौराहे पर स्थित वृक्ष के नीचे नाई का पैतृक व्यवसाय करने लगा था, आज डुगडुगी बजाते हुए तथा अपना गला फाड़ कर एकदम से चिल्लाए जा रहा था—

‘आज की साम...!
मुन्नी बाई के नाम...!!
कनपुरिया डांस कंपनी की
खोपसूरत पेस्कस...!
एक दिल्कस्स नाच का
जानलेवा पिरोगिराम...!!
देखना न भूलें
छेदी बाबू के दलानी में...!!!’

बैरागी बाबू को यह सारा माजरा समझने में तनिक भी देर नहीं लगी। वे छेदी की हर चाल समझते थे, क्योंकि वे दोनों कभी एक-दूसरे के असल लँगोटिया यार रह चुके थे। रमबरना के इस गगनभेदी उद्घोष को सुनते ही वे बुदबुदाने लगे—

‘...हो गया सत्संग और हो चुकी रामलीला...!! स्साले ने हमारा कार्यक्रम फ़ेल करने के लिए यह सब नाटक रचा है।’

करैली गुरु ने इस बुदबुदाहट के बीच में टोकते हुए पूछा—‘अब क्या होगा ए गुरुऽ...?’

बैरागी बोले—'होगा क्या? कार्यक्रम तो होना ही है। महिलाओं की संख्या बढ़ानी पड़ेगी। लग जाओ सभी लोग...!!'

बैरागी के इस उवाच के बाद सभी नवरत्न एक-दूसरे से 'लग जाओ—लग जाओ' का संवाद उच्चरित करते हुए वहीं नीचे ही ज़मीन पर बैठ गये और खेल को अन्त की ओर बढ़ाने में जुट गये।

ख़ैर! चन्द घंटों के बाद ही ढपालूजी महाराज पधारे। उधर, मुन्नी बाई के आगमन की डुगडुगी के बाद अठन्नी वालों ने तनिक अतिरिक्त सजगता दिखाते हुए सत्संग में भीड़ जुटाने की पर्याप्त व्यवस्था कर ली थी। मदारीपुर के समाज और धर्म के तमाम ठेकेदार केवल इसीलिए अपना सारा काम छोड़कर आज आयोजित होनेवाले सत्संग में शामिल हो लेना चाहते थे ताकि कोई उनकी आध्यात्मिकता को लेकर सन्देह न कर सके। सबसे पहले अखंड रामायण का पाठ शुरू हुआ—चौबीस घंटे तक बिना किसी व्यवधान के चलनेवाला हरिकीर्तन...! बीच-बीच में कुछ अतिउत्साही कवियों के स्वरचित आध्यात्मिक कृति के छौंक से इस हरिकीर्तन का ज़ायका बढ़ता जाता था। मसलन चीरहरण के समय द्रौपदी द्वारा कृष्ण के पुकार का बिम्ब कुछ यूँ था—

'जो वादा किया
वो निभाना पड़ेगा
निभाना पड़ेगा।
फटे चाहे तेरी लँगोटी
टूटे चाहें चक्कर तेरा
औंधे मुँह चलके
तुमको आना पड़ेगा
जो वादा किया वो...
हरे रामा—हरे रामा
रामा-रामा, हरे-हरे
हरे किशुना—हरे किशुना
किशुना किशुना, हरे-हरे।'

अखंड हरिकीर्तन के आरम्भ के कुछ ही समयान्तराल के बाद बाबा ढपालूजी महाराज के सत्संग का कार्यक्रम शुरू हुआ। बाबा मंच पर चढ़े और आते ही अपनी दाढ़ी को सहलाते हुए भक्तों की ओर उन्मुख होकर बोले—'रामजी की माया/कहीं धूप—कहीं छाया...!' सुनते ही भक्तों के बीच 'ढपालूजी महाराज की जय-ढपालूजी महाराज की जय' के नारे गूँजने लगे। बाबा ने इशारे से सबको

शान्तिपूर्वक बैठने और कुछ समय के लिए स्वयं को अपने मन के सभी कलुषित विचारों से पृथक् करने का प्रारम्भिक उपदेश दिया। तभी नेपथ्य से एक मधुरिम संगीत बजने लगा जो इस बात का संकेतक था कि साउंड सिस्टम के विशेषज्ञ का 'हल्लो माई टेस्टिंग' का पाठ शायद अधूरा रह गया था।

बाबा समझ गये और मंच की साज-सज्जा ठीक होने तक अपनी दाढ़ी को सहलाने में जुट गये। बताते हैं बाबाजी की दाढ़ी ज्यों-ज्यों बढ़ती गयी थी, इसे उनके आध्यात्मिक अनुभव के 'और' गहराने का प्रतीक मान लिया गया था तथा इसके वृद्धि के अनुपात में उनके अनुयायियों की संख्या में भी निरन्तर बढ़ोतरी देखी गयी थी। दरअसल दाढ़ी किसी भी जाग्रत समाज में व्यक्ति के पूर्वकृत समस्त पापों को ढँकने का सबसे सस्ता, सहज, स्वतःस्फूर्त और इसीलिए सबसे अच्छा माध्यम माना गया है। स्वयं आम जनता अपने पापों के प्रायश्चित्त करने के लिए दाढ़ी के तपोबल का सहारा लेती है और दाढ़ीयुक्त महात्माओं के ऊपर किसी प्रकार के आक्रमण को वह अपने प्रायश्चित्त-साधना पर आक्रमण के रूप में देखती है। ढपालू बाबा की श्वेत दाढ़ी को भी मदारीपुर का समाज इसीलिए विशेष आदर की दृष्टि से देखता था।

बहरहाल, मंच पूरी तरह से सज चुका था और माइक-साइक भी तमाम 'फूँ-फाँ' के बाद ठीक कर लिए गये थे। अब बाबाजी भी अपना आसन बिल्कुल ग्रहण कर चुके थे। उनके दोनों ओर दो सुन्दर कन्याएँ भजन गा रही थीं और उनके ठीक बगल में थोड़ा पीछे हटकर एक कंकालनुमा आकृति किसी टिटिहरी पक्षी की तरह सम्भवतः आकाशीय भार को सँभालने के लिए, अपने दोनों पैरों को मुक्त आकाश में स्तम्भित किये हुए थी। बाबा ने अपना प्रवचन शुरू किया–

"संसार कागद की पुड़िया है, पानी का बुलबुला है। जीवन नश्वर है, फिर भी मूल्यवान है...ज़िन्दगी एक पहेली है, एक ऐसे पुस्तक की तरह है–जिसका पहला पन्ना है जीवन और दूसरा है मृत्यु। इसके भीतर के पन्नों पर स्त्री और पुरुष दोनों मिलकर अपनी कहानी लिखते हैं...जीवन का सबसे बड़ा सुख है सन्तोष और सबसे बड़ा दुःख है लोभ; यदि हमें सुख चाहिए तो अपने भीतर छिपे लोभरूपी जानवर को मारना पड़ेगा।

...आदमी नंगा पैदा हुआ है और नंगा ही जायेगा। कोई कुछ साथ लेकर नहीं जाता। इसलिए जो लोग पैसे के पीछे भागते हैं और बेवजह की समस्याओं में उलझकर अपनी जान देते हैं, वे अज्ञानी हैं...इस अज्ञान के नाश का एकमात्र तरीका है–योग। साँस को ऊपर-नीचे करने मात्र से न केवल समस्या की समझ आसान हो जाती है, बल्कि कई बार तो उस पर कोई एक्शन न लेने से वह

अपना समाधान स्वयं खोज लेती है। समस्या असल में छूत की बीमारी के समान है, जिसके नजदीक जाने पर वह संक्रमित कर देती है...

संसार सागर से पार तिरने के लिए, ईश्वर को पाने के लिए—हमें अपने अहं को मारना पड़ेगा। उस परमपिता परमेश्वर के सामने दीन-हीन भक्त के रूप में प्रस्तुत होना पड़ेगा। भक्त जब ईश्वर में लीन होकर अपने को समर्पित कर देता है, तब उसे परमतत्त्व की प्राप्ति होती है...ऐसे भक्त और शराबी की दशा में कुछ ख़ास अन्तर नहीं होता। जैसे यदि कोई शराबी, शराब पीने के बाद बिना नाली में गिरे हुए ही अपने गन्तव्य तक पहुँच जाये तो यह माना जाना चाहिए कि उसके द्वारा ग्रहण किया गया द्रव कुछ और हो सकता है, किन्तु शराब बिल्कुल भी नहीं। शराब की पूर्णता ही इस बात में है कि उसे पान करने के उपरान्त व्यसनी, बजबजाती और दुर्गन्धयुक्त नाली में गिरे और कीचड़ से सने होने के बाद भी इस कदर मन्द-मन्द मुस्कुराता रहे मानो कुछ हुआ ही न हो...! संसार की विषय वासनाएँ उसी नाली के कीचड़ की भाँति हैं। जिस प्रकार शराब व्यक्ति को अपने प्रति बेसुध और लापरवाह बना देती है, उसी प्रकार ईश्वर भक्ति भी...!!

...ईश्वर हमसे कहीं बाहर नहीं बैठा हुआ है। वह हमारे ही भीतर है, हम सबके भीतर है, हमें निरन्तर अपने होने का एहसास कराना चाहता है। पर हम हैं कि उसकी ओर देखते ही नहीं...!! उसे बाहर तलाश करने पर आमादा हैं। लेकिन हमें अपने मन की आँखों से उसे देखना-पहचानना होगा। एक लोककथा है—

एक बुढ़िया बड़ी-सी गठरी लिए चली जा रही थी। चलते-चलते वह थक गयी थी। तभी उसने देखा कि एक घुड़सवार चला आ रहा है। उसे देख बुढ़िया ने आवाज़ दी, 'अरे बेटा! एक बात तो सुन...!' घुड़सवार रुक गया। उसने पूछा, 'क्या बात है माई?'

बुढ़िया ने कहा—'बेटा! मुझे उस सामनेवाले गाँव में जाना है। बहुत थक गयी हूँ। यह गठरी उठाई नहीं जाती। तू भी शायद उधर ही जा रहा है। यह गठरी घोड़े पर रख ले। मुझे चलने में आसानी हो जायेगी।'

उस व्यक्ति ने कहा, 'माई तू पैदल है। मैं घोड़े पर हूँ। गाँव अभी बहुत दूर है। पता नहीं तू कब तक वहाँ पहुँचेगी। मैं तो थोड़ी ही देर में पहुँच जाऊँगा। वहाँ पहुँचकर क्या तेरी प्रतीक्षा करता रहूँगा?' यह कहकर वह चल पड़ा।

कुछ ही दूर जाने के बाद उसने अपने आप से कहा—'तू भी कितना मूर्ख है। वह वृद्धा है, ठीक से चल भी नहीं सकती। क्या पता उसे ठीक से दिखाई भी देता हो या नहीं। तुझे गठरी दे रही थी। सम्भव है उस गठरी में कोई कीमती सामान हो। तू उसे लेकर भाग जाता तो कौन पूछता। चल वापस, गठरी ले ले।'

वह घूमकर वापस आ गया और बुढ़िया से बोला, 'माई! ला अपनी गठरी...! मैं ले चलता हूँ। गाँव में रुककर तेरी राह देखूँगा।'

बुढ़िया ने कहा—'न बेटा! अब तू जा। मुझे गठरी नहीं देनी।'

घुड़सवार ने कहा, 'अभी तो तू कह रही थी कि ले चल। अब ले चलने को तैयार हुआ तो गठरी दे नहीं रही। ऐसा क्यों? यह उलटी बात तुझे किसने समझाई है?'

बुढ़िया मुस्कुराकर बोली, 'उसी ने समझाई है, जिसने तुझे यह समझाया कि लौट के माई की गठरी ले ले। जो तेरे भीतर बैठा है, वही मेरे भीतर बैठा है। तुझे उसने कहा कि गठरी ले और भाग जा। मुझे उसने समझाया कि गठरी न दे, नहीं तो वह भाग जायेगा। तूने भी अपने मन की आवाज़ सुनी और मैंने भी सुनी।' तो इसी प्रकार जो सच्चे हृदय से अपने मन की आवाज सुनता है, भगवान् उसकी रक्षा करते हैं।''

बाबा बोलते जाते थे और नेपथ्य से चलने वाला संगीत वातावरण को तनिक और भक्तिमय बनाता जाता था। वातावरण एकदम शान्त और स्निग्ध हो गया था। पर न जाने क्यों! पांडाल में बैठी हुई महिलाओं पर बाबा अपने इन अमोल वचनों से कोई ख़ास असर नहीं छोड़ पाये थे। बाबा भी जानते थे कि गाँव की औरतों का एक साथ बैठना और आपस में बात न करना एक कोरा मज़ाक़ है। दरअसल गँवई औरतें ज्यों ही एक साथ होती हैं, वे एक-दूसरे के साथ इस कदर घुल-मिल जाती हैं मानो कितनी पुरानी जान-पहचान हो...! संवाद की प्रक्रिया की शुरुआत उनके रसोई में पकने वाले भोजन से होती है। फिर वार्ता एक-दूसरे के लालनों पर टिप्पणी, पुत्रियों के चाल-चलन से आक्रामक रुख ग्रहण करते हुए उनके आपसी 'तिरिया-चरित्तर' के बखान से होते हुए 'झोंटा-झोंटौअल' के माध्यम से उत्कर्ष को प्राप्त करती है। लाख महत्त्व का मामला हो, गँवई औरतों का अपनी इस आदत से पार पाना असम्भव है। यहाँ भी अब खुसुर-पुसुर की शुरुआत हो चुकी थी।

इसके बावजूद पूरे पांडाल में केवल महिलाएँ ही असल श्रोता के रूप में मौजूद थीं, क्योंकि सारे पुरुष श्रोता यहाँ केवल शारीरिक तौर पर उपस्थित भर थे, उनका मन तो कहीं और लगा हुआ था। वे सभी उस दैवी क्षण का इन्तज़ार कर रहे थे जब मुन्नीबाई ग्रुप का डांस शुरू होगा और उन्हें इस बोरियत भरे कार्यक्रम से निजात मिलेगी। दरअसल अध्यात्म और भोग में भसुर और छोटकी बहू जैसा रिश्ता है। दोनों एक ही घर की चहारदीवारी के बीच रहते हैं, एक-दूसरे के प्रति अगाध स्नेह रखते और सम्मान करते हैं। पर दोनों कभी साथ नहीं आते; आगे-पीछे आते हैं। इसी प्रकार हमारा भीरु समाज भी चाहे जितना भोगी क्यों

न हो जाये, पर अध्यात्म के नाम पर तनिक ठिठक जाता है और न चाहकर भी अध्यात्म से लजाने का छद्म दिखावा ज़रूर करता है। समाज के कुछ पाखंडी और ढोंगी मानसिकता वाले लोगों के लिए अध्यात्म, किसी लज्जावान-सी दिखने वाली स्त्री के साड़ी के उस पल्लू की तरह है जिसे वह अपने को संस्कारवान दिखाने के लिए आपादमस्तक ढँकती है। उसकी वासना असल है और उसका अध्यात्म केवल मुलम्मा है। ऐसी प्रखर भोगवादी मानसिकता वाले लोगों के लिए पतुरियों का नाच ही वह वास्तविक सम्मिलन केन्द्र है, जहाँ वे अपनी आध्यात्मिकता की जबरन लादी गयी गठरी को दूर फेंककर, उन्मुक्त भोग में लीन होकर नग्न-नृत्य करते पाये जाते हैं। इनके लिए साधु-सत्संग का असल अर्थ है—अध्यात्म की आड़ में किया जानेवाला जिम्मेदारीमुक्त भोग और पतुरियों की नाच का अर्थ है—भोगातिरेकजन्य योग।

धीरे-धीरे सन्ध्या का समय हो चला था और इन्तज़ार की घड़ियाँ खत्म हो रही थीं। मुन्नीबाई एंड कम्पनी के गानों की गूँज पांडाल में बैठे भक्तों के कानों में पड़ने लगी थी। 'इन्हीं लोगों ने ले लीना/दुपट्टा मेरा,' 'कजरा मोहब्बत वाला/अँखियों में ऐसा डाला,' 'दिल चीज क्या है/आप मेरी जान लीजिए,' 'ए गोटेदार लहँगा/निकलूँ जब डाल के,' 'सलामे इश्क़ मेरी जान/जरा कुबूल कर ले,' 'मुझे नौलक्खा मँगा दे रे/ओ सईयाँ दीवाने,' 'जोगो जी धीरे-धीरे/जोगो जी वाह,' 'हमका ले चल यारा ठंडी-ठंडी/नहर के किनारे,' 'मारा ठुमका/बदल गयी चाल मितवा,' 'दरोगाजी/चोरी हो गयी' इत्यादि गानों की गूँज बाबाजी के सत्संग के पांडाल के भीतर भी आने लगी थी।

चइता, जो निरंकार सम्प्रदाय का अनुयायी हुआ करता था, छेदी बाबू के इस नाच कार्यक्रम के सह-संयोजक और प्रभारी का कार्य देख रहा था। उसने ढपालू बाबा के कार्यक्रम को असफल बनाने के लिए अतिरिक्त लाउडस्पीकरों की संख्या तनिक बढ़वा दी थी और इन सभी के मुँह बाबा के पांडाल की ओर घुमवा दिये थे। परिणाम यह हुआ कि कुछ ही देर में पांडाल के भीतर बाबा अपने सम्बोधन में किस विषय पर क्या बोल रहे हैं, सुनाई पड़ना बन्द हो गया। इन गानों को सुनकर बाबाजी का ध्यान एक ओर भंग हुआ जा रहा था तो दूसरी ओर अब सारे पुरुष श्रोता किसी मोर की तरह मन-ही-मन नाचने-मचलने लगे थे और धीरे-धीरे पांडाल से बाहर की ओर खिसकने लगे थे। इस तात्कालिक परिस्थिति से तनिक खिन्न और नाराज़ होकर बाबा बोलते हुए ही उठे और अपने प्रवचन को बीच में ही छोड़कर मंचासीन चेले-चेलियों के साथ रात्रि-विश्राम करने चले गये।

उधर छेदी बाबू की दालान में डांस का माहौल एकदम से जम गया था। शुल्क लगाने के बाद भी चइता, रामबरन और उनके सहयोगियों को इस भीड़ को नियन्त्रित करना मुश्किल हो रहा था। ठसाठस पब्लिक के बीच 'खाई के मगहियाऽ पान/ए राजा हमरी जान लेबऽ कबऽ' जैसे निरन्तर चलनेवाले मुजरों पर चवन्नी सहित भुरकुस पट्टी के तमाम बड़े-बुजुर्गों का उत्साह देखते ही बनता था। सभी मंच के एकदम आगे मसनद लगाकर बैठे हुए थे और आपस में उधार-बाड़ी से इकट्ठी की गयी नोटों की गड्डियों को बारी-बारी से हवा में उछाले जा रहे थे। कई बार वे अपने कुरते में सीने के आस-पास खुले किसी छेद में एकाध बड़ी नोट फँसाकर लेट जाते और मुन्नीबाई और उसकी साथी नर्तकियों से उस बेबस नोट को अपने कोमल होंठों से उठाने का आग्रह करते। ज्यों ही कोई नर्तकी झुककर उस नोट को अपने होंठों में दबाने की कोशिश करती, वे अपने शरीर को थोड़ा दायें-बायें कर लेते थे। तब नर्तकी बड़ी मुश्किल से उनके ऊपर गिरते-गिरते बचती। इस करतब से पट्टी के सभी बड़े-बुजुर्ग 'का हो करेजाऽ/दू-चार बिगहा लिखवा लेबूऽ काऽ...!!' जैसे हृदयोद्गारों को व्यक्त करते हुए अन्दर से खिलखिलाकर हँस देते थे, मानो आज ही अपना बचा-खुचा राजपाट भी लुटा देंगे...!!

मदारीपुर में नाच का कार्यक्रम हो और बन्दूकें न गरजें, यह पट्टी के सम्मान के सरासर ख़िलाफ़ होता...! थोड़ी ही देर में स्टेज पर लगे कनात में, पट्टियों की 'उत्साहवर्धक' बन्दूकों से चली गोलियों से इतने छेद कर दिये गये थे कि अब कनात को कनात कहना भी दुर्भाग्यपूर्ण होता। वास्तव में कार्यक्रम अपने पूरे चढ़ान पर था और रात धीरे-धीरे शबाबी होने लगी थी। लेकिन जैसे 'हर अच्छे कार्य में बाधा आती है,' इस कार्यक्रम में भी आयी। सम्भवतः किसी 'लपोकी' किस्म के नशेड़ी आदमी ने अतिउत्साह में मंच पर चढ़कर मुन्नीबाई की किसी साथी नर्तकी को अपनी बाँहों में उठा लिया। फिर क्या था...! आगे बैठे सभी दर्शकों में 'हम भी, हम भी' के उद्घोष के साथ इसी बात को दोहराने की होड़ मच गयी। देखते-ही-देखते दालान में चारों तरफ़ चीख-चिल्लाहट मच गयी और चवन्नी पट्टी के वालंटियरों ने बेकाबू भीड़ को नियन्त्रित करने के उद्देश्य से हवा में लाठियाँ भाँजनी शुरू कीं। फिर तो कुछ ही देर में किसने, किसको और कितना पीटा—इसका अन्दाज़ा लगाना मुश्किल हो गया; किसका क्या टूटा और किसका क्या लुटा—मौक़ा-ए-वारदात पर इसे सुनने वाले भी नहीं मिले।

हाँ! अगले दिन अठन्नी के बैदजी, बैरागी बाबू एवं उनके नवरत्नों सहित तमाम बड़े-बुजुर्गों के सिरों पर बँधे गमछों के भीतर से झाँक रहे मरहम-पट्टी

और कालिमा ने लोगों को यह सोचने पर मजबूर कर दिया कि हो-न-हो, रात के दर्शकों में पिटने वालों में छिप-छिपाकर देखने वाले ये सभी महानुभाव भी सम्मिलित रहे हों। लेकिन इन सभी नामों में सबसे अचंभित करने वाला नाम था—बाबा ढपालूजी महाराज का...!! सिर से निकलने वाले अत्यधिक ख़ून की वजह से उन्हें रात में ही ज़िला चिकित्सालय में दाख़िल करना पड़ा था। हालाँकि आज उनकी जान ख़तरे से बाहर बताई गयी थी, लेकिन होश उन्हें अब भी नहीं आया था।

15

सत्संग और पतुरियों के नाच के माध्यम से चले इस पट्टीवादी संघर्ष में वास्तव में किसकी विजय हुई, यह तो खुदा ही जाने! पर इस घटना के बाद से कुछ समय तक अघोषित रूप से दोनों पट्टियों में शान्ति बनी रही—किसी गहरी नदी की तरह—ऊपर से शान्त, किन्तु अन्दर-ही-अन्दर निरन्तर प्रवाहमान और अपने आगोश में बदलाव की अनन्त सम्भावनाएँ समेटे हुए...! मदारीपुर के इतिहास में ऐसा पहली बार हुआ था जब दोनों ही पट्टियों के खेवनहार और बड़े-बुज़ुर्ग हफ़्तों तक घर से बाहर नहीं निकले और इस कारण गाँव में अभूतपूर्व सन्नाटा छाया रहा। हाँ! होली के त्योहार के तनिक नज़दीक होने के कारण, बीच-बीच में होलिका-दहन की सामग्रियों के इन्तज़ाम की जुगत में गाँव के कुछ उत्साही युवाओं की आवाज़ यों सुनाई पड़ जाती थी—

'पाँच दे
पंच्गोइंठी देऽ
अपने भतारे के
मउसी देऽ...!!'

या फिर होली के दिन इन्हीं टोलियों के समवेत प्रयास से कुछ जोगीड़े भी गाये गये कि—

'कउन देश का राजा अच्छा...
कउन देश की रानीऽ?
अर्रे कउन देश का राजा अच्छा...
कउन देश की रानीऽ?
कउन देश का कपड़ा अच्छा...
कउन देश का पानी?

जोगीड़ा सा रा रा रा
सा रा रा रा...सा रा रा रा सा रा रा रा...
तो बोलो
माईराम बाबा की जय...!!'

किन्तु मदारीपुर की होली इतनी फीकी कभी नहीं रही कि बरस-बरस के इस त्योहार पर कीचड़ और गोबर से सने जाने की विशेष पात्रता रखने वाले 'आदरणीय श्री जगलेटर बाबा', 'श्री श्री 108 माईराम तिवारी', 'फेंकू उस्ताद बदलू सुक्कुल' और 'लोढ़ई बईद' जैसे तमाम लोग भी इस दिन सादे वस्त्रों में बेख़ौफ़ घूमते नज़र आयें...! सबसे आश्चर्यजनक बात यह थी कि इस त्योहार के दिन न तो छेदी बाबू और न ही बैरागी बाबू अपनी पूरी रौ में दिखे। बैरागी बाबू द्वारा अपनी साहित्यिक मेधा के प्रदर्शन के तौर पर केवल 'बुरा न मानो होली है' का नियमित वार्षिक संस्करण गाँव के मुख्य चौराहों पर चस्पा करा दिया गया था। इसी प्रकार छेदी बाबू द्वारा अपने दरवाज़े पर भाँग मिश्रित तरल द्रव तैयार कराकर अपने दायित्यों की इतिश्री ली गयी थी।

दरअसल हुआ यों था कि पतुरियों का नाच कराने की बाद से ही छेदी बाबू को और सत्संग के आयोजन के बाद से ही बैरागी बाबू को तरह-तरह के सपने आने लगे थे। इन सपनों में छेदी बाबू अकसर ही अपने को कभी बनारस की दालमण्डी में और कभी इलाहाबाद की मीरगंज की गलियों में पाते। वे देखते कि उनका पुराना वैभव फिर से लौट आया है। कुबेर ने उनके ऊपर फिर से 'किरपा' बरसाई है और उनकी तिजोरियाँ एकाएक अकूत स्वर्णमुद्राओं से भर गयी हैं। वे एक बार फिर से मदारीपुर के निर्विरोध परधान चुन लिए गये हैं। वे देखते कि उनके इस निर्विरोध चयन के उपरान्त दालमण्डी एवं मीरगंज की नर्तकियाँ उन्हें अपनी अदाओं से नये सिरे से रिझा रही हैं। फिर तो वे अपनी तिजोरी की स्वर्णमुद्राओं को कभी दालमण्डी में रेशमा, चमेली और सुन्दरी के मनमोहक नृत्य पर और कभी मीरगंज में रेखा, पूजा और हेमा की नेत्रनिमीलित अदाओं पर बरबस ही लुटा दे रहे हैं। पूरा-का-पूरा नर्तकी समाज उनके इस स्नेह पर धन्य-धन्य हुआ जा रहा है। देखते-ही-देखते वे इन गलियों में रहनेवालियों और उनके उदर से जन्मे कई अनामधारी शिशुओं के एकमात्र संरक्षक बन गये हैं। उनकी इस समाजवादी सोच को चौतरफा सराहना मिल रही है।

इस दौरान शायद ही कोई ऐसा दिन बीता हो, जब सपने में छेदी बाबू को उनकी प्रेमिका का बुलावा न आया हो। परन्तु यहाँ वे अपनी प्रेमिका के वैभव के सामने अपने को नितान्त अकिंचन पाते। इसके बावजूद प्रेमिका उनके नाज़ुक

माथे को चूम लेती। छेदी बाबू शरम से गीले हो जाते और तेज़ धड़कती साँसों के आवेग को सँभालते हुए कहने लगते–

'...प्रिये! इस बूढ़े हृदय के लिए प्यार जताना अच्छा नहीं...! मैं आज हूँ, कल नहीं रहूँगा...! और मेरे पास अब तुम्हें देने के लिए भी कुछ नहीं बचा है...! क्या ही अच्छा होता कि तुम अपनी 'और सहेलियों' की तरह मुझे छोड़कर कोई नया साथी चुन लेती, जो तुम पर सोने की अशर्फ़ियाँ लुटा सकता, तुम्हें उतना प्यार दे सकता जितना जवानी के दिनों में मैं तुम्हें दिया करता था...!!' छेदी बाबू का यह जवाब सुनकर उनकी प्रेमिका की मूक आँखों से झर-झर आँसू बहने लगते। तब छेदी बाबू अपने निर्णय पर पुनर्विचार के लिए मजबूर हो जाते।

उधर बैरागी बाबू को भी भाँति-भाँति के सपने आने लगे थे। वे देखते कि वे स्वयं कभी भगवान कृष्ण के अवतार के रूप में हैं और कालिया-नाग का मर्दन करने के बाद अपने श्रद्धालुओं पर असीम कृपा बरसाते हुए उनको साक्षात् दर्शन दे रहे हैं। कभी देखते कि वे हनुमान का रूप धारण किये हुए हैं तथा अपनी प्रलयंकारी गदा से समाज के दुष्टों का एकदम से ही दलन कर रहे हैं। कई बार उनके सपने आधुनिक फ़िल्मी चरित्रनायकों से भी मिलते-जुलते थे। मसलन वे अपने को फ़िल्म 'शोले' के ठाकुर की भूमिका में पाते और छेदी बाबू उनके सामने कुख्यात डाकू गब्बर सिंह के रूप में गिड़गिड़ाते हुए नज़र आते। तब छेदी उनसे अपने और अपने साथियों के जीवन की भीख माँग रहे होते और बैरागी किसी धर्माधिकारी की भाँति 'हाथ के बदले हाथ' के सिद्धान्त का अनुगमन करते हुए छेदी के इस आग्रह को ठुकराकर, अपनी पुश्तैनी तलवार से उनकी दोनों बाँहों को एक ही झटके में उनके धड़ से अलग कर डालते।

लगभग एक-डेढ़ सप्ताह तक इन सपनों को देखने का सिलसिला चलता रहा। इस अवधि में माईराम तिवारी और मिथुन बाबा ने बारी-बारी से इन दोनों महापुरुषों द्वारा देखे गये अभूतपूर्व सपनों की चमत्कारिक और मुँहदेखी व्याख्या कर न केवल ख़ूब वाहवाही लूटी, बल्कि परिणाम आने के पहले ही काम भर का धन और सम्मान भी अर्जित किया। बहरहाल इन सपनों की क्रमबद्धता में ही एक नये समाचार की आहट हुई। समाचार-पत्रों में एक दिन एकाएक यह ख़ास ख़बर छपी कि 'सरकार की एक विशेष अधिसूचना के द्वारा ग्राम पंचायतों की सभी निर्वाचित इकाइयाँ भंग की जाती हैं। आगामी माह की फलाँ तारीख़ को इन इकाइयों का चुनाव सम्पन्न होगा।'

इस समय छेदी बाबू के प्रिय भतीजे रमई ही गाँव के परधान हुआ करते थे। पर पिछले पाँच साल की उनकी कारगुज़ारियों के चलते मदारीपुर की आम

पब्लिक उनकी कार्यशैली से एकदम तृप्त गयी थी और अब हर क़ीमत पर सत्ता में बदलाव चाहती थी। दरअसल उन्होंने सरकारी पैसे से सड़कों का जीर्णोद्धार करने के बजाय उस मद से अपना और अपने चहेते-चहेतियों के घरों तथा सड़क की नालियों का पुनरुद्धार कर लिया था और मार्ग में लगे खड़ंजे की ईंटों को उलटवाकर तथा उसे ही नये कार्य के रूप में दर्शाकर अपने दायित्यों का समापन कर लिया था।

इसके अतिरिक्त राशनकार्ड बनाने में कमीशन, कोटेदारों के तेल-चीनी के विक्रय में कमीशन, आवासीय पट्टे दिलाने में कमीशन और मछली के पट्टे से प्राप्त आय के बँटवारे में कमीशन जैसे तमाम मदों के नवसृजन से उन्होंने ग़ैर-सरकारी करों की वसूली का इतना बड़ा नेटवर्क तैयार कर लिया था जिसे पिछले पाँच वर्षों से भेद पाना किसी के वश की बात नहीं रही। यही नहीं, मदारीपुर के टोलों के अनेक ग्राम पंचायत सदस्यों के सान्निध्य से वे तमाम विवाहित-अविवाहित स्त्रियों के साथ राग-रागिनियों में व्यस्त रहे थे तथा उनके कई अघोषित और ग़ैर-मान्यता प्राप्त बच्चे पहचान के संकट की परवाह किये बग़ैर टोलों-मुहल्लों में कभी गुल्ली-डण्डा, कभी गोली-गुच्ची, कभी चिक्का-कबड्डी, कभी आइस-पाइस और कभी डग्गा खेलते हुए देखे जा सकते थे।

इसी कारण छेदी बाबू ने इस बार पहले से ही अपने भतीजे बिजई को चुनाव लड़ाने का मन बनाया था। उधर, बिजई ने भी अपने लिए परधानी की पृष्ठभूमि तैयार करने में अपनी क्षमता से बढ़कर कोशिशें की थीं। उसने इस अवधि में टोलों की छोटी बिरादरी के लोगों में अपनी अच्छी-ख़ासी पैठ बना ली थी। बिना किसी जातीय भेदभाव के उनके साथ बैठकर जुआ खेलना, उनके हाथों से बनी और मैल से सनी हुई सुरती को निस्संकोच ग्रहण करना, उनके यहाँ आयोजित होने वाले लघु उत्सवों में कभी भाँग, कभी गाँजा, कभी ताड़ी और कभी कच्ची शराब पी लेना, सारे जातिगत भेदभाव को ताक़ पर रखकर उनके साथ आपसी संवाद में साले-बहनोई का रिश्ता जोड़ने जैसे तमाम समीकरण बिजई ने बना लिए थे। हरिजन टोले का चइता उनका पक्का दोस्त हुआ करता था—'तीन टाइम वाला।' चइता के युवा साथियों से भी उसकी ताड़ीखाने में ख़ूब पटती थी। किन्तु रमई की पंचवर्षीय उपलब्धियों के मद्देनजर और चवन्नी की सम्भावित हार को देखते हुए छेदी बाबू बिजई की उम्मीदवारी के अपने निर्णय पर पुनर्विचार के लिए मजबूर हो रहे थे। हालाँकि इस बार चवन्नी की ओर से परधान पद का उम्मीदवार कौन होगा, यह तय कर पाना भी मुश्किल हो रहा था।

बहरहाल बैठकों का सिलसिला शुरू हुआ। सम्भावित बैठक के मद्देनज़र

आज छेदी बाबू के बँगले में 'कमेटी' के सदस्यों और उनके अन्य समर्थकों का जमावड़ा शुरू हो गया था। इसी बीच बिजई के पुत्र चलबिद्धर ने, जिसने हाल-फ़िलहाल में चवन्नी पट्टी के ज़्यादातर लोगों का सामूहिक मुंडन करा दिया था, आज ही के दिन दरवाज़े पर एक नये खेल 'कउआ-ठोकर' का आगाज़ किया था। इस खेल की सबसे प्रमुख विशेषता यह हुआ करती थी कि इसमें केवल वे ही खिलाड़ी शामिल हो सकते थे जिनके सिर के बाल पिछले दिनों मूँड़ दिये गये थे। खेल की इस अनिवार्य शर्त के चलते चलबिद्धर ने आज ही रामबरन नाऊ के बाल भी जबरन मूँड़ने के आदेश पारित कर दिये थे।

खेल शुरू हुआ। खेल का प्रारूप यह था कि पाँच-छह बेलमुंडे एक घेरा बनाकर बैठ जाते थे फिर इन खिलाड़ियों में से किसी एक से शुरू होकर यह खेल बारी-बारी से बग़ल वाले को स्थानान्तरित होता जाता था। जिस खिलाड़ी से यह खेल प्रारम्भ होता था, उसे क्रमशः सभी के शरीर पर हाथ रखते हुए एक विशेष श्लोक का उच्चारण करना होता था। श्लोक कुछ यूँ हुआ करता था–'अक्कड़-बक्कड़/बम्बे बो/अस्सी-नब्बे/पूरे सौ/सौ में लागा धागा/चोर निकलकर भागा।'

जिस भी खिलाड़ी पर यह श्लोक आकर ख़त्म होता था, सारे खिलाड़ी उसकी आँखें बन्द करके उसके चिकने सिर पर अपनी अँगुलियों को अन्दर की ओर मोड़कर बारी-बारी से प्रहार करते जाते थे। उस खिलाड़ी के सामने यह पहचान करने की मजबूरी होती थी कि 'उसके सिर पर हथौड़े के रूप में पड़ी अँगुली की तात्कालिक छाप फलाँ खिलाड़ी की है।' जब तक वह वास्तविक प्रहारक की पहचान नहीं कर लेता था अथवा थक-हारकर रुआँसा होकर रोने नहीं लगता था, यह प्रहार निरन्तर चलता रहता था।

जिस समय छेदी बाबू अपने बँगले में दाख़िल हुए, उन्होंने चलबिद्धर की अगुआई में यह खेल चलते देखा। संयोगवश इस समय रमबरना ही खिलाड़ियों के आक्रमण के केन्द्र में था। छेदी बाबू मन-ही-मन अपने पौत्र की मेधा पर प्रसन्न होते हुए और यह बुदबुदाते हुए कि 'आज रमबरना के छत्तीस बुद्धि की असली परिच्छा है' बँगले में प्रविष्ट हुए। वहाँ पहले से ही उनका इन्तज़ार कर रहे 'कमेटी' के सदस्यों तथा इगरजेंसी आदि ने उनको प्रणाम किया और उनके द्वारा बैठने का इशारा करने पर सभी अपने स्थान पर पूर्ववत् बैठ गये। दो-तीन मिनट के स्वाभाविक मौन के बाद छेदी बाबू ने स्तब्ध वातावरण में अपने प्रश्नों के तरकश का पहला बाण छोड़ा। वे रमई से मुख़ातिब होकर बोले–

'हाँ तो बेट्टा! इस बार तुम पब्लिक के सामने क्या मुँह लेकर जाओगे?'

सुनते ही रमई की पहले तो सिट्टी-पिट्टी गुम हो गयी; फिर उन्होंने तनिक

हकलाते हुए कहा—'चचा! हम...हम...हम कहेंगे कि किसी भी व्यक्ति के लिए अपना काम पूरा करने के लिए पाँच साल का समय पर्याप्त नहीं होता...! आप सब हमें काम करने का एक मौक़ा और दीजिए...!!'

रमई के इस जवाब की लिहाड़ी लेत हुए लल्लन बोले—'...हाँ! ताकि उस समय तक दूसरी बिरादरी में जन्माए गये तुम्हारे बच्चे बड़े हो जायें और तुम्हारे हक़ में भोट कर सकें...!'

रमई के लिए इस कठिन समय में उनका साथ छोड़ते हुए मल्लन भी लल्लन की इस हाँ-में-हाँ मिलाते हुए बोले—'तुमने तो पिछले पाँच साल, परधानी की एक्सरसाइज के स्थान पर केवल अपनी जवानी की सेक्सरसाइज भर किया है। अब क्या तुम्हें इसी काम के लिए पाँच साल और चाहिए?'

अपने साथ हो रहे इस सार्वजनिक अपमान को देखकर रमई बीच-बहस में से उठे और नाराज़ होकर बँगले से बाहर चले गये। रमई के जाते ही बिजई ने छेदी बाबू की ओर उन्मुख होकर अपनी असल उम्मीदवारी का दावा ठोंकते हुए कहा—

'चचा! आपने तो पिछली बार ही सबके सामने मुझसे वादा किया था कि इस बार रमई को लड़ लेने दो। अगली बार चवन्नी पट्टी की ओर से तुम्हें प्रत्याशी बनाऊँगा। फिर आप आज इस बचन से क्यों पलट रहे हैं?'

छेदी बोले—'पलट नहीं रहा हूँ बेट्टा! मेरा कष्ट तो यह है कि 'अपने दुःख से भईनी बाऊर/के कूटी सरकारी चाउर?' तुम सौतियाडाह में मरे जा रहे हो और ई रमइया अपनी दावेदारी छोड़ने के लिए एकदम्मे तैयार नहीं है। अभी तुमने देखा न कि किस तरह बीच सभा में से उठकर बाहर चला गया। आजकल उसकी मनोदसा उस बालक की तरह हो गयी है जो हगने के बाद पहले उसे अपने पूरे शरीर पर लीप लेता है और फिर इसे अपनी माँ को दिखाते हुए अत्यन्त आह्लाद व्यक्त करता है...परधानी कोई गड़मरौव्वल का खेल नहीं है और न ही अब इस तरह के खेल से चवन्नी पट्टी को जीत मिलने वाली है...!!'

छेदी बाबू के इस व्यथित व्याख्यान में हस्तक्षेप करते हुए मिट्ठू बोले—'मतलब अब चवन्नी पट्टी के भीष्म पितामह युद्ध की कमान स्वयं अपने हाथ में लेंगे?'

छेदी बाबू बिफ़र गये—'तुम्हे तो भोंसड़ी के हर वक़्त लड़चटई ही सूझती है...! अबे इहाँ रामकोला की भागवत नहीं चल रही है।'

मिट्ठू ने मक्खन लगाया—'नाराज़ काहें होते हो कका? मैं तो इसलिए पूछ रहा हूँ कि हो-न-हो इस बार अठन्नी वाले बैरागी भाई को परधानी के लिए खड़ा करें। तब चवन्नी पट्टी की ओर से उनका मुकाबिला कौन करेगा?'

छेदी बाबू लम्बी साँस लेकर बोले—'यही तो मैं कह रहा हूँ कि रमई बाबू...!

अगर तुम इसी तरह से गाँव की परधानी चलाओगे तो फिर तो मुझे ही लँगोट कस के मैदान में उतरना पड़ेगा।'

मिट्ठू ने छेदी बाबू को याद दिलाते हुए कहा–'कका! हम तो आपसे पहिले से ही कह रहे थे कि ई अब बैरागी भाई का चुनावी स्टंट है। आप कुछ करिए...!'

'तब में और अब में बहुत फरक है बेट्टा...!' छेदी बाबू ने कहा।

मिट्ठू ने ही इस फ़र्क़ की व्याख्या की–'...सबसे बड़ा फरक तो यही है कका कि पसियाना और हरिजन टोले के लोग बैरागी भाई को एकतरफा सपोर्ट कर रहे हैं। आप कुछ काट ढूँढ़िए इसकी...!'

'देखो! हमारे पास उस दाँव की भी काट है। लेकिन यह जब समय आयेगा, तब देखेंगे। अभी तो रमइया के करतूतों पर परदा डालना और बिजइया को समझाना मोस्किल हो रहा है...!!' छेदी बाबू ने अपनी व्यथा प्रगट की।

वार्ता अभी चल ही रही थी कि इसी बीच पहले से ही आमन्त्रित मिथुन बाबा अपनी पोथी सहित छेदी बाबू के बँगले में पधारे। न जाने क्या सोचकर उनके पीछे-पीछे रमई भी लौटे। बँगले में बैठे सभी ने बाबा का अभिवादन किया और मिथुन बाबा अपनी जगह लेकर बैठ गये। अब सभी वार्ताकारों की दृष्टि मिथुन बाबा पर आकर टिक गयी थी। छेदी बाबू ने पहले से ही सँजोकर रखी हुई अपनी जीर्ण-शीर्ण कुंडली मिथुन बाबा की ओर बढ़ाई और बाबा गहनतापूर्वक कुंडली में अंकित ग्रह-नक्षत्रों की गतियों के अध्ययन में जुट गये। थोड़ी देर बाद ही वे कुंडली को एक ओर रखते हुए छेदी बाबू से बोले–

'महाराज! बुरा न मानिए तो एक बात बोलूँ?'

छेदी बाबू ने उन्हें जिज्ञासा भरी नज़रों से देखा और बोले–'अवश्य कहिए पंडीजी...!'

मिथुन बाबा ने अपना विश्लेषण प्रस्तुत किया–'महाराज! आपके हाथ में पुनर्राजयोग है। संहिता कहती है कि यह व्यक्ति अपने पुरुषार्थ से अपना खोया हुआ पुराना वैभव प्राप्त करेगा। जब उसकी उम्र अस्सी के पार पहुँचेगी तथा उसके समान आयु के तमाम लोग जब अपनी साँस की डोरी छोड़कर परलोकगमन की तैयारी कर रहे होंगे, तब एक आत्मज्ञान इस कर्मठ के जीवन की दिशा बदल देगा और फिर वह इंसान अपनी अन्तःप्रेरणा से समाज के सभी वर्गों का सान्निध्य प्राप्त करेगा। वह ख्याति के सर्वोत्तम शिखर को छुएगा; लोग उसे अपने सिर-आँखों पर बिठाएँगे और वह अपनी लोकसंग्रही चेतना से तीनों लोकों में अपनी चमक बिखेरेगा। उसकी आभा से तैंतीस करोड़ देवी-देवता तक चमत्कृत हो जायेंगे और उसकी विजय पर पुष्पवर्षा करेंगे।'

मिथुन बाबा द्वारा संहिता के इस अंश के उच्चारण के दौरान ही छेदी बाबू लगभग दिवास्वप्नों में खो से गये थे और तनिक होश में आने पर अपने बटुए में रखी अवशेष मुद्राओं को निकालकर मिथुन बाबा की ओर बढ़ा दिया था। रमई और बिजई को छोड़कर, बँगले में सभी उपस्थित-जन आकस्मिक तौर पर 'अबकी बारी छेदी बाबू' का उच्चारण भी करने लगे थे, जिसे सुनकर छेदी बाबू मन-ही-मन हर्षित हो रहे थे। सभा में उपस्थित रमई की यह औक़ात नहीं थी कि वे पाँच बरस के विगत अवसर को ज़ाया करने के बाद छेदी बाबू से कोई नया निवेदन कर सकें और बिजई तो अपने साथ हुए इस विश्वासघात को देखकर मन-ही-मन ऐंठकर रह गये थे। दरअसल, छेदी बाबू का यह निर्णय बिजई के ऊपर बिल्कुल वज्रपात की तरह गिरा था और अब वे अपनी किस्मत को छेदी बाबू की ही भाषा में कुछ इस तरह दोष देते हुए बँगले से बाहर निकल रहे थे—'गदहलिंग जब लिखहिं लिलारा/का करिहें अवधेश कुमारा?' हालाँकि छेदी बाबू फिर भी निश्चिन्त थे कि 'बिजइया को किसी तरह से मना लिया जायेगा।'

16

बैरागी बाबू परधानी के मैदान में उतरने का जबरदस्त दबाव झेल रहे थे। न केवल बैदजी, बल्कि अठन्नी के सभी बड़े-बुज़ुर्ग, सारे नवरत्न, लोढ़ई, जगरोपन मास्टर, माईराम, जगलेटर बाबा, खोखा पहलवान, बदलू सुक्कल, जज भउजी और मन्नोरानी आदि सभी एक स्वर से बैरागी बाबू पर इस बात का सामूहिक दबाव बना रहे थे कि 'मदारीपुर की बची-खुची इज़्ज़त बचाने के लिए उन्हें मैदान में कूदना ही होगा।' इस हेतु ढपालूजी महाराज का 'गुप्त सन्देश' एवं आशीर्वाद भी उन्हें प्राप्त हो चुका था। इसके अतिरिक्त भीतर-ही-भीतर लोहरटोली, हरिजन बस्ती, केवटोली, पसियाना, डोमडेरवा, मुसमटोली के तमाम शुभेच्छु भी बैरागी बाबू से निरन्तर इसी प्रकार का निवेदन कर रहे थे।

इसी बीच आज सुबह-सुबह ही बैरागी बाबू को एक अशुभ समाचार सुनने को मिला। गाँव के ही उनके एक पुराने साथी 'लाचार कवि' घरभरन सिंह की मृत्यु हो गयी थी। इसलिए बैरागी को अपना सारा काम छोड़कर उनके दरवाज़े पर जाना पड़ा। घरभरन, बैरागी के पढ़ाई के दिनों के साथी रहे थे और क्लास में सदैव अव्वल आते थे। लेकिन कालान्तर में जब उन्होंने अपनी इंजीनियरिंग की पढ़ाई पूरी की और लम्बे समय तक नौकरी की तलाश में इधर-उधर भटकने

के बाद भी उन्हें अपनी प्रतिभा के मुताबिक़ कोई ख़ास मुक़ाम नहीं मिला तो वे धीरे-धीर अवसाद में चले गये थे और गाँव के ही अपने एक लख़ैरा किस्म के साथी हबीब मियाँ के सान्निध्य से मदिरा देवी का दामन थाम लिया था। किन्तु अकिंचनता के कारण अपने ख़र्चे से नियमित मदिरापान करना उनके लिए सम्भव न था। इसलिए वे अपनी साहित्यिक प्रतिभा के बल पर सम्पन्न मदिरासेवकों को अपनी कुछ फुटकर रचनाएँ सुनाकर वाहवाही लूटते थे और अपने लिए रोज़ ही सौ-सवा सौ ग्राम मदिरा का इन्तज़ाम कर लेते थे।

इधर कुछ समय से वे चौबीसों घंटे मदिरा के नशे में डूबे रहने लगे थे और दरवाज़े की खाट पर पड़े-पड़े पत्नी और बच्चों से प्यास लगने पर पानी की जगह मदिरा की ही माँग करने लगे थे। डॉक्टरी सलाह के कारण परिवार के सदस्यों के द्वारा इसके लिए मना करने पर उन्हें तरह-तरह की गालियाँ देने लगते थे। उनका लीवर ख़राब होने को था, पर ज़ुबान पहले से ज़्यादा सक्रिय हो गयी थी। कल रात ही उन्होंने अन्तिम साँस ली थी। हालाँकि इसकी जानकारी भी परिवार के सदस्यों को भोर के समय ही हो पायी थी, जब वे अपनी ही खाट के नीचे अकड़े हुए पाये गये थे। फिर तो परिवार में रोना-धोना, चीख़ना-चिल्लाना शुरू हो गया था। देखकर यही महसूस होता था कि आदमी के जीते-जी परिवार में उसकी हैसियत चाहे कैसी भी हो, पर परिवार और समाज को उसकी क्षति का वास्तविक अन्दाज़ा तभी लगता है जब वह इस नश्वर दुनिया को छोड़कर चल देता है।

घरभरन की लाश दरवाज़े पर सबके अन्तिम दर्शन के लिए रख दी गयी थी और घरभरन की अन्तिम इच्छा के मुताबिक़ उसके मृत शरीर पर तमाम वैदिक संस्कारों के इतर, उनकी आत्मा की शान्ति के लिए देशी शराब की बोतलें उड़ेली जा रही थीं। हबीब मियाँ इस कर्म को निभाते जाते थे और घरभरन सिंह की अत्यन्त मार्मिक एवं यादगार रचना—'तोहफे में गुलाब न लाना/कबर पे चिराग न लाना/रूह प्यासी है बरसों से ऐ दोस्त/मौत पे आना तो/अद्धा और गिलास ले आना'—को गाते-गुनगुनाते हुए सिसकते जाते थे। ठीक इसी समय बैरागी बाबू घरभरन के दरवाज़े पर पहुँचे और उनके रो रहे पुत्रों को ढाड़स बँधाया। फिर वे अन्तिम-यात्रा में शामिल होने के लिए डिलिया-घाट की ओर निकल पड़े। बैरागी बाबू की ख़ूबी यह थी कि वे अपनी लाख व्यस्तता के बावजूद अपने दरवाज़े से होकर गुज़रने वाली प्रत्येक शव-यात्रा में अवश्य ही शामिल होते थे। मदारीपुर में उनकी लोकप्रियता के तमाम कारणों में से यह भी एक प्रमुख कारण था।

बैरागी बाबू को डिलिया-घाट से लौटते हुए तनिक देर हो गयी थी और तयशुदा कार्यक्रम को अनुसार, लौटने के कुछ समय बाद ही उनके बँगले में उन्हीं

की अध्यक्षता में एक गम्भीर मन्त्रणा-बैठक आरम्भ हो गयी थी। लम्बे समय के अन्तराल के बाद बैरागी बाबू आज पूरे मूड में थे और सभा में उपस्थित लोगों के बीच 'मदारीपुर की वर्तमान दशा-दिशा तथा मनुष्यों के बीच व्याप्त पशुता' पर उनका धारा-प्रवाह व्याख्यान जारी था–

'...आज का मदारीपुर चमचा-युग में परिवर्तित हो गया है। जिधर देखो, उधर छेदी या रमई के चमचे नज़र आते हैं। कोई काम कराना हो तो उनसे मिलिए। आसानी से हो जायेगा। नहीं तो चवन्नी वालों के दरवाज़ों के चक्कर लगाते-लगाते आपके पैरों की एड़ियाँ घिस जायेंगीं। लेकिन भाइयो! क्या हर कोई छेदी या रमई की चमचई कर सकता है? मेरे ख़याल में तो नहीं। इसके लिए आप सबको सबसे पहले अपने भीतर के इंसान को मारना पड़ेगा, बात-बात पर दाँत निपोरना पड़ेगा, रोज़ ही छेदी और रमई जैसे चूतिया-किस्म के गद्दीनशीनों से ताल-मेल बिठाना पड़ेगा। क्यों करेगा कोई यह सब?...और कब तक सहेगा इन आतताइयों के ज़ुल्म को?? इस सड़े हुए सिस्टम को???...अगर कैलाश भाई के शब्दों में इस सिस्टम के बारे में कहूँ तो आज मदारीपुर की हालत यह हो गयी है कि–

बाबू आन्हर माई आन्हर
हमें छोड़ सब भाई आन्हर
के-के, के-के दिया देखाईं
बिजुली अस भउजाई आन्हर...

...मैं तो कहता हूँ कि अब इस अन्धकार से निजात पाने का समय आ गया है। आप द्वारा आँख मूँदकर परधानी की जिम्मेदारी चवन्नी के हाथों में सौंपने के निर्णय के चलते ही आज पूरा सिस्टम सड़-गल गया है। अब होना तो यह चाहिए कि हम सभी मिलकर 'चवन्नी के परधान' रूपी सड़े हुए इस शरीर को तुरन्त दफना दें ताकि वातावरण में नये रोग न फैलें। लेकिन अब इसका इलाज भी ढूँढ़ा जा रहा है। चवन्नी वालों की कोशिश है कि इस सड़े हुए शरीर में झाड़-फूँक से उसके भीतर नयी जान डाली जाय। रमई अपनी प्रतिभा दिखा चुके...! अब छेदी दिखाएँगे...!

...लेकिन इसमें दोष केवल चवन्नी वालों का ही नहीं है, हमारा भी है। ...दरअसल कई बार जब हम दुर्गन्ध में जीने के आदी हो जाते हैं तो वातावरण की सुगन्ध भी हमारी नाक के छिद्रों को पीड़ा पहुँचाती है। चवन्नी वालों को सबक़ सिखाने के पहले हमें अपना आत्म-मूल्यांकन करना होगा। हमें यह देखना होगा कि ऐसा कौन-सा शख़्स हो सकता है जो मदारीपुर की सारी पट्टीवादी सीमाओं को तोड़ते हुए वास्तव में गाँव को विकास के रास्ते पर ले जा सकता

है।...इसके लिए हमें अपने सोचने के तरीक़ों में बदलाव करना होगा। विकास के मेयार-मानदंड तभी बदलेंगे...।

भाइयो! गद्दी का लालच आदमी से क्या-क्या नहीं कराता...! अपना-पराया तक नहीं देखता...! जब यह लालसा बहुत ज़्यादा बढ़ जाती है तो आदमी के भीतर का हैवान बाहर आ जाता है। महाभारत का युद्ध इस गद्दी के लिए ही तो हुआ था। लेकिन अन्ततः उसका क्या परिणाम निकला? पूरे कुरु वंश का समूल नाश...! अब कुछ समय बाद ही आपके मदारीपुर में भी यही तमाशा दिखेगा। एक नये महाभारत की पृष्ठभूमि गढ़ी जा रही है। दूसरों के ख़ानदानों में भेद पैदा करने वालों के अपने घरों में जब विद्रोह शुरू हुआ तो आँखें निकल आयीं।...'

अभी बैरागी बाबू का व्याख्यान चल ही रहा था कि इतने में बँगले के भीतर बैदजी का पदार्पण हुआ। बैदजी को आते देख बैरागी ने अपना व्याख्यान बीच में रोक दिया और आगे बढ़कर बैदजी के चरण छुए। बैदजी ने भी अपने दाएँ हाथ को बैरागी के सिर पर रखते हुए आशीर्वाद के रूप में 'विजयी-भव' का उच्चारण किया और फिर सभा में बैठे हुए शेष लोगों के अभिवादनों का बारी-बारी से जवाब देते हुए दीवान पर रखी मसनद को बीच से मोड़कर तथा करवट होकर, उसे अपनी कमर और पेट की संधिस्थल के सहारे टिकाकर 'शेषनाग पर लेटे हुए विष्णु की मुद्रा' में बैठ गये।

थोड़ी देर के अन्तराल के बाद बैठक में इमरजेंसी का आगमन हुआ। बैदजी बोले—'का ख़बर लाए हो इमरजेंसी?'

इमरजेंसी ने लम्बी साँस लेते हुए ख़बर की डिलिवरी के पूर्व, उस पर अपनी समीक्षात्मक टिप्पणी दी—'गुरुजी! ख़बर आप लोगन के लिए बहुत अच्छी नाहीं है, जो है कि सो...!'

'मतलब?... साफ-साफ बताओ...!'

'गुरु महाराज! अबकी चुनाव में हरिजन टोला से चइता और केवटोली से भगेलूराम भी परधानी लड़ेंगे, जो है कि सो...!'

सुनते ही बैरागी बाबू के माथे पर बल पड़ गये। उन्होंने कुछ सेकंड के लिए बैदजी की आँखों में अपनी अचरज भरी निगाहें गड़ा दीं। फिर बोले 'भइया! इसके पीछे चवन्नी वालों की कोई छिपी मंशा नज़र आती है।'

बैदजी बोले—'मतलब साफ है मेरे भाई...! अठन्नी के दलित और केवट वोटों में सेंधमारी...!'

'...तो क्या आपको लगता है कि हरिजन टोले और केवटोली के लोग इनके साथ जायेंगे?'

'जो भुखमरी का शिकार हो, वह कहीं भी जा सकता है...!'

'बात तो सही है भइया! लेकिन मुझे तो लगता है कि भुखमरी के शिकार हरिजन टोले और केवटोली के लोग नहीं, बल्कि चवन्नी वाले हैं—नैतिक भुखमरी के शिकार...!'

'बात तो तुम्हारी ठीक है। पर सियासत में नैतिकता के लिए स्थान है कहाँ? और फिर चवन्नी वालों से तो यह अपेक्षा ही मत करना मेरे भाई....!'

बैरागी बाबू थोड़ा ठहर गये और फिर बोले—'मैं भी आपकी ही बात पर आ रहा हूँ। आपको याद है आपने एक दिन कहा था कि हम सियासत का जवाब सियासत से देंगे?'

'हूँ...याद है। बखूबी याद है...! क्यों?'

'अब समय आ गया है कि छेदी से अपना पुराना हिसाब-किताब चुकता कर लिया जाये...! मतई के केस का बदला ले लिया जाये—एक ही बार में। सारा हिसाब बराबर...!'

'वो कैसे?'

'देखिए! गुरुजी ने कहा है कि शत्रु का शत्रु, मित्र होता है। अब हमें इसी सिद्धान्त पर चलना है और अपने दुश्मन को उसकी ही गली में नेस्तनाबूद कर देना है।'

'मतलब?'

'छेदी ने अपनी आस्तीन के भीतर ही साँप पाल रखे हैं। हमें तो केवल उन साँपों को मन्त्रों से अपने वश में करना है। बाकी काम तो वे सर्प ख़ुद ही करेंगे...!'

अठन्नी के इन दोनों बुद्धिजीवियों के बीच वार्ता तनिक गम्भीर रूप लेती जा रही थी और अब बैरागी बाबू इस मन्त्रणा में बैदजी को छोड़कर बाकी सभी उपस्थित जनों को फिर कभी आमन्त्रित करने का निवेदन करना चाहते थे। इस निवेदन के उपरान्त थोड़ी ही देर में उनका बैठका ख़ाली भी हो गया और अब दोनों चुनावी रणनीतियों की परिचर्चा को आगे बढ़ाने में जुट गये।

इसी बीच बँगले में गुरुघंटाल और केला मिसिर के साथ चवन्नी पट्टी के बिजई पधारे। बिजई को अन्दर आता देख बैदजी का दिमाग़ चकरा गया और वे माजरा समझने के बजाय बैरागी के मुँह की ओर देखने लगे। बैरागी ने उन्हें आँखों-ही-आँखों में संयत रहने का इशारा किया और अपने पाँव छूने के लिए आतुर बिजई को खड़े होकर झट अपने गले से लगा लिया। इसी क्रम में बिजई ने बैदजी के भी पाँव छुए और तदुपरान्त काफ़ी देर तक बैरागी, बिजई का कुशल-क्षेम पूछते रहे।

बिजई, बैरागी भइया को बताते जाते थे कि कैसे उन्होंने '...छेदी कका के मुफ़लिसी के दिनों में उनके लिए अपने घर की डेहरी से धान-गेहूँ-मटर चुरा के बेचा और उनके शहर जाने का इंतिज़ाम किया, ताकि वे 'नउकी चाची' से जाके मिलि सकें...कई बार जब उनके कुरते फट जाते थे और उनके पास पहिनने के लिए कुछ भी नहीं होता था तो वे अपने बाबूजी के कुरते चुरा के उन्हें सिलवाने के लिए दे दिया करते थे...रमइया ने तो कभी उनके कटे पर पेशाब भी नहीं किया...और आज जब चुनाव की बारी आयी तो मिथुन बाबा से अपनी कुंडली बँचवा रहे हैं...! ये क्यों नहीं कहते कि उन्हें चुनाव लड़ने का बहाना चाहिए...! जिसने अपना ख़ून-पसीना एक करके और अपनी सारी इज्जत-परतिस्था दाँव पर लगाकर पूरे पाँच साल मेहनत की, उनके लिए उसका कोई मोल नहीं...!'

बिजई की यह आप-बीती सचमुच बहुत मार्मिक और रुला देने वाली थी। इस दौरान बिजई कई बार भावुक हो जाते और किसी 'गौनहरी मेहरारू' की तरह फफककर रो पड़ते थे। तब बैरागी अपने अँगोछे से उनका मुँह पोंछते और 'अपने किसी खोये हुए पुत्र के पुनर्मिलन के उपरान्त एक पिता की स्वाभाविक प्रतिक्रिया की तरह' उनके सिर को अपने सीने से लगा लेते थे। इस रुदन के बीच बिजई यह बताना कतई नहीं भूले कि कैसे मतइया के केस में बैरागी भइया को फँसाने की पूरी तैयारी छेदी चचा ने ही की थी और उनके ज़मानत वाले दिन कचहरी में हड़ताल कराने के लिए रमायन वकील के पास अपना ख़ास आदमी भेजा था। पूरे घटनाक्रम में मूकदर्शक बने बैठे बैदजी, बैरगिया के इस नये अन्वेषण पर फूले नहीं समा रहे थे।

माहौल थोड़ा शान्त होता देख बैरागी ने बिजई के जख़्मों पर तनिक मरहम लगाते हुए कहा—

'देखो बिजई! यहाँ मेरे और बैदजी के अलावे और कोई नहीं है। लेकिन तुम आगे से अपने मन की ऐसी किसी बात को अपनी ज़ुबान पर मत ले आना। शास्त्र कहते हैं कि स्वयं के अपमानित होने पर भी अपने मन की बातें किसी को नहीं बतानी चाहिए, क्योंकि ऐसा करने पर लोग उसकी हँसी उड़ाते हैं। उचित यही है कि इस प्रकार के अपमान को विष समझकर चुपचाप पी लिया जाये। लेकिन तुम परेशान कत्तई मत होना। अब हम सब लोग मिलकर इस विष की काट ढूँढ़ेंगे...!'

अब तक इस वार्ता में एकदम चुप रहे बैदजी को भी अपना दर्शन झाड़ने का तनिक अवकाश मिला। वे बिजई को समझाते हुए बोले—'बेटा...! बीती ताहि बिसारि के, आगे की सुधि लेहु'...जो बीत गया उसे भूलकर तुम्हें आगे का सोचना

होगा। राजनीति बहुत कुत्ती चीज है। अपना-पराया नहीं देखती। छेदिया की तो बात ही मत करो। वह तो अस्तित्ववादी आत्म-प्रवंचना का शिकार है। उसे लगता है कि वह परधान के रूप में ही पैदा हुआ है और परधान के ही रूप में मरेगा। उसकी दशा यह है कि 'न मरब, न खाट छोड़ब...!' लेकिन चवन्नी में तुम हमें 'राइट मैन बट रॉन्ग पार्टी' लगते हो...हमें बस यह बताओ कि छेदी के प्रत्यासी रहते यदि तुम परधानी में खड़े होगे तो क्या चवन्नी के लोग तुमको भोट करेंगे?'

'बिल्कुल करेंगे...!' बिजई बोले।

'तो ठीक है। यदि तुमने चवन्नी वालों को मैनेज कर लिया तो बाकी अठन्नी का सारा भोट तुम्हारा है। बैरागी की तो परधानी में कभी कोई रुचि नहीं रही। उनको तो बस ज़िद में खड़ा किया गया है। चुनाव के एक दिन पहले वे तुम्हें समर्थन देंगे। फिर अठन्नी का सारा भोट तुम्हारा और तुम्हारी जीत पक्की...!' बोलते-बोलते बैदजी पान के जोड़ों के साथ चूने और ज़रदे का समुचित मात्रकरण करते हुए उसे अपने मुँह में डालने लगे।

इस आकस्मिक शून्य को भरने के लिए बैरागी बाबू, बैदजी की बात को आगे बढ़ाते हुए बोले–'...देखो...! लोग रमई से आजिज़ आ चुके हैं और छोटकी बिरादरी के लोग तुम्हें ह्दय से अपना परधान मान चुके हैं। तुम केवल चवन्नी के भोटरों को मैनेज करो। बाकी भुरकुस पट्टी के लोग और असामी हैं ही कितने? अभी मैं अठन्नी का भोट इकट्ठा करके रखूँगा और अन्तिम दिन पहले तुमको फुल समर्थन...!! लेकिन इतना याद रहे बिजई...! ये बातें इन दीवारों के बाहर नहीं जानी चाहिए। छेदी चचा को कहीं से भी यह पता नहीं लगना चाहिए कि हम तुम्हारा समर्थन कर रहे हैं...!!'

बिजई बोले–'आप बिल्कुल निश्चिन्त रहिए भइया...!! मुझे भी अब आदमी की पहचान हो गयी है। आज से कोई क्या कहता है, क्या सुनता है–मुझे इसकी कोई परवाह नहीं...! अब केवल आपका आशीर्वाद चाहिए। अबकी बार आपका बिजई परधान होकर रहेगा।'

अन्त में बिजई जाने को हुए तो बैरागी ने उन्हें तनिक रुकने का इशारा किया और अपने तकिये के भीतर छुपाकर रखी गयी नोटों की एक छोटी-सी गड्डी निकालकर उन्हें थमाई। बिजई ने जाते-जाते भावुक होकर एक बार फिर बैरागी भइया को गले से लगा लिया। इसी क्रम में बैरागी बाबू ने उनकी पीठ पर धीरे से दो थपकियाँ छोड़ीं मानो यह कहना चाहते हों कि 'धीरज रखो बिजई और समय का इन्तज़ार करो...! तुम्हारी बिजय पक्की है...!'

बिजई चले गये थे, किन्तु बैरागी और बैदजी की रणनीतिक वार्ता अभी भी

जारी थी। बैदजी ने पूछा—'भाई बैरागी! यह बताओ कि तुमने इस नये विभीषण की खोज कैसे की? तुमने तो एक ऐसा खिलाड़ी ढूँढ़ निकाला, जो अपनी ही गोल में गेंद मारने को तैयार बैठा है।'

बैरागी मुस्कुराये और बोले—'भइया! जिस दिन से नेबुआ थाने की घटना हुई है, उस दिन से आपका यह बैरागी पूरी नींद सोया नहीं है। हमेशा इसी उधेड़-बुन में लगा रहा कि वो दिन कब आयेगा जब छेदी 'पलिहर का बानर' बनेगा...!'

'लेकिन तुम्हें भरोसा है कि बिजई लड़ाई के मैदान में अन्त तक टिका रहेगा?'

'भइया! जब एक पीढ़ी बरबाद होती है न तो वह अपने आगे आने वाली तीन पीढ़ियों को खा जाती है। छेदी ने अपनी बरबादी की इबारत खुद लिख दी है। बस आगे-आगे देखिए होता है क्या...!'

'वाह रे बैरागी...! मेरे भाई...!! लोग तुमको चाणक्य यूँ ही नहीं कहते...!' —कहते-कहते बैदजी ने बैरागी को अपने गले से लगा लिया। फिर उन्हें 'मदारीपुर के भावी परधान' की अग्रिम शुभकामनाएँ देते हुए, अपनी कलाई घड़ी निहारते हुए डिस्पेंसरी की ओर चल पड़े।

17

परधानी के लिए बिजई की स्वघोषित दावेदारी का पता छेदी बाबू को चल चुका था और वे तमाम तरीक़ों से इस आपातकालीन डैमेज को कंट्रोल करने में जुटे हुए थे। उधर रमई उस फूफा की तरह मुँह फुलाए बैठे थे जिसे बारात-गमन के ठीक पहले कार से उतारकर ट्रैक्टर-ट्रॉली में बैठा दिया गया हो। वे अपने दो-चार चाटुकारों के सहारे कभी इस चौराहे तो कभी उस चौराहे पर अपनी परधानी के गुणगान सुनाने में मस्त थे। इस बीच चइता ने भी साधिकार अपनी परधानी की उम्मीदवारी की घोषणा कर दी थी और अपने टोले में किसी को भी कानो-कान इस बात का पता नहीं चलने दिया था कि उसके इस निर्णय में छेदी बाबू या पट्टी के किसी भी व्यक्ति का कोई हाथ था या हो सकता था।

यही नहीं, चइता ने अपनी बिरादरी के लोगों के बीच बैठकों का सिलसिला भी शुरू कर दिया था। दरअसल, चइता सदैव से ही अपने लोगों के बीच चेतना का प्रतीक हुआ करता था; क्योंकि वह टोले का पहला ऐसा शख़्स था जिसने अपने लोगों के भीतर के अन्तरतम को बुरी तरह से झकझोर-झिंझोड़कर, उन्हें उनके मनुष्य होने का एहसास कराया था। कदाचित् इसीलिए वह अपने लोगों

के बीच 'बिदरोही बाबू' के नाम से ज़्यादा जाना जाता था तथा कई बार टोले के बड़े-बुज़ुर्ग उसे प्यार से 'बिदरोहिया' भी कहकर बुलाते थे।

उसके इस आक्रामक स्वभाव के चलते इलाक़े के काबीना मन्त्री खेलावन परसाद उसे बहुत सम्मान देते थे और कई बार उसे अपनी जनसभाओं में भी लेकर जाया करते थे। खेलावन परसाद के साथ अपनी इस नज़दीकी के कारण चइता का आत्मविश्वास सदैव सातवें आसमान पर रहा करता था और उसकी बिरादरी के ऐसे तमाम लोग, जिनकी पहुँच मन्त्रीजी तक नहीं हुआ करती थी, चइता को अपनी व्यथा सुनाकर सन्तोष कर लेते थे। परधानी के 'लेक्शन' (इलेक्शन) के अपने निर्णय के बाद एक दिन वह खेलावन परसाद से उनका 'आसिरबाद' लेने भी पहुँचा था।

इधर कुछ समय से टोले के लोगों के बीच चइता की इज़्ज़त पहले से भी कई गुना बढ़ गयी थी, क्योंकि मतई की मृत्यु के बाद उसने मुफ़लिसी में जी रही उसकी बेवा मेघिया देवी तथा उसके छह अबोध बच्चों–चिल्लर, चटनी, सूपा, बरसतिया, लेंगड़ी और एक्सप्रेस को न केवल अपना लिया था, बल्कि नितान्त बुरे वक़्त में उन्हें अपना स्नेह और पितृत्व प्रदान किया था। मेघिया कभी सपने में भी यह नहीं सोच सकती थी कि मतई अपने बच्चों को इस तरह अचानक से अनाथ करके चल देगा। बहरहाल मेघिया के लिए अब चइता न रहकर उसका 'परान' बन चुका था।

मेघिया के सारे ही बच्चे अभी छोटे थे और अत्यन्त नटखट एवं अपने माँ-बाप के बहुत प्यारे भी थे। मसलन उनमें सबसे बड़ा चिल्लर बमुश्किल साढ़े चार साल का था। बोलने में लगभग असमर्थ! हर सवाल का जवाब 'ऐं-ऐं ओं-ओं' में देने वाला! पर ख़ूबी यह कि महिलाओं और ख़ासकर कुँवारी कन्याओं को देखते ही अपने दोनों पैरों पर उछलने लगता था। इसी प्रकार चटनी मतई को अपने सभी भाई-बहनों में सबसे ज़्यादा प्रिय हुआ करती थी; पर वह जिस अन्य कारण से चर्चा में रहती थी, वह था–उसकी नाक से किसी बरसाती नदी की अविरल धारा की तरह बहने वाला वह तत्त्व, जिसे वह अपनी लपकती जिह्वा से निरन्तर साफ़ करती थी। एक्सप्रेस यों तो सबसे छोटा था और अभी ठीक से घुटनों के बल भी नहीं चल पाता था। वह केवल सीटी और सीसी को एक क्रिया की प्रतिक्रिया के रूप में ही समझ पाया था। इसीलिए जब कोई जाने-अनजाने उसे अपनी गोद में उठाकर सीटी बजाता था तो वह इसे नैसर्गिक क्रिया की सहमति समझकर मूत्रत्याग कर देता था।

बताते हैं किसी ज़माने में चइता का भी अपना भरा-पूरा परिवार हुआ करता

था और वह अपनी पत्नी बरसतिया तथा भोलू के साथ एक ख़ुशहाल जीवन व्यतीत कर रहा था। पर नियति को शायद चइता की यह ख़ुशी देखी नहीं गयी। तभी तो एक दिन जब बरसतिया अपने बेटे के साथ निकट के ही तालाब में कपड़े धोने और नहाने के लिए गयी थी, ठीक उसी समय तालाब के भीतर उठने वाले किसी भँवर ने दोनों को अपने आगोश में ले लिया था और कुछ ही मिनट के बाद दोनों की उतराती हुई लाश तालाब के किनारे मिली थी। टोले के लोगों की मानें तो उसके बाद से ही बरसतिया तालाब में 'बुड्डुआ' बनकर निवास करने लगी थी और वहाँ नहाने आने वाले लोगों के जीवन का संकट बन गयी थी।

बहरहाल मेघिया के सान्निध्य से चइता के जीवन में एक नये प्रकार का उत्साह जाग्रत होने लगा था और जैसा कि इस परिस्थिति में अकसर ही होता है, वह पहले से अधिक जुझारू हो चला था—उसके संघर्ष करने की ताक़त कई गुना बढ़ गयी थी। सम्भवतः इसका सबसे बड़ा कारण यह भी था कि चइता और मेघिया बाल्य-काल से ही खेलने-कूदने के दौरान एक-दूसरे के लिए अबूझ प्रेम रखते आये थे और उनका यह स्नेह उनके वैवाहिक जीवन के आरम्भ के बाद भी कम नहीं हुआ था। बल्कि जब चइता के साथ पारिवारिक दुघर्टना हुई थी तो वह मेघिया ही थी जो सारी रात जाग-जागकर चइता को उसके जीवन के प्रति मोहभंग न होने के तमाम दिलासे देती रही थी और इस प्रकार चइता के अन्धकार-युक्त जीवन में फिर से एक नया अनुराग पैदा किया था। लेकिन ऊपर वाले को भी शायद कुछ और ही मंजूर था...! तभी तो आज मेघिया को चइता के आश्रय की ज़रूरत आन पड़ी थी।

आज चइता ने टोले की उत्तर दिशा में स्थित बाग़ में एक सभा के आयोजन का आह्वान किया था ताकि वह अपने लोगों को उनके वास्तविक अधिकारों के बारे में जाग्रत कर सके। इस सभा की तैयारी भी चइता ने बख़ूबी की थी और आज उसकी वेश-भूषा देखने लायक़ थी। अधोवस्त्र के रूप में श्वेत पायजामा और उसमें नीचे तक लटकती लम्बी डोरी, ऊपरिवस्त्र के रूप में धारित लाल रंग की जालीदार बनियान, कन्धे से नाभि तक लटकता हुआ हल्के पीले रंग का अँगोछा, पैरों में स्टीकर लगी नयी हवाई चप्पलें और बालों में गहरा लिपटा हुआ 'गमकउआ तेल'—जैसे सारे उपादान चइता के सम्पूर्ण व्यक्तित्व को आज एक नया आयाम प्रदान कर रहे थे। ऊपर से उसकी आँखों पर चढ़ा हुआ काला चश्मा तो उसके शरीर के रंग के साथ मिलकर बिल्कुल ही एकमेक हो गया था और मुस्कुराने या बोलने के समय उसके सफ़ेद दाँत ऐसे चमकते दिखाई देते थे मानो घोर अमावस की रात में चाँद निकल आया हो...!

सभा के लिए तालाब के किनारे स्थित जिस बाग़ का चयन किया गया था, वह केवल कहने भर के लिए ही बाग़ था। वस्तुतः वह लोगों के रोज़मर्रा के जीवन का पिकनिक-स्थल था। यह पिकनिक सुबह-सवेरे से लेकर अर्धरात्रि तक चलता रहता था। रोज ही प्रातःकाल चार बजे सबसे पहले टोले की स्त्रियाँ इस बाग़ का जायज़ा लेने आतीं और पिछले चौबीस घंटों में अपनी आँतों में संग्रहीत वर्ज्य पदार्थ को बाहर निकालतीं। फिर यहाँ इसी कार्य के लिए पुरुषों और बच्चों का आना शुरू होता। पुरुष तो बाग़ की ढलान की ओर बेहया और रेड़ के पौधों के झुरमुट में कुछ देर के एकान्तवास के बाद बाहर निकल आते थे किन्तु बच्चे बाग़ से सटे तालाब में 'छिछली-गड़हिया' का खेल खेले बिना कदापि नहीं लौटते थे, चाहे उन्हें इसके एवज़ में घर आकर पिटना ही क्यों न पड़े! दोपहर के समय इस बाग़ में केवल वे ही स्त्री-पुरुष या बच्चे आते थे जो आकस्मिक या स्थायी रूप से पेचिश का शिकार हो गये थे। तदनन्तर शाम के समय, सुबह वाली क्रिया का ही पुनर्चक्रण होता था।

सभा के मद्देनज़र बाग़ की थोड़ी-बहुत सफ़ाई करा दी गयी थी और बाक़ी का काम वहाँ नियमित भ्रमण पर आने वाले सूअरों ने पूरा किया। अब धीरे-धीरे बाग़ में अच्छी-खासी भीड़ भी इकट्ठी हो गयी थी, जिसमें टोले के तमाम बड़े-बूढ़ों और भदेस औरतों के अलावा अनेक युवक-युवतियाँ और पास के बाग़ में खेल रहे छोटे बच्चे तक शामिल हो रहे थे। आज चइता के साथियों ने झाल-मँजीरे और ढोलक से माहौल को संगीतमय बनाने की ठानी थी और वे ढोलक की थाप पर पूरब के एक लोकप्रसिद्ध रचनाकार का गीत गा रहे थे—

गुलमिया अब हम नाहीं बजइबो, अजदिया हमरा के भावेले।
गुलमिया अब हम नाहीं बजइबो, अजदिया हमरा के भावेले।

झीनी-झीनी बीनीं चदरिया, लहरेले तोहरे कान्हे
जब हम तन के परदा माँगी, आवे सिपहिया बान्हे

सिपहिया से अब नाहीं बन्हइबो, चदरिया हमरा के भावेले।
गुलमिया अब हम नाहीं बजइबो, अजदिया हमरा के भावेले।

कंकड़ चुनि-चुनि महल बनवलीं, हम भइलीं परदेसी
तोहरे कनुनिया मारल गइलीं, कहवों भइल न पेसी

कनुनिया अइसन हम नाहीं मनबो, महलिया हमरा के भावेले।
गुलमिया अब हम नाहीं बजइबो, अजदिया हमरा के भावेले।

अब जाकर चइता का आगमन हुआ। चइता ने आते ही सबसे पहले पंक्ति में आगे बैठे बड़े-बूढ़ों और माताओं का आशीर्वाद लिया। फिर थोड़ा संयत होकर बोलना शुरू किया–

'चाचा-चाचियो...! भाइयो और भउजाइयो...!! आज हमको आपकी ज़रूरत है अऊर आपको हमरी; कारन कि हमारा हक मारा जा रहा है। हमरा ही भोट लेकर हम पर ही राज किया जा रहा है। आपको सायद मालूम होगा–किसी ज़माने में हमरे ही बीच का एक धनुरधर हुआ करता था–एकलब्ब। बड़की बिरादरी के लोग जानते थे कि केवल वही जातियाँ आगे बढ़ेंगी, जिनके पास अँगूठा होगा। इसलिए एक षड्यन्त्र से उसका अँगूठा काट लिया गया। अउर हम सदियों तक पगलाए हुए अपना अँगूठा खोजते रहे।

...बड़के लोग लोग हम्में मूरख समझते रहे। लेकिन आज हम्में उनको बताना होगा कि हम मूरख नहीं हैं। अब हम्म इसी अँगूठे का परजोग करेंगे अउर तुम्हारा तख्ता चाहें जितना भारी क्यों न हो, उसे पलट देंगे। आज आप सब मिलकर केवल इस बात की खसम खाइए कि हम्म अपना नेता खुदै चुनेंगे। देखिएगा! आगे से पट्टी का कोई आदमी इस गाँव का परधान नहीं होगा। आप सब तय कीजिए कि अब किसी भी रूप में उनका जोर-जुलम-अत्ताचार सहन नहीं किया जायेगा।

...बड़के लोगन के लिए हम महाभारत के दरौपदी की तरह हैं। वे हमरे पास कभी पांडो बनकर आते हैं अउर कभी कोरब बनकर। अगर ऊ पांडो हुए तो हमें गिरवी रख देंगे अउर कोरब हुए तो हमारा चीरहरण करेंगे। दोनों हालत में हमें सरमसारै होना है। एहलिए अपने समाज की अउर बेइज्जती हम बरदास नहीं करने वाले...! खिलावन चाचा हमसे बार-बार कहते हैं कि सट्टा के लिए तुमको संघर्स करने पड़ेगा। तो हम संघर्स करेंगे...अब हमें हर हाल में सट्टा चाहिए।

...बड़कऊ लोगों ने हमरा बहुतै नोकसान किया है। उनके पुरखों ने बेद लिखा अउर उसमें सबसे ऊपर बइठ गये। हमरो कहा कि हमरे पैर दबाओ तभी मोछ मिलेगा। कहा कि यह तुम्हरा करतब्ब है। अपने लिए बढ़िया-बढ़िया काम बीछ लिया अउर हमको अपने दरवज्जे पर गोबर काढ़ने वाला काम दे दिया। ऊ बेद पढ़ें तो पुन्न अउर हम पढ़ें तो अपराध...! ऊ पढ़ें तो फूल-बरसा अउर हम पढ़ें तो कान में सीसा...! यही है तुम्हरा बेद? तब तो हमको मोछ नहीं चाहिए। उसे अपने पास रखो। जब हम जिनगी भर नरक भोग रहे हैं तो मरने के बाद सरग में जाकर का करेंगे? भाइयो...! पट्टी में खलबली मची हुई है। हो सकता है कि

आप सभ के हक की लड़ाई लड़ते हुए हमरी मौत हो जाये। लेकिन हमको सरग का मारग दिखाने के लिए काशी न ले जाना...! मगहरै में जला देना। कबीर बाबा को यही हमरी असल सरधांजली होगी।

...भाइयो! बड़के लोगों ने हम्में ही नहीं, भगवान को भी धोखा दिया है। उसे भी ठगा है। कहा कि ठाकुरजी भोग लगाएँगे अउर मन्दिरों में चढ़ने वाले सारे दान-परसाद के मालिक अपने बन बइठे। खुदै ठाकुरजी बनकर सारा माल हजम कर गये। हमसे कहा कि तुम मन्दिर में नहीं घुस सकते, भगवान नाराज हो जायेंगे। हम पूछता हूँ कि तुम कौन हो ई तै करने वाले कि मन्दिर में कउन घुसेगा अउर कउन नहीं घुसेगा? का भगवान केवल अकेल्ले तुम्हरे हैं? तो रक्खो अपने पाथर-महाराज को अपने पास...! हम अब तुम्हारी गुलामी बरदास नहीं करेंगे अउर अपना भगवान् खुदै चुनेंगे। आपने देखा न कि तब से हमने निरंकारदेव को अपना लिया। किसी ने हमारा क्या बिगाड़ लिया?

...कम अत्ताचार नहीं किया है हम पर...! परभू के अगली पंगति में बैठकर खाने के गुनाह पर उसके खेत की फसल कटवा ली गयी। आप सभी चुप रहे। पर हमको कई रात नींद नहीं आयी। टोले की बहन-बेटियों की कोई इज्जत ही नहीं बची। कानून हमरे पच्छ में है, लेकिन कहीं कोई सुनवाई नहीं...! जब डोली ढोने वाले कहारों ने ही दुलहिनिया को लूट लिया तो किस पर भरोसा किया जाये...? लेकिन अब हमें इस बेवस्था को स्वीकार नहीं करना है। आप लोग सोचते होंगे कि चइता कैसी बहकी बातें कर रहा है। पट्टी के लोगों से इस गाँव को छुटकारा दिलाने की बात कर रहा है। ई कैसे सम्भव है?

...सब कुछ सम्भव है भाई लोग! केवल हम एकजुट हो जायें। जब तक हम बँटे रहेंगे तब तक कोई छेदी, कोई बैरागी, कोई रमई हमं पर सासन करता रहेगा। केवल टोपी बदलती रहेगी, पर अत्ताचार कम नहीं होगा। फिर किसने हमको कितना लूटा, यही देखते रह जायेंगे। आज हमें इस झूठ अउर शोसण को पहचानने की ज़रूरत है अउर उस पर एकजुट होकर टूट पड़ना है।

...कहते हैं न कि जब तालाब भरता है तो मछरियाँ चींटियों को खाती हैं; अउर जब तालाब खाली होता है तो वही चींटियाँ मछरियों को खाती हैं। निरंकार देव सबको मौका देते हैं। अब इसका समय आ गया है। हमें चींटी समझने वालो! खबरदार!! अब तुम्हारी गुलामी नहीं चलेगी। हम एक हो गये हैं...लेकिन इसके लिए आप सबको मिलकर सहभोग करना होगा। आज सभी मिलकर यह खसम खाइए की हम अपनी ताकत अउर एकजुटता दिखाएँगे, अउर आपसी सहभोग से अपने लिए अपने बीच का ही एक नेता चुनेंगे। अपने टोले में किसी की दाल

नहीं गलने देंगे।'—कहते-कहते चइता रुँधे गले से मंच से नीचे उतरा और एक कोने में जाकर सिसकने लगा। दोस्तों ने उसे ढाढ़स बँधाया।

ख़ैर, चइता के इस उत्साहवर्धक भाषण को सुनकर भीड़ में से समवेत स्वर में आवाजें, आने लगीं—'जब तक सूरज चाँद रहेगा/चइता तेरा नाम रहेगा... अबकी पारी/चइता की बारी।' वातावरण में इस अनुगूँज को सुनकर चइता की छाती अचानक से कई गुनी चौड़ी हो गयी थी और मेघिया ख़ुशी से फूली नहीं समा रही थी।

उधर केवटोली में भगेलूराम भी तरह-तरह से अपनी बाँहें फड़का रहे थे और अपनी जीत पक्की बता रहे थे। पर उनका तरीक़ा चइता से बिल्कुल ही अलग था—न किसी के दरवाज़े पर जाना, न किसी से लम्बी-लम्बी हाँकना; पर आत्म-विश्वास से बिल्कुल लबरेज़, सीना एकदम फुलाए हुए...! क्योंकि एक तो सिर पर छेदी मालिक का वरदहस्त और दूसरे, पूरे गाँव में अपनी बिरादरी के वोटरों की संख्या का तनिक अधिक होना और सबसे बढ़कर हाल ही में छेदी बाबू के ताल वाले खेत का 'अधियरा' बनाया जाना।

भगेलूराम अपने टोले को जोड़ने वाली सड़क के किनारे की पुलिया पर पूरे दिन बैठे रहते और हर आने-जाने वाले का 'जयरम्मी' से अभिवादन करने के बाद 'चुनउआ' में उनका विशेष ख़याल करने का निवेदन करते। कई बार वे आस-पास के खेतों में मड़ाई-गोड़ाई कर रही महिलाओं के पास भी पहुँचते और किसी को भउजी तो किसी को चाची के सम्बोधन के बाद उनसे हँसी-ठिठोली करते। फिर अन्त में 'तनी धियान दिया जाई सभ लोगन' कहकर वापस हो लेते। उनके वापस जाने के बाद महिलाएँ आपस में एक-दूसरे को देखकर मुस्कुरा देतीं और कई बार थोड़ा लुत्फ़ लेने की नीयत से कह उठतीं कि 'भगेलूआ अपना बुढ़ापा ख़राब करने पर तुला हुआ है', 'भगेलू की एक टाँग कबर में लटक रही है और परधानी का सपना देख रहे हैं।'

लेकिन कुछ ही दिनों में वे भगेलू के इस नियमित आगमन की अभ्यस्त हो गयी थीं और जब कभी भगेलू तनिक विलम्ब करते तो वे उनकी बाट जोहती रहती थीं। महिलाओं के बीच भगेलूराम के प्रति आकर्षण का एक विशेष कारण था। भगेलूराम भोट के लालच में अपनी अवशिष्ट ऊर्जा का कुछ हिस्सा इन कार्यशील महिलाओं के साथ मड़ाई-गोड़ाई आदि शारीरिक श्रम करके व्यय करने लगे थे और इस प्रकार अघोषित तौर पर ही सही 'स्त्री के साथ क़दम-से-क़दम मिलाकर चलने' के आधुनिक सिद्धान्त के अनुपालन में लग गये थे। उधर भगेलूराम के साथ हँसी-ठिठोली के दौरान गांव की महिलाएँ किसी प्रकार का ख़तरा महसूस नहीं

करती थीं और इस बहाने से उनका अपने काम में मन भी लगा रहता था। दोनों पक्षों के बीच इस नवगठित स्नेह ने परधानी के मुद्दे को नेपथ्य में डाल दिया था और अब भगेलूराम चाहे जीतें या हारें, केवटोली की महिलाएँ उन्हें 'अपने दिल का परधान' मान चुकी थीं। कुल मिलाकर भगेलूराम की गाड़ी भी चल निकली थी।

18

बैरागी बाबू अपने सर्वाधिक विश्वसनीय और सबसे अधिक मतदाताओं की संख्या वाले हरिजन टोले और केवटोली के दरकते वोटों को लेकर चिन्तित थे तो छेदी बाबू के लिए बिजई के विद्रोह को सँभालना मुश्किल हो रहा था। कहते हैं मौसम का स्वभाव और पुरुष का भाग्य बदलते देर नहीं लगती। जो बिजई कल तक छेदी बाबू द्वारा अपनी उम्मीदवारी से वंचित किये जाने के बाद अपना मुँह छुपाते फिरते रहे थे, वे आज बैरागी बाबू के गुप्त सहयोग से स्वयं को परधानी का प्रबल दावेदार मानने लगे थे। बिजई के इस विद्रोह के चलते कुछ समय तक तो छेदी बाबू की हालत बारूद के ढेर पर बैठकर सिगरेट पीने वाले शख़्स की तरह हो गयी थी। वो तो भला हो चइता और भगेलूराम का, जिन्होंने छेदी बाबू के एक आदेश पर अपने बिरादरी के वोटों को संगठित करने का काम शुरू कर दिया था, जिसके चलते बैरागी बाबू का अखंड आत्मविश्वास डोलने लगा था। कुल मिलाकर, बैरागी बाबू के ही शब्दों में 'भेड़ियाधसान' की इस मारामारी में स्वयं उनके अतिरिक्त कई नये नाम जुड़ गये थे और सभी 'पहले हम-पहले हम' की तर्ज़ पर एक-दूसरे को लंगी मारकर आगे निकल जाने की जुगत में लगे हुए थे।

धीरे-धीरे मदारीपुर में चुनाव की असल गहमागहमी शुरू हो गयी थी। कुछ ही दिनों बाद वह अवसर भी आया जब उम्मीदवारों के परचा-दाख़िले का कार्यक्रम शुरू हुआ। यह परचा-दाख़िला, केवल परचा-दाख़िला न होकर दोनों पट्टियों की शक्ति-प्रदर्शन का एक आरम्भिक प्रयास था। बैरागी और छेदी ने एक ही दिन परचा दाख़िल करने का निर्णय किया था। माईराम तिवारी द्वारा बताये गये शुभ समय को ध्यान में रखते हुए बैरागी बाबू अपने पूरे लाव-लश्कर और समर्थकों के साथ सुबह ही ब्लॉक की ओर निकल गये थे। वे आगे-आगे पैदल चलते-चले जाते थे और उनके चाहने वाले पीछे-पीछे—कोई बैलगाड़ी पर, कोई ट्रैक्टर पर, कोई रिक्शे पर तो कोई साइकिल और मोटर साइकिल पर।

बहरहाल विकासखंड से ठीक पूर्व स्थित रेलवे लाइन की पटरी को पार करते हुए और विकासखंड के प्रांगण में पहुँचकर बैरागी बाबू ने सबसे पहले भौकाली भाई और गुरुघंटाल से अपने भरे गये परचे को सरसरी तौर पर निहारने को कहा। तदनन्तर बैरागी बाबू ने कार्यालय के अन्दर पहुँचकर इस कार्य के लिए नियत जाँच अधिकारी मुनक्का परसाद को अपने सारे प्रपत्र सौंप दिये। मुनक्का परसाद ने एक नज़र काग़ज़ की ओर देखा और दूसरी नज़र बैरागी की ओर। फिर अपने मुँह में देर से घुल रहे ज़र्दायुक्त पान को टेबल के नीचे रखे पीकदान में पचाक से थूकते हुए कहा–

'हूँऽ...ठीक है...! यहाँ दस्तख़त कीजिए।'

बैरागी बाबू ने काग़ज़ पर अपने दस्तख़त बनाये और उसी क्रम में 'शुकराने' के रूप में अपने कुरते की थैली में से एक भरा लिफ़ाफ़ा निकालकर मुनक्का परसाद की ओर बढ़ा दिया। मुनक्का परसाद ने तनिक दायें-बायें देखकर प्राप्त लिफ़ाफ़े को झट अपने जेब में डाल लिया और झेंपते हुए बोले–

'का बताएँ महारज जी...! हम लोगों का समय बहुत ख़राब चल रहा है। सरकारी आदमी के बटुए का हाल पियाज जैसा है। जब्बे खोलो, तब्बे रुला देता है। आप जैसों के भरोसे नोकरी चल रही है।'

बैरागी बाबू ने उसके कथन की सहमति में अपना साढ़े तीन किलो का सिर हिलाया, अपने दोनों होंठों को फैलाकर अपने ख़ूबसूरत दाँत निपोरे और फिर मुनक्का परसाद से चलने देने की मूक अनुमति के निवेदन के साथ हाथ जोड़ते हुए बाहर निकल आये।

जब परचा दाख़िल करने के बाद बैरागी बाबू बाहर निकले तो उनके समर्थकों ने उन्हें घेर लिया, उन्हें फूल-मालाएँ पहनाईं और तदनन्तर अपने कन्धों पर बिठाकर ज़ोर-ज़ोर से नारे लगाने लगे। आज नवरत्नों का उत्साह देखते ही बनता था। भौकाली भाई ने तो अपनी ताक़त का सार्वजनिक प्रदर्शन करने के लिए भारी-भरकम शरीर वाले बैरागी बाबू को अपनी गोद में उठा लिया था, जिसके चलते बैरागी बाबू अचानक से नीचे गिरते-गिरते बचे।

ठीक इसी समय छेदी बाबू का काफ़िला भी पहुँचा–कैंपस के भीतर तिल रखने की जगह नहीं, बिल्कुल ठसाठस, शरीर-से-शरीर का निरन्तर घर्षण...! आज दोनों पक्षों के साथ जुटी भीड़ देखकर यह सहज अन्दाज़ा लगाना मुश्किल हो रहा था कि किस पक्ष के साथ अधिक संख्या बल मौजूद है! छेदी बाबू को भीतर की ओर आते देख बैरागी बाबू अपने समर्थकों को थोड़ा शान्त रहने का इशारा करते हुए आगे बढ़े और छेदी बाबू के पैरों की ओर झुककर उनका पालागन

किया। मदारीपुर के समाज में यह परम्परा लम्बे समय से जीवित थी कि दोनों पट्टियों के बीच चाहे लाख दुश्मनी हो, पर सामने पड़ने पर पद में छोटा व्यक्ति अपने से बड़े का अभिवादन करना नहीं भूलता था। छेदी बाबू ने बेमन से ही सही, तनिक भुनभुनाते हुए बैरागी को आशीर्वाद भी दिया। जब दोनों पीछे हटे तो उनके समर्थकों के बीच अपनी-अपनी जीत को लेकर नारेबाज़ी शुरू हो गयी। फिर छेदी बाबू ने भी अपना परचा दाख़िल किया।

एक-दो दिन के भीतर ही बिजई, चइता और भगेलूराम के परचे भी दाख़िल हुए। इस परचा-दाख़िला कार्यक्रम में बिजई के साथ चवन्नी पट्टी के कुछ लोग आये थे, जबकि चइता-भगेलूराम के साथ बारी-बारी से चुन्नू बाबू आये। कुछ ही दिनों के बाद प्रत्याशियों को चुनाव-चिह्न का आवंटन भी हो गया था। छेदी बाबू को 'लाठी' मिली तो बैरागी बाबू को 'केला'। इसी तरह बिजई को 'बोतल', चइता को 'जूता' और भगेलूराम को 'खुरपी'।

सभी उम्मीदवारों के समर्थकों ने अपने-अपने चुनाव-चिह्न के अनुकूल स्लोगन गढ़ लिए थे और वे इसे गाँव की गलियों में वोट माँगने के दौरान ज़ोर-शोर से गाते और अपने पक्ष में वोट डालने का निवेदन करते थे। मसलन छेदी बाबू के समर्थक गाते थे–'चलऽ हो सखी/वोट डारे/डंडा निसान/चलऽ हो सखी...' तो बैरागी के समर्थक झूम-झूमकर गाते थे–'अबकी चुनउआ जिताई दऽ/बैरागी के भइया/चोरवन के अबकी हराई दऽ/ बैरागी के भइया/अबकी चुनउआ जिताई दऽ/बैरागी के भइया।'

स्लोगन की इस लड़ाई में बिजई और चइता [illegible] कहाँ चूकने वाले थे! बिजई के युवा साथी अगर यह गाते पाये जाते थे–'हाथ में बोतल/मुँह में चुक्कड़/ जितिहें अबकी/परधान पियक्कड़'। तो चइता के साथी भी गला फाड़ के कुछ यों चिल्लाते देखे जाते थे–'हमरा नेता कइसा हो/बिदरोही चइता जइसा हो'। और चइता स्वयं सबसे हाथ जोड़कर कहता था–'चइता भारती/गरीब पारटी...।' भगेलूराम अपने लिए कोई खास स्लोगन तो नहीं गढ़ पाये थे, लेकिन वे खेतों में काम करने वाली महिलाओं से अपने लिए कुछ इस तरह के स्लोगन गाए जाने की अपेक्षा रखते थे–'दिल दिया है/जान भी देंगे/ऐ भगेलू तेरे लिए।'

इस पूरे वातावरण में यदि कोई नाम गुम था तो वह थे–गाँव के निवर्तमान परधान रमई बाबू। रमई शान्त थे और लम्बे समय से घर से बाहर नहीं निकल रहे थे। कई बार छेदी बाबू केवल उन्हें दिखावे के लिए अपने साथ चलने के लिए टोकते ज़रूर थे, पर वे भी भीतर से यह कदापि नहीं चाहते थे कि रमई उनके साथ घूमें। क्योंकि पिछले पाँच साल के उनके करतबों के कारण गाँव के

मतदाता उनसे वास्तव में नाराज़ थे और उनके छेदी बाबू के साथ घूमने से भोटों के नुक़सान का ख़तरा था। जब कोई छेदी बाबू से रमई के पिछले पाँच साल का हिसाब माँगता तो वे उसे विश्वास दिलाते थे कि 'इस बार अधूरे रह गये सारे कार्य पूरे होंगे।' छेदी बाबू के साथ घूमने वालों में जो सबसे चौंकाने वाला नाम था—वह था 'पनिकटवा' का, जिसका एंटीना इस समय कुछ ठीक-ठाक काम करने लगा था। और इसे अपने साथ लेकर घूमने के पीछे छेदी बाबू का निहित उद्देश्य था—इस संवेदनशील समय में अठन्नी वालों की करतूतों को पब्लिक की नज़र में ले आना।

बैरागी बाबू इस समय बड़े ही योजनाबद्ध ढंग से अपने प्रचार-अभियान को गति दे रहे थे। उनके नवरत्नों की अलग-अलग टोलियाँ बना दी गयी थीं, जो गाँव के मुख्य मजरे के साथ अन्य टोलों—हरिजन बस्ती, केवटोली, पसियाना, डोमडेरवा, मुसमटोली के लोगों के बीच जाते और उन्हें सत्ता-परिवर्तन के लिए प्रेरित करते थे। महिला वोटरों को बैरागी के साथ ले आने का जिम्मा मन्नोरानी को दे दिया गया था तो ठाकुर बिरादरी के वोटों को एक साथ लाने का काम खोखा पहलवान के मत्थे लगा दिया गया था। बैदजी अपनी डिस्पेंसरी में बैठे-बैठे आने-जाने वाले रोगियों की नब्ज़ टटोलते हुए कन्वेसिंग कर रहे थे तो लोढ़ा दवाइयों की पुड़िया देते हुए। इसी प्रकार जगरोपन मास्टर विद्यालय के प्रांगण में घास छीलने आयी महिलाओं को गाँव में बदलाव के लिए उत्प्रेरित कर रहे थे तो मौलवी साहब झाड़-फूँक करते समय इसी काम को अंजाम दे रहे थे।

इस बीच बैरागी बाबू के सुधी सलाहकारों ने आपसी विचार-विमर्श से यह तय किया कि अब पब्लिक के बीच जनसभाओं की शुरुआत की जाय। तय हुआ कि पहली जनसभा हरिजन टोले में रखी जायेगी। सभा के तय समय की जानकारी बैदजी को भी दे दी गयी थी और इस पर उनकी सहमति भी प्राप्त कर ली गयी थी। सभा की सारी तैयारियाँ पूरी कर ली गयीं और इसका ख़ूब प्रचार भी किया गया, ताकि लोग बैरागी बाबू को सुनने आयें। बैरागी बाबू वाणी के जादूगर माने जाते थे। कब किस डोर को कितना ढीला करना है और कितना कसना है, बैरागी बाबू इस कला के सिद्धहस्त थे।

आज हरिजन टोले के पास स्थित उसी बाग़ में बैरागी बाबू की सभा की तैयारियाँ कर ली गयी थीं जहाँ कुछ दिन पहले चइता ने अपनी सभा की थी। सभा के पहले बाग़ और उस जोड़ने वाले रास्ते की अच्छी तरह से सफ़ाई कर ली गयी थी और उधर से गुज़रने वाले सूअरों का रास्ता एक दिन के लिए दूसरी दिशा में मोड़ दिया गया था। रास्ते के दोनों किनारों पर चूना गिरा दिया गया था और

बाग़ में छाया होने के बावजूद वहाँ एक छोटा-सा टेंट लगा दिया गया था जिससे बाग़ की ख़ूबसूरती तनिक बढ़ गयी थी। मंच पर दस-बारह कुरसियाँ लगाई गयी थीं जिन पर बैरागी बाबू और बैदजी के आने के पूर्व ही हरिजन टोले के कुछ असल बुज़ुर्गों को नये कुरते पहनाकर बैठा दिया गया था।

कुछ ही समय बाद बैरागी बाबू और बैदजी पधारे—शरीर पर लकलक कुरता, मलमल धोती और कन्धे पर वैसा ही लटकता अँगोछा! सभा में उपस्थित सभी लोग सम्मान में खड़े हुए और जब बैरागी बाबू ने हाथ जोड़कर उन्हें बैठने को कहा तो वे बैठ गये। तयशुदा कार्यक्रम के अनुसार बैरागी बाबू माइक की ओर बढ़े और सभा को सीधे सम्बोधित करना शुरू किया—

'भाइयो! मेरा यहाँ इस तरह से आना पहले से निर्धारित नहीं था क्योंकि मेरा चुनाव लड़ना ही तय नहीं था। आप सभी जानते हैं कि मेरी परधानी में कभी कोई रुचि नहीं रही। मैं तो इस टोपी के बिना भी सदैव आपके सुख-दुःख में खड़ा रहा और हमेशा यह सोचता रहा—कैसे मैं आपकी मदद कर सकता हूँ, आपके काम आ सकता हूँ। लेकिन एक सुनियोजित रणनीति के तहत मुझे परधानी के इस मल्लयुद्ध में कूदने के लिए मजबूर किया गया। मुझ पर भालू बाबा को ग़ायब करने का आरोप लगा। मुझे आपके ही परिवार के मतई को मारने के केस में फँसाने की व्यूह-रचना की गयी। हो सकता है कि आपमें से कुछ लोगों ने उस समय मुझे ग़लत भी मान लिया हो, पर कोर्ट ने मुझे बेदाग़ ठहराया और ज़मानत दे दी।

...आपसे मेरी कोई चीज़ छिपी नहीं है। मेरी न तो भालू बाबा से, न तो मतई से और न ही पूरे हरिजन टोले या केवटोली के किसी भी आदमी के साथ कोई दुश्मनी रही। मैंने हरिजन टोले के लोगों के साथ सदैव अपने छोटे भाइयों जैसा व्यवहार किया, उनकी बहू-बेटियों की इज़्ज़त को घर की इज़्ज़त समझी और उनके शादी-विवाह में अपने खम्हार से दिल खोलकर गेहूँ-धान दिया। आवश्यकता पड़ने पर पैसों से भी आपकी मदद की। इसी का परिणाम है कि आज तक आपका स्नेह मेरे साथ बना हुआ है...

...यही नहीं! जब हरिजन टोले का कोई शख़्स बीमार हुआ तो मैंने और मेरे बड़े भाई के समान आदरणीय बैदजी ने उस समय यही महसूस किया कि हमारे अपने घर का कोई सदस्य बीमार है। जब आपके परिवार के किसी सदस्य पर कोई विपत्ति आयी तो आपने हमेशा मुझे अपने साथ खड़ा हुआ पाया। इसलिए नहीं कि मेरा आपके साथ कोई स्वार्थ था, बल्कि इसलिए कि आपका और हमारा सम्बन्ध मानवता के धरातल पर प्रतिष्ठित था। आज पूरे हरिजन टोले में कोई

यह नहीं कह सकेगा कि मैंने कभी आपके टोले के किसी छोटे बच्चे के साथ भी कभी कोई दुर्व्यवहार किया हो। क्यों? क्योंकि वह बच्चा केवल आपका बच्चा नहीं है, हमारा भी है। वह इस गाँव की धरोहर है, सम्पत्ति है। इस गाँव का भविष्य उस पर निर्भर करता है। वह जैसा चलेगा, इस गाँव का भविष्य वैसे ही चलेगा...

...मैंने यह सब कुछ करते हुए कभी सपने में भी यह नहीं सोचा कि मेरा हृदय किसी स्वार्थवश ऐसा करने की प्रेरणा दे रहा है और एक दिन मुझे आपके सामने हाथ जोड़कर वोट माँगने आना पड़ेगा। लेकिन अब सब कुछ आपके सामने है और आपका यह बैरागी भी...!

...मैं जानता हूँ कि आपके सामने एक बड़ा धर्मसंकट है। आपका एक बेटा चइता इस चुनाव में परधानी पद का उम्मीदवार है। दुर्भाग्य से आज आपके सामने खड़ा यह बैरागी भी आपके बड़े बेटे के समान है। यदि आप चइता को वोट करना चाहें तो बेख़ौफ़ होकर करें, क्योंकि वह मेरा छोटा भाई है और मुझे उसकी जीत में अपनी जीत जैसे ही ख़ुशी होगी...

...लेकिन आपको यह भी सोचना होगा कि क्या आपके वोटों से वह जीत पायेगा या नहीं? कहीं ऐसा न हो कि उसे केवल वोटों की सेंधमारी के लिए खड़ा किया गया हो और इस लड़ाई में जीत किसी तीसरे की हो जाये, जिससे मुक्ति के लिए हम सभी लड़ रहे हैं। याद रखिए आप जो भी निर्णय करेंगे, वह पूरे पाँच साल आपको ढोना पड़ेगा। यदि आपने एकजुटता दिखाई और किसी ऐसे योग्य प्रत्याशी को चुना जो आपके साथ क़दम-से-क़दम मिलाकर चल सके, तो यक़ीन मानिए! आपको और आपके बच्चों को आगे जाने से कोई नहीं रोक सकता। लेकिन यदि आपने अपने निर्णय में रत्ती भर भी चूक की तो आप आगामी पाँच साल में पच्चीस साल के बराबर पिछड़ जायेंगे और फिर आपके सामने अपना माथा पीटने के अलावा कोई और रास्ता नहीं बचेगा। कुल मिलाकर अब आपको मदारीपुर के सुनहरे भविष्य का फैसला करना है। आप किसी छेदी या बैरागी के बहकावे में नहीं आइएगा।'

इतना कहते-कहते बैरागी बाबू भावुक हो गये और मंच पर से ही सभा में उपस्थित सभी लोगों की ओर घूम-घूमकर हाथ जोड़ते हुए पीछे लगी कुरसी पर धम्म से बैठ गये। नवरत्नों ने बैरागी बाबू के इस भावनात्मक भाषण पर चिल्लाना शुरू किया—'बैरागी बाबू ज़िन्दाबाद'। इसके प्रत्युत्तर में सभा के बीच-बीच में से भी ऐसी ही आवाज़ें आनी शुरू हुई। कुछ सेकंड्स के अन्तराल के बाद बैदजी अपनी कुरसी से उठे और माइक के क़रीब आकर बोले—'सभी उपस्थित जनों से मेरा निवेदन है कि सूक्ष्म जलपान के बाद ही अपने घरों को प्रस्थान करें।' सभा

में उपस्थित सभी बड़े-बूढ़ों और बच्चों ने लड्डू, गन्ने के रस और भुने हुए चने का सूक्ष्म जलपान ग्रहण किया और अपने-अपने काम पर रवाना हुए।

सभा सफल समाप्त हुई। इसकी सफलता से आज अठन्नी पट्टी में हर्ष और उत्साह का माहौल था। हरिजन टोले से लौटते समय बैरागी बाबू ने अपने नवरत्नों से मन्नोरानी की दुकान पर रुकने का निर्देश दिया। सभी वहाँ पहुँचे। संयोगवश इसी समय बिजई भी अपने कुछ साथियों के साथ मन्नोरानी की दुकान पर बैठे हुए अपनी रणनीति तैयार करने में जुटे हुए थे। बिजई को देखते ही बैरागी बाबू उन्हें एक कोने में ले गये और बताया कि 'आज की हरिजन टोले की उनकी सभा बहुत सफल रही है। पुराने लोग अब भी साथ दे रहे हैं। लेकिन हरिजन टोले के जितने युवा हैं, वे सब तुम्हारे साथी चइता के साथ खड़े हैं...अकेला चइता तुम्हारा सारा खेल ख़राब कर रहा है। यदि वह कंट्रोल में नहीं रहा तो आगे बड़ी मुश्किल होगी।'

इस कथन के पीछे बैरागी बाबू का उद्देश्य सम्भवतः बिजई को हरिजन टोले के बिखरते वोटों को एकजुट करने के लिए प्रेरित करना या शायद उन्हें चइता के विरुद्ध उकसाना रहा होगा। जो भी हो, बिजई के माथे पर बल पड़ गये। उन्होंने—'चइता का कुछ स्थायी इन्तज़ाम करना पड़ेगा'—कहते हुए बैरागी के पैर छुए और अपने साथियों के साथ वापस चले गये। बैरागी बाबू देर तक उस दिशा में देखते रहे, जिधर से बिजई गुजरे थे। उन्होंने आज बिजई की आँखों में एक विचित्र किस्म की भूख देखी थी—परधानी के लिए कुछ भी कर गुज़रने की; और एक धधकती हुई आग भी—राह में अवरोध पैदा करने वालों को नष्ट-भ्रष्ट करने की!

19

बैरागी बाबू अपने सम्मोहनीय भाषण से न केवल हरिजन टोले और आसपास के टोलों में बल्कि पूरे मदारीपुर में छा गये थे और उनके इस सम्बोधन ने छेदी बाबू और उनके समर्थकों की रातों की नींद हराम कर दी थी। छेदी बाबू भाषण-कला के मर्मज्ञ नहीं थे और वे जानते थे कि बैरागी के ख़ेमे में इस रास्ते को अपनाकर खलबली नहीं मचाई जा सकती। इसलिए प्रतिपक्षी की व्यूह-रचना की काट ढूँढ़ने के लिए बैठकों का सिलसिला शुरू हुआ। तदनन्तर लल्लन-मल्लन-ढिल्लन और अन्य दरबारियों से विचार-विमर्श के उपरान्त उन्होंने

हरिजन टोले के एक-एक व्यक्ति के दरवाज़े पर जाकर उनका हृदय-परिवर्तन करने का निर्णय लिया। तय तिथि और समय से चइता को भी अवगत करा दिया गया था ताकि छेदी बाबू के वहाँ पहुँचने पर उन्हें किसी अप्रिय घटना का सामना न करना पड़े।

जिस दिन छेदी बाबू हरिजन टोले में पहुँचे, उस समय हरिजन टोले के अधिकांश युवा चइता के साथ प्रचार के लिए मुसमटोली में गये हुए थे। जब रमबरना नाऊ छेदी बाबू के आज के आगमन का गुप्त सन्देश लेकर चइता के दरवाज़े पर पहुँचा तो पता चला कि वह घर पर नहीं है। मेघिया ने तनिक बहाना बनाते हुए उसे बताया कि 'ऊ तनी रिस्तेदारी में गये हैं। जब वापस लौटेंगे तो आपका सनेस बता दूँगी।' रमबरना ने लौटकर छेदी बाबू को चइता के टोले में नदारद होने की स्थिति से अवगत कराया तो छेदी बाबू भीतर-ही-भीतर कुढ़ उठे। उन्होंने सोचा कि 'चइता की हिम्मत कैसे हुई बिना उन्हें बताए गाँव से बाहर जाने की?' फिर इस बेचैन मनःस्थिति में उन्होंने जैसे-तैसे अपना अभियान पूरा किया और तबीयत ठीक न होने का बहाना बनाकर घर वापस लौट आये।

घर पहुँचकर वे आज के अपने इस अभियान की असफलता पर बहुत ही आगबबूला हो रहे थे। इसी बीच इमरजेंसी ने आकर ख़बर दी कि 'चइता किसी रिस्तेदारी-विस्तेदारी में नहीं गया हुआ है, बल्कि आज अपने साथियों के साथ मुसमटोली में परचार कर रहा है, जो है सो कि...!' सुनते ही छेदी बाबू एकदम ही आपे से बाहर हो गये। फ़ौरन एक आदमी भेजा गया कि 'चइता जहाँ कहीं भी हो, उसे तुरन्त ही दरवाज़े पर हाज़िर होने के लिए कहा जाये।' चइता को ख़बर मिली और वह लगभग घंटे-डेढ़ घंटे के भीतर ही अपने दो-तीन युवा साथियों को लेकर छेदी बाबू के दरवाज़े पर हाज़िर हो गया।

बँगले के भीतर इस क़दर मजमा लगा हुआ था मानो सभी चइता के आगमन का ही इन्तज़ार कर रहे हों। चइता के दोनों-तीनों साथी बँगले के दरवाज़े के बाहर ओसरे में बैठ गये। चइता भीतर घुसा और छेदी बाबू के पैर छूकर वहीं नीचे बैठ गया। छेदी बाबू ने एक नजर उसे घूरा और थोड़ी ऊँची आवाज़ में बोले—

'क्या चल रहा है चइता यह सब?'

चइता हाथ जोड़कर बोला—'काऽ मालिक?'

छेदी बाबू बोले—'अनजान मत बनो...! घूम-घूमकर अपने लिए भोट माँग रहे हो और मेरे भोटों की तुम्हें तनिक भी चिन्ता नहीं। जबकि तुम्हें मालूम है कि अभी दो दिन पहले बैरगिया तुम्हारे टोले में दुंदुभी बजा के गया है। मेरी सूचना के बावजूद आज तुम नहीं मिले और अपने लिए मुसमटोली में प्रचार कर

रहे हो...! यह मत भूलो कि तुम मेरे आदमी हो और तुम्हें केवल इसीलिए खड़ा किया गया है कि जो भोट बैरगिया की ओर जा रहे हों, उन्हें अपनी ओर मोड़े रखना और अन्त में सारे भोटों को मेरे भोट के रूप में कन्भर्ट करना। लेकिन तुमने तो अपने को असल उम्मीदवार मान लिया...! अगर तुम मेरा काम नहीं कर सकते तो तुम्हें आज ही अपनी उम्मीदवारी वापस लेनी होगी।'

चइता बोला—'मालिक! यह चइता आजनम आपका है अउर रहेगा। लेकिन हमरी कुछ मजबूरियाँ हैं। हमने अपनी बिरादरी के लोगों के साथ जो वादा किया है, उसके खिलाफ नहीं जा सकते। हम उनके साथ दोगलई नहीं कर सकते...!'

फिर वह थोड़ा रुककर बोला—'...अउर का हुआ मालिक...! जो दो बड़मनईन के बीच में एक दलित भी परधानी में खड़ा हो गया? क्या एक दलित को लोकतन्तर में चुनाव लड़ने का हक नाहीं? उसे परधान बनने का अधिकार नाहीं?'

छेदी बाबू तमतमा गये। बोले—'बहुत जुबान चलने लगी है तुम्हारी! अपनी औकात भूल गये तुम...! यह मत भूलो कि आज तुम जो भी हो, केवल मेरी बदौलत...! एक बार नजर टेढ़ी करूँगा तो पता नहीं चलेगा कि किधर गये?'

चइता भी चुप नहीं रहा। न जाने कहाँ से उसे छेदी बाबू के सामने बोलने की इतनी शक्ति मिल गयी थी। बोला—

'का होगा हमरा मलिकार...? इहे न कि भालू बाबा की तरह गायब कर दिया जाऊँगा या मतई काका की तरह किसी षड्यन्त्र का शिकार हो जाऊँगा...! पर अब यह चइता अपने सिर पर कफ्फन बाँध चुका है। अब चाहे हमरी जान भी चली जाये; चइता अपनी बिरादरी के लोगों से किये गये वादों से पीछे नहीं हटेगा।'

छेदी बाबू ने अपने आक्रोश को सँभालते हुए और चइता को समझाने की कोशिश करते हुए कहा—'देखो चइता...! यह लड़ाई मेरी और तुम्हारी नहीं है। यह पट्टी के दो दुश्मनों की शान की लड़ाई है। तुम्हारे खड़े होने से मेरा खेल खराब हो रहा है। तुम्हें तो केवल बैरागी का भोट काटने के लिए खड़ा किया गया था।'

चइता का जवाब हाज़िर था—'नाहीं सरकार! हम्मे तो ई लगता है कि आप दोनों की लड़ाई में हमरा खेल खराब हो रहा है। हम कुछ बोल नहीं सकते, खुली हवा में साँस नहीं ले सकते, अपने अधिकारों के लिए आवाज़ नहीं उठा सकते और आप कहते हैं कि आपका खेल खराब हो रहा है...का हमार लोगन का जनम एहीलिए हुआ है कि आप सब मिलिके हमसे खेलें? का हम आदमी नहीं हैं? का हमरी हालत सूअरों जैसी ही बनी रहेगी?'

सभा में उपस्थित मिट्ठू भाई ने चइता को रोकने की कोशिश की—'चइता! तुम्हारा दिमाग़ ख़राब हो गया है। तुम्हें पता है तुम किसके सामने बोल रहे हो?'

चइता बोलता रहा—'मालूम है महाराज! ख़ूब मालूम है...पर आज हमें रोकिये मत! बोलने दीजिए! अगर आज चइता नहीं बोलेगा तो कोई दूसरा बोलने के लिए खड़ा हो जायेगा। अगर आज एक चइता नहीं रहेगा तो काल्हि दूसरा पइदा हो जायेगा। पर अब जो बयार चल चुकी है, वह किसी क़ीमत पर पाछे नाहीं मुड़ेगी महाराज! चाहें हमें इसके लिए कितनी ही कुरबानियाँ क्यों न देनी पड़ें...!'

मल्लन ने चइता को बीच में टोका—'चइता...! अपनी औकात भूल रहे हो तुम?'

चइता बोला—'नाहीं मालिक! हम्मे मालूम है कि हम छोटे लोग हैं। एहीलिए आपके दरवाजे की सीढ़ियाँ चढ़ने से पहिले आपन पनहिया उतारि के कुरते की जेब में रख लेते हैं। पर हम्मे हमरे घर में साँस लेने की अनुमति दीजिए महाराज! कहीं अइसा न हो कि घुटि-घुटिकर हमरा दम निकल जाय...!'

आज छेदी बाबू चइता के इस लम्बे-चौड़े भाषण से बिल्कुल ही सन्न रह गये। जिस चइता के मुँह से आज तक 'जी मलिकार...!' के अलावा कभी एक शब्द भी नहीं निकला, उसके द्वारा भरी सभा में इस क़दर अपमानित करने वाला भाषण छेदी बाबू के बरदाश्त के बाहर हो गया था और वे भीतर-ही-भीतर अत्यन्त क्रोधित हो रहे थे। लेकिन माहौल की नज़ाकत को देखते हुए वे इस क्रोध को बाहर नहीं निकालना चाहते थे; अन्यथा 'परधानी का माहौल एकदम्मे बिगड़ जायेगा और परिस्थितियाँ उनके प्रतिकूल हो जायेंगी।'

छेदी बाबू ने अपने को भीतर से कंट्रोल किया और चइता से बोले—'देखो चइता! तुम मेरे बेटे के समान हो! मैंने तुम्हें कभी रमई या बिजई से कम नहीं समझा। मैं तो केवल तुम्हारी परीच्छा ले रहा था कि चइता अपने निरनय पर अडिग रहेगा या बदल भी सकता है। चाबास बेट्टा...! अपनी हिम्मत बनाये रक्खो। इस लड़ाई को बेजा मत भटकने देना। जीत-हार अपनी जगह है। पर मेरी दुआएँ तुम्हारे साथ हैं।'

सभा में उपस्थित 'कमेटी' के सभी सदस्य छेदी बाबू के इस अचानक हृदय-परिवर्तन और क्रोध के अवसर के बावजूद उनके शान्त रहने पर हतप्रभ और अवाक् थे। इसी बीच चइता ने छेदी बाबू के पाँव छुए, पीछे की ओर क़दम वापस करते हुए बँगले से बाहर निकला और बाहर बैठे अपने साथियों को लेकर वापस चला गया। सभा थोड़ी देर स्तब्ध रही। फिर कोशिश करके मिट्ठू भाई ने वातावरण की स्तब्धता को तोड़ा। बोले—

'ई का किये हो कका...? चइता को आसिरबाद...! सब ठीक-ठाक तो है?'

छेदी बाबू बाले—'इसी का नाम सियासत है मिट्ठू बाबू! यहाँ दिल से नहीं, दिमाग़ से काम लेना पड़ता है। तुम क्या समझते हो कि अगर चुनाव सामने नहीं

होता तो मैं इसे आज यूँ ही चले जाने देता? कुरता फड़वा के और भंगी बना के घर भेजता उसको...!! लेकिन सियासत की खातिर सब कुछ बरदाश्त करना पड़ता है। थोड़ा-सा क्रोध दिखाने पर हवा मेरे खिलाफ हो जाती और सारा मजा मारता बैरगिया...!!'

मिट्ठू बाबू ने भयमिश्रित आश्चर्य से पूछा—'लेकिन चइता की हिम्मत देखी आपने?'

छेदी बाबू ने कहा—'बेट्टा...! ई चइता की हिम्मत नहीं बोल रही थी बल्कि उसका पूरा समाज बोल रहा था। हम लोगन ने तो इन सबों को जइसे-तइसे डरा धमका के अपना समय काट लिया। लेकिन लगता है कि अब आगे आने वाला समय तुम लोगों के लिए बहुत खराब होने वाला है...'

बेसब्र हो रहे मल्लन ने छेदी बाबू की बात काटते हुए बीच में ही उनसे पूछा—'लेकिन भइया! उसकी गुस्ताख़ी देखिए! कहता है कि एक चइता नहीं रहेगा तो दूसरा पैदा हो जायेगा...!'

छेदी बाबू बोले—'बिल्कुल सही कह रहा है। देखो! चइता के समाज के भीतर एक नया बिदरोह जनम ले रहा है। इस बिदरोह को न मैं रोक सकता हूँ, न तुम! बस दुआ करो कि कहीं बिदरोह की यह आग हमें ख़ाक में न मिला दे। हमने सदियों से छोटी बिरादरी के लोगों को धरम के नाम पर डरा-धमकाकर उन्हें अपने झंडे नीचे दबाए रखा। लेकिन अब उनकी नयी पीढ़ी इस झंडे के नीचे आने से इनकार कर रही है। मुझे तो अचरज होता है कि चइता और उसकी बिरादरी के लोगों ने आज तक अपने साथ होने वाले अन्याय को बरदास कैसे किया? चइता हमारे साथ आज जो ब्यौहार कर रहा था, वह बहुत पहले हो जाना चाहिए था। अगर हमने इस बदलते समय के साथ अपनी सोच और अपने आचरण में बदलाव नहीं किया तो बिस्वास मानों! एक दिन हमारी भी हस्ती मिट जाने वाली है...'

बोलते-बोलते छेदी बाबू भावुकता के आगोश में चले गये थे—'...एक समय था, जब हमारे पास कोसों की सीरदारी हुआ करती थी। पचासों नौकर आगे-पीछे घूमते थे। हमारे पेशाब से चिराग जला करते थे। लेकिन आज हमारे पास क्या बचा है? जो कुछ था, सब इन्हीं को बेच डाला और खूब अय्याशी की। लेकिन इन्होंने अपना खून-पसीना एक करके, एक-एक पाई बचाकर हमारी ज़मीनें खरीद लीं। आज मदारीपुर में खेती की जितनी ज़मीनें हमारे पास हैं, उससे कहीं ज्यादा छोटी बिरादरी के पास हैं। वे मेहनतकश हैं, एड़ी-चोटी का पसीना एक करते हैं। और हम? केवल एक-दूसरे के घरों में ताका-झाँकी करने में, अड़ंगेबाजी में और नीचा दिखाने में दिन-रात लगे हुए हैं। हम अपने घर में कुछ पकने को है

या नहीं, इसे लेकर उतने चिन्तित नहीं होते जितना दूसरों के घर में चूल्हा न जलने पर खुश होते हैं।'

मल्लन चिन्तित मुद्रा में बोले–'...तो इसका इलाज क्या है भइया?'

छेदी बाबू गम्भीर हो गये–'इलाज? इसका इलाज बीमारी से कहीं ज्यादा खतरनाक है। यह आग है–आग...! इस आग को रोकने चलोगे तो अपना घर जला डालोगे। बस भगवान से परार्थना करो और अपना मूल्यांकन भी कि हमसे ग़लतियाँ कहाँ हुईं? फिर धीरे-धीरे उन्हें दूर करने की आदत डालो। अब अकड़कर चलने का अन्दाज़ छोड़ दो। नहीं तो चौराहे-चौराहे पिटते चलोगे और तुम्हें अपनी धोती सँभालनी मुस्किल हो जायेगी।'

मल्लन, छेदी बाबू की इस आत्मस्वीकृति से बिल्कुल अवाक् थे। छेदी बाबू आज उसका पक्षपोषण कर रहे थे, जिसके ख़िलाफ़ वे स्वयं जीवन भर व्यवहार करते आये थे। आज चइता के साथ चले संवाद ने न जाने उनके हृदय के किस तार को झंकृत कर दिया था कि अब तक वे पट्टी के साथ जुड़े जिन आरोपों को सुनने तक से भी परहेज़ करते आये थे, आज उसी को खुलेआम स्वीकार कर रहे थे। हालाँकि छेदी बाबू यह बख़ूबी जानते थे कि इस समय असली समस्या यह नहीं थी कि पट्टी वालों ने जो आज तक अर्जित किया, उसका विश्लेषण किया जाये बल्कि मुद्दा यह था कि वर्तमान विपरीत परिस्थितियों में चुनावी समीकरणों को कैसे अपने अनुकूल बनाया जाये।

बहरहाल इसी बीच मिट्ठू भाई ने फिर वातावरण की चुप्पी तोड़ी। बोले–'कका...! आप इसके पहिले भी तीन बार परधान रहे। लेकिन यह पहिला अवसर है, जब आपके मित्र ही आपके शत्रु बनते जा रहे हैं। रोज़ाना आपकी टीम के मेम्बरों की संख्या कम होती जा रही है। पहले बिजई और अब चइता...!!'

छेदी बाबू बोले–'बेट्टा! अइसा है कि महारथियों का पराक्रम उनकी सेना की संख्या से नहीं, उनके मनोबल से तय होता है। मेरे साथ गिनाने के लिए कितने लोग हैं, इससे मेरी जीत-हार थोड़े ही तय होगी बल्कि जो लोग मेरे साथ हैं, वे कितने तन-मन-धन से लगे हुए हैं–असली मुद्दा यह है। चइता मेरे ख़ानदान का नहीं है। आज तक उसका और मेरा सम्बन्ध केवल अपने निभाने पर निरभर था। निभा-निभा, नहीं निभा-नहीं निभा! लेकिन बिजई और रमई मेरे लिए काल बने हुए हैं। रमई अपनी मेहरिया की गोद में सिर रखकर फफककर रो रहे हैं और बिजई चवन्नी की जड़ खोद रहे हैं। मैंने तो यह सोचा था कि परधानी चवन्नी पट्टी के पास बनी रहे। पर अब तो लगता है कि परधानी पट्टी से ही चली जायेगी।'

वार्ता अभी चल ही रही थी कि इतनी देर में भीतर के दरवाज़े पर साँकल

बजी। छेदी बाबू ने मुड़कर देखा। काकी खड़ी हुई थीं और इशारे से कुछ बताना चाहती थीं। छेदी बाबू बोले—

'...हाँ!...हाँ! आ रहा हूँ। भोजन की तइयारी करो।'

इतना कहते हुए छेदी बाबू उठे और सबको थोड़ी देर आराम करने की नसीहत देते हुए तथा अपनी थकान को शारीरिक ऐंठन और जम्हाई के माध्यम से व्यक्त करते हुए घर के भीतर चले गये।

20

कहते हैं कि सर्प और शेर यदि सो रहे हों तो उन्हें नींद से जगाना नहीं चाहिए, अन्यथा यह स्थिति आत्मघाती होती है। चइता को लेकर छेदी बाबू अब कुछ इसी तरह की सोच में डूबे हुए थे। पिछले दिनों अपने बँगले के भीतर चइता के साथ चले तीखे संवाद के बाद वे अपने बचाव में चाहे जितना व्याख्यान देते रहे हों, परन्तु सच्चाई यह थी कि उस दिन उन्होंने चइता की आँखों में ज्वालामुखी जैसी आग देखी थी, जिसके बाद से वे स्वयं भीतर तक हिल गये थे। चइता अब उनके नियन्त्रण में नहीं रहा था और वह न केवल हरिजन टोले, बल्कि अन्य टोलों के वोटों का अच्छा-ख़ासा नुक़सान भी कर रहा था।

बात यहीं ख़त्म हो जाती तो भी अच्छा होता। बिजई की वजह से छेदी बाबू एक और भी जलालत झेलने को मजबूर थे। अठन्नी के लोग अब यह प्रचारित करने में लगे थे कि 'जो अपना घर नहीं सँभाल पा रहा, वह गाँव क्या सँभालेगा?' उधर जब से बैरागी बाबू ने बिजई से चइता के कारण हो रहे वोटों के नुक़सान का इशारा किया था, बिजई का दिमाग़ एकदम से फिर गया था और वे बिल्कुल ही पगलाए हुए थे। इस पागलपन को नियन्त्रित करने के लिए वे सुबह-शाम होने वाली देशी मधुशालाओं की बैठकों में अपने अज़ीज़ दोस्तों के साथ तनिक अधिक सक्रिय हो गये थे। बिजई के इन दोस्तों में कभी चइता भी हुआ करता था। पर आजकल वे उससे कुछ रूठे-रूठे से थे और बाक़ी दोस्तों के साथ 'झूम-बराबर-झूम-शराबी' का मूक-अभिनय करने में व्यस्त थे। इस कारण भी चवन्नी वालों की ख़ूब जगहँसाई हो रही थी।

इस स्थिति में छेदी बाबू के मत्थे एक नया बवाल आ गया था। रमई के बेटे चलबिद्धर और उसके कुछ साथियों ने मदारीपुर रेलवे जंक्शन पर खड़ी एक स्टार्ट मालगाड़ी को उसके ड्राइवर की अनुपस्थिति में सिंगल ट्रैक वाली पटरी पर

एक सौ सत्तर की स्पीड में दौड़ाकर रेलवे विभाग को अपनी मेधा का परिचय देने की भरपूर कोशिश की थी। हालाँकि बिना किसी पूर्व प्रशिक्षण वाले इस हुनर को पुरस्कार से नवाजने के बजाय रेलवे द्वारा चलबिद्धर और उसके तीन साथियों को एक सप्ताह के लिए जेल भेज दिया गया था। इस पूरी स्थिति के कारण छेदी बाबू का कॉन्फिडेंस भीतर से एकदम ही हिल गया था।

इस हताश मनःस्थिति से बाहर निकलने के लिए मिट्ठू भाई ने छेदी बाबू को एक नया विकल्प सुझाया कि 'क्यों न बैरागी बाबू से आमने-सामने की बात की जाय।' मिट्ठू का यह सुझाव सुनकर पहले तो छेदी बाबू एकदम से बिफर गये और बोले–'जिन अठन्नी वालों की ओर मैं कभी गलती से भी पैर करके नहीं सोता, उनसे वार्ता...! हमसे यह नहीं होगा।' फिर कुछ देर सोचने के बाद मिट्ठू भाई के प्रस्ताव पर इस शर्त के साथ सहमति दे दी कि 'यह बैठक शिव मन्दिर के प्रांगण में ही होगी।' दरअसल जब हम किसी से जी-जान से लड़ना चाहते हैं और उससे हारने लगते हैं तो अपनी नाकामयाबी छिपाने के लिए आगे बढ़कर उससे हाथ मिला लेते हैं। इस समय छेदी बाबू कुछ ऐसी ही मनोदशा के शिकार थे।

जब बैरागी बाबू को छेदी का यह प्रस्ताव मिला तो पहले तो उन्होंने इसे गम्भीरता से नहीं लिया। फिर कुछ सोच-विचार कर मिट्ठू से कहा कि 'छेदी चचा से कह देना कि बात करना हो तो बजरंगबली के दरबार में आयें।' अन्त में यह तय हुआ कि न शिव मन्दिर के प्रांगण और न बजरंगबली के दरबार में, बल्कि दोनों आज शाम को गाँव के पश्चिमी टोले पर स्थित पशु-चिकित्सालय से सटे कब्रिस्तान में मुलाक़ात करेंगे। यह भी निश्चित हुआ कि इस मुलाक़ात में छेदी और बैरागी के अलावा कोई तीसरा शामिल नहीं होगा।

दोनों अपने तय समय के अनुसार कब्रिस्तान की ओर चल निकले। बैरागी समय के बहुत पाबन्द थे और हमेशा समय से पाँच मिनट पहले पहुँचते थे। जबकि छेदी बाबू समय के प्रति थोड़े लापरवाह थे और तय स्थान पर हमेशा पाँच मिनट देर से पहुँचने के आदी थे। फ़िलहाल जब छेदी बाबू कब्रिस्तान के ठीक पहले स्थित पशु-चिकित्सालय के पास पहुँचे तो उन्होंने देखा कि बैरागी चिकित्सालय के प्रांगण में बैठे हुए हैं और चिकित्सक महोदय के साथ वार्ता करने में व्यस्त हैं।

पशु-चिकित्सालय के प्रांगण में कुछ पशु खूँटे से बँधे हुए थे और कुछ बिना बँधे ही खूँटे में बँधे होने जैसा व्यवहार कर रहे थे। दरअसल ग्रामीण पशुओं और शहरी पशुओं में यही सबसे बड़ा अन्तर होता है। ग्रामीण पशु अनुशासित होते हैं और खूँटे से बँधे रहने के आदी होते हैं। इसलिए वे खूँटे के एक ही झटके में उखड़ जाने की वास्तविकता जानने के बाद भी वहीं बैठे या खड़े रहकर

अपनी स्वामिभक्ति का असीम परिचय देते हैं। यही नहीं, अपने मालिक द्वारा चारा न दिये जाने या कम अथवा ख़राब किस्म का चारा परोसे जाने पर भी वे विद्रोह का रवैया अख़्तियार नहीं करते। जबकि शहरी पशु तनिक आवारा मिज़ाज और घुमन्तू होने के कारण ठेलों पर सजे फलों को खाने के आदी होते हैं, चाहे उन्हें इसके लिए लाठियाँ ही क्यों न खानी पड़ें। शहरी पशुओं से अपने इसी मानसिक-भेद के कारण ग्रामीण पशु अपने शरीर के साथ किसी प्रकार की छेड़-छाड़ को अपने स्वाभिमान के ख़िलाफ़ समझते हैं और ऐसा करने पर अचानक से आक्रामक हो जाते हैं।

बहरहाल, इस समय चिकित्सालय के प्रांगण में 'कंपोडर' कहा जाने वाला एक शख़्स पास में बँधी गायों-भैंसों को उनकी आवश्यकता के अपुरूप भाँति-भाँति के इंजेक्शन कोंचे जा रहा था। कभी-कभी बरदाश्त के बाहर होने पर गायें और भैंसे, कंपोडर के इस व्यवहार को अपनी निजता के ऊपर होने वाला आकस्मिक प्रहार मानकर उठकर भागने लगतीं। तब चिकित्सालय का माहौल अचानक से बदल जाता और जो जहाँ बैठा रहता, वहीं से अपनी जान बचाने के लिए आड़ खोजने लगता था।

जिस समय छेदी बाबू के यहाँ से गुज़र रहे थे, उस समय भी एक ऐसा ही वाक़या हुआ; किन्तु वे बचते-बचाते तथा इस सिचुएशन को नज़रअन्दाज़ करते हुए कब्रिस्तान की ओर निकल गये। उन्हें देखकर बैरागी बाबू भी चिकित्सक से विदा लेकर कब्रिस्तान की ओर पहुँचे। पहुँचते ही बैरागी ने पैर छूकर छेदी बाबू का प्रणाम किया और छेदी बाबू ने उन्हें आशीर्वाद भी दिया। फिर दोनों के बीच संवादों का सिलसिला शुरू हुआ। पहले छेदी ने अपने अन्दाज़ में बैरागी को 'गेयर' में लेना चाहा—

'यह तुम अच्छा नहीं कर रहे हो बैरागी...!'

बैरागी ने कहा—'माफ़ कीजिए चचा! यदि चुनाव लड़ना एक बुरा काम है तो फिर आप ही क्यों लड़ रहे हैं?'

'मुझे मुद्दे से भटकाओ मत बैरागी! तुम जानते हो कि मैं क्या कहना चाहता हूँ। बिजई को बहकाना बन्द कर दो, नहीं तो अंजाम ठीक नहीं होगा।' छेदी ने ताल ठोंकी।

पर बैरागी भी कहाँ चुप रहने वाले थे। बोले—'आप जानते हैं कि मैं अंजाम की चिन्ता नहीं करता। बस निर्णय लेता हूँ और उस रास्ते पर चल देता हूँ। और हाँ! आप तो मदारीपुर की राजनीति के पुरोधा हैं। यहाँ की हवाएँ भी आपसे पूछे बग़ैर नहीं डोलतीं। फिर बिजई आपकी मरज़ी के बग़ैर चुनाव क्यों लड़ रहा है?'

'...क्योंकि उसकी पीठ पर तुम्हारा हाथ है...!'

'...और चइता की पीठ पर आपका...!'

अब वार्ता एक चढ़ान पर थी। छेदी बोले—'देखो बैरागी मुझसे ज़ियादा जिरह न करो! इस वक्त मेरा माथा फिर गया है और बुद्धि काम नहीं कर रही। बस इतना कहे देता हूँ कि बिजई को सपोर्ट एक दिन तुम्हें बहुत भारी पड़ेगा।'

'चचा! धमकी दे रहे हो कि अपने मन को दिलासा?'

'दिलासा ही समझ लो बेट्टा! पर मैं तुम्हारे हाथ जोड़कर कहता हूँ कि बिजई को सपोर्ट करना छोड़ दो।'

'फिर आपको चइता को सपोर्ट करना छोड़ना पड़ेगा।'

'चइता अब मेरे कंट्रोल में नहीं रहा।'

'...तो मैं ही कौन-सा बिजई को अपने कुरते की थैली में लिए घूम रहा हूँ...!'

'बैरागी! तुम मेरी बात समझो और समय की नजाकत भी...! दाढ़ी कितनी भी बड़ी हो जाय, रहती मूँछों के नीचे ही है। अपने को मूँछ समझने की गलती मत करना...मदारीपुर के लोग अब इस बात की हँसी उड़ाने लगे हैं कि दो शूरवीरों की मूँछ की लड़ाई में बाजी अबकी चइता मार ले जायेगा।'

'चचा! इसको मूँछ की लड़ाई तो आपने बनाया है। मेरे लिए तो यह केवल अपने अपमान से उबरने की लड़ाई है।'

'जहाँ सवाल बिरादरी का हो, वहाँ छोटी-मोटी बातें हाशिए पर डाल देनी चाहिए।'

'चचा! मैं केवल पद में आपका भतीजा लगता हूँ; पर बुद्धि में बिल्कुल ही नहीं। किस बिरादरी की बात कर रहे हैं आप? उस बिरादरी की, जिसके लोग एक साथ बैठ नहीं सकते, एक साथ खा नहीं सकते और एक-दूसरे को केवल अपना दुश्मन समझते हैं! माफ़ कीजिएगा! आज जब आपको अपनी परधानी ख़तरे में नज़र आयी तो आप बिरादरी की गाँठ जोड़ने लगे? कहाँ गया आपका वह जुमला कि 'अठन्नी और चवन्नी दोनों पट्टियों के मांस को भी एक बरतन में पकाया जाना असम्भव है?'

'देखो बैरागी! अब समय बदल रहा है। छोटी बिरादरी के लोग एकजुट हो रहे हैं। चइता जैसे वफ़ादार लोग बिदरोह कर रहे हैं। अब हमें भी कुछ करना होगा। लड़ाई से काम नहीं चलेगा। एकज़ुट होकर ही अपने अस्तित्व को बचाया जा सकेगा।'

'अगर कहने भर से सब एकजुट हो जाते तो यह काम बहुत पहले हो गया होता। आपको याद है जब हमारी दोस्ती की मिसाल सोलह कोस तक के लोग

दिया करते थे...! आज हमारी दुश्मनी की मिसाल बत्तीस कोस तक दी जाती है। चचा! अब जो खाइयाँ हमारे बीच बन गयी हैं, उन्हें भरने में सदियाँ लगेंगी। सम्भव है, वे कभी न भरें।'

'तब तक तो हम बिल्कुल ही नष्ट हो जायेंगे बेट्टा...!'

'कहाँ बैठे थे आज तक आप? हम कब के नष्ट हो चुके हैं...! हमारी हैसियत केवल उस रस्सी की तरह है जिसके जलने के बाद भी उसकी ऐंठन नहीं जाती। अब यह ऐंठन हमारे ख़ून का हिस्सा बन चुकी है। आप क्या और मैं क्या! सैकड़ों छेदी और बैरागी मिलकर भी इस ऐंठन को दूर नहीं कर सकते। इसलिए ख़याली पुलाव बनाने से अच्छा है कि एक-दूसरे को नीचा दिखाने और नष्ट-भ्रष्ट करने की कुछ और कोशिशें कर ली जायें।'

'बैरागी...! जब तुम साहित्त बकने लगते हो तो मेरी सुलगने लगती है। मन करता है कि या तो अपने को मार डालूँ या तुम्हें!!'

'आप चाहें स्वयं को मारें या मुझे; पर छेदी बाबू! अब इस लड़ाई का अन्त नहीं होने वाला! हो सकता है कि जब आपकी या मेरी जान जाये, तब लड़ाई और तेज़ हो जाये!... मैं यह सब इसलिए नहीं कह रहा कि मैं निजी तौर पर ऐसा सोचता हूँ। बल्कि मदारीपुर की रग़ों में इस तरह का आत्मघाती संस्कार घुसपैठ कर चुका है और दिनो-दिन हमारे भीतर के इंसान को दीमक की तरह खोखला कर रहा है। अब हम सभी अपने को आगे बढ़ाने के लिए नहीं जी रहे, बल्कि सामने वाले को नीचा दिखाने के लिए जी रहे हैं! याद कीजिए वह दिन जब मैं बिना किसी अपराध के दिन भर थाने में बैठा रहा और फिर जमानत के लिए कचहरी के चक्कर काटता रहा...इसके बावजूद आप यह सोचते हैं कि आप और हम एक हो जायें, क्योंकि चइता और बिजई आपकी राह में रोड़ा बन रहे हैं। माफ़ कीजिएगा चचा...! बीमारी दिल में है और आप इलाज दिमाग़ का कर रहे हैं।'

'ठंडे दिमाग़ से सोच लो बैरागी! यह हमारे मिलने का अन्तिम अवसर है।'

'मैं हमेशा से ही हर अवसर को अन्तिम मानता आया था और इस चक्कर में न जाने कितने अवसरों पर आपके साथ आने की कोशिश की। पर अब मुझे लगता है कि मैंने बेकार में ही इतनी मशक्कत की। लड़ना ही हमारी फितरत है, हमारी नियति है और शायद हमारा भविष्य भी।'

'पर यह मत भूलो बैरागी कि अब इस लड़ाई में छोटी बिरादरी के लोग भी शामिल हो रहे हैं! यह सीन बहुत ख़तरनाक है।'

'जब आप इसे ख़तरनाक कहते हैं तो मुझे बहुत रोना आता है। इसके भी

जन्मदाता तो आप ही हैं...! मैं किसी को छोटा-बड़ा नहीं मानता, पर आपने अपने लोगों को नीचा दिखाने के लिए उनको ख़ास तवज्जो दी, अपने सिर पर बिठाया। अब वे आपके लिए भी ख़तरा बन रहे हैं और हमारे लिए भी। इस बात का क्या भरोसा है कि यदि आज मैं आपसे दोस्ती का हाथ बढ़ा लूँ तो मुझे कल आपसे धोखा नहीं मिलेगा और आप मेरे पेट में छूरा नहीं भोकेंगे? इसका क्या भरोसा कि कल आप फिर से छोटी बिरादरी के लोगों को हमारे विरुद्ध नहीं भड़ाकाएँगे?'

बात करते-करते छेदी समझ गये थे कि बैरागी अपने स्वभाव के अनुरूप हमेशा की तरह इस बार भी अपने निर्णय पर दृढ़प्रतिज्ञ है और लाख समझाने के बाद भी डिगने वाला नहीं है। यही नहीं! उसके आगे उनकी सारी चालें नाकामयाब हो रही हैं। अन्त में हार मानकर इस गम्भीर वार्ता का समापन करते हुए छेदी बाबू बोले—'तब ठीक है बैरागी! तुम अपना काम करो और मैं अपना! अपनी-अपनी मेहनत और अपना-अपना भाग्य...! पर आगे से अब कोई समझौता नहीं होगा मेरे-तुम्हारे बीच। मेरे पैरों पर नाक रख के गिड़गिड़ाओगे तब भी...!'

बैरागी बोले—'दिन में सपने मत देखो चचा! वह दिन कभी नहीं आने वाला है।'

छेदी और बैरागी एक-दूसरे के ऊपर अपने-अपने मन की भड़ास निकाल चुके थे तथा अब दोनों की बातें भी लगभग पूरी हो गयी थीं। अन्त में चलने से पहले दोनों योद्धा बेमन से एक-दूसरे का अभिवादन करने हुए अपनी-अपनी राह चल निकले। लौटते समय छेदी बाबू को वह गँवई कहावत याद आयी, जिसके अनुसार—'जब रंग रहा/तब संग रहा/हम मिलत रहे/अतरे-खोतरे/अब रंग न बा/अऊर संग न बा/तू अपने घरे/हम अपने घरे...'

बैरागी बाबू आज की इस छद्म-वार्ता के ऐसे ही सम्भावित अन्त के प्रति आश्वस्त होते हुए और तनिक सन्तोष महसूस करते हुए घर की ओर लौट गये। घर लौटते हुए छेदी बाबू मन-ही-मन क्रोध से लाल हुए जाते थे मानो अभी बैरागी का सीना गोलियों से छलनी कर डालेंगे। कभी उनकी इच्छा होती कि गाँव का सारा झमेला छोड़-छाड़कर शहर जाकर अपनी प्रेमिका की बाँहों में लेट जायें, ख़ूब रोएँ और वहीं अपना बसेरा बना लें। हमेशा की तरह इस बार भी कब्रिस्तान के आस-पास घूमने वाले देशी आवारा कुत्ते, दोनों सूरमाओं को सीमा तक छोड़ने की आपसी जद्दोजहद करते हुए उन्हें सौ मीटर तक छोड़ने की 'जातीय रस्म' निभाए बिना नहीं रह सके।

21

आज सुबह-सवेरे रमई चलबिद्धर को जेल से बाहर लाने के लिए कुछ जुगाड़-पानी करने शहर चले गये थे और छेदी बाबू अपने वोटों को इकट्ठा करने की जुगत में मौलवी साहब के घर मुसमटोली की ओर निकल गये थे। हालाँकि छेदी बाबू, बैरागी और मौलवी साहब के पुराने पारिवारिक रिश्ते को जानते थे; पर उनके सामने मौलवी साहब के यहाँ हाज़िरी लगाने के अलावा कोई रास्ता नहीं सूझ रहा था। सारे मुसमटोली में मौलवी साहब की बड़ी इज़्ज़त हुआ करती थी। मौलवी साहब स्वभाव से अत्यन्त शालीन, बातचीत में बेहद विनम्र, व्यवहार से अत्यन्त सामाजिक, आगंतुकों की जमकर ख़ातिर करने वाले तथा पेशे से हकीम की तरह थे। यद्यपि उन्होंने हकीमी की कोई डिग्री तो नहीं ली थी, पर धीरे-धीरे उन्होंने अपनी बिरादरी के लोगों की दवा-दारू और झाड़-फूँक करके उनके बीच अपनी एक साख बना ली थी। और अब लोगों की सेवा करना ही उनका धर्म बन गया था।

हालाँकि मौलवी साहब हमेशा से ऐसे ही न थे। बताते हैं किसी ज़माने में वे बैरागी बाबू के पिता गेना बाबू के साथ प्राइमरी पाठशाला की 'गदहिया गोल' के साथी हुआ करते थे और बड़े ही 'लंठमिज़ाज' थे। एक बार मास्टर साहब ने पढ़ाते समय किसी सवाल का जवाब न देने पर मौलवी साहब की कनपटी पर ज़ोरदार थप्पड़ रसीद कर दिया था। बाक़ी बच्चों के सामने मौलवी साहब को यह बात बहुत अपमानजनक लगी। लेकिन उन्होंने इसका तुरन्त कोई जवाब नहीं दिया। कुछ देर बाद जब उसी क्लास में मास्टर साहब अपनी कुरसी पर सिर नीचे झुकाकर ऊँघने लगे, तब मौक़ा पाकर मौलवी साहब ने अपनी धारदार पटरी से उनकी गरदन पर सीधा प्रहार कर दिया। फिर क्या था! क्षण भर में ही मास्टर साहब को 'चौन्हा' आ गया और वे चिल्लाते हुए नीचे ज़मीन पर गिर पड़े। मौलवी साहब सिर पर पैर रखकर भाग निकले। बच्चे और मास्टर साहब ने उन्हें दूर तक दौड़ाया, लेकिन उन्हें पकड़ नहीं सके। उसके बाद मौलवी साहब ने पलटकर फिर कभी स्कूल का मुँह नहीं देखा। यद्यपि गेना बाबू और उनके बेटे बैरागी के साथ मौलवी साहब के रिश्ते 'गदहिया गोल' के ज़माने से ही हमेशा दोस्ताना और पारिवारिक बने रहे।

मौलवी साहब अपनी बिरादरी के लोगों के लिए मुक़म्मल हकीम थे और उनकी लौकिक बीमारियों का बख़ूबी इलाज करते थे। वे स्वयं भी रक्तविषयक

किसी अज्ञात बीमारी के शिकार थे और स्व-मूत्रपान चिकित्सा-पद्धति द्वारा उस पर काफ़ी हद तक नियन्त्रण स्थापित कर चुके थे। इस हकीमी के अतिरिक्त वे ओझा-सोखा का भी सम्मिलित रूप थे तथा अपनी अद्भुत लाल किताब और दैवी झाड़ के सहयोग से अनेक पारलौकिक समस्याओं से निजात दिलाने में भी लोगों की मदद किया करते थे। मसलन यदि कोई स्त्री बाँझ होती तो वे विविध उपचारों से उसके भीतर सृजन की क्षमता का रोपण करते थे; यदि स्त्री पेट से होती तो वह प्रत्येक दशा में पुत्र ही जने, इसके लिए उसे मन्त्राभिषिक्त करते थे; यदि कोई विवाहित या अविवाहित महिला किसी पराये पुरुष के संग अपने मूल स्थान को त्याग देती थी तो वे मौलवी साहब ही होते थे, जो उसके गमन की वास्तविक दिशा और दूरी का पता बताते थे; यदि कोई विवाहित पुरुष व्यभिचार में रत होकर अपना घर-बार छोड़ देता था तो वे अपनी कोशिशों से उसे अपने कर्तव्य-पथ पर पुनः आरूढ़ कराते थे; यदि किसी के घर में छुपाकर रखा गया सोना अपने मूल स्थान से ग़ायब हो जाता था तो वे धारक को उसके सोने की असल स्थिति का पता बता देते थे। यही नहीं, यदि कोई व्यक्ति किसी मुक़द्दमे में पराजय के कगार का पर पहुँच चुका होता था तो वे अपनी दुआओं से अदालती फैसले को बदल देने की ताक़त रखते थे।

लेकिन मौलवी साहब की सबसे सफल साधना किसी स्त्री या पुरुष के सिर से शैतानी ताक़त को हटाना हुआ करती थी, जिसके लिए वे पूरे इलाक़े में प्रसिद्ध थे। इसके अलावा मौलवी साहब को मृतात्माओं से सीधा संवाद करने में महारत हासिल थी। आज जब छेदी बाबू 'कमेटी' के सदस्यों के साथ मौलवी साहब के दरवाज़े पर पहुँचे तो वहाँ पर ऐसे ही दो मरीज़ अपने इलाज के इन्तज़ार में बैठे हुए थे। छेदी बाबू के आगमन की ख़बर पाकर मौलवी साहब घर से बाहर निकले और बढ़कर उन्हें अपने गले लगा लिया। इसके उपरान्त उनकी हथेलियों को चूमकर उसे अपनी आँखों से लगा लिया। फिर बारी-बारी से 'कमेटी' के सदस्यों को गले से लगाते हुए सभी से हाथ जोड़कर थोड़ी देर इन्तज़ार करने का निवेदन किया ताकि वे अपने मरीज़ों को निबटाकर छेदी बाबू और उनके साथियों से बात कर सकें।

छेदी बाबू अपने साथियों के साथ जिस स्थान पर बैठे, उससे थोड़ी दूर पर मुसमटोली के 'चिलम-सम्प्रदाय' अथवा 'सुट्टा-संघ' के कुछ अनुयायी बैठे हुए थे और बारी-बारी से चिलम का कश लेते हुए अपने अनुभव से तमाम शैतानी ताक़तों का वर्णन करने में मशगूल थे। आज इस संघ में वे तमाम गँजेड़ी भी शामिल हो रहे थे, जो भालू बाबा के शिव मन्दिर त्यागने के बाद से ही बेरोजग़ार

हो गये थे और उन्हें चिलम का मुफ़्त कश खींचने का आमन्त्रण देने वाला कोई नहीं रह गया था। एक ने दम लगाते हुए कहा—

'हमरे दादा तो बहुत बड़े बहादुर थे...शैतान से लड़ गये थे...!'

सुनते ही दूसरे ने तनिक जिज्ञासा दिखाई और पूछा—'कइसे हो?'

पहला बोला—'एक बार दादा भरी दोपहरी में खेत की ओर जा रहे थे। तभी उन्हें एक शैतान पेड़ पर बैठा दिखाई पड़ा। उसने दादा से पीने के लिए बीड़ी माँगी। दादा रहमदिल आदमी थे, इसलिए उन्होंने उसे बीड़ी दे दी। जब उसने दुबारा बीड़ी माँगी तो दादा ने देने से मना कर दिया। बस शैतान को यही बात बुरी लग गयी। उसने दादा को ललकारा और कुश्ती लड़ने की चुनौटी (चुनौती) दी। दादा भी कहाँ हार मानने वाले थे! उन्होंने चुनौटी मान ली और उसे धोबियापाट लगाकर पटक दिया। शैतान ने गुस्से में दादा की नाक ही काट दी और अचानक से ग़ायब हो गया। तब से हमरे दादा नकली नाक से ही काम चलाते रहे।'

तभी अब तक इस पूरे वर्णन में चुप रहे एक साथी ने उससे आश्चर्य से पूछा—'सही में का हो मरदवाऽ...?'

इतना सुनते ही चौथा बोल पड़ा—'धीरज रक्खो ससुर के नाती! अभी अपने मौलवी साहब तुम्हें शैतान की ताक़त दिखाने वाले हैं...!'

आज के मौलवी साहब के विशिष्ट मरीज़ों में से एक पड़ोस के गाँव का ही एक युवक था जो कभी साइकिल चलाने के दौरान गिर पड़ा था और सिर में लगी गम्भीर चोट के कारण लाख इलाज के बाद भी उसकी मानसिक हालत में कोई सुधार नहीं हुआ था। उसके साथी बताते थे कि एक समय था जब 'फ्री हैंड' साइकिल चलाने में पूरे इलाक़े में उसका कोई मुक़ाबला नहीं था। कई बार वह साइकिल चलाते-चलाते अपने दोनों हाथों को पीछे की ओर बाँध लेता और कह उठता—'मेरे तो हाथ ही नहीं हैं।' कभी-कभी वेग से साइकिल चलाते हुए वह अपनी दोनों टाँग उठाकर हैंडिल पर रख देता और चिल्ला उठता—'मेरे तो पैर ही नहीं हैं।' इसी तरह की एक रेस के दौरान न जाने ऐसा क्या हुआ कि वह अपनी सीट से फिसल पड़ा और लाद-फाँदकर बेहोशी की हालत में अस्पताल लाया गया। जब उसे होश आया तो उसका पहला वाक्य यही निकला—'अब्बा! मेरे तो दाँत ही नहीं हैं।' इतना कहने के बाद वह फिर से बेहोश हो गया और तब से वह अकसर बेहोश पड़ा रहता था। कभी-कभार जब उसकी तन्द्रा टूटती थी, तब क्षण भर के लिए वह कुछ बुदबुदाता फिर बेहोश हो जाता था।

मौलवी साहब ने सबसे पहले अपने इस मरीज़ की ज़ुबान देखी और फिर उसकी आँखें फैलाकर भीतर तक झाँका। तदनन्तर उन्होंने अपने जेब से लौंग के

कुछ फूल निकालकर युवक की नाक के पास ले जाकर रखा। इस क्रिया के करते ही युवक क्षण भर में ही ज़ोर-ज़ोर से अपना सिर हिलाने लगा। युवक के सिर में लम्बे समय बाद कोई हरक़त हुई थी। युवक के परिवार वालों की ख़ुशी का ठिकाना नहीं रहा। मौलवी साहब ने इशारे से युवक के परिवार के एक सदस्य को अपने पास बुलाया और उसे लौंग के कुछ फूल देते हुए इसे युवक के सिरहाने रखने और इसी क्रिया को दिन में तीन बार दुहराते रहने को कहा। अन्त में युवक के परिवार के सदस्य मौलवी साहब का धन्यवाद ज्ञापित करते हुए उसे लेकर चलते बने।

दूसरा केस तनिक अधिक सीरिसय था। टोले के ही फुद्दन मियाँ की बेटी ज़ुबैदा के सिर पर लम्बे समय से शैतान का साया था। हालत यह थी कि ज़ुबैदा अपने परिवार के सदस्यों के साथ बैठकर बात करते-करते अचानक से उलट जाती और मुँह से गाज़ फेंकने लगती थी। फिर कुछ देर में इस क़दर उठकर बैठ जाती थी मानो कुछ हुआ ही न हो! तदनन्तर ज़ोर-ज़ोर से हँसने या रोने लगती थी। कई बार ऐसा भी महसूस होता, जैसे उसके प्राण-पखेरू ही उड़ गये हों। तब खाट पर सुलाकर अस्पताल ले जाते समय वह एकाएक उठकर बैठ जाती और हँसने लगती थी। एकाध बार तो ऐसा भी हुआ बताते हैं जब उसके परिवार के लोग उसे मरा हुआ जानकर कब्रिस्तान तक ले गये थे। लेकिन वह वहाँ भी उठकर बैठ गयी थी। तत्समय उसकी मिट्टी के साथ जाने वाले तमाम लोग डरकर भाग खड़े हुए थे।

फुद्दन मियाँ और उनके परिवार के लोग ज़ुबैदा के इस मर्ज़ से इतना आजिज़ आ चुके थे कि अब उसका मर जाना ही बेहतर समझते थे। आज वे ज़ुबैदा को अन्तिम इलाज के लिए मौलवी साहब के पास ले आये थे। मौलवी साहब ने ज़ुबैदा के पास जाकर उसको छुआ और फिर दूर हट गये। छूते ही ज़ुबैदा ने उन पर चील की तरह झपट्टा मारा और उनके तनिक पीछे हटने पर मरदों की आवाज़ में उन्हें ललकारने लगी। फिर अपनी लटों को गोल-गोल हवा में लहराने लगी। मौलवी साहब बोले—'कौन है तू?' ज़ुबैदा ने अपनी आँखें उलटी कीं और अपना सिर नीचे करके बालों को फिर से हवा में लहराने लगी। मौलवी साहब ने अपनी जादुई झाड़ उसकी पीठ पे दे मारी और बोले—

'मैं पूछता हूँ कौन है तू?'

ज़ुबैदा के शरीर से फिर मरदों वाली आवाज़ निकली—'मैं भालू हूँ...!'

जवाब सुनकर मौलवी साहब चौंक गये और छेदी बाबू की ओर देखने लगे। फिर बोले—'तू तो हिन्दू है। फिर ज़ुबैदा को परेशान क्यों कर रहा है?'

'शैतान की कोई ज़ात नहीं होती। मैं बारी-बारी से सबको खाऊँगा।' ज़ुबैदा के शरीर से आवाज़ आयी।

मौलवी साहब ने ज़ुबैदा के शरीर पर फिर से झाड़ू दे मारी और बोले– 'सबको खायेगा तू! ले खा! ले खा!!'

मार खाते ही ज़ुबैदा के शरीर में पैठा शैतान चिल्लाने लगा–'मुझे मत मारो! मुझे मत मारो!! मुझे माफ़ कर दो!'

फिर क्या था...! मौलवी साहब का आत्मविश्वास कई गुना बढ़ गया। वे छेदी बाबू की ओर देखकर बोले–'क्यों? सबको खायेगा नहीं तू?'

शैतान बोला–'मैं किसी को नहीं खाऊँगा लेकिन मुझे कुछ खाने को दे दो। तीन-चार महीने से भूखा हूँ...!'

मौलवी साहब ने चिलम सम्प्रादय के एक अनुयायी से इशारे से पानी भरी बाल्टी मँगाई और उसे ज़ुबैदा के सामने रख दिया। ज़ुबैदा के दोनों हाथ आगे बढ़े और उसने पानी की बाल्टी को हवा में ऊपर उठा लिया। फिर मुँह लगाकर पीने लगी। देखते-देखते जुबैदा पूरा पानी पी गयी तथा 'और! और!!' चिल्लाने लगी।

मौलवी साहब ने उससे फिर संवाद शुरू किया–'अब तुझे और पानी नहीं मिलेगा। पहले तू ये बता कि तू चाहता क्या है?'

ज़ुबैदा के शरीर में पैठे शैतान ने कहा–'पूजा...!'

शैतान की शर्त सुनकर मौलवी साहब ने उम्मीद भरी नज़रों से छेदी बाबू की ओर देखा। छेदी बाबू इस समय कुछ सोचने-विचारने की स्थिति में नहीं थे। उन्होंने बिना सोचे ही शैतान की माँग के समर्थन में सिर हिलाया। मौलवी साहब ने शैतान से कहा–

'तुम्हारी माँग स्वीकार है। पर तुम्हें गाँव में नहीं घुसना होगा और आगे से तुम किसी को परेशान नहीं करोगे।'

शैतान बोला–'नहीं करूँगा! नहीं करूँगा...!!'

इतना सुनते ही मौलवी साहब ने ज़ुबैदा की पीठ पर फिर से एक ज़ोरदार झाड़ू दे मारी। देखते-ही-देखते ज़ुबैदा की आवाज़ बदल गयी और उसके मुँह से सारा पानी पिचकारी के आवेग में बाहर निकलने लगा। ज़ुबैदा उस पानी में लोटने लगी और कुछ सेकंड बाद इस क़दर सुन्न हो गयी मानो उसके शरीर से जान ही निकल गयी हो। बहरहाल, फुद्दन मियाँ के परिवार के दो-तीन लोगों ने उसके हाथ-पाँव पकड़कर उसे खाट पर लिटाया और किनारे लाकर सुला दिया। मौलवी साहब ने फुद्दन मियाँ को बुलाकर लौंग के कुछ फूल दिये और एक भभूत भी। उन्हें बताया कि इसे घर के चारों कोने में बाँधकर लटकाना होगा और किसी भी परिस्थिति में लड़की घर से अकेली न निकले, इसका ध्यान रखना होगा।

एक शैतान को वश में करने का आत्मविश्वास लिए मौलवी साहब छेदी बाबू की ओर बढ़ चले और उनके पास आकर बोले—

'का करिएगा छेदी बाबू...! शैतानी ताक़तें इसी प्रकार की होती हैं।'

छेदी बाबू ने मौलवी साहब के कथन के समर्थन में सिर हिलाया। तदन्तर मौलवी साहब ने उनका कुशल-क्षेम पूछते हुए उनके आने का प्रयोजन जानना चाहा; हालाँकि प्रयोजन वे बख़ूबी जानते थे। छेदी बाबू ने ज्यों ही उनसे इतना कहा कि 'चुनाव नज़दीक है। आपका कुछ आशीर्वाद मिल जाता...!' मौलवी साहब ने उपस्थित तमाम चिलमी लोगों को टोले के बड़े-बुज़ुर्गों को बुला लाने का आदेश दिया। मौलवी साहब का आदेश पाते ही अधिकांश चिलमी आज्ञापालन की नीयत से स्वेच्छापूर्वक अलग-अलग दिशाओं में तितर-बितर हो गये।

मौलवी साहब, छेदी बाबू और उनके साथियों क़ो पास में अपनी झोंपड़ी में ले गये। दरअसल यह झोंपड़ी ही मौलवी साहब का साधना-स्थल हुआ करती थी। झोंपड़ी के भीतर ज़मीन पर एक ख़ूबसूरत किस्म की दरी बिछी हुई थी और उसके एक कोने में क़ुरान और हदीस की किताबें रखी हुई थीं। दूसरे कोने में क़ुरान की कुछ आयतें शीशे में मढ़ी हुई लगाई गयी थीं और उसके पास में ही एक हिजरी कैलेंडर भी टँगा हुआ था। बीच में एक छोटे पाये वाले टेबल पर कुछ औषधियाँ भी रखी हुई थीं। सभी लोग उस टेबल के इर्द-गिर्द पालथी मारकर बैठ गये।

इतनी ही देर में टोले के बड़े-बुज़ुर्गों का आगमन शुरू हुआ—आरिफ़ मियाँ, जमील मास्टर, आलम चौधरी, रफ़त मियाँ, मेराज ख़ान, शब्बीर भाई, सादिक़ हसन, अफज़ल अंसारी, असगर भाई, हामिद मियाँ, मोइद ख़ान, ज़ुल्फ़िकार अनवर, कलीम ख़ान आदि तमाम लोग बारी-बारी से भीतर आते गये और कभी 'आदाब-अर्ज़ है' और कभी 'अस्सलाम वालेकुम' के अभिवादन के साथ स्थान ग्रहण करते गये। छेदी बाबू के आने का मक़सद सभी को मालूम था, इसलिए कुछ देर तक औपचारिक बातचीत के बाद असल मुद्दे पर बातें शुरू हुईं। मौलवी साहब ने सभी को बताया कि 'इस बार हर हाल में छेदी बाबू को मज़बूत बनाना है।' सभा में उपस्थित तमाम लोगों ने 'इंशाअल्लाह' कहते हुए उनकी बात का समर्थन भी किया। यद्यपि वे कुछ दिन पूर्व ही इसी तरह का एक अभ्यास कर चुके थे, जब बैरागी बाबू इनके यहाँ आये थे। इसके उपरान्त सभा में उपस्थित लोगों ने छेदी बाबू की जीत की दुआएँ कीं, जैसी उन्होंने बैरागी बाबू के आने पर की थीं। और अन्त में मौलवी साहब से अनुमति लेकर अपने-अपने घरों को चले गये।

तदनन्तर छेदी बाबू ने इशारे से अपने साथियों को थोड़ी देर बाहर बैठने

को कहा ताकि वे मौलवी साहब से अपनी असल समस्या के बारे में गुफ़्तगू कर सकें। लल्लन-मल्लन आदि के बाहर जाते ही मौलवी साहब ने छेदी बाबू से पूछा–

'हाँ महाराज! अब अपनी समस्या बताइए...!'

छेदी बाबू बोले–'इस बार के परधानी के चुनाव में बहुत दिक्कतें आ रही हैं मौलवी साहब! दुश्मन तो दुश्मन ठहरे! अपने ही पराए होते जा रहे हैं। लोग तरह-तरह की बातें कर रहे हैं। मन बहुत घबरा रहा है। इच्छा होती है कि सब कुछ छोड़-छाड़कर सन्नास (संन्यास) धारण कर लूँ!'

'लोगों पर मत जाइए छेदी बाबू! आप तो बिद्वान आदमी हैं। फिर लोगों की बातों पर क्यों ध्यान देते हैं? दुनिया की कोई ऐसी चीज़ नहीं, जिसका समाधान न हो! उपाय न हो!!' मौलवी साहब ने ढाड़स बँधाया।

छेदी बाबू बोले–'अब आप ही कोई उपाय बताइए मौलवी साहब!'

मौलवी साहब ने सहमति में अपना सिर हिलाया, थोड़ी देर आँखें बन्द कीं और फिर बोले–'लंकियर (लाइन क्लीयर) तो है...! पर अन्त-अन्त तक कुछ बाधा रहेगी।'

'कैसी बाधा? कोई शैतानी बाधा तो नहीं आयेगी...!' छेदी बाबू ने चिन्तित लहजे में पूछा।

'शैतानी बाधा तो आपके सामने ही हट गयी लेकिन इस समय असल बाधा दक्षिण दिशा से आ रही है। थोड़ी बाधा आपकी बिरादरी की ओर से भी है। अगर ये बाधाएँ हट गयीं तो इस बार शर्तिया तौर पर मदारीपुर के परधान आप ही होंगे।' मौलवी साहब ने कहा।

'पता नहीं मौलवी साहब! मेरा तो आतमबिस्वास एकदम्मे डोल गया है! लगता ही नहीं कि वो मैं ही हूँ, जो तीन बार इस गाँव का परधान रह चुका है। अब इस मुस्किल से आपे बाहर निकालिए। आप तो कितनों को बड़ी-बड़ी मुस्किलों से बाहर निकाल देते हैं...!' छेदी बाबू ने तनिक मौलवी साहब को मस्का लगाया।

मौलवी साहब बोले–'छेदी बाबू! हमारा काम केवल सामने से आने वाली शैतानी ताक़त के वेग को कम करना है, उसे हटाना नहीं! हटाने वाला तो कोई और ही है। उसके लिए तो आपको ऊपर वाले से दुआ करनी पड़ेगी। दुआओं में बड़ी ताक़त होती है। बशर्ते वह सही उद्देश्य के लिए की जाय। दुआएँ तो ज़लज़ले तक को रोक सकती हैं। आप सच्चे मन से कोशिश कीजिए। फिर कोई ताक़त आपको मंज़िल तक पहुँचने से नहीं रोक सकती। फ़िलहाल मैं आपको यह ताबीज़ दिये दे रहा हूँ। इसे अपने बाएँ हाथ पर हमेशा बाँधे रखिएगा। अल्ला ताला आपको ज़रूर तरक्की देगा।' इतना कहकर मौलवी साहब ने मेज़ के नीचे

रखे एक बटुए को निकाला और उसमें से एक रत्नजड़ित अँगूठी को पहले अपने सीने से, फिर माथे से लगाकर छेदी बाबू को सौंप दिया। एक ऐसी ही अँगूठी कुछ समय पहले बैरागी बाबू को भी सौंपी गयी थी।

छेदी बाबू जब झोंपड़ी से बाहर निकले तो आत्मविश्वास से बिल्कुल लबरेज़, अतीत के खट्टे अनुभवों को अपने मनोबल की सख़्त चाकी से पीसते हुए, उत्साह के हाथी पर सवार होकर और विजय की मनोकामनारूपी तलवार को हवा में लहराते हुए! फिर वे मौलवी साहब से गले मिले तथा उनसे टोले के वोटरों को सँभालने के अतिशय विनम्र निवेदन के साथ ही कमेटी के सदस्यों को साथ लेकर घर की ओर लौट पड़े।

22

धीरे-धीरे मदारीपुर की चुनावी सरगर्मी बढ़ रही थी और उसके भीतर का ताप भी। सभी प्रत्याशी अपने अभियान को अलग-अलग ढंग से आगे ले जाने की कोशिशों में लगे हुए थे। ज्यों-ज्यों चुनाव नज़दीक आता जाता था, प्रत्याशियों का जनसम्पर्क अभियान बढ़ता जाता था और वे स्वयं के लिए निर्धारित आराम करने की प्राकृतिक समयावधि में कटौती करते जा रहे थे। बैरागी बाबू अपने नवरत्नों के साथ सघन अभियान चलाए हुए थे तो छेदी बाबू अपने परिवार और पट्टी के लोगों के साथ। दौड़ते-दौड़ते बैरागी बाबू के पैर सूज गये थे और छेदी बाबू की आँखें चढ़ आयी थीं। उधर चइता भी अत्यन्त जोश-ख़रोश के साथ अपने प्रतिबद्ध और समर्पित साथियों को लेकर एक नये परिवर्तन की आहट दे रहा था। भगेलूराम अकेले ही लगे हुए थे तो बिजई मधुशालाप्रेमियों के साथ। रमई इस सारी भागम-भाग से अलग अपने पुत्र चलबिद्धर की ज़मानत के चक्कर में परेशान थे।

सुबह-सवेरे का समय था। बैरागी बाबू के नवरत्न मन्नोरानी की दुकान पर बैठे हुए थे तथा गरमागरम चाय की चुस्की लेते हुए बैरागी और छेदी की चुनावी रणनीतियों की समीक्षा कर रहे थे। सबसे पहले करैली गुरु ने विषय को छेड़ा—

'भाई! गाँव के टोले-मुहल्लों में तो इस बात का शोर है कि चइता को हराने के लिए छेदी और बैरागी ने हाथ मिला लिया है। इनमें भी सद्बुद्धि आ रही है। अब पट्टीवाले एक हो जायेंगे। चाणक्य महाराज का अनुभौ फेल होने जा रहा है।'

करैली के इस विश्लेषण से अपनी असहमति जताते हुए खब्बू पाड़े बोले–'सब दिमाग़ी फ़ितूर है तुम्हारा! कोई अनुभौ फेल-वेल नहीं होने वाला है। अपने बैरागी भाई कभी भी छेदी को सपोर्ट नहीं करेंगे, चाहे भले ही चुनाव हार जायें।'

अभी पाड़ेजी ने अपनी बात पूरी भी नहीं की थी कि केला मिसिर भड़क गये और अपनी लुंगी सँभालते हुए बोले–'इतवीं मेंहवत हाव के लिवे कव वहे हो का?' (इतनी मेहनत हार के लिए कर रहे हो का?) कहते-कहते मिसिरजी ने खब्बू पाड़े की ओर अपना छाता इस कदर तान दिया मानो उन्हें मार ही डालेंगे।

भौकाली भाई, जो अब तक की इस पूरी वार्ता में चुप्पी साधे हुए थे, इस स्थिति में बीच-बचाव करते हुए बोले–'देखो भाइयो! ये सब मिट्ठुआ का प्रोपोगंडा है। देख रहा होगा कि बैरागी बाबू के पक्ष में बयार बह रही है तो तरह-तरह की अफवाहें उड़ा रहा है।'

ठीक इसी समय सीरा काका ने भौकाली को टोका–'अफवाह को हल्के में न लो मेरे भाई! बड़ी ताक़त होती है इसमें! कहीं इस अफवाह के चक्कर में सारी मेहनत हम करें और बाज़ी मार ले जायें छेदी और उनके साथी...!!'

सभा में उपस्थित माथाकुँवर सम्भवतः करैली गुरु की बात से सहमत नहीं थे। और फिर वे इस बीच-बहस में अपनी उपस्थिति भी दर्ज़ कराना चाहते थे। बोले–'अफवाह तब्बे उड़ाई जाती है, जब अपनी पोजीशन ख़राब हो! समझे कि नाहीं!! लेकिन केवल अफवाह फैलाने से जीत मिल जाती तो पैसा ख़र्च करके चुनाव लड़ने की कौनों ज़रूरत नहीं होती! जिसका मन होता, चुनाव में खड़ा होता और अफवाह फैलाकर चुनाव जीत लेता!'

माथाकुँवर की बात को काटना इतना आसान नहीं था। फिर भी नगई ने कोशिश की और कुछ नये तथ्यों को उद्‌घाटित करने की कोशिश करते हुए बोले–'अफवाह तों यह भी है कुँवरजी कि मुसमटोली के मौलवी साहब ने इस बार छेदी को सपोर्ट करने का फैसला किया है।'

नगई का इतना कहना भर था कि मन्नोरानी उनकी बात का समर्थन करते हुए बीच-बहस में कूद पड़ीं। बोलीं–'ई अफवाह नहीं है नगई भइया...! पूरी सच्चाई है! छेदी बाबू अभी परसों ही मुसमटोली में गये थे–भोट माँगने!'

गुरुघंटाल ने मन्नो के इस उद्‌घाटन को सही बताते हुए उसमें अपना आंशिक संशोधन जोड़ा–'...अउर इसके साथ ही यह भी सच्चाई है कि अपने फुद्दन मियाँ की बेटी ज़ुबैदा के सिर पर भलुआ का भूत आ गया था, जिसे उतारने के बदले में छेदी ने उसे हर साल पूजा देने का बचन दिया है।'

गुरुघंटाल के मुँह से यह उवाच सुनकर अधिकांश नवरत्न एक-दूसरे के चेहरे

को निहारने लगे। तभी मन्नो की मड़ई में बैरागी बाबू का आगमन हुआ। गुरुघंटाल ने उन्हें सारी वस्तुस्थिति से अवगत कराया। सबको सुनने के बाद बैरागी बोले–

'तुम लोग फालतू की बहस में न पड़ो! अपना काम करो!! बस एक चीज का ध्यान देना कि छेदी के गोल वाले चाहे जितना उकसाएँ, तुम्हें उग्र नहीं होना है। चुनाव तक किसी से कोई झगड़ा-फ़साद नहीं करना है। बाकी बजरंगबली की कृपा से सब देख लिया जायेगा।'

बैरागी बाबू के इस क्षणिक उद्बोधन के बाद वातावरण में एक नया जोश भर गया था। क्षण भर के लिए साथियों के मन में बैरागी के विजयरथरूपी सूरज पर आशंका के जो बादल घिर आये लगते थे, वे छँटने लगे थे और अब सभी नवरत्न अपने भीतर फिर से एक नयी ऊर्जा का एहसास करने लगे थे। तभी सामने की ओर मुँह करके बैठे माथाकुँवर अचानक से चीख़ पड़े और सभी को टिकोरा मोड़ की ओर से भागती भीड़ की ओर इशारा किया। भीड़ की ओर से आ रही आवाज़ बैरागी और अन्य नवरत्नों के कानों में भी पड़ी। सभी ने ध्यान से उस ओर देखा। लोग टिकोरा मोड़ से हरिजन टोले की ओर भागते चले जा रहे थे। बैरागी बाबू को यह समझते देर न लगी कि इस भागती भीड़ के पीछे कोई-न-कोई घटना-दुर्घटना छिपी हुई है। उन्होंने साथी नवरत्नों को तुरन्त घटनास्थल की ओर चलने का इशारा किया और सभी टिकोरा मोड़ होते हुए हरिजन टोले की ओर चल पड़े।

जब सभी भागती भीड़ के पीछे-पीछे हरिजन टोले पहुँचे तो घटना के बारे में सुनकर दंग रह गये। घटना की वास्तविकता पर सहसा उन्हें विश्वास ही नहीं हो रहा था। घटना भी कुछ ऐसी ही थी। चइता की मौत हो गयी थी। पूछने पर पता चला कि चइता रात में किसी से मिलने और लौटकर खाना खाने की बात कहकर अकेले ही निकला था। जब वह सारी रात घर नहीं लौटा तो बेचैन और परेशान मेघिया सुबह चार बजे भोर में ही उसे खोजने निकल गयी थी। चइता को तलाशने की नीयत से उसने रेलवे के किनारे स्थित परित्यक्त भवन के पास ज्यों ही क़दम रखा तो चइता को ज़मीन पर ही करवट लेटा हुआ देखकर डर गयी। उसने कोशिश करके सोये हुए चइता को झिंझोड़ा और फिर बदहवास होकर चिल्लाते हुए बाहर की ओर भागी।

दरअसल चइता की साँसें थम चुकी थीं और शरीर अकड़ गया था। उसकी गोल-गोल आँखें उलट गयी थीं और जीभ तनिक बाहर निकल आयी थी। शरीर बिल्कुल ही नीला पड़ चुका था। मेघिया का शोर सुनकर थोड़ी ही देर में नित्यक्रिया के लिए जाने वाले तमाम लोग इकट्ठा हो गये और चइता के शव को परित्यक्त भवन से बाहर निकाला। फिर उसे एक मटमैले चादर से ढँक दिया। मरे हुए

आदमी के लिए साफ़ क्या और मटमैला क्या! और जब वह जीवित ही नहीं रहा तो लोग उसकी स्वच्छता का ख़याल क्यों करने लगे भला...!

चइता और उसके परिवार वालों का रो-रोकर बुरा हाल हो रहा था। मेघिया रोते-रोते बेहोश हो जाती और फिर उठकर ज़मीन पर ही लोट-लोटकर रोने-चीख़ने लगती थी। मेघिया के बाद इस घटना से यदि सबसे दुःखी थे तो चइता के वे सच्चे साथी जो आजकल हमेशा साये की तरह चइता के साथ रहते थे और मन-ही-मन यह सोचकर दुःखी हो रहे थे कि काश! वे कल रात को भी चइता के साथ ही रहे होते तो शायद यह दुर्घटना न होती!

जैसा कि ऐसे मौक़ों पर अकसर ही होता है—वातावरण में नये-नये प्रकार से संशय आयाम ले रहे थे। कोई कहता कि 'चइता परधानी के चुनाव का दबाव झेल नहीं पाया और उसने अत्यधिक मानसिक दबाव में यह क़दम उठा लिया'; कोई कहता कि 'चइता जैसा जाँबाज ऐसा क़दम उठा ही नहीं सकता'; कोई कहता कि 'उसने कोई ज़हरीली कच्ची शराब पी ली होगी।' जबकि कुछ दबी ज़ुबान से चइता की मृत्यु के पीछे किसी गहरी साज़िश की भी चर्चा कर रहे थे कि 'उसे धोखे से ज़हर दिया गया होगा।'

जब बैरागी अपने नवरत्नों को साथ लेकर घटनास्थल पर पहुँचे तो वहाँ छेदी बाबू पहले से ही मौजूद मिले। वे अपनी संवेदनशीलता दिखाने के लिए 'कमेटी' के सदस्यों के साथ, पास की पुलिया के आस-पास घेरा बनाकर खड़े हरिजन टोले के कई बड़े-बुज़ुर्गों के पास खड़े हो गये थे और उनकी बातचीत में शामिल होने की कोशिश कर रहे थे। आज छेदी बाबू के साथ आने वालों में सबसे आश्चर्यजनक नाम बिजई का था। बिजई अपने एक अच्छे दोस्त के बिछड़ जाने के ग़म से ग़मगीन थे और निरन्तर सिसक रहे थे।

बहरहाल, हरिजन टोले के सभी बड़े-बुज़ुर्ग सभी चइता की इस असामयिक मृत्यु और इस तरह शरीर त्याग देने की घटना को लेकर भीतर तक आहत थे और अपनी-अपनी प्रतिक्रियाएँ दे रहे थे। झुर्रा ने कहा कि—

'अभी उमर ही क्या थी बेचारे की! किसी तरह तो अब उसका जीवन शुरू हुआ था। जब कुछ करने समय आया तो हमरा साथ छोड़कर चल दिया!'

लंगड़ ने अपनी बैसाखी सँभालते हुए झुर्रा की बात को आगे बढ़ाया। बोला—'उसकी गलती बस इतनी तो थी कि बड़े-बड़े सपने देखने लगा था!'

परभू ने लंगड़ की इस बात को तनिक काटते हुए अपना मत दिया। बोला—'नहीं लंगड़ भाई! वह हम सबको आगे ले जाना चाहता था। हमरे जीवन की काई छुड़ाना चाहता था। सबके जीवन में बलफ (बल्ब) जलाना चाहता था।'

इस सारी बातचीत में हस्तक्षेप करते हुए छेदी बाबू ने अपने लटके हुए चेहरे के साथ तनिक अज्ञानता का भाव प्रदर्शित करते हुए पूछा—'आख़िर चइता को हुआ क्या था? कल तक तो सब ठीक-ठाक था! अभी कल ही केवटोली में मिला था मुझे!'

छेदी बाबू की यह बात भीड़ में उपस्थित बाऊर को अत्यन्त बुरी लगी। सम्भवतः उसे और उसके साथियों को कुछ दिन पहले, छेदी बाबू के बँगले में चइता के साथ हुए बहस की जानकारी हो गयी थी। बाऊर उनकी ओर देखकर तमतमाकर बोला—'पगला गया था महराज जी!! परधानी का सौख चर्राया था उसको...! सट्टा का दीवाना हो गया था। हम लोगन की जिनगी बनाने का ठेका लेना चाहता था। हमरे हक़ के लिए लड़ना चाहता था। हमको एकजुट करना चाहता था। सबको सरग का मारग दिखाना चाहता था। उसको मालूमे नहीं था कि हमेसा बड़किये मछरिया छोटकी मछरिया को खाती है।'

इस भावुक क्षण में रमेसर भी बोले बिना नहीं रह सका। उसने बाऊर की ओर देखकर कहा—'बड़का जोतिसी था...! एही लिए ऊ कहबे करता था कि मेरी जान जाने वाली है। ईहो कहता था कि हमको काशी में नहीं मगहरे में जलाना। अब ओ के एतना सब मालूम था तो ई ख़तरा मोल लेने की कउन ज़रूरत थी? हम चाहें जइसे रहते, कम-से-कम ऊ जीयत रहता तो अपने मेहरारू-लड़किन-बच्चन के नून-तेल तो करता रहता!'

परमेसर ने रमेसर की इस बात का समर्थन करते हुए कहा—'असल बात ई है कि पट्टी के लोगों की नज़र लग गयी ओहके।'

झुर्रा बोला—'का करोगे भाई...! जनमे से बिदरोही था। पर पट्टी के बीच में रहिके बिदरोह कइके कोऊ जी नहीं पायेगा, ई बात को ऊ कब्बो समझी नाही पाया...पट्टी के लोग जब भगवान को धोखा दे सकते हैं तो ऊ तो इनिसान था...! सब मिलि के औ चढ़ा के मारि ढारे सारे केऽ...!!'

झुर्रा अभी बोल ही रहा था कि इतने में मेघिया चिल्लाते हुए कूद पड़ी—

'मारि ढारेऽ...!
मारि ढारेऽऽ...!
सब मिलिके मारि ढारे!!
हमरे परान के मारि ढारे!!
सब मिलिके मारि ढारे!!'

इस सारे आक्रोश के बीच छेदी बाबू ने मेघिया को शान्त कराने की कोशिश की। पर मेघिया के आवेग को रोकना मुश्किल हो रहा था। साथ ही टोले के लोग पट्टी के लोगों पर तरह-तरह के ताने मार रहे थे और प्रकारान्तर से चइता की

मौत के लिए सारा दोष उनके ऊपर मढ़े दे रहे थे। ऊपर से मेघिया का कोलाहल वातावरण में एक अलग तरह की विद्रूपता का सृजन कर रहा था। इस कारण छेदी बाबू का वहाँ एक सेकंड के लिए भी रुकना कतई उचित नहीं जान पड़ रहा था। छेदी बाबू समझ गये थे कि आज हरिजन टोले के लोगों के भावनारूपी ज़ख़्म पर सहानुभूति का मरहम लगाना अनुकूल नहीं होगा। इसलिए वे बैरागी को घटनास्थल की ओर आता देख, अपनी टोली को लेकर किसी बहाने से पुलिया के पास से दूर खिसक गये और एक पेड़ के नीचे बने चबूतरे पर जाकर बैठ गये।

बैरागी बाबू ने छेदी बाबू को देखा और 'पॉय लागूँ चचा' कहते हुए लपककर छेदी बाबू के पैर छुए। परन्तु छेदी बाबू ने बिना कोई आशीर्वाद दिये अपना मुँह दूसरी ओर फेर लिया। बैरागी बाबू चतुर आदमी थे और भीड़ का मनोविज्ञान समझते थे। वे तुरन्त भीड़ को चीरते हुए चइता के शव के पास पहुँचे और उसके सिरहाने की ओर से चादर को हटाया। फिर एक ही झटके में उसे ढँकते हुए–'हे राम!' कहते हुए पीछे हट गये। भीड़ से बाहर निकलते हुए उन्होंने चइता के एक नज़दीकी साथी घसीटे को इशारे से अपने पास बुलाया और पूछा–

'कैसे हुआ यह सब?'

घसीटे कुछ बताता, इसके पहले ही उसकी आँखों से आँसुओं की धार निकल पड़ी और वह अपने चेहरे को दोनों हाथों से ढँककर फफककर रोने लगा। बैरागी बाबू ने उसे ढाड़स बँधाने की नीयत से उसकी पीठ पर एक थपकी दी और उनके भावुक होने की कोशिश कर रहे संवेदनशील हृदय से सहसा ही निकल पड़ा–

'हे ईश्वर...! तू भी इंसान को कैसे-कैसे दिन दिखाता है! अच्छा-ख़ासा आदमी था। हमसे छीन लिया!'

बैरागी बाबू का इतना कहना भर था कि हरिजन टोले के तमाम युवा और बुज़ुर्ग चुम्बकीय आकर्षण से उनके निकट आने लगे। सबने बारी-बारी से लपककर बैरागी बाबू के पैर छुए। बैरागी बाबू पास में ही खड़े चइता के ही परिवार के एक सदस्य रामपलट से सहानुभूति जताते हुए बोले–

'सुनकर बड़ा दुःख हुआ! समझ में नहीं आता कि कैसे कोई अपने प्रति इतना क्रूर हो सकता है? चइता तो जाँबाज आदमी था...! उसको इतना अधीर होने की क्या ज़रूरत थी? जान देना कोई समाधान नहीं है। अगर उसे अपने गुरु महाराज का सपोर्ट नहीं मिल रहा था तो एक बार हमसे तो बताता...! हम तो उसे अपना भाई मान चुके थे! हर हाल में उसकी मदद करते! अगर ज़रूरत पड़ती तो चुनावी-संग्राम ही छोड़ देते! लेकिन अब प्राण त्याग देने से कौन-सी परधानी मिलेगी? ओफ़्फ़ो...! क्या बताया जाय...!'

भीड़ बढ़ती ही जाती थी और धीरे-धीरे घटनास्थल पर बैदजी, लोढ़ा, माईराम पंडित, मिथुन शर्मा, जगरोपन मास्टर, बदलू सुक्कुल, इमरजेंसी यादो, पनिकटवा तथा गाँव के तमाम लोग पहुँच गये थे। बैरागी बाबू अभी बोल रहे थे और छेदी बाबू ने भी अभी मैदान नहीं छोड़ा था। इसी बीच किसी ने नेबुआ थाने की पुलिस को भी सूचना दे दी। कुछ ही देर में थाने के दो-तीन सिपाही और 'इंसपिट्टर' कहे जाने वाले एक शख़्स ने घटनास्थल पर पहुँचकर चइता के शव को अपने कब्ज़े में ले लिया तथा वहाँ उपस्थित लोगों से घटना के सम्बन्ध में औपचारिक पूछताछ शुरू की। चूँकि चइता की मौत अस्वाभाविक थी, इसलिए एफ.आई.आर. दर्ज़ करने की औपचारिकताएँ भी निभाई गयीं।

जब काग़ज़ पर मेघिया के अँगूठा लगाने के बारी आयी तो इंसपिट्टर साहब ने पूछा—

'कल रात क्या हुआ था?'

इतना सुनते ही मेघिया बारी-बारी से सामने खड़े छेदी बाबू और बैरागी बाबू की टीम की ओर घूरने लगी। इंसपिट्टर ने 'हूँ' का उच्चारण किया मानो उसने आधा केस सॉल्व कर लिया हो। फिर उसने अपने सहयोगी सिपाही से काग़ज़ पर मेघिया का निशानी-अँगूठा लगवाने के लिए कहा।

तदनन्तर पुलिसवाले शव का पंचनामा करके उसके पोस्मार्टम के लिए एक बैलगाड़ी पर लादकर जिला अस्पताल ले जाने लगे। बेहोश-बेहाल मेघिया अपने 'परान' के साथ इस तरह का सुलूक होता देख बैलगाड़ी के पीछे भागी। लेकिन टोले की कुछ महिलाओं ने उसका हाथ पकड़कर पीछे खींच लिया और समझाने लगीं कि 'सबर करो मेघिया! तोहार अउर उनकर एतने दिन का साथ था!' मेघिया वहीं बैठकर कराहने लग गयी। देखते-ही-देखते चइता के शव को लादकर जाती हुई बैलगाड़ी उसकी आँखों के सामने से ओझल हो गयी।

23

सुबह से ही चीर-घर पर भारी भीड़ जमा होना शुरू हो गयी थी। सभी के जुटने के अलग-अलग कारण थे। जो चइता को नज़दीक से जानते थे, वे उसकी इस आकस्मिक मृत्यु के रहस्य पर से परदा उठते देखने को आतुर हुए जाते थे और जो उसे नहीं जानते थे, वे निचली बिरादरी के एक अन्तिम महत्त्वाकांक्षी शख़्स की आत्महन्तात्मक निराशा की स्वाभाविक परिणति के

वास्तविक कारणों की तह तक पहुँचना चाहते थे। इन 'न जानने वालों' में ज़्यादातर लोग किसी भिखारीलाल नामक शख़्स के नेतृत्व में संगठित 'समाज-सेवादल' नामक सामाजिक संस्था के कार्यकर्ता थे जो लम्बे समय से निचली कही जाने वाली जातियों के हितों के लिए संघर्ष कर रहे थे। शेष कुछ मीडिया के लोग थे जो 'एक उभरते हुए दलित नायक की मौत, हत्या या आत्महत्या' की गुत्थी को सुलझाने में लगे थे।

जेठ की तपती दोपहरी का समय था। धूप तनिक चढ़ आयी थी और पोस्टमार्टम करने वाले डॉक्टर के इन्तज़ार में लोग पसीने से तर-बतर हुए जाते थे। चीर-घर पर मौजूद चइता के तमाम दोस्त रातभर सो नहीं पाये थे और इस कारण खड़े-खड़े ऊँघने लगे थे। उधर मेघिया की आँख के आँसू सूख-से गये थे, यद्यपि उसका गला अभी ठीक-ठीक काम कर रहा था और काम भर के कराह का सृजन कर रहा था। छेदी और बैरागी बाबू भी अपने लोगों के साथ वहाँ मौजूद थे। छेदी बाबू कफ़न के इन्तज़ाम में लगे थे तो बैरागी शव को फूँके जाने के लिए लकड़ी के लिए। बैदजी अपनी डिस्पेंसरी छोड़कर आये थे। दरअसल, आज के लिए सबने अपनी लड़ाई का मैदान चीर-घर को ही मान लिया था।

डॉक्टर के आने का इन्तज़ार अभी चल ही रहा था कि इतने में चीर-घर को जोड़ने वाले रास्ते पर गाजे-बाजे का शोर पास आता हुआ सुनाई दिया। लोग चौकन्ने हो गये। थोड़ी ही देर में यह आवाज़ और तेज़ हो गयी तथा उसके साथ नज़दीक आने वाले लोगों के चेहरे तनिक और भी स्पष्ट हो गये। पता चला कि आस-पास के मोहल्ले के निवासियों के द्वारा आज गधे की बारात निकाली जा रही थी। दरअसल, लोग पिछले कई महीनों से भयंकर गरमी से त्रस्त थे और इसके बावजूद इन्द्र देवता उन पर कोई कृपा नहीं बरसा रहे थे। स्थानीय लोगों का यह मानना था कि यदि ऐसी दशा में गधे को फूल-माला पहनाकर पूरे सम्मान के साथ उसकी बारात निकाली जाय और उसे किसी योग्य गधी के साथ ब्याह दिया जाय तो उससे न केवल रुष्ट इन्द्र देव प्रसन्न होते हैं, बल्कि तपती हुई धरती पर बादल बरसाकर लोगों को राहत प्रदान करते हैं।

बारात जब चीर-घर के सामने पहुँची तो चइता के पोस्टमार्टम के लिए आये लोग इस बारात को देखने में व्यस्त हो गये। परन्तु मेघिया के कानों में बारात के साथ चलने वाले बैंड-बाजे की आवाज़ ऐसे सुनाई पड़ती थी मानो युद्ध में तलवारें चटक रही हों। नाचते-गाते हुए लोगों के चेहरे उसे स्याह तथा डराते हुए प्रतीत होते थे। गाजे-बाजे की आवाज़ सुनकर मेघिया के शरीर में बैठे-बैठे ही हलचल हुई और उसने अचानक से अपने दोनों कानों को अपनी हथेलियों की सुरक्षा में

ले लिया। फिर अपनी आँखें मूँद लीं। बारात अभी गुज़र भी न पायी थी कि इतने में प्रतीक्षित डॉक्टर आ पहुँचा और धड़धड़ाते हुए चीर-घर के भीतर घुस गया। थोड़ी देर में शव का पोस्टमार्टम भी सम्पन्न हो गया और उसे चइता के परिवार वालों के हवाले कर दिया गया।

चइता के शव के बाहर आते ही उसको कन्धा देने के लिए मारा-मारी होने लगी। 'पहले हम, पहले हम' के चक्कर में कई लोग गिरते-गिरते बचे। ख़ैर! सबसे पहले एक ओर से छेदी बाबू ने कन्धा दिया और दूसरी ओर से बैरागी बाबू ने। फिर बारी-बारी से सभी ने चइता को अन्तिम विदाई देने के लिए अपने कन्धों का इस्तेमाल किया। समाज-सेवादल के लोग भी इस स्वर्णिम अवसर पर अपना कन्धा देने के से नहीं चूक रहे थे। 'राम नाम सत्त है' के उच्चारण के साथ घंटों की प्रतिध्वनि से पूरा वातावरण गूँज उठा था। मीडिया वाले इस अभूतपूर्व दृश्य का कवरेज करने के लिए भीड़ में अपने कैमरे घुसेड़ने में लगे हुए थे। अभी यह सब कुछ चल ही रहा था, तभी एक तरफ़ कोने में शान्त बैठी मेघिया अचानक से उठी और भीड़ में से एक मीडिया वाले का कैमरा छीनकर उसे जबरन ज़मीन पर पटक दिया। फिर चिल्लाते हुए बोली—'जब सब मिलिके काल्हि हमरे परान के मारते थे, तब तोहार ई कइमरवा कहाँ था?' मेघिया के इस बिना आव-ताव वाले व्यवहार से उपस्थित लोग भी हतप्रभ थे और मीडिया के लोग भी। लेकिन मेघिया के आवेश को देखते हुए कोई भी कुछ बोलने की स्थिति में नहीं था।

शव को लेकर कुछ देर आगे चलते रहने के बाद रस्म-अदायगी का यह कार्यक्रम सम्पन्न हुआ और अब लोगों में इस बात की बहस होने लगी कि चइता के शव को जलाने के लिए कहाँ ले जाया जाना उचित होगा? बैरागी उसे काशी ले जाने की सलाह दे रहे थे जबकि छेदी बाबू के अनुसार, 'इस कार्य के लिए डिलिया-घाट भी कोई ख़राब जगह नहीं है।' जब चइता के युवा साथियों ने अपने बड़े-बुज़ुर्गों को मगहर की याद दिलाई तो कुछ देर तक उसे लेकर भी खुसुर-पुसुर हुई। बैरागी बाबू का कहना था कि 'मगहर भी कोई जलाने की जगह है! चइता ने केवल खुन्नस में मगहर का नाम ले लिया होगा। उसके जैसी पवित्र आत्मा को सीधे सरग की ज़रूरत है। और इस कार्य के लिए काशी से बढ़िया कोई स्थान नहीं हो सकता।' जब भीड़ में से आवाज़ आयी कि 'काशी तो बहुत दूर है। वहाँ आने-जाने का किराया कौन देगा?' तो बैदजी ने लोढ़ा से तुरन्त अपना बटुआ पास लाने के लिए कहा। फिर उन्होंने उसमें से कुछ नोट निकाले और उसे चइता के निकट के साथी घसीटे को आगे की ज़िम्मेदारी निभाने के लिए सौंप दिया।

अब सभी लौटने वाले लोग लौटने को हुए और शेष लोगों का क़ाफ़िला

काशी की ओर जाने के लिए आगे बढ़ चला। पट्टी की ओर से इस क़ाफ़िले में केवल बिजई और मिट्ठू ही शामिल थे। बिजई इसलिए कि वे चइता के पुराने साथियों में से थे और वे अब चइता से फिर कभी न मिल पाने की पीड़ा को शिद्दत से महसूस कर रहे थे तथा मिट्ठू इसलिए कि वे शुरू से ही चइता के चुनाव के सारथि रहे थे और उसके इस दुःखद अन्त में अन्तिम दम तक उसके सहभागी बने रहना चाहते थे। बहरहाल चइता के शव को लेकर अभी क़ाफ़िला शव ले जाने वाली गाड़ी के नज़दीक पहुँचा ही था, तभी मेघिया किसी शेरनी की तरह चिंघाड़ते हुए चइता के शव के सामने आ खड़ी हुई और अपने लार टपकते हुए मुँह से तनिक चीख़ते हुए बोली—'हमरा परान कहीं नहीं जायेगा! हमरे पासे रहेगा!'

लोगों ने सोचा कि सम्भवतः मेघिया ने अपना मानसिक सन्तुलन खो दिया है। इसलिए लंगड़, परभू, बाऊर, झुर्रा और घसीटे ने उसे बारी-बारी से रोकने की भी कोशिश की। पर मेघिया बिल्कुल ही दृढ़प्रतिज्ञ थी। लोगों ने हार मानकर चइता के शव को ज़मीन पर रख दिया और एक किनारे खड़े हो गये। मेघिया अब जैसे स्थितप्रज्ञ हो गयी थी। झर-झर बहते उसकी आँखों के आँसू अब सूख गये थे और उसके चेहरे पर पीड़ा की अंकित रेखाएँ मिट गयी थीं। आज मेघिया की ज़िद के आगे किसी की एक न चली। हार मानकर सभी चइता के शव को बैलगाड़ी में रखकर वापस मदारीपुर की ओर लौट पड़े।

लौटते समय हरिजन टोले के लोग आपस में बातें करते जाते थे। झुर्रा ने परभू की ओर मुख़ातिब होकर कहा—'समझ में नहीं आता कि ई मेघिया भउजी के मन में का चल रहा है?'

परभू नींद में ऊँघ रहा था। उसने अर्धनिद्रा में ही झुर्रा के कथन के समर्थन में अपना सिर हिलाते हुए कहा—'हूँ...!'

लंगड़ से नहीं रहा गया। वह पीछे आ रही दूसरी बैलगाड़ी में सवार मेघिया की आँखों में झाँकने की कोशिश करते हुए बोला—'लगता है उसके कपार पर काली माई आ गयी है। पता नहीं का चाहती है?'

घसीटे ने लंगड़ के इस कथन के समर्थन में अपना अभिमत जोड़ते हुए कहा—'देखत रहो भइया लोगन! आज से हरिजन टोले में बवाले है!'

घसीटे की बात सुनकर न केवल लंगड़, झुर्रा, बाऊर, परभू बल्कि बैलगाड़ी में बैठे तमाम अन्य लोगों के माथे पर भी बल पड़ गये। सबने एक साथ 'हे निरंकार बाबा...! हम सबकी रच्छा करना...!' का उच्चारण करते हुए गहरी साँस ली और रास्ते में पड़ने वाले तमाम गड्ढों के साथ अपने शरीर का साम्य स्थापित

करने में लग गये। लगभग दो-ढाई घंटे की यात्रा के बाद सभी हरिजन टोले पहुँचे। हल्की-हल्की बूँदा-बाँदी शुरू हो गयी थी। चइता के शव को बैलगाड़ी से उतारा गया और उसे दरवाज़े पर रखकर, सभी भारी मन के साथ अपने-अपने घरों की ओर इस भाव से रुख़सत हो चले कि अब कल जो सबका निर्णय होगा, वही किया जायेगा।

पट्टी के लोग पहले ही अपने-अपने घरों को लौट आये थे। ऊँची बिरादरी के लोगों का, छोटी बिरादरी के लोगों के दाह-कर्म में सम्मिलित होना लगभग वर्जित-सा है। हालाँकि यह वर्जना शास्त्रनुमोदित न होकर स्व-निर्धारित ही होती होगी। बैरागी हों या छेदी या फिर बैदजी, चीर-घर पर इन सभी का आना एक दिखावामात्र था और उसके पीछे सबका अपना-अपना निहित स्वार्थ छुपा हुआ था। इसके अतिरिक्त वहाँ पर उन सभी का आगमन हरिजन टोले के लोगों से स्वयं के अधिक नज़दीक होने की प्रतिस्पर्धा से भी प्रेरित-संचालित था। बहरहाल, जब सभी अपने-अपने घरों को लौटे तो सबने घर के बाहर ही स्नान किया; फिर किसी ने हनुमान चालीसा तो किसी ने दुर्गासप्त-शदी का पाठ किया। सभी के घरों में गंगाजल छिड़का गया, गोया वे सभी कोई सामूहिक अपराध करके लौटे हों!

अँधेरा हो चला था और अमावस की रात धीरे-धीरे अपने बदन पर कालिमा का चादर फैलाने लगी थी। वातावरण में घुप्प अँधेरा छा गया था और बारिश की बूँदें बड़ा आकार लेने लगी थीं। बीच-बीच में बादलों की गड़गड़ाहट से निस्तब्ध वातावरण की चुप्पी टूटती थी, फिर सन्नाटा छा जाता था। चइता के शव को वापस लेकर हरिजन टोले के थके-हारे लोग अपने घरों में ऐसे क़ैद हो गये थे मानो पूरे हरिजन टोले में ही मरन पड़ गया हो!

मेघिया के बच्चे भूख के दर्द से कराहकर और थक-हारकर सो गये थे। मेघिया कुछ देर तक ज़मीन पर लेटी रही। उसकी बूढ़ी सास ने उसके सामने एक लोटा पानी लाकर रख दिया, पर प्यासी मेघिया को उसकी सुध न रही। उसे इसकी भी चिन्ता नहीं रही कि जाते-जाते चइता उसकी कोख में अपनी जो निशानी छोड़ गया है, वह भी भूखा-प्यासा होगा। अपने लिए न सही, उसके लिए ही राही—कुछ अनाज-पानी तो मुँह में डालना ही होगा।

मेघिया की आँखें फ़र्श पर पड़े-पड़े झपकने लगी थीं, तभी अचानक से उसके शरीर में बिजली जैसी हरक़त हुई। वह एकाएक उठी और घर के भीतर डेहरी के पीछे रखा हुआ फावड़ा उठा लिया। फिर बाहर निकली और चइता के शव के एक कोने में बंधे कपड़े को पकड़कर घसीटते हुए पिछवाड़ ले गयी और उसे एक स्थान पर छोड़कर वहाँ स्थित मदार के वृक्षों के बीच ज़ोर-ज़ोर से फावड़ा

चलाने लगी। मेघिया के आज के इस व्यवहार को देखकर ऐसा लगता था, जैसे उसने पिछले छत्तीस घंटे में ही जीवन के उस सत्य से साक्षात्कार कर लिया था जिसका वह अब तक के पूरे जीवन में न कर सकी थी।

कभी सारे दिन घर का कोई भी काम न करने वाली मेघिया के शरीर में आज गज़ब की ताक़त आ गयी थी। मेघिया फावड़ा चलाती जाती थी और उसकी आँखों से आँसुओं के अंगारे बरसते जाते थे—मानो इन आँसुओं से आज सब कुछ जलाकर ख़ाक कर देगी! बारिश की बूँदें लगातार गिर रही थीं और मेघिया के आँसुओं के साथ घुलकर एकमेक हो जाती थीं। कई बार फावड़ा चलाते-चलाते जब उसके हाथ बिल्कुल ही थक जाते तो वह दम लेने के लिए घस्स से नीचे ज़मीन पर बैठ जाती और देहरी पर रखी ढिबरी की रोशनी में चइता के शव को निहारने लगती। फिर 'मारि ढारे-मारि ढारे/परधानी के चक्कर में/मारि ढारे'—कहकर चिल्लाती हुई फावड़ा उठाकर ज़मीन पर चलाने लगती।

सारा हरिजन टोला मेघिया के घर की ओर अपने कान लगाये हुए था कि आख़िर उसके दिमाग़ में क्या चल रहा है! यही नहीं, पड़ोस की कई महिलाएँ मेघिया को समझाने की नीयत से उसके पास भी जाना चाहती थीं। दरअसल, महिलाएँ जानती थीं कि मेघिया पेट से है और इस हाल में किसी भी तरह की चिन्ता और मेहनत उसकी कोख के लिए गम्भीर ख़तरा पैदा कर सकती है। किन्तु वे अपने आदमियों के मुँह से चीर-घर पर उसके आज के रौद्र रूप की कथा सुनकर सहम-सी गयी थीं और चाहकर भी मेघिया के पास जाने की हिम्मत नहीं जुटा पा रही थीं। चमकती हुई बिजली तथा बादलों की गड़गड़ाहट के बीच मेघिया के फावड़े की आवाज़ दूर-दूर तक सुनाई दे रही थी—साथ में उसके कराहने एवं गाली देने की भी!

लगभग डेढ़-दो घंटे तक मेघिया रुक-रुककर फावड़ा चलाती रही। अन्त में उसने फावड़ा एक ओर फेंका और चइता के शव को घसीटते हुए खोदे हुए गड्ढे में लाकर रख दिया। फिर वह गड्ढे में नीचे उतरकर उसके एक कोने में घुटने के बल बैठ गयी और चइता के साथ लिपटकर रोने लगी। इस बार मेघिया की आवाज़ में ह्रदय को कँपा देने वाली करुणा थी। थोड़ी देर तक यह सब कुछ चलता रहा। फिर मेघिया झटके से उठी और गड्ढे से बाहर निकाली गयी मिट्टी को कभी फावड़े से और कभी अपने हाथों की अँजुरी से चइता के शव के ऊपर उड़ेलने लगी मानो अब जाकर उसे अन्तिम रूप से विदा कर रही हो! चइता का शव ज्यों-ज्यों ढँकता जाता था, मेघिया की आँखों से आँसू बहने की तीव्रता बढ़ती जाती थी। ठीक इसी समय शिव मन्दिर के रात्रिप्रहर के अन्तिम

घंटे बजने शुरू हुए, जो उसके हृदय पर किसी लोहार के गम्भीर हथौड़े की तरह चलते हुए प्रतीत हो रहे थे।

मेघिया एक मृत शरीर के साथ किये जाने वाले ज़माने के सारे रस्मो-रिवाज अपने तरीक़े से निभा चुकी थी और अब वह बिल्कुल ही शान्त हो गयी थी, जैसे कुछ हुआ ही न हो...! उसके ज़ेहन में अचानक से एक विचित्र किस्म की निश्चिन्तता आ गयी थी। वह ढिबरी लिए ओसरे की ओर लौटी और न जाने क्यों हल्के प्रकाश में अकेले ही बैठकर हँसने लगी। देखकर लगता था मानो वह अपनी नियति पर हँस रही हो...! फिर उसने लोटे में रखे गये पानी को उठाकर अपने मुँह से ऐसे लगा लिया, जैसे जनम-जनम की प्यासी हो! क्षण भर में ही उसके हृदय में प्रेम का अटूट सागर उमड़ने लगा। वह बारी-बारी से अपने सोये हुए बच्चों को नींद से उठाती जाती और उन्हें अपनी छाती से इस क़दर लगाती जाती थी मानो दूध उसके स्तनों से निकलकर बहने को बेसब्र हुआ जा रहा हो! इस क्रिया में बच्चे नींद में ही रोने लगते और मेघिया उन्हें चुप कराने की कोशिश करती हुई उनकी भूख शान्त करने में लगी हुई थी।

24

गाँव-देहात में आधी रात को देसी कुत्तों का रोना और सुबह-सवेरे किसी राँड़ औरत का रोना बड़ा ही अपशकुन भरा होता है। कल रात से ही हरिजन टोले में कुत्तों का भूँकना जारी था जो किसी तरह प्रातः चार बजे जाकर बन्द हुआ था। और आज सुबह होते ही मेघिया ने फिर वहीं से अपनी अधूरी रामकहानी शुरू कर दी थी, जहाँ कल उसने छोड़ा था। इस सर्वव्यापी रुदन के चलते चइता के आँगन में टँगे और पिंजरे में बन्द तोते ने, जिसे चइता बहुत प्यार करता था, बोलना और खाना-पीना तक छोड़ दिया था।

फ़िलहाल चइता के शव को घर के पिछवाड़े में दफ़न किये जाने की जानकारी टोले के सभी निवासियों को हो चुकी थी और लोग तरह-तरह की चर्चाओं में मशगूल थे। उधर मेघिया एक नये प्रयोग की तैयारी कर रही थी। वह सुबह-सुबह घर के सामने थोड़ी दूर स्थित ताड़ के पेड़ पर चढ़ गयी थी और अपनी दोनों बाँहों से पेड़ के तने को कसकर पकड़कर पट्टी की ओर मुँह करके सभी को नयी-नयी गालियों से नवाजती जा रही थी। लोग-बाग मेघिया के इस अदम्य साहस पर हतप्रभ हो रहे थे और चर्चा कर रहे थे कि जो मेघिया आज तक पेड़

पर चढ़ना तक नहीं जानती थी, वह आज कैसे किसी बिल्ली की तरह सरपट पेड़ पर चढ़ गयी थी!

मेघिया के बारे में लोग चाहे जो भी सोचें; परन्तु मेघिया के इस कृत्य ने टोले के बच्चों के मन में एक नया कौतूहल भर दिया था। और आगे से जब मेघिया रोज़ ही इस क्रिया को अंजाम देने लगी तो इलाक़े के बच्चे उसके उत्साहवर्धन के लिए उसे पहले से ही ताड़ के पेड़ नीचे खड़े मिलते और बीच-बीच में चीख़ते हुए, जब वह गालियाँ भूल जाती तो वे सभी होनहार उसे गालियाँ याद दिलाने में उसकी ख़ास मदद किया करते थे। कई बार बच्चे चइता के लिए प्रयुक्त किये जाने वाले स्लोगन को मेघिया पर आज़माते हुए कहते—'मेघिया तुम संघर्ष करो/ हम तुम्हारे साथ हैं।'

बहरहाल दो-तीन दिन तक पूरे मदारीपुर में मुर्दानगी छाई रही—हरिजन टोले में वास्तविक रूप में तो पट्टी में छद्म रूप में। लोगों का जीवन ठहर-सा गया था—हरिजन टोले के लोगों का घुटन भरे स्तब्ध वातावरण के कारण तो पट्टी का विनाश की आशंका के कारण। परन्तु परधानी तो परधानी ठहरी! किसी के जीने-मरने से उसका क्या लेना-देना! और अब तो चुनाव के लिए भी बमुश्किल एक-डेढ़ महीना शेष रह गया था। इसलिए चाहकर भी अपनी सक्रियता को विराम नहीं दिया जा सकता था। चइता की मौत के दो-तीन दिन बाद से ही छेदी और बैरागी, दोनों पक्षों की गतिशीलता बढ़ गयी। दोनों ही पुरोधा नयी रणनीतियों के गठन के साथ अपने-अपने काम में लग गये।

सुबह का समय था। बमुश्किल साढ़े आठ-नौ बजे होंगे। बैदजी अपनी डिस्पेंसरी पर बैठ गये थे और कल रात को भिगोए गये बादाम के छिलकों को नाख़ून से निकालकर खाये जा रहे थे। इतने में उन्होंने बैरागी बाबू को आते देखा। दरअसल, बैरागी बाबू की तबीयत कल रात को अचानक से नाशाद हो गयी थी और इसकी जानकारी अभी-अभी बैदजी को लोढ़ा के माध्यम से प्राप्त हुई थी। हुआ यूँ था कि बैरागी बाबू द्वारा रात में पर्याप्त मात्रा में ग्रहण किये गये पौष्टिक भोजन के कुछ तत्त्व ठीक से पच नहीं पाये थे और वे सारी रात उनकी आँतों से निकलने वाले जूसों के साथ रासायनिक क्रिया करके किसी अज्ञात और दुर्गन्धयुक्त वायु का सृजन करते रहे थे। हालत यह हो गयी थी कि बैरागी बाबू का पेट तुमड़ी की तरह फूल गया था और वे सारी रात तमाम किस्म के धमाकों के साथ गुज़ारते रहे थे। वास्तव में यदि कल रात के दृश्य को स्थायी बनाया जा सकता तो निश्चित रूप से बैरागी बाबू का बँगला रसायन-विज्ञान के तमाम प्रयोगशालाओं को मात देने की स्थिति में होता। ख़ैर...!

बैरागी ने आकर बैदजी को प्रणाम किया और सामने बैठ गये। बैदजी ने उनकी आँखों में देखा और बोले—'अरे! रात में ही ख़बर कर देते तो दवा भिजवा देता! आयुर्बेद में तो ई सब बहुत छोटा मरज़ है!'

'मैंने सोचा कि आपको रात में क्या डिस्टर्ब करूँ! लेकिन इस गैस ने बहुत परेशान किया रात भर!' बैरागी ने कहा।

बैदजी बोले—'तुम तो संजमी आदमी हो! फिर कैसे हो गया यह सब?'

बैरागी ने अपने फूले हुए पेट को सहलाते हुए कहा—'असल में दो-तीन दिन से नींद नहीं आ रही! खाना ठीक से पच नहीं पाता। गैस बन जाती है। बहुत जानलेवा है ससुरी! रात में नटई (गले) तक चढ़ आयी थी। उलटी, दस्त और चक्कर के मारे लगा कि आज ही प्राणान्त हो जायेगा! बड़ी देर तक बज्रासन पर बैठा रहा। फिर पानी पीकर ओसारे में टहलता रहा। तब जाकर नींद आयी। अभी भी परेशान कर रही है।'

बैरागी बाबू की इस पीड़ा का बयान सुनकर बैदजी ने पहले उन्हें घाघ कवि की दो देहाती कहावतें सुनाईं। तदुपरान्त बैठे-बैठे ही अलमारी में रखा हुआ एक चूर्ण निकाला और लोढ़ा से उसमें झट से इंट्रोक्यूनाल पीसकर डालने तथा गुनगुने पानी के साथ बैरागी को देने को कहा। फिर बैरागी की ओर मुख़ातिब होकर बोले—

'सरीरे तो है!...हो जाता है कभी-कभी!...मैं तो रोज रात में लेता हूँ इस चूरन को! वैसे आजकल तो तुम्हारा रुटिनवे डिस्टर्ब चल रहा है। इसलिए यह सब हो रहा है। जल्दी ही आराम हो जायेगा।'

बैदजी अभी बोल ही रहे थे, तभी उन्होंने देखा कि बैरागी ने अपने शरीर के एक हिस्से को दूसरी ओर झुका दिया है और उनके शरीर से एक सुरीली आवाज़ निकलनी शुरू हो गयी है—मानो कहीं दूर से रेलगाड़ी के आगमन का सायरन बज रहा हो...! बैदजी ने फिर से बैरागी की आँखों में देखा और 'बस अभी ठीक हो जायेगा' कहते हुए लोढ़ा द्वारा तैयार किये गये चूर्ण को घोंटने के लिए अपने पास रखे पानी का जग बैरागी की ओर बढ़ा दिया।

बैरागी बाबू ने चूरन को पानी के साथ घोंटना शुरू किया और कुछ ही सेकंड के अन्तराल के बाद ही पास रखे तख़त पर लम्बलेट हो गये। बैदजी बैरागी बाबू की मनोदशा बख़ूबी समझ रहे थे। वे अपने अनुभव और आयुर्वेद के शास्त्रों के अध्ययन से यह जानते थे कि गैस की बीमारी बड़ी ही ख़तरनाक होती है और जब सिर पर चढ़ जाये तो जान पर बन आती है। बहरहाल, वे बैरागी की उदर-पीड़ा को शास्त्रों के माध्यम से समझाने और कम करने की कोशिशों में लग

गये और अपने पीछे की ओर रखी आलमारी से एक आयुर्वेद का ग्रंथ निकालकर उसका वाचन शुरू किया–

'गैस क्षणिक उदर-विकार का उपोत्पाद है। इसे ही न आम-फहम भाषा में पादना कहते हैं। यह कोई बीमारी नहीं है। यदि पाद बिल्कुल ही न आये तो यह समझना चाहिए कि व्यक्ति का यकृत, वृक्क आदि ठीक से काम नहीं कर रहा। पाद इस बात का संकेतक है कि शरीर के सारे अवयव ठीक ढंग से काम रहे हैं। कभी-कभी यह बीमारी का आरम्भिक लक्षण हो सकता है, किन्तु इसे स्वयं में बीमारी समझना भूल होगी...'

बैदजी पुस्तक खोलकर निरन्तर बोले जा रहे थे–'...प्राचीन आयुर्वेदाचार्यों ने इसके पाँच भेद बताये हैं। पहला प्रकार है–'भोंपू'। इसे उत्तम पाद माना गया है। यह घोषणात्मक प्रकृति का होता है और इसकी आवाज़ में धमक होती है। यह शरीर के उत्तम स्वास्थ्य का प्रतीक है। इसका दूसरा प्रकार है–'शहनाई'। एक प्राचीन वाद्ययन्त्र के आधार पर इसका यह नामकरण किया गया है। इस पाद का एक दूसरा नाम 'मध्यमा' भी बताया गया है। इस पाद की आवाज़ में धमक अपेक्षाकृत कम होती है तथा यह अपने नामधारी वाद्ययन्त्र की भाँति सुरीला होता है। पाद के तीसरे प्रकार को 'खुरचनी' कहा गया है। इसकी आवाज़ पुराने ताड़पत्र या काग़ज़ की तरह सरसराहट भरी होती है। यह रुक-रुककर कई खंडों में प्रसारित होती है। यह कब्ज़ तथा गरिष्ठ भोजन के कारण होती है। पाद का चौथा प्रकार 'तबला' एक खुदमुख़्तार पाद है, जो बिना किसी अतिरिक्त प्रयास के अपने आप ही बाहर निकल जाता है। यह भी अपने नामधारी वाद्ययन्त्र की तरह ध्वनि निःसृत करता है। पाँचवाँ और अन्तिम पाद है–'फुस्की'। यह निःशब्द प्रकृति का होता है और शरीर के अत्यन्त विकारवान होने का संकेत देता है। यदि समय रहते इनका बारीक़ अध्ययन कर उपचार किया जाये तो गम्भीर बीमारियों से बचा जा सकता है।'

इधर बैदजी ने अपना अध्याय समाप्त किया और उधर बैरागी बाबू भी अब धीरे-धीरे चैतन्य हो गये। बहरहाल, अब दोनों किसी सार्थक वार्ता में मशगूल होना चाहते थे। बात चइता की मौत से ही शुरू हुई। बैदजी ने छोड़ा–

'ई चइता का मामला समझ में नहीं आ रहा...! खुद मरा या किसी ने दुश्मनी साध ली ससुरे से...!!'

बैरागी चेहरे पर गम्भीरता का लबादा ओढ़ते हुए तथा थोड़ा दार्शनिक होते हुए बोले–

'मौत का कोई भरोसा नहीं भइया! कब और किस रूप में आ जाय! आदमी

मरता तो है अपनी ही मौत से! बस लोगों की बहस के लिए तरह-तरह के बहाने छोड़ जाता है...मेरी उससे कोई सीधी लड़ाई कभी नहीं थी। लड़ाई अपनी जगह है। पर मुझे उसके जाने का ग़म है।'

बैदजी ने कहा—'पर छेदी तो राहत की साँस ले रहे होंगे भाई!...अब आसानी तो तुम्हें भी हो जायेगी। लड़ाई सीधी हो जायेगी!...पर देखो, असल मुद्दा यह है कि हरिजन टोले वाले किधर जाते हैं...!'

बैरागी बोले—'मैंने तो सब बजरंगबली के ऊपर छोड़ दिया है! वही रच्छा करेंगे...! मेरी जीत उनकी जीत और मेरी हार उनकी हार!'

बैदजी ने समर्थन में सिर हिलाया और गहरी साँस लेते हुए बोले—'हाँ भाई...! बिना उनकी मरजी के एक पत्ता भी कहाँ डोलता है!'

अभी यह वार्ता चल ही रही थी कि इतने में भोकाली, गुरुघंटाल, केला मिसिर, करैली गुरु आदि नवरत्न आ गये। सबने याद दिलाया कि आज बैरागी को पसियाना में जाना था। फिर क्या था! बैरागी, बैदजी के चरण छूने के बाद अपने साथियों समेत पसियाना की ओर निकल पड़े।

यह भी अजीब संयोग था कि इधर बैरागी गैस और उलटी के मर्ज़ से परेशान थे और उधर छेदी बाबू को ख़ूनी पेचिश की शिकायत हो गयी थी। छेदी बाबू के साथ ऐसा पहले कभी नहीं हुआ था। बताते हैं कि उनका हाज़मा इतना दुरुस्त हुआ करता था कि आँतें कच्चा मांस भी पचा जायें। लेकिन आजकल वे अपने पेट से एकदम से तबाह हो गये थे। कई बार रात में सोने में ही उनकी धोती ख़राब हो जाती और उसे भिन्सारे में बदलना पड़ता। शरीर से अधिक ख़ून निकलने के कारण वे पीले भी पड़ गये थे। स्थिति यह हो गयी थी कि कई दिनों से वे ताल और शिव मन्दिर तक जाना भूल गये थे तथा अपनी नित्यक्रियाओं को घर के पिछवाड़े में ही अंजाम देने के लिए मजबूर थे।

आज फिर से उनके बँगले में 'कमेटी' की गम्भीर-मन्त्रणा आरम्भ हो गयी थी। कमेटी के सदस्यों समेत पंडित मिथुन शर्मा सभा में उपस्थित होकर उसकी शोभा बढ़ा रहे थे तथा सभी, कुछ समय पहले ही पंडित माईराम बाबा के अचानक से अर्धविक्षिप्त होने तथा उनके द्वारा कुत्तों की तरह आवाज़ निकालने की उनकी दशा पर अपनी सहानुभूति प्रगट करते हुए बारी-बारी से अपना मन्तव्य भी प्रगट कर रहे थे। दरअसल, कुछ समय पूर्व माईराम को किसी पागल कुत्ते ने काट लिया था। माईराम के भीतर इससे उपजने वाले रोग के लक्षण लगभग एक साल बाद प्रगट हुए। फिर क्या था...! माईराम अपने दरवाज़े पर बैठे-बैठे भूँकते रहते और पंडिताइन उनकी यह दशा देखकर रोती रहतीं।

सभा इस बात को लेकर बिल्कुल सहमत थी कि दरअसल जजमानी ग्रहण करके लौटते समय माईराम बाबा को किसी पागल कुत्ते ने काट लिया होगा, क्योंकि उनके व्यवहार से ज़्यादातर लक्षण इसी बात के दिखाई पड़ रहे थे। लेकिन उपचार के लिए उनके द्वारा किये गये प्रयासों को लेकर सभा के सदस्यों के बीच किंचित् मतवैभिन्य था। किसी ने कहा कि उनको समय से गहरे खोदे गये कुएँ नहीं झँकवाए गये होंगे; तो किसी ने कहा कि वे सही समय से कुत्ते के मालिक से तेल और लाल मिर्च नहीं लगवा पाये। एकाध ने अपने ज्ञान का तेवर दिखाते हुए यह भी मन्तव्य प्रगट किया कि सम्भव है कि कुत्ते के असली मालिक का पता ही न चल पाया हो, शायद इसलिए ये उपाय न किये जा सके हों। इन तमाम विचार-विमर्श और बाता-कही के बावजूद पूरी सभा माईराम के इस क़दर निरन्तर मृत्युर्मुखगमन को लेकर भीतर तक दुःखी थी।

इस पूरी बहस में सर्वाधिक आनन्द ले रहे थे—माईराम बाबा के धुर प्रतिद्वन्द्वि पंडित मिथुन शर्मा। सारी सभा अभी इस वार्ता का आनन्द लेना ही चाहती थी कि इतने में छेदी बाबू आ धमके और सबको एक साथ टोकते हुए बोले—

'अरे! कब्बो तो गम्भीर बनो तुम लोग...! कभी देश-दुनिया को भी झाँक लिया करो। जब देखो तब वही चूंतियापंथी की बातें...! और मिथुन महाराज...! तुम भी कभी-कभी औघड़ई करने लगते हो और लौंडों के साथ एकदम लवंडई पर उतर आते हो। यहाँ आदमी की जान्न की पड़ी है और तुम कुत्तों का भविष्य बाँच रह्रे हो...! अठन्नी वालों का अन्न ग्रहण करने वालों की वही गति होती है, जो माईराम की हो रही है! ज़रा तुम भी सावधान रहना, आजकल तुम्हारी पोथी वहाँ भी खुलने लगी है...!'

छेदी बाबू की इस झाड़ के बाद मिथुन पंडित बिल्कुल झेंपने लगे और मुँह छुपाने के लिए बगलें झाँकने लगे। सभा कुछ देर के लिए निस्तब्ध हो गयी। फिर कोशिश करके मिट्ठू भाई ने वातावरण की चुप्पी तोड़ी। बोले—

'अरे कका! आप तो अकसर कहते हैं कि अपने देश के भाग्य का बिधाता ही मालिक है। तो फिर उसके सामने हमारी क्या बिसात है? जो बिधाता हमारे लिए करेंगे, वही तो भोगा जायेगा...! अपना भाग सीधा-टेढ़ा करने के लिए दिमाग़ क्यों खपाया जाय...!'

छेदी बोले—'तुम तो फिलस्फर हो गये! चुनाव को अब महीना भर नहीं रह गया है और तुम सारा दोष बिधाता के सिर पर मढ़कर निश्चिन्त होना चाहते हो। सब लोग थोड़ा सीरियस हो जाओ और अपनी-अपनी कमान सँभाल लो!'

मिट्ठू ने छेदी बाबू की गुदगुदी की—'कका! आप बिस्तर पर हैं। आपकी तबीयत ख़राब है। पर जज़्बा देखने लायक़ है। काश! विधाता ने हम लोगों को भी ऐसा ही जज़्बा दिया होता तो हम भी दो-तीन बार परधान हो गये होते।'

सुनते ही छेदी बाबू एकदम से गीले हो गये और मिट्ठू की बातों का जवाब देते हुए कहा—'आदमी चाहे बूढ़ा हो जाय, पर उसके जज़्बात बूढ़े नहीं होते!... और परधानी तुम जैसे बयान-बहादुरों के भरोसे नहीं लड़ी जाती।'

मिट्ठू को जवाब मिल गया था, इसीलिए उन्होंने विषय बदलने की कोशिश करते हुए कहा—'कका! चइता की मौत ने परधानी का माहौले एकदम मनहूसियत वाला कर दिया। नहीं तो हम इस बार आपके जज़्बात से बिल्कुल ही समझौता नहीं करते। अब तो सारी गोटी फिर से सजानी पड़ेगी।'

'तुम तो ऐसे कह रहे हो, जैसे चइता न मरा हो बल्कि मैं चुनाव हार गया हूँ! अरे रास्ते का काँटा था, अपने आप निकल गया...जब उसने मेरा बिरोध करना शुरू किया, तभी मुझे लग गया कि अब यह जियादा दिन नहीं चल पायेगा... पंडितजी से पूछो! जो मेरा बिरोध करता है, उसका अपने आप नास हो जाता है...! शत्रुहन्ता जोग है हमारा...!!' छेदी बाबू तनिक आत्मविश्वास से भरकर बोले।

'लेकिन भइया! ई मेघिया का मामला कुछ समझ में नहीं आ रहा है।' मल्लन माथे पर बल डालते हुए बोले।

'बिच्छित (विक्षिप्त) हो गयी है। अभागिन है...उसके भाग में मरद का सुख नहीं है।' छेदी बाबू ने लम्बी साँस भरते हुए कहा।

लल्लन बोले—'सुना है पेड़ पर चढ़कर पट्टी के लोगों को आजकल ख़ूब गरिया रही है।'

छेदी बाबू ने मेघिया की गालियों का हृदय से समर्थन करते हुए कहा—'गाली ही छोटकी बिरादरी की ताक़त है, उनकी बन्दूक है और हमारा रक्षा-कवच भी। अगर उनके पास गालियों का अस्त्र न हो तो उनके भीतर की पीड़ा और हतासा हमारी-तुम्हारी जान ले ले!...वे सताए भी जाते हैं और हमारा पाप भी भोगते हैं। अब गाली भी न दें तो क्या पूजा करें हमारी? ...लेकिन देखना आगे वह दिन भी आयेगा, जब किसी चइता के स्थान पर कोई मिट्ठू मरेगा!'

मिट्ठू बीच-बहस में अपना नाम सुनकर एकदम से भड़क गये। बोले—'का कका! आपको मेरे अलावा कोई और उदाहरण नहीं मिला। मैं क्यों मरूँ? मरें मेरे दुश्मन!'

छेदी बाबू ने मिट्ठू को पुचकराते हुए कहा—'अरे बेट्टा! उदाहरण हमेशा या तो बीर की दी जाती है या फिर हीर की! तुम तो मेरे हीर हो...मेरे हीरा हो बेऽ...!'

अभी छेदी बाबू मिट्ठू की यह मक्खनबाज़ी कर ही रहे थे कि तभी इमरजेंसी आ गये। संवाद जहाँ-का-तहाँ स्थिर हो गया। छेदी बोले—'कहाँ टहल रहे हो इमरजेंसी? कुछ नया-ताज़ा?'

इमरजेंसी ने उतावलेपन के साथ कहा—'सब ताज़ा-ही-ताज़ा है महराज जी...! हरिजन टोले में सेवादल वाले आये थे। मेघिया के घर गये थे। जहाँ चइता को गाड़ा गया है, वहाँ जल चढ़ाया और हरिजन टोले के सभी लोगों को चुनाव के बहिष्कार के लिए कहा है। चरचा ईहो है कि इस बार हरिजन टोले वाले भोट ही नहीं डालेंगे...यह भी ख़बर मिली है कि सेवा दल वाले जिले के एस.पी. से मुकालात (मुलाक़ात) करके चइता के मौत की जाँच कराने की माँग कर रहे हैं, जो है सो कि...!'

छेदी बाबू ने कहा—'आज बड़े दिनों बाद इमरजेंसिया ठोस ख़बर लाया है। भगवान करे कि चइता की मौत की जाँच हो और फँसें मेरे सारे दुश्मन!'

मिट्ठू बोले—'अब जाँच होगी तो कुछ-न-कुछ तो सामने आयेगा ही! भगवान से ई मनाइए कि आपकी और चवन्नी की इज़्ज़त बची रहे।'

मिट्ठू द्वारा अपने पिछवाड़े में की गयी इस सरेआम चिंगोटी से छेदी बाबू बौखला गये और बोले—'तुमको मालूम है न कि आज तक हमारे दामन पर कोई दाग़ नहीं लगा पाया...!'

मिट्ठू धीरे से बोले—'हूँ!'

'...तो इस बार भी कोई माई का लाल छेदी का बाल बाँका नहीं कर पायेगा...' छेदी बोले।

इस बीच बहस में हस्तक्षेप करते हुए इमरजेंसी ने एक तथ्य और जोड़ा—'महराज जी...! लोग बता रहे हैं कि इस बार हरिजन टोले वाले पट्टी के लोगों को भोट नहीं देंगे। हो सकता है कि चइता की जगह मेघिया को खड़ा करें।'

छेदी बाबू के माथे पर पसीना आ गया। उन्होंने लम्बी और गहरी साँस ली। फिर बोले—

'मेघिया काऽ चुनाव लड़ेगी...? ठीक है...! समय आने पर देखा जायेगा।'

बोलते-बोलते अचानक से छेदी बाबू के पेट से गुड़गुड़ाने की आवाज़ आने लगी और वे धोती ख़राब होने के डर से गरमागरम बहस को बीच में ही छोड़कर पिछवाड़े की ओर भागे। कमेटी के बाक़ी लोग भी बारी-बारी से खिसकने लगे।

25

आज सुबह समाज सेवा दल के लम्बरदारों ने अपने अगुआ भिखारीलाल के नेतृत्व में जिले के एस.पी. मलखान सिंह राठौर से मिलने का कार्यक्रम तय किया था। बमुश्किल दस बज रहे होंगे। धीरे-धीरे सेवा दल के लगभग दो सौ अनुयायी एकसाथ एस.पी. साहब के आवास की ओर बढ़ चले। राठौर साहब इस घेराव से बिल्कुल ही बेख़बर, जन्माष्टमी की तैयारियों के मद्देनज़र फलों और मिठाई की टोकरियाँ अपनी कार की डिक्की में सहेजकर रखवाने में व्यस्त थे और अपनी किसी नयी-नवेली प्रेमिका के मिलने के लिए निकलने की तैयारी कर रहे थे।

वस्तुतः एस.पी. साहब को 'जन्माष्टमी' शब्द से बहुत लगाव हुआ करता था और वे इस त्योहार के आगमन से पूर्व अकसर ही रूमानी हो जाया करते थे। क्योंकि वे स्वघोषित तौर पर स्वयं को कृष्ण का अवतार मानते थे और अपनी निजी ज़िन्दगी, अपनी चाह में तड़पती प्रेमिकाओं के लिए समर्पित कर चुके थे। ऐसा नहीं था कि एस.पी. साहब शादीशुदा न थे। लेकिन एक से दो, फिर दो से चार, फिर अपरम्पार पत्नियों की नित बढ़ती सूची से वे आजिज़ आ चुके थे। आख़िर वे कितनी शादियाँ करते और कब तक करते...! सो अन्त में उन्होंने इस ढकोसलेनुमा सामाजिक चोले को उतारकर अपनी गोपियों अर्थात् प्रेमिकाओं का नया साम्राज्य खड़ा कर लिया था और अपने इस नये अवतार का भरपूर आनन्द उठा रहे थे। जब कभी भी एक ज़िले से किसी दूसरे ज़िले में उनका तबादला होता, उनकी प्रेमिकाओं की फेहरिस्त में कुछ नयी छैल-छबीलियों का नाम अनायास ही जुड़ जाया करता था।

ख़ैर! सेवादल के मुखिया भिखारीलाल अपने कुछ चुनिन्दा साथियों के साथ एस.पी. साहब के आवास पर पहुँचे और गेट पर खड़े गार्ड के माध्यम से अपना निवेदन एस.पी. साहब तक पहुँचाया। एस.पी. साहब ने उन सभी फ़रियादियों को दो-तीन दिन बाद कार्यालय में आकर मिलने के लिए कहा। अब तक सेवादल के ज्यादातर समर्थक एस.पी. साहब के आवास पर पहुँच चुके थे। एस.पी. साहब की इस बेरुख़ी को देखकर, अपने मुखिया के निर्देश पर वे सारे पंक्तिबद्ध होकर गेट के सामने लेट गये और एस.पी. साहब के नाम मुर्दाबाद के नारे लगाने लगे। पहले तो एस.पी. साहब ने इनको अवॉइड करने की कोशिश की। फिर आजिज़ आकर अपने ही आवास पर तैनात रंगरूटों को

प्रदर्शनकारियों को ठीक से धोने के निर्देश दिये। इधर सेवादल के लोग क़ायदे से हौंके गये और उधर एस.पी. साहब निजी वाहन पर सवार होकर पिछवाड़े से अपने गन्तव्य को निकल गये।

एस.पी. साहब की गाड़ी सड़कों पर धूल उड़ाती हुई चलती चली जा रही थी। दरअसल, एस.पी. साहब ने आज अपनी प्रेमिका के घर जाने के लिए कई दिन पूर्व से ही बड़े मन से तैयारियाँ की थीं। पर सेवादल वालों ने अचानक से आकर उनका सारा मूड ही ख़राब कर दिया था। अपने इस मूड को ठीक करने के लिए एस.पी. साहब ने गाड़ी का शीशा तनिक नीचे उतार दिया था और आँखों पर काला चश्मा चढ़ाए सिगरेट के कश लगाये जा रहे थे। दस-पन्द्रह मिनट के अन्तराल में ही उन्होंने तीन-चार सिगरेटें फूँक डाली थीं, हालाँकि मूड उनका फिर भी ठीक नहीं हुआ था।

गाड़ी शहर से बमुश्किल पच्चीस-तीस किलोमीटर दूर ही गयी होगी, तभी एस.पी. साहब को लम्बा जाम दिखाई पड़ा। सम्भवतः रेलवे पुल पर किसी पशु का एक्सीडेंट हो गया था जिसके कारण एहतियातन रेलवे ढाले को बन्द कर दिया गया था और इस कारण थोड़ी ही देर में आने-जाने वाली गाड़ियों का लम्बा रेला लग गया था। एस.पी. साहब के ड्राइवर ने ढाला खुलने में समय लगता देख गाड़ी एक किनारे लगा दी और उतरकर ढाले की ओर तमाशा देखने चला गया।

ड्राइवर ने जहाँ गाड़ी खड़ी की थी, उसके बीस-पच्चीस क़दम की दूरी पर, सड़क के उस पार स्थित झोंपड़ी के बाहर एक दूसरी नौटंकी चल रही थी। एक अधेड़ उम्र का विवाहित जोड़ा आपस में बुरी तरह झगड़ रहा था और इसे देखने के लिए वहाँ पर पूरा मजमा लगा हुआ था। एस.पी. साहब की नज़र उस ओर गयी। फिर क्या...! वे तफ़रीह की नीयत से गाड़ी से उतरकर मजमे की ओर बढ़ चले। चूँकि वे आज सादा वरदी में थे इसलिए उन्हें भीड़ में अपनी पहचान का कोई ख़तरा भी न था, क्योंकि हिन्दुस्तान की भीड़ वरदी को पहचानती है आदमी को नहीं...! एस.पी. साहब भीड़ में एक ओर खड़े हो गये। उन्होंने देखा कि औरत अपने आदमी को पीटती जाती थी और बीच-बीच में रोती भी जाती थी। रोते-रोते वह एक नज़र भीड़ की ओर देखती, तदनन्तर अपने आदमी की ओर...! फिर कह उठती—

'...मेरे भित्तर कउन सी कमी है, जो तुम रोज दूसरी जगह मुँह मारने चले जाते हो...? घर में जवान लड़कियाँ हैं, छोटे-छोटे बच्चे हैं...! उनकी फिकिर नहीं है तुमको...? का पकाएँगे, का खाएँगे, कइसे रहेंगे, कहवाँ रहेंगे...? केवल अपने

मरदानिगी की फिकिर है...! सारा पइसा-रूपया अपनी जवानी पर खरच रहे हो...? बहुत मरदानिगी चर्रा रही है तुम्हारी...! लाओ, आज मैं तुम्हारी मरदानिगी का नसा उतार दूँ...!!'

कहते-कहते औरत अपने आदमी के ऊपर झाड़ओं की बौछार कर डालती। लोग-बाग उसे समझाने की कोशिश करते तो वह थोड़ी ठहर जाती। फिर एकाएक लपककर अपने आदमी को यह कहते हुए पीटने लगती कि—

'...अरे तुमसे ठीक तो ऊ भँडुवे हैं...! कम-से-कम अपने लरिकन-बच्चन का पेट तो पालते हैं...!'

आदमी नौकरीपेशा प्रतीत होता था, इसलिए गम्भीर था। वह समर्पण- भाव से सिर झुकाकर पिटता जाता था, पर एक शब्द भी बोलता न था। एस.पी. साहब इस दृश्य को देखते देखते कब आत्मविस्मृति की मनोदशा में चल गये, उन्हें पता भी न चला। उन्होंने क्षण भर के लिए स्वयं को उस नौकरीपेशा इंसान की जगह पाया। उन्हें अपनी स्मृति में पहली पत्नी सुनयना की याद कौंधने लगी, जिसे वे 'सात फेरों के सातों वचन' के साथ ब्याह कर लाए थे; और साथ में याद आये अपने तीन बच्चे भी जिन्हें एस.पी. साहब ने सुनयना के साथ मरने-खपने के लिए छोड़ दिया था। एस.पी. साहब अब यह दृश्य और नहीं देख सकते थे। सो वे भारी मन से गाड़ी में आकर बैठ गये।

इतने में ड्राइवर लौटा और उसने एस.पी. साहब को बताया कि जाम खुल गया है। गाड़ी चल निकली। धीरे-धीरे एस.पी. साहब की चेतना वापस लौटी, परन्तु मन अवसादग्रस्त हुआ जा रहा था। गाड़ी थोड़ी दूर ही आगे बढ़ी थी, तभी एस.पी. साहब का वायरलेस सेट बज उठा। ख़बर मिली कि 'मन्त्रीजी ने तुरन्त याद किया है।' सुनते ही एस.पी साहब बैरंग लौट पड़े—सीधे काबीना मन्त्री खेलावन परसाद जी के आवास की ओर...! वैसे तो एस.पी. साहब भी तेल-लगाई विद्या के बड़े उस्ताद माने जाते थे। पर आज उनकी अक्की-बक्की गुम थी। बहुत दिनों के बाद आज उन्हें अपने हनुमान-भक्त होने का ख़याल आ रहा था और उनके भीतर हनुमान चालीसा शब्दरहित पाठ भी शुरू हो गया था।

एस.पी. साहब सीधे खेलावन जी के सरकारी आवास पर पहुँचे और भीतर प्रवेश किया। मन्त्रीजी बँगले में अत्यन्त ही गम्भीर मुद्रा में बैठे हुए थे और उनका चेहरा बिल्कुल ही तमतमाया हुआ था। भिखारीलाल बग़ल की कुरसी पर औंधे मुँह लेटे हुए थे। मन्त्रीजी ने एक नज़र एस.पी. साहब की ओर देखा। उन्हें इस मुद्रा में अपनी ओर देखते ही एस.पी. साहब की हवा निकल गयी। एस.पी. साहब ने धीरे से 'नमस्ते सर...!' कहकर स्थान ग्रहण किया। किन्तु इतने में मन्त्रीजी

उठकर भीतर के कमरे में चले गये। लगभग एक-डेढ़ मिनट की किंकर्तव्यविमूढ़ता की मनःस्थिति के बाद एस.पी. साहब ने गुस्ताख़ी करते हुए धीमे क़दमों से भीतर कमरे में प्रवेश किया।

भीतर का कमरा एक तरह से मन्त्रीजी के व्यक्तित्व का दर्पण था। कमरे के भीतर चीजें इस क़दर सजाकर रखी गयी थीं, जैसे कोई गंजा अपने अपने सिर के अवशिष्ट बालों को सहेजकर रखता होगा। दीवारों पर गाँधी, अम्बेडकर, नेहरू और पटेल के चित्र टँगे हुए थे और उन पर रंगीन काग़ज़ की विधिवत् मालाएँ अर्पित की गयी थीं। सोफ़े के बीचो-बीच रखे टेबल पर एक विदेशी वाइन की बोतल, सिगरेट का पैकेट, काजू, नमकीन आदि सामग्रियों को बिखरा देखकर एक कवि के रामराज की अनिवार्य मान्याताओं वाले समाज की तस्वीर उभर रही थी—

'काजू भरे पलेट में, व्हिस्की गिलास में।
उतरा है रामराज, विधायक निवास में।'

बहरहाल, इस समय मन्त्रीजी की पीठ एस.पी. साहब के मुँह की ओर थी और एस.पी. साहब का मुँह मन्त्रीजी की पीठ की ओर। मन्त्रीजी ने एस.पी. साहब की ओर बिना मुड़े ही बोलना शुरू किया—

'यह क्या तमाशा हो रहा है तुम्हारे ज़िले में राठौर साहब?'

एस.पी. साहब कुछ क्षण मौन रहकर बोले—'सर कोई नहीं...!'

मन्त्रीजी ने प्रतिवाद किया—'कुछ तो हो रहा है एस.पी. साहब...!! और लगता है कि अब मेरा ज़िला भी तुमसे नहीं चल पा रहा। ग़रीब और दलित लोगों के हत्यारों को पकड़ने के बजाय उनके न्याय के लिए लड़ने वालों पर लाठियाँ चलवा रहे हो और कहते हो कि कोई तमाशा नहीं हो रहा...मज़ाक़ बना रखा है तुमने...!'

'सर! हमें घटना की जानकारी नहीं थी। मैं अभी पूरी ख़बर लेता हूँ।' एस.पी. साहब ने धीरे से कहा।

इतना सुनते ही मन्त्रीजी ने फ़ुरती के साथ अपने शरीर को एक सौ अस्सी अंश घुमाया और एस.पी. साहब की आँखों-में-आँखें डालकर बोले—'जरा फिर से कहो एस.पी. साहब कि तुम्हें घटना की जानकारी नहीं है...!! मुझे आज इस बात का बड़ा हार्दिक कष्ट है कि जिसे मैंने सोना समझा, वह पीतल निकला।'

एस.पी. साहब बोले—'सर...! मुझे थोड़ा समय दीजिए। मैं कल शाम तक पूरी रिपोर्ट आपके सामने रखूँगा।'

मन्त्रीजी की आवाज़ निरन्तर ऊँची होती जा रही थी। बोले—'...एक बात

कान खोलकर समझ लो एस.पी. साहब...! मदारीपुर का जो आदमी मरा है, वह कोई आम आदमी नहीं था। उसके साथ समाज का एक बड़ा वर्ग जुड़ा है। अगले तीन महीनों में हमारे भी चुनाव होने वाले हैं। अगर अपराध का ग्राफ़ इसी तरह बढ़ता रहा तो हम जनता के बीच कौन-सा मुँह लेकर भोट माँगने जायेंगे? जनता ही हमारी खेतीबारी है। हम उनसे हैं, वो हमसे नहीं। भिखारीलाल जैसे लोग उनके रखवार हैं। तुमने रखवारों तक को नहीं छोड़ा...!! बाहर भिखारीलाल सिर तुड़ाए बैठे हैं और उनके बीस-पच्चीस साथी हस्पताल में लेटे पड़े हैं। मुझे तीन दिन में मदारीपुर में हुई हत्या की पूरी रिपोर्ट चाहिए। नहीं तो अपना तबादला आदेश लेने की तैयारी के साथ आना।'

एस.पी. साहब 'सर्र-सर्र' कहते हुए और अपने पिछले क़दमों पर चलते हुए बँगले से बाहर निकले। फिर गाड़ी में आकर बैठ गये। उनकी गाड़ी दोगुने वेग से सड़क की धूल को रौंदते हुए दफ्तर की ओर निकल पड़ी। जन्माष्टमी के अवसर पर प्रेमिका से मिलने का उनका ख़्वाब अधूरा ही रह गया।

26

एस.पी. साहब का टेंपरेचर ठीक करने के बाद मन्त्रीजी का टेंपरेचर गड़बड़ा गया था। पूरे दिन उलझे-उलझे से रहे। अगले दिन सुबह ही उन्हें राजधानी में कई महत्त्वपूर्ण उद्‌घाटनों में सम्मिलित होना था, लेकिन उन्होंने अपने सारे महत्त्वपूर्ण कार्यक्रम कैंसिल करते हुए अपने पी.ए. को सवेरे-सवेरे ही मदारीपुर भ्रमण का हुक्म फ़रमाया। फिर क्या था! देखते-ही-देखते अगले ही दिन खेलावन परसाद की गाड़ी मदारीपुर की ओर चल पड़ी और पीछे-पीछे आठ-दस गाड़ियों और उनमें लदे बन्दूकधारियों का क़ाफ़िला भी।

क़ाफ़िला सड़कों के बीच बने गड्ढों से निरन्तर संघर्ष करते हुए बड़ी मुश्किल से मदारीपुर की सरज़मीं पर क़दम रख पाया। मन्त्रीजी के इस आकस्मिक आगमन से अनभिज्ञ हरिजन टोले के अलग-अलग उम्र के बच्चे टोले के बाहर स्थित तालाब के आसपास विविध खेलों में संलग्न थे। कुछ बच्चे तालाब में मछली मारने की कोशिश में लगे हुए थे, जबकि कुछ तालाब से सटे खेतों में मल-त्याग कर रहे थे। मल-त्याग करने वाले बच्चों की टोली एक गम्भीर आध्यात्मिक परिचर्चा में भी व्यस्त थी। उनमें से एक ने बाक़ी सभी से एक शाश्वत किन्तु ज्वलन्त सवाल पूछा—

'अबे ई आटमाँ (आत्मा) का होती है?'

दूसरे ने बिना समय लिए ही जवाब दिया—'...आटमाँ-वाटमाँ कुछ नहीं होती...!' बस अइसे ही है...!!'

तीसरे का ज्ञान बाक़ियों से थोड़ा ज़्यादा मालूम पड़ता था। इसलिए उसने बीच-बहस में ही अपनी क्रिया को रोकते हुए और थोड़ा काँखते हुए हस्तक्षेप किया तथा आत्मा की सत्ता को नकारने वाले लड़के की ओर घूरकर देखते हुए बोला—

'अबे घोंचू...! भूत को ही आटमाँ कहते हैं...!! जब तुम्हारे बाबूजी मर जायेंगे तो वे भूत बन जायेंगे और तुम्हारी अम्मा के सिर पर सवार हो जायेंगे; फिर अपने मौलवी साहब झाड़ू मार-मारकर उनको भगाएँगे। तब वे 'बरमबाबा के थान' वाले पेड़ पर जाकर बैठ जायेंगे और आटमाँ बन जायेंगे। फिर कभी तुम्हारी अम्माँ को परेशान नहीं करेंगे।'

चौथा बच्चा सम्भवतः भविष्य में चार्वाक् जैसे किसी भौतिकवादी दर्शन का प्रणेता होने की योग्यता रखता था। इसलिए उसने इस पूरी बहस में अपना अन्तिम संशोधन शामिल करते हुए कहा—

'सुनो बेऽ...! न कोई आटमाँ होती है, न भूत...!! सब गड़फट्टों और पंडितों की मिलीभगत है...!!'

इस मौलिक वार्तालाप में किसी अवरोध की आहट लिए मन्त्रीजी का क़ाफ़िला हरिजन टोले में घुसा। गाड़ियाँ ज्यों ही टोले की ओर मुड़ीं, मन्त्रीजी की गाड़ी के आगे चल रहे वाहन के चालक ने कीचड़युक्त गड़ही में मछली की तलाश कर रहे बच्चों को ज़ोर से ललकारा। फिर क्या था...! सारे नंग-धड़ंग बच्चे, जिनमें मल-त्याग करने वाले बच्चे भी सम्मिलित थे, सम्भवतः किसी पुरस्कार की चाह में गाड़ियों की ओर भागते हुए चले आये और पल भर में ही अपने हाथों में सने कीचड़ से लाल-पीली-नीली बत्ती लगी गाड़ियों पर नितान्त मौलिक चित्रकारी करने लगे। मुख्य चालक द्वारा कई चवन्नियाँ-अठन्नियाँ ख़र्च करने के बाद ही बच्चों से यह पता चल पाया कि 'चइता का घर किस दिशा में है...?' फिर गाड़ियाँ चमरटोली के भीतर की ओर चल पड़ी और पीछे-पीछे मछली मारने वाले और मल-त्याग करने वाले बच्चों का रेला भी।

चमरटोली के भीतर गाड़ी जाने का कोई रास्ता न होने के कारण सारी गाड़ियाँ टोले के बाहर स्थित बाग़ में ही रोक दी गयीं। फिर सभी पैदल ही चइता के दरवाज़े पर पहुँचे। दरवाज़े पर सन्नाटा पसरा हुआ था। कई बार आवाज़ देने पर चइता की बूढ़ी माँ खाँसते हुए झोंपड़ी से बाहर निकली। किन्तु उसने इतने

सारे बड़मनइन को एक साथ देखकर, न केवल अपने कन्धे पर रखे पल्लू को माथे पर डालकर अपना मुँह दूसरी दिशा में फेर लिया बल्कि वापस झोंपड़ी में घुसने लगी। तभी किसी ने पीछे से आवाज़ दी–

'पालागीं हो काकी...!'

अपने लिए इस आत्मीय सम्बोधन का उच्चारण सुनकर बुढ़िया के पाँव ठिठक गये। इतने में खेलावन परसाद लपककर आगे बढ़े और बुढ़िया के पाँव छू लिए। पीछे से फिर आवाज़ आयी–

'अपने मंतिरी जी हैं...! हाल-चाल लेने आये हैं।'

बुढ़िया अकसर चइता के मुँह से इस ख़ास शब्द का उच्चारण सुना करती थी और देखती थी कि कैसे तमाम ज़रूरतमन्द लोग मन्त्रीजी से अपनी काम कराने की सिफ़ारिश लेकर चइता के पास आया करते थे...! इसलिए वह मारे सम्मान के कुछ बोल न सकी। बस आशीर्वाद के लिए अपने हाथ मन्त्रीजी के खड़े होने की दिशा में हिला भर दिये।

इतने में झोंपड़ी के भीतर से किसी बच्चे के चिंघाड़ मारकर रोने की आवाज़ आयी। सम्भवतः इस समय मेघिया का सबसे छोटा पुत्र एक्सप्रेस सो रहा था और बाहर के कोलाहल से अचानक से उसकी नींद टूट गयी थी। बुढ़िया लपककर अन्दर गयी और उसे अपनी गोद में लेकर 'ओक्का-बोक्का/तीन तलोक्का/लइया लाची/चन्नन काटी...' गाते हुए और एक्सप्रेस को चुप कराने की कोशिश करते हुए बाहर निकली। लेकिन एक्सप्रेस भी अपनी माँ के थप्पड़ के बिना कहाँ चुप होने वाला था...! वह निरन्तर रोता रहा। एकाध मिनट तक यह घटनाक्रम चलता रहा। इस बीच खेलावन परसाद ने न आव देखा, न ताव और बुढ़िया के हाथ से रोते हुए बच्चे को अपनी गोद में लेकर ऐसे खिलाने लगे मानो वह उनका अपना ही बच्चा हो...! बच्चे ने भी आश्चर्यजनक रूप से रोना बन्द कर दिया और मन्त्रीजी की ओर टुकुर-टुकुर निहारने लगा।

अवसर पाकर बुढ़िया ने दरवाज़े के एक ओर खड़े किये गये दो खाटों को लपककर बिछा दिया और मन्त्रीजी की ओर मुख़ातिब होकर सभी से बैठने का निवेदन किया। तभी मन्त्रीजी के पी.ए. ने कहा–

'माननीय मंतिरीजी को मेघिया भउजी से भी मिलना था। ऊऽ कहाँ हैं?'

बुढ़िया बोली–'ऊ त टोलवे में गयी है–झुर्रा, लंगड़, अउर परभू के साथ...! परधानी चल रही है न...!'

इतना सुनना भर था कि मन्त्रीजी ने अपनी गोद में पड़े एक्सप्रेस को झट अपने दूसरी साथी को थमाया, फिर से बुढ़िया के पैर छुए और अपने सभी साथियों

को इशारे से उस ओर चलने को कहा, जिधर मेघिया की मौजूदगी बताई गयी थी। पल भर में सारा क़ाफ़िला उस ओर चल पड़ा।

बमुश्किल दो-तीन सौ मीटर दूर परमेसर के दरवाज़े पर मेघिया की चौपाल सजी हुई थी और वहाँ आये सारे वक्ता बारी-बारी से उपस्थित समाज को अपने उत्तेजक विचारों से अवगत करा रहे थे। मेघिया बीच में बैठी मूक भाव से सभी की ओर बारी-बारी से निहारती जाती थी और मन-ही-मन प्रफुल्लित हुई जाती थी। तभी तालाब में मछली मार रहे बच्चों में से कुछ वहाँ भागते हुए आये और '...मंतिरी आया है...' का सामूहिक उच्चारण करते हुए चौपाल के शान्तिपूर्ण समापन की मूल-भावना पर कुठाराघात करने की कोशिश करने लगे। इस शोर को सुनकर सभा पहले तो स्तब्ध तदनन्तर निःशब्द हो गयी।

इतने में मन्त्रीजी का क़ाफ़िला सचमुच वहाँ पहुँचा। मेघिया मंतिरीजी को नाम और चेहरे से जानती थी क्योंकि कई बार चइता ने अख़बार में छपे उनके फ़ोटो को उसे दिखाया था और उनके साथ अपने सम्बन्धों का ज़िक्र भी किया था। मन्त्रीजी पास आते, इसके पहले ही मेघिया भागकर उनके पास गयी और उनके पैरों में बैठकर फफककर रोने लगी। मन्त्रीजी कुछ देर तक शान्त रहे। फिर तनिक नीचे झुककर मेघिया के दोनों कन्धों को पकड़कर पहले उसे ऊपर उठाया, उसकी पीठ पर हल्की थपकी दी और उसके आँसुओं को पोंछते हुए बोले–

'मेघिया! तनिक दम रक्खो...! बहुत अच्छा निरनय है तुम्हारा...! तुम्हें देखकर बिदरोही चइता की याद आती है। बहुत जुझारू आदमी था। मेरा तो एकदम कनफुँकवा चेला था...उसके जाने के बाद मेरा दाहिना हाथ एकदम्मे कमज़ोर पड़ गया है। पर घबराओ नहीं...! तुमको तुम्हारे हिस्से का न्याय मिलकर रहेगा। बिदरोहिया के हत्यारों को जल्दी पकड़ लिया जायेगा। मैंने आज ही एस.पी. साहब को लास्ट वार्निंग दे दी है। चौबीस से अड़तालीस घंटे में क़ातिल तुम्हारे सामने होंगे...!' कहते-कहते मन्त्रीजी पास में बिछी खाट पर बैठ गये।

चौपाल में उपस्थित लोगों की भीड़ उन्हें घेरने लगी। इस बीच जब मन्त्रीजी की सुरक्षा में लगे कर्मी, लोगों को उनके पास जाने से रोकने लगे तो मन्त्रीजी ने उन्हें ऐसा करने से मना किया। बोले–

'रोको मत भाई...! सब अपने ही भाई-बन्धु हैं। आज बड़े दिनों बाद तो सुख-दुःख बाँटने का मौक़ा मिला है, इनको सुनने का मौक़ा मिला है...ये जितना मेरे करीब रहेंगे, लोकतन्त्र उतना ही मज़बूत होगा।'

मन्त्रीजी की यह प्रेम भरीवाणी सुनकर हरिजन टोले के तमाम लोग अपनी बारी की प्रतीक्षा किये बगैर उनके कुरते के साथ रगड़-घस्स करने लगे और उनमें

से कई तो इतनी देर में सालों से लम्बित अपनी नाली, चौखट और मेड़ की जटिल समस्याओं के सामूहिक समाधान के लिए हाथ-पैर जोड़कर उनसे अनुनय-विनय करने लगे। बीच-बीच में कुछ समझदार लोगों ने कभी दूध, कभी दही और मट्ठा परोसकर मंतिरीजी की आवभगत करनी चाही। लेकिन मंतिरीजी उनके निवेदन को विनम्रतापूर्वक ठुकराते रहे और चइता को न्याय मिलने तक हरिजन टोले का कुछ भी ग्रहण न करने की अपनी प्रतिबद्धता को लोगों के सामने रखा। बोले–

'जब तक बिदरोहिया की मौत के गुनाहगार पकड़ नहीं लिए जाते, हम हरिजन बस्ती का पानी तक नहीं पीएँगे।'

इस बीच भीड़ में मौजूद लंगड़ ने मन्त्रीजी की प्रमिबद्धता पर सवाल उठाया। बोला–'मंतिरी साहेब...! चइता भाई को मरे हुए सवा महीना हो गया। जब ऊ आपका एतना खास था तो आपने बीच में कब्बो हाल नहीं पूछा...! आपको आज टेम मिला है मेघिया भउजी का हाल जानने के लिए?'

मन्त्रीजी पहले तो सकपका गये। फिर सँभलकर बोले–'भई...! तुम्हारी नाराजगी जायज़ है...! हर चीज कहकर नहीं समझाई जा सकती। सदन चल रहा था, इसलिए नहीं आ सका। इसके लिए मैं आप सबसे क्षमाप्रार्थी हूँ। लेकिन बेटा मिठाईलाल से पूछना...! बिदरोहिया की मौत के बाद शायद ही कोई ऐसा दिन बीता हो, जब मैंने हरिजन बस्ती की ख़ैर न पूछी हो...! और आज के मेरे आगमन का भी कारण आप सबका कुशल-क्षेम जानना ही है, इसके पीछे कोई सियासी मतलब नहीं है।'

लंगड़ के बाद अब परभू की बारी थी। उसकी आवाज़ में आक्रोश था। बोला–'मंतिरीजी...! आप चार साल पहिले भी आये थे। कहा था कि हर महीने आयेंगे हम लोगों का छेम जानने के लिए। लेकिन चार साल लग गये आने में...! चइता की मउत ने होती तो शायद आपको अभी भी समय न मिलता। कहीं आज आप इसलिए तो नहीं आये हैं कि फिर से बिधैकी का चुनाव...'

मन्त्रीजी परभू की बात को बीच में ही काटते हुए बोले–'...मैं आप सबसे फिर कह रहा हूँ कि मेरे इस आगमन के पीछे कोई सियासी मसला नहीं है। सरकार आपकी है। मेरी ज़िम्मेदारी बढ़ा दी गयी है। सामाजिक न्याय का मन्त्री हूँ। आपकी ही लड़ाई शासन स्तर पर लड़नी है। दिन-रात आप जैसों की सेवा में लगा रहता हूँ। इस कारण यदि आपके बीच नहीं पहुँच पाता तो मैं इसके लिए आप सबसे फिर क्षमा माँगता हूँ और आपको यह विश्वास दिलाता हूँ कि आपके समाज के उठान होने तक यह खेलावन अपने जीवन को होम करने में कोई कोर-कसर नहीं छोड़ेगा।'

मन्त्रीजी की बात सुनकर सभा में खुसुर-पुसुर शुरू हुई और चइता के दोस्तों का आक्रोश अचानक से ठंडा पड़ गया। मन्त्रीजी ने एक क्षणिक विराम के बाद अपना सम्बोधन जारी रखा–

'...देखिए! मैं जानता हूँ कि इस समय गाँव में बहुत टेंसन है। बिदरोहिया की मौत के बाद आप सभी के जीवन पर संकट गहरा गया है। किन्तु आप सबको इस संकट का सामना करना है और मिल-जुलकर करना है...हम पर भरोसा कीजिए। हम आपके दुश्मन नहीं हैं। जाँच चल रही है। गवाही करनी होगी। जिसे जो कुछ भी मालूम है, उसे बिना किसी भय-जोर-जबरजस्ती के पुलिस के सामने बयार्न करना होगा। आपका जैसा सहयोग होगा, जाँच वैसी ही तेज और सटीक होगी।'

मन्त्रीजी का यह कथन सुनकर, अब तक चुपचाप सारी वार्ता सुन रहा घसीटे आगे आ गया और फफक पड़ा–'कोई फैदा नहीं होगा जाँच और बयान से...! पुलिसवाले पईसा ले के बड़े-बड़े केस में फैनल लगा देते हैं और किसी दूसरे को भित्तर कर देते हैं। हमरा तो पूरा टोला पुलिस के इस करतब का शिकार है...'

मन्त्रीजी ने अत्यन्त शान्त भाषा में जवाब दिया–'धीरज रखिए और विश्वास कीजिए। मैं आपकी पीड़ा समझता हूँ। लेकिन इतना तय कर लीजिए कि विपरीत-से-विपरीत परिस्थिति में भी आपको अपने शरीर के आक्रोश को हिंसक नहीं होने देना है और उसे लोकतन्त्रिक तरीक़े से ही बाहर निकालना है... मेघिया को चुनाव में खड़ा करने के आपके निरनय के लिए मैं आप सबको तहेदिल से मुबारक़बाद देता हूँ। मेघिया को जिस परिस्थिति में आप लोगों ने सँभाला, वह क़ाबिले-तारीफ है। मैं ख़ुद उसकी जगह होता तो टूट जाता और न जाने क्या-क्या कर डालता...!'

अब तक मन्त्रीजी जनता के मनोविज्ञान की समझ रखने वाले घोड़े पर सवार हो चुके थे और सदैव की भाँति इकट्ठी भीड़ पर अपनी वाणी का सम्मोहनीय जादू चला चुके थे। अन्त में उन्होंने अपनी बात को समेटा–

'...मुझे आप सबका साथ चाहिए...! आप सबको आगे ले जाने के लिए आप सबका साथ चाहिए। तभी आप सबको आपका हक़ दिलाने का बिदरोहिया का सपना पूरा हो सकेगा और उसकी आत्मा को शान्ति मिलेगी...!'

मन्त्रीजी का भाषण पूरा हो चुका था और अब समापन की बारी थी। अब तक वे हरिजन बस्ती के सामूहिक आक्रोशरूपी ज़ख़्म पर सियासत का मरहम लगा चुके थे। इस बीच मन्त्रीजी ने अपने पी.ए. से आँखों के इशारे से कुछ बताना चाहा। पी.ए. ने भी आँखों की भाषा में और एक तर्जनी उठाकर इशारे

से कुछ बताना चाहा। जवाब में मन्त्रीजी ने अपनी दो उँगलियाँ दिखाकर अपना संशोधन प्रस्तुत किया। दोनों के इस वार्तालाप को देखकर क्षण भर के लिए ऐसा लगता था मानो प्रसिद्ध कालिदास-विद्योत्तमा संवाद का रिहर्सल चल रहा हो...!

बहरहाल मन्त्री के इस इशारे को मूर्त रूप देने के लिए पी.ए. ने अपने पॉकेट से एक चेकबुक निकाली और उस पर दो लाख रुपये अंकित करते हुए उसे हस्ताक्षर के लिए मन्त्रीजी की ओर बढ़ा दिया। मन्त्रीजी ने चेक पर हस्ताक्षर किये और नीचे बैठी मेघिया को उठाकर उसे पकड़ा दिया। तब मन्त्रीजी के क़ाफ़िले में शामिल कार्यकर्ताओं की ओर से आवाज़ आयी—'खेलावन परसाद ज़िन्दाबाद' और हरिजन बस्ती के लोगों ने इस सुर-में-सुर मिलाते हुए आवाज़ लगाई—'चइता भइया अमर रहे।' अन्त में विदा से पहले मन्त्रीजी ने सबका धन्यवाद किया, सबको हाथ जोड़े और निकल पड़े।

27

खेलावन परसाद के आगमन की ख़बर पट्टी में जोर-शोर से पहुँच चुकी थी और भीतर-ही-भीतर खलबली मचा चुकी थी। उधर एस.पी. साहब ने नेबुआ थाने के एस.एच.ओ. शेर सिंह को तलब किया था और उसकी अध्यक्षता में एक जाँच-टीम का गठन किया था, जिसमें उसी थाने के लोटन और घोटन नाम के दो योग्य और अनुभवी कांस्टेबल भी लगाये गये। आदेश हुआ कि तीनों कल शाम तक मौक़े का मुआयना करके घटना के सम्बन्ध में अपनी रिपोर्ट प्रस्तुत करेंगे। फिर क्या था...! अगले ही दिन नेबुआ थाने की पूरी पलटन मदारीपुर की ओर चल पड़ी।

सभी पहले रेलवे के उस परित्यक्त भवन पर पहुँचे, जहाँ कुछ दिन पहले ही चइता की लाश मिली थी। हालाँकि घटनास्थल पर कुछ ख़ास हासिल होने वाला नहीं था, फिर भी इस प्रकार का कार्य-व्यवहार पुलिसिया जाँच का अनिवार्य हिस्सा हुआ करती थी। इसलिए इस रस्म को निभाना एक प्रकार से पेशे की बाध्यता थी। फिर उन्हें जाँच कहीं-न-कहीं से तो शुरू करनी ही थी...! बड़े खोद-बिनोद के बाद लोटन को घटनास्थल से एक लोहे की अँगूठी और एक टूटा हुआ जनेऊ मिला। सब उसे सहेजकर हरिजन टोले की ओर चल पड़े।

टोले में पहुँचकर सभी एक पीपल के वृक्ष के नीचे बैठ गये। वे सभी इस समय पुरातात्त्विक महत्त्व की योग्यता रखने वाले पीपल के जिस वृक्ष के नीचे बैठ हुए थे, वह टोले के निवासियों के जीवन में विशेष आध्यात्मिक महत्त्व रखता आया था। वृक्ष की जड़ों की ओर कुछ टेढ़े-मेढ़े पत्थर विधिवत् सजाकर रखे गये मालूम पड़ते थे और उन्हें कई रंगों के सिन्दूर-रोली-चन्दन से बाक़ायदा टीका किया गया था। पत्थरों के ऊपर के हिस्से में सम्भवतः गोमूत्रिका जैसी किसी लिपि के माध्यम से कुछ उकेरने की कोशिश की गयी थी, जिसका अर्थ यह था कि नीचे की ओर रखे गये ये पत्थर, वस्तुतः पत्थर न होकर 'चिरकुटहवा बाबा' नामक कोई स्थानीय देवता थे जिनकी आराधना में पीपल के वृक्ष के इर्द-गिर्द लटक रही तमाम टहनियों पर, मन्नतों के नाम पर चिरकुटनुमा तमाम रंगीन कपड़े बाँध दिये गये थे। दिनो-दिन इन चिरकुटों की बढ़ती संख्या से लोगों के पूरे होते मन्नतों का सहज ही अन्दाज़ा लगाया जा सकता था। वृक्ष के इर्द-गिर्द ईंट के टुकड़ों से कुछ अस्थायी चबूतरे भी बनाये गये थे, जो सम्भवतः एक विशेष मास में आयोजित होने वाले त्यौहार के समय छठ-पूजने और बाक़ी के महीनों में आवारा देशी कुत्तों द्वारा टाँग उठाकर मूतने के काम आते होंगे।

धीरे-धीरे पीपल के वृक्ष के नीचे चइता के साथियों और उसके पट्टीदारों के जुटने के बाद बयानों का सिलसिला शुरू हुआ। सबसे पहले मेघिया बुलाई गयी। मेघिया चइता के साथियों के साथ टोले में ही कहीं गयी थी। 'गाँव में पुलिस आयी है'—यह सुनकर वह लौटी। शेर सिंह ने ज्यों ही उससे कुछ पूछना चाहा, वह गालियाँ बकने लगी। शेर सिंह को माजरा कुछ समझ में नहीं आया। तब चइता की माँ सामने आयी और मेघिया को पीछे धकेलते हुए बोली—

'साहेब...! एसे पूछा-पाछी करने से कौनो फैदा नहीं है...चइता के जाने के बाद इसका इहे हाल हो गया है। कब्बो दिमाग़ गरम हो जाता है अउर कब्बो ठंडा...आजकल पुलिसवालों को देखकर बस गारी बकती है...!'

शेर सिंह ने बुढ़िया से पूछा—'माई! आपको कुछ कहना है?'

बुढ़िया बोली—'अब कहने-सुनने से का होगा? जे के जाना था ऊ तो चला ही गया...!' कहते हुए बुढ़िया मेघिया को घसीटने की कोशिश करते हुए अपने घर की ओर जाने लगी।

थोड़ी देर तक वातावरण में सन्नाटा छाया रहा। फिर शेर सिंह ने हवा में एक नया सवाल दागा—'चइता को मरते हुए किसने देखा?'

सवाल सुनते ही भीड़ में उपस्थित झुर्रा तमतमा गया। बोला—'गजब बात

करते हो साहेब! अगर कोई उसे मरते देखता तो क्या कोई मारने वालों को अइसे छोड़ देता!'

घोटन जो अब तक इस पूरे इन्वेस्टिगेशन में बिल्कुल शान्त था, चइता के दोस्तों की ओर मुख़ातिब होकर बोला—

'अच्छा...! आप लोगों को किसी पर शक़ है?'

अबकी बोलने की बारी परभू की थी। वह रुआँसा होकर बोला—'कोई अपना ही रहा होगा महाराजजी! नहीं तो किसी अनजान के बुलाने पर वह आधी रात को खण्डहर की ओर क्यों जाता!'

शेर सिंह ने छेड़ा—'अगर मैं कहूँ कि वह अपनी मौत से मरा तो...?'

इस पर परभू ने शेर सिंह का प्रतिवाद करते हुए कहा—'गुरुजी! आप कुछ भी कह सकते हैं। लेकिन उसे अपनी मौत से मरना होता तो रेलवे के खण्डहर में क्यों जाता! उसकी अपनी झोंपड़िया ही काफी थी...!'

घोटन बोला—'...यह भी तो हो सकता है, उसे किसी साँप ने डँस लिया हो...!'

यह सुनकर अब तक चुप रहा लंगड़ बिल्कुल बिदक गया। बोला—'अबकी एकदम सही बोले सरकार...! उसको ज़रूर किसी साँप ने डँसा होगा! ये साँप हमरी तरह ही दिखाई देते हैं और हमरी जिनगी के पीछे पड़े हुए हैं। इनमें कुछ सफेद धोती में हैं तो कुछ खादी और खाकी में...! समझे में नहीं आता कि हम भागिके कहवाँ चले जायें...!'

घोटन से नहीं रह गया। उसने लंगड़ को धमकी भरे अन्दाज़ में आँख तरेरते हुए कहा—'ज़ुबान सँभालकर बात करो, नहीं तो बड़े साहब तुम्हारी...'

लंगड़ ने घोटन की इस बात को धमकी के रूप में ही लिया। कहा—'...का कर लेंगे तुम्हरे बड़े साहब? खाल खींच लेंगे हमरी...! लो अभी खींच लो...' कहते हुए लंगड़ ने अपनी बनियान फाड़ डाली और अपनी पीठ को शेर सिंह की ओर करके बोला—'...खींचते काहें नाहीं साहेब...?'

फिर अपने से ही बुदबुदाने लगा—'...हाँ-हाँ खींचोगे भी तो कैसे? यही तो सोच रहे होगे न कि हमरे शरीर में खाल है कहाँ...? नहीं है हमरे शरीर में खाल...! सब पट्टी की चाकरी में घिसकर खतम हो गयी...बस हाड़ बचा है। चाहो तो उसे भी सूखे गन्ने की तरह पेर लो। सायद तुम्हारे खातिर भी कुछ रस निकल आये। हाँ! खाल तुम सबकी ज़रूर मोटी है...लोगों का खून चूस-चूसकर मोटाए जा रहे हो तुम लोग...!!'

शेर सिंह लगातार लंगड़ को तिरछी नजरों से देख रहा था और लोटन-घोटन शेर सिंह की ओर। दोनों मन-ही-मन निरन्तर यह सोच रहे थे कि यदि आज यह

आदमी थाने के भीतर इतना आग मूतता तो बड़े साहब उसके पेशाब का रास्ता बन्द कर देते...! इस बीच शेर सिंह ने लंगड़ की ओर देखकर तथा अपने को भीतर से थोड़ा नियन्त्रित करते हुए कहा–

'बेटा! औरतों के ज़ेवर और मरदों के तेवर छुपाकर रखने की चीज़ है। बात-बात पर निकालकर दिखाए नहीं जाते। फिर भी मुझे तुम्हारा यह अन्दाज़ पसन्द आया। काश! तुम पुलिस के आदमी होते तो हमारा काम कितना आसान हो जाता...! लेकिन तुम चिन्ता मत करो। तुम्हें तुम्हारे ज़ख़्मों का हिसाब मिलेगा...!' इतना कहते हुए शेर सिंह उठ खड़ा हुआ।

आरम्भिक जाँच लगभग पूरी हो चुकी थी और अब पुलिस टीम के लौटने का समय हो गया था। चलने के ठीक पहले अन्तिम सवाल के रूप में लोटन ने अपनी जेब से लोहे की अँगूठी और टूटे हुए जनेऊ को निकालकर हवा में लहरराते हुए पूछा–'आप लोग इन चीजों को पहचानते हो?...यह उसी खण्डहर के पास से मिली है, जहाँ चइता की लाश मिली थी!'

कुछ देर की चुप्पी के बाद परमेसर बोला–'गजब ढाते हो सर्कार...! हम मेहनत-मजूरी करने वाले लोग झंड-कमंडल में बिस्वास नहीं करते...इसका हाल जाने माईराम बाबा अउर मिथुन बाबा...! चइता को तो अँगूठी-जनेऊ वालों से एकदम नफ़रत थी। भला ऊ इसको काहें पहिनने लगा...?'

परमेसर के इस प्रतिप्रश्न ने मानो शेर सिंह को पूरे प्रकरण का जवाब दे दिया था। उसके चेहरे पर हल्की-सी मुस्कान दौड़ पड़ी और वह लोटन-घोटन को लेकर वापस लौट पड़ा। लौटते समय जाँच टीम द्वारा अपनी जाँच के अगले चरण के रूप में, खण्डहर से बरामद जनेऊ और लोहे की अँगूठी को लेकर माईराम और मिथुन बाबा से पूछताछ की गयी। शेर सिंह ने उनसे जानना चाहा कि क्या इन वस्तुओं का निर्माण उन्हीं के द्वारा किया गया था और यदि किया गया था तो किनके लिए? किन्तु समय का क्या कहें...! किसी ज़माने में केवल खाने के लिए जीने का दंभ भरने वाले माईराम बाबा अपनी दुर्बल काया से केवल भौंकने के अलावा कोई ख़ास जवाब नहीं दे सके। और मिथुन पंडित ने लोहे की अँगूठी निर्माण की एकाधिकारिक आत्मस्वीकार्यता के बावजूद, इसे केवल इस आधार पर पहचानने से इनकार कर दिया कि इसमें घिसावट के कारण निर्माण के समय से लेकर अब तक काफी परिवर्तन आ चुका था और इस कारण उनके द्वारा यह बता पाना सम्भव नहीं था कि अँगूठी उनके द्वारा किसको ध्यान में रखकर बनाई गयी थी...!

जाँच टीम बैरंग वापस लौटी। अब तक के इन्वेस्टिगेशन में उनको कुछ ख़ास हाथ नहीं लग पाया था। लौटते समय लोटन और घोटन शेर सिंह से

निवेदन करके पास के ही एक बाज़ार में रुक गये और शेर सिंह अकेले थाने की ओर चल पड़ा। लोटन-घोटन ने पहले बाज़ार में इस हफ़्ते के बकायेदारों से स्वैच्छिक करों की वसूली की। फिर तनिक उत्साहित होकर पास के ही एक देशी शराब के ठेके पर शराब पीने चले गये। पुलिस वालों को ठेके की ओर आता देख नौसिखिए पियक्कड़ वहाँ से भाग निकले और अब ठेके के भीतर केवल धीर-गम्भीर मदिरासेवक ही बैठे रहे। इलाक़े के शोधार्थियों द्वारा इन्हें 'धीरे-गम्भीर मदिरासेवक' की श्रेणी में इसलिए रखा गया था क्योंकि ये अपने लिए निर्धारित 'सूर्यास्त-कानून' का अक्षरशः पालन करते थे और केवल सायंकाल के समय उतनी ही मात्रा में मदिरा से अपने गले को तर किया करते थे, जितने से उनका शारीरिक सन्तुलन बना रहे और सामाजिक-व्यवस्था का भी।

लोटन-घोटन ने जब ठेके के भीतर प्रवेश किया तो वहाँ थाने के अपने पुराने सहयोगी खोखा पहलवान को पाकर ख़ुशी से झूम उठे। सभी गले मिले और फिर खोखा पहलवान ने दुकानदार से अंगूरी का 'अद्धा' और 'पौव्वा' संस्करण प्रस्तुत करने को कहा। खोखा पहलवान के साथ बिजई भी आये थे; थोड़ा चढ़ आने के कारण कमरे में एक किनारे अचेतावस्था में लेटे हुए थे तथा बार-बार अपने दोनों हाथों को हवा में जोड़ने की कोशिश करते हुए लड़खड़ाती ज़ुबान से 'केवल एक बार हमको...मोका दो' कहते हुए बेहोश हुए जा रहे थे। ऐसा प्रतीत हो रहा था कि बिजई अचेत होते हुए भी परधानी के लिए सचेत थे और इस अवस्था में भी अवचेतन की स्मृतियों में अपने मिलने-जुलने वालों से वोट माँग रहे थे।

कुछ देर तक यह प्रक्रिया चलती रही। फिर खोखा ने बिजई को झकझोरकर जगाया और नशे की हालत में ही बिजई ने मदारीपुर के भावी परधान के तौर पर सिपाहियों से परिचय प्राप्त किया। अब अंगूरी एक बार फिर से सबके सामने थी। सबने फिर से अपना गला तर किया। कुछ देर बाद जब अंगूरी ने अपना असर दिखाना शुरू किया, तब लोटन-घोटन ने खोखा को आज के अपने आगमन का कारण बताया और मदिरा के दबाव में लम्बी-लम्बी हाँकने लगे। बताने लगे कि कैसे स्वयं एस.पी. साहब ने उनकी होनहारी और योग्यता पर भरोसा करके चइता की मौत की जाँच का जिम्मा उन्हें सौंपा है। खोखा पहलवान चुपचाप सुनता रहा। पर बिजई से न रहा गया। वे लड़खड़ाती ज़ुबान से बोल पड़े–

'अब कौनो फैदा नाहीं है...! चइता हमरा इयार था...लेकिन वह हमरे ही रास्ते में काँटा बो रहा था...हमने ही उसे...' कहते-कहते बिजई फिर से अचेत हो गये।

खोखा पहलवान ने बारी-बारी से लोटन-घोटन की आँखों में झाँका और इस क़दर कुटिल मुस्कान भरी मानो उनसे कहना चाहता हो कि 'गुरुजी...! यह दारू

बहुत बुरी चीज है...आदमी से नशे में कुछ भी कहला जाती है।' फिर वह थोड़ा संयत होकर उनसे बोला–'...आज बिजई भाई को अंगूरी कुछ ज्यादा ही चढ़ गयी है। आप उनकी बातों का बुरा मत मानना।' सामने से भी मुस्कुराहट द्वारा ही जवाब आया, क्योंकि अंगूरी ने लोटन-घोटन पर भी अपना असर दिखाना शुरू कर दिया था और वे मदमत्त होकर झूमने और नाचने लगे थे।

दरअसल शराब की यह ख़ूबी होती है कि एक बार जब सिर चढ़ जाती है, तब वह आदमी के लिए भीतर के हरिश्चन्दर को बाहर निकाल देती है। तब आदमी, आदमी नहीं रह जाता–हरिश्चन्दर हो जाता है। कई बार तो उसके सान्निध्य मात्र से सामने वाला उस तरल तत्त्व को ही परमतत्त्व समझने लगता है और स्वयं को परमात्मा से इश्क़ करने वाले किसी प्रेमीहृदय की तरह भीतर-ही-भीतर अट्टहास करते हुए कुछ यूँ गुनगुनाने लगता है–

हमन हैं इश्क मस्ताना, हमन को होशियारी क्या?
रहें आजाद या जग से, हमन दुनिया से यारी क्या?
जो बिछुड़े हैं पियारे से, भटकते दर-ब-दर फिरते,
हमारा यार है हममें, हमन को इन्तज़ारी क्या?

सम्भवतः ऐसी ही मनःस्थिति में लोटन-घोटन एक चिवित्र दशा में झूमते हुए बाहर निकले और आस-पास खड़े तमाम लोगों का नितान्त पतित एवं अधम मानवता का संवाहक मानते हुए, उनकी इस दुर्दशा पर उन्हें गरियाते हुए थाने की ओर पैदल ही निकल पड़े।

28

मन्त्रीजी के मदारीपुर में आगमन और पुलिसिया इन्वेस्टिगेशन के बीच गाँव में एक और घटना की आहट हुई। सुबह-सवेरे का समय था। बैरागी बाबू अपने कुछ नवरत्नों के साथ लँगोट वाले महाराज अर्थात् हनुमानजी के यहाँ मत्था टेकने गये हुए थे। अभी वे पुजारी जी महाराज का आशीर्वाद प्राप्त कर अपने जूते भी नहीं पहन पाये थे कि इतने में उन्होंने पाया कि बदलू सुक्कुल ने उन्हें घेर लिया है और उनके पैरों में गिरगर फफककर रोने लगे हैं। बैरागी बाबू को माजरा कुछ समझ में नहीं आया। उन्होंने बदलू के कन्धों को सहलाते हुए उन्हें ऊपर उठाया और अपने भीगे हुए गमछे से उनके अविरल बहते आँसुओं को

पोंछने की कोशिश करते हुए पास के चबूतरे पर बैठा दिया। फिर उन्होंने बदलू से उनके इस क़दर अधीर होने का कारण जानना चाहा। बदलू कुछ बताते, इसके पहले ही वे फिर से चिंघाड़ मारकर रोने लगे और इस क्रिया के दौरान बैरागी बाबू के दोनों जंघस्थियों के बीच में अपना सिर रखकर रगड़ने लगे।

कुछ समय तक यह क्रिया चलती रही। फिर उन्होंने बैरागी बाबू को अपनी आपबीती सुनाई। उन्होंने टूटे हुए लफ़्ज़ों में बैरागी बाबू को बताया–

'महराज! आप लोगन के आशीर्बाद से किसी तरह पाई-पाई जोड़कर जवान बिटिया की शादी तय की थी। लेकिन वह कल आधी रात भगेलुआ के लौंडे के साथ घर छोड़कर भाग गयी। जाते-जाते हमरी मेहरारू और अपने सारे जेवर-नगदी भी ले गयी। हमें कंगाल कर गयी। समझ में नहीं आता कि का करूँ महराज...!' कहते-कहते बदलू सुक्कुल ने फिर से बैरागी के पैरों के बीच अपना माथा रख दिया और सिसकने लगे।

बैरागी बाबू ने उन्हें ढाड़स बँधाया। बोले–'दिल छोटा न करो बदलू...! धीरज रक्खो...!'

चूँकि इस बार भगेलू भी केवटोली की ओर से परधान पद के प्रत्याशी थे और इस घटना से न केवल परधानी का सारा समीकरण एकदम से बदल सकता था बल्कि बैरागी के पक्ष में हो सकता था, इसलिए बैरागी बाबू इस परिघटना में एक नया राजनीतिक आयाम देखने लगे। उन्होंने अपनी अचानक से चढ़ी हुई जिज्ञासा को तनिक शान्त करने के लिए बदलू से पूछा–

'यह बताओ कि तुम्हें कैसे पता चला कि वह भगेलू के बेटवे के साथ गयी है?'

सुनते ही बदलू ने अपनी जेब से काग़ज़ के कुछ टुकड़े निकालकर बैरागी के हाथों में रख दिये और बोले–'कुच्छ कीजिए महराज...! नहीं तो इस बदलू का समाज में उठना-बईठना काल हो जायेगा।'

बैरागी ने उनके सिर पर फिर से हाथ फेरा और काग़ज़ के टुकड़ों को खोलकर बाँचने लगे। ये काग़ज़ात सम्भवतः बदलू की पुत्री रम्भा द्वारा उनके पास छोड़े गये अन्तिम अवशेष थे, जो वह जल्दीबाज़ी में पास रखना भूल गयी थी। भीतर का लेखपत्र बड़ा ही मार्मिक और दिल को छू लेने वाला था। सम्भवतः यह रम्भा द्वारा मोहन के लिए लिखा गया प्रेमपत्र था, जो किसी कारण से उस तक पहुँच नहीं पाया था अथवा इसके पहुँचने के पहले ही दोनों ने घर छोड़ने का निर्णय ले लिया था। पत्र की भाषा को देखकर ऐसा लगता था मानो विविध फ़िल्मों की संगीत लहरियों को एक साथ पिरोकर उसका गद्यानुवाद किया गया हो। उसका मजमून कुछ यूँ था–

'हे मोहन...! मेरे मनमोहन...! मेरे प्राण...! प्राणपती...! मुझे सौ साल पहले भी तुमसे पियार था, आज भी है और कल भी रहेगा। याद करो वह दिन, जब मैं तुमसे मिलने आयी मन्दिर जाने के बहाने। मेरे मन में एक अजीब-सा डर था कि आज उनसे पहली मुलाक़ात होगी, फिर होगा क्या, क्या पता—क्या ख़बर। उस दिन हम नदी के किनारे दूर तक बिखरे रेत में मिले थे। मन में अजीब-सी हलचल थी कि ये रातें ये मौसम, नदी का किनारा, ये चंचल हवा न जाने आज कौन-सा गुल खिलाएँगी। भीतर-ही-भीतर एक गुदगुदी भी हो रही थी और मेरा मन मुझसे कह रहा था कि दिल का भँवर करे पुकार, प्यार का राग सुनो, प्यार का राग सुनो रे। मैंने उस दिन प्यार की ख़ातिर सारे ज़माने को ठेंगे पर रख दिया।

मुझे याद है जब उस दिन तुमने मिलते ही मुझे अपनी बाँहों में कसकर दबा दिया था और कहा था कि मुझे इश्क़ है तुझी से, मेरी जाने ज़िन्दगानी, तेरे पास मेरा दिल है, मेरे प्यार की निशानी। तब मैंने भी तुमसे यही कहा था कि हमें तुमसे पियार कितना, ये हम नहीं जानते, मगर जी नहीं सकते, तुम्हारे बिना। उस दिन तुमने मुझे तरह-तरह के सपने दिखाए। मुझसे कहा कि एक दिन अपना भी झिलमिल सितारों का आँगन होगा, रिमझिम बरसता सावन होगा।

फिर तुमने मुझे छेड़ना शुरू किया। सबसे पहले तुमने मेरे दुपट्टे को हटाते हुए कहा कि ये जो चिलमन है, दुश्मन है हमारी। मैंने तुम्हारी बात मान ली और दुपट्टा दूर रख दिया। लेकिल तुम इतने से कहाँ मानने वाले थे। तुमने मुझसे कहा कि आ लग जा गले दिलरुबा। गले लगते ही तुम शायराना मूड में आ गये और मेरी आँखों में लगे सुरमे की तारीफ़ करते हुए कहने लगे कि छुप गये सारे नजारे, ओय क्या बात हो गयी। तूने काजल लगाई, दिन में रात हो गयी। इतना कहकर तुमने झटके से मेरी आँखों को चूम लिया था।

जानेमन...! मुझे भी तुमसे लभ (लव) हो गया था, इसलिए मैंने तुमको अपनी आँखों को चूमने से मना नहीं किया। लेकिन तुम ठहरे बदमाश! तुम्हारी खुरापाती नज़र तो मेरे आँचल पर थी। जब तुमने मुझसे पूछा था कि 'आँचल में क्या जी!' तो यह सुनकर मैं मारे शरम के पानी-पानी हो गयी थी। तब मैंने बड़ी मुश्किल से 'अजब-सी हलचल' कहते हुए तुम्हारे निवेदन को टाला था। तुम यहीं नहीं माने। आँखों से आँचल तक होते हुए बात होंठों तक जा पहुँची और जब तुमने मुझसे कहा कि 'छू लेने दो नाज़ुक होंठों को।' तो भी मैंने मना नहीं किया। लेकिन होंठों को छूने भर की देरी थी कि तुम एकदम से आक्रामक हो गये और 'जुम्मा...! चुम्मा दे दे...!' की ज़िद करने लगे।

एक लड़की जब किसी मरद की ज़िद पूरी करने लगती है, तो मरद रुकता नहीं, आगे बढ़ता चला जाता है। याद करो! मैंने उस दिन तुम्हें कितना रोका था। मैंने तुमसे कितनी बार कहा था कि दूर नहीं जाना, पास नहीं आना। तुमको सौगन्ध है, के आज मोहब्बत बन्द है। पर तुम 'रम्भा हो...! हो...! हो...!' की ज़िद करते हुए आगे बढ़ते चले गये। और आज उस एक छोटी-सी ज़िद का आलम यह है कि तुम्हारा एक दिन का प्यार मेरे पेट में आकार ले रहा है।

जानू...मेरा मन बहुत घबड़ा रहा है। इससे पहले कि मेरे बाबूजी मुझे किसी दूसरे खूँटे से बाँध दें, अच्छा होगा कि हम इस बेहरम दुनिया से कहीं दूर जाकर अपना घर बसा लें। यदि आज तुम मुझे लेने नहीं आये तो हम इंतिज़ार करेंगे तुम्हारा क़यामत तक और दुआ करेंगे कि खुदा करे कि क़यामत हो और तू आये। जियादा क्या लिखूँ। पढ़ने वाला, लिखने वाले से जियादा समझदार है। बस इतना समझ लेना कि—

'लिखती हूँ जिगर ख़ून से, सियाही न समझना।
मरती हूँ तेरी याद में, ज़िन्दा न समझना।'

—तुम्हारी और केवल तुम्हारी रम्भा

रम्भा वास्तव में चली गयी थी और फ़िलहाल अभी बदलू का कुछ भी नहीं किया जा सकता था। पर इस काग़ज़ के छोटे टुकड़े ने बैरागी बाबू के मन में उम्मीद की एक नयी किरण जगा दी। ऐसा लगा मानो दूर तक फैले हुए रेगिस्तान के मैदान में एक थके और भटके हुए पथिक को पानी का तालाब मिल गया हो, उसे पीपल के वृक्ष की छाया मिल गयी हो...! बैरागी ने सोचा कि इस नयी घटना से बदलू के बहाने से भगेलू को घेरा जा सकेगा और उन्हें मुक़दमे का भय दिखाकर तथा उन पर दबाव बनाकर उन्हें न केवल चुनाव में अपना समर्थन करने के लिए बाध्य किया जा सकेगा, बल्कि केवटोली के वोटों को अपने पक्ष में मोड़ा जा सकेगा। बहरहाल एक मँजे हुए कूटनीतिज्ञ की भाँति बैरागी बाबू ने अपना फ़ैसला सुनाते हुए बदलू से कहा—

'घबराओ मत बदलू...! दरवाज़े पर पहुँचो...! आज ही सन्ध्या के समय भगेलू को बुलाया जायेगा और इसकी पूरी पंचायत होगी। यह केवल तुम्हारे ही नहीं, हमारे पूरे समाज के अपमान का विषय है।' इतना कहकर बैरागी बाबू नवरत्नों के साथ अपने घर की ओर लौट चले।

घर पहुँचते ही लोढ़ा ने बैरागी बाबू को एक दूसरी बिल्कुल हिला देने वाली ख़बर से अवगत कराया। उसने बताया कि 'बिजई बाबू को नेबुआ थाने की

पुलिस पकड़कर ले गयी है। लोग कह रहे हैं कि उनकी गिरफ्फारी (गिरफ़्तारी) हो गयी है। उन्होंने ही चइता का ख़ून...'

लोढ़ा अभी बोल ही रहा था कि बैरागी बाबू ने इशारे से उसे चुप रहने और पशुओं की सानी-पानी करने का निर्देश दिया। लोढ़ा भुनभुनाते हुए और कोई देशी गीत गुनगुनाते हुए भुसैले की ओर चला गया और पास में रखे हुए खाँची से भूसा निकालकर पशुओं की नाद की ओर बढ़ चला।

मदारीपुर में बिजई की गिरफ़्तारी की ख़बर जंगल में आग की तरह फैल चुकी थी। यह ख़बर जितनी छेदी बाबू के लिए झकझोरने वाली थी, शायद बैरागी बाबू के लिए भी उतनी ही आतंकित करने वाली। कदाचित् छेदी बाबू के लिए इसलिए कि बिजई उनके भतीजे थे और पहले ख़ानदान से उनके विद्रोह, फिर इस जघन्य कृत्य से छेदी बाबू को अपनी वह चुनावी नौका भँवर में दिखाई देने लगी, जिसे वे बड़ी मुश्किल से सहेजने में लगे थे। और बैरागी बाबू के लिए इसलिए कि वे क्षण भर में ही भीतर तक हिल गये थे कि कहीं पुलिसिया पूछपाछ में बिजई उनका नाम न ले ले...!

बिजई ने पुलिस को जो बयान दिया था कि 'दरअसल, बिजई के मन में यह धारणा बलवती होने लगी थी कि चइता के चुनाव में खड़े होने से वे जीत नहीं पायेंगे, क्योंकि चुनाव तक चइता उनके अच्छे-खासे वोटों का नुक़सान कर चुका होगा। निरन्तर इसी सोच में डूबे रहने के कारण वे धीरे-धीरे मानसिक अवसाद के शिकार हो गये थे। जब उनके मन में तरह-तरह के नकारात्मक ख़याल आने लगे तो उन्होंने पहले मदिरा का डोज़ बढ़ाने का फ़ैसला किया। किन्तु जब इससे भी उन्हें शान्ति नहीं मिली तो उन्होंने एक दिन अपने जिगरी दोस्त को मदिरा पीने के बहाने घर से बुलाया। जब दोनों रेलवे के किनारे की परित्यक्त बावड़ी में पहुँचे तो बिजई ने चइता को अपनी दावेदारी वापस लेने के लिए समझाना चाहा। चइता सुनते ही आग-बबूला हो गया और उसने उनके सिर पर ईंट से प्रहार कर दिया। अपने बचाव में बिजई ने गमछे से चइता का गला कस दिया और भाग निकले। इसी छीना-झपटी में उनका जनेऊ टूटकर नीचे गिर गया था और लोहे की अँगूठी भी अँगुली से सरककर निकल गयी थी।'

बैरागी बाबू का सौभाग्य यह रहा कि बिजई ने पुलिस की पूछपाछ में उनका नाम ज़रूर लिया; पर किसी षड्यन्त्र के सहभागी के रूप में नहीं। वह पूछताछ के दौरान उनकी तारीफ़ के पुल ही बाँधता रहा। हाँ! उसने छेदी बाबू को ज़रूर जमकर गालियाँ दीं। गिरफ़्तारी के बाद बिजई पर भी लगभग वही धाराएँ लगाई गयीं, जो कभी मतई की मृत्यु के बाद बैरागी बाबू पर लगाई गयी थीं। कुल

मिलाकर बैरागी ने अपने अपमान का बदला ले लिया था और चइता की बलि चढ़ा दी गयी थी।

हरिजन बस्ती के लोगों के कानों तक जब यह बात पहुँची तो उनके होश उड़ गये। उनको सहसा यह विश्वास नहीं हो रहा था कि जिस चइता और बिजई के बीच कभी दाँत-काटी रोटी की यारी हुआ करती थी, वह बिजई एक दिन चइता के साथ ऐसा भी कर सकता है...! लोगों ने सोचा कि मेघिया सम्भवतः चइता की मौत बाद सही कहती थी कि उसे अपने लोगों ने मार डाला। कुछ लोगों का यह मानना था कि मेघिया शुरू से ही क़ातिल को जानती थी किन्तु अपनी जान के भय से वह उनके ख़िलाफ़ ज़ुबान खोलने से बचती रही थी। शायद इसीलिए यह मानसिक आघात सहन न कर पाने के कारण वह विक्षिप्त-सी हो गयी थी।

ख़ैर! एस.पी. राठौर द्वारा अपनी टीम की इस सफलता से मन्त्रीजी को अवगत करा दिया गया था और राठौर साहब का प्रमोशन अब चन्द दिनों की ही बात थी...! समाज-सेवादल के लोगों ने भी इस उपलब्धि को अपनी लड़ाई की पहली सफलता के रूप में देखा और बिजई की गिरफ़्तारी की ख़बर मिलते ही दल के मुखिया भिखारीलाल अपने कार्यकर्ताओं के साथ मदारीपुर की हरिजन बस्ती में पहुँच गये। फिर उन्होंने वहाँ के युवाओं, बड़े-बुज़ुर्गों के साथ मीटिंग की। सेवादल के कार्यकर्ताओं द्वारा हरिजन बस्ती के लोगों को बार-बार यह समझाया गया कि उन्हें हताश होने की ज़रूरत नहीं है, बल्कि अपनी लड़ाई को और तेज और धारदार बनाने की ज़रूरत है। चलते-चलते भिखारीलाल ने कहा–

'समय का इंतिज़ार कीजिए...! आप सब द्वारा मेघिया भउजी को परधानी का चुनाव लड़ाने का निरनय ऐतिहासिक साबित होगा।' फिर वे लौट गये।

सन्ध्या के समय बदलू के प्रकरण में पंचायत भवन के प्रांगण में पंचायत बैठी। पंचायत में छेदी बाबू, बैरागी बाबू, बैदजी सहित गाँव के सभी बड़े-बुज़ुर्ग उपस्थित थे। भगेलूराम को भी अपना पक्ष रखने के लिए बुलाया गया था। पंचायत के अघोषित सूत्रधार बैरागी बाबू ही थे और उन्होंने बदलू को यह ठीक प्रकार से समझा दिया था कि पंचायत का रुख़ चाहे जैसा भी हो, तुम्हें अन्त तक केवल यही कहना है कि 'मुझे मुक़दमे से कम कुछ भी नहीं चाहिए। मैं भगेलू के पूरे परिवार को जेहल भिजवाकर रहूँगा।'

छेदी बाबू भी बिजई के सदमे से उबरकर अपनी रणनीतियों पर मंथन कर रहे थे। वे जानते थे कि मतई के प्रकरण से ही बदलू उनके नहीं रह गये थे और आज की इस पंचायत में भगेलू के बहाने से उन्हें घेरने की कोशिश की जायेगी। पर छेदी बाबू मैदान छोड़कर भागने वालों में से कदापि न थे। उन्होंने

न केवल स्वयं को इस पंचायत के लिए मानसिक रूप से तैयार किया, बल्कि भगेलू को सचेत किया कि कोई तुम्हारे ऊपर कितना भी दबाव डाले, तुम्हें कितना भी धमकाए—तुम झुकना नहीं। कह देना कि 'मुझे इससे कोई मतलब नहीं। जिसका किया-धरा है, वो जाने...! मोहन पर मुक़दमा किया जाय। मुझे कोई एतराज़ नहीं है।'

पंचायत शुरू हुई। छेदी बाबू ने सभा की कमान सँभाली और बदलू की ओर मुख़ातिब होकर बोले—'कहो बदलू! तुम क्या चाहते हो?'

बदलू फफक पड़े—'महराज...! इज़्ज़त चली गयी। अब जेहल से नीचे कुछ नहीं...सब जायें जेहल...! भगेलू, उनकी मेहरारू, लरिके-बच्चे सब जायें...तब पता चलेगा कि किसी की इज़्ज़त-परतिस्था के साथ खेलने का क्या मतलब होता है।'

छेदी बोले—'दूसरों के चढ़ाने-बढ़ाने पर मत जाओ बदलू...! आज जो तुम्हारे साथ खड़े दिखाई दे रहे हैं, कल नजर नहीं आयेंगे। और किसी को जेहल भेजवाने से तुम्हारी इज़्ज़त लौट नहीं आयेगी...!'

बैरागी बाबू ने बीच में हस्तक्षेप किया—'गयी हुई इज़्ज़त तो नहीं आती चचा...! लेकिन कल को बदलू को पछतावा तो नहीं रहेगा कि वे अपने सम्मान की रक्षा के लिए कुछ कर नहीं पाये...!!'

पछतावा शब्द अपने कानों में पड़ते ही छेदी बाबू एकदम से बिफ़र गये। बोले—'हाँ बैरागी! सही कहते हो! पछतावे से बचने के लिए आदमी क्या-क्या नहीं करता...! लेकिन जिस परधानी के लिए तुम यह सब ढोंग रच रहे हो, वह भी तुम्हें नसीब नहीं होगी। इसलिए अपनी हार के बाद पछतावे के ज़ख़्म पर मरहम लगाने के लिए कोई उपाय ढूँढ़कर रखना।'

बैरागी ने छेदी बाबू के इस प्रहार का बहुत सँभलते हुए उत्तर दिया—'चचा! मेरे पास खोने के लिए कुछ नहीं है। लेकिन आप तीन बार के परधान हैं। यदि आप मुझ जैसे नादान और अनाड़ी से परधानी हारेंगे तो आपकी कितनी बेइज़्ज़ती होगी...! इसलिए पछताना तो आपको पड़ेगा।'

इस पर छेदी बाबू तमतमा गये और अपना जनेऊ निकालकर बोले—'जिस दिन यह नौबत आयेगी बैरागी...! उसी दिन यह छेदी अपना जनेऊ तोड़कर फेंक देगा और मदारीपुर त्याग देगा।'

छेदी बाबू के इस ताव को देखकर सभा में अब तक चुप बैठे बैदजी बोले—'छेदी बाबू! मदारीपुर तो आपको आज ही त्याग देना चाहिए। आपका सगा भतीजा चइता की मौत का गुनहगार पाया गया है। अब क्या इससे बुरे दिन का भी इन्तज़ार है आपको?'

छेदी बाबू ने अपने को भीतर से सँभाला—'जो जैसा करेगा, वो वैसा भरेगा। बिजई ने जो किया, मैं उसकी सरेआम निन्दा करता हूँ। लेकिन मैं यह भी जानता हूँ कि बिजई को चढ़ाने-बढ़ाने-उकसाने वाले भी कहीं बाहर से नहीं आये थे; वे यहीं—इसी सभा में बैठे हुए हैं। उनका भी एक दिन हिसाब होगा। रही बात भगेलू की, तो बदलू की मरजी...! जैसा चाहें, वैसा करें...!' कहते हुए छेदी बाबू उठे और भुनभुनाते हुए सभा को बीच में ही छोड़कर निकल गये।

दरअसल, पंचायत अपने मूल उद्देश्य से भटक गयी थी और उसे अनिर्णय की स्थिति में पाकर लोग धीरे-धीरे खिसकने भी लगे थे। पंचायत किसी निर्णय पर पहुँचे बिना ही स्थगित कर दी गयी। बैरागी बाबू यही चाहते भी थे कि वे बदलू के मददगार बनने का दिखावा भी करते रहें और फ़िलहाल इस प्रकरण में कोई निर्णय भी न लिया जा सके, क्योंकि अनिर्णय की दशा में भगेलू का रिमोट कंट्रोल उनके हाथ में रहेगा और वे आवश्यकतानुसार उसका उपयोग कर सकेंगे।

29

देखते-ही-देखते मदारीपुर का चुनावी परिदृश्य एकदम से बदल गया था। हालाँकि हरिजन बस्ती पहले भी राजनीति के केन्द्र में हुआ करती थी और अब भी थी। पर बिजई के एक जघन्य कृत्य के चलते कई लक्ष्मण-रेखाएँ खिंच गयी थीं। छेदी बाबू चमरटोली नहीं जा सकते थे और दबी ज़ुबान से ही सही, चइता की मौत में बैरागी बाबू की सन्दिग्ध भूमिका के चलते उन्हें भी हरिजन बस्ती से कोई ख़ास मदद नहीं मिलने वाली थी। सो उन्होंने भी वहाँ आना-जाना छोड़ दिया था। और सबसे बढ़कर स्वयं मेघिया चमरटोली की ओर से परधान पद की उम्मीदवार घोषित हो चुकी थी।

लेकिन मेघिया की उम्मीदवारी के बावजूद परभू, लंगड़, झुर्रा, बाऊर आदि के सामने असल समस्या यह थी कि केवल हरिजन बस्ती के वोटों से उनका कुछ ख़ास भला नहीं होने वाला था। उधर पट्टी के सारे वोट भी छेदी और बैरागी के बीच बँटकर दो-फाड़ हो गये थे और इस कारण मदारीपुर की परधानी का सम्भावित परिणाम सर्वाधिक अनिश्चित हो चला था। रही-सही कसर बदलू और भगेलू के बीच चले पारिवारिक विवाद ने पूरी कर दी थी। हालाँकि अपने नाम और स्वभाव से मजबूर बदलू एक बार फिर बदल गये थे और छेदी बाबू की गुप्त मध्यस्थता के बाद भगेलू से कुछ अनाज और धन पाकर चुप लगा गये थे।

किन्तु रम्भा को चाहने वाले सुक्कुलपुरवा टोले के कुछ आशिक़-मिजाज़ लड़कों को यह बात बहुत नागवार गुज़री थी और उन्होंने अपने भीतर के बेसब्र आक्रोश की अभिव्यक्ति के रूप में एक दिन सरेराह भगेलू की विधिवत् पिटाई कर दी थी। यदि मदारीपुर के शोधार्थियों पर विश्वास करें तो रम्भा के प्रेमियों ने भगेलू को इसलिए भी पीटा कि वे बदलू के जिस करामाती चश्मे को कभी हाथ तक नहीं लगा पाये थे, उसे मोहन द्वारा रम्भा के साथ ले भागने का अन्देशा था। भगेलू गाँव के ही चमत्कारी सरकारी अस्पताल में अपने शरीर के टूट गये कई हिस्सों के आपस में जुड़ने की आस में पड़े हुए थे। फिलहाल केवटोली के वोट भी उन्हीं की तरह आई.सी.यू. में डाल दिये गये थे।

भगेलू सारा दिन अस्पताल के एक कोने में चारपाई पर पड़े-पड़े कराहते रहते। यह वही जादुई चारपाई थी, जिस पर कभी भगेलू के पुत्र मोहन का भी विधिवत् ऑपरेशन हो चुका था। बहरहाल सरकारी अस्पताल का डॉक्टर उनके इलाज के मद्देनज़र दीवार में टँगी एक खूँटी के सहारे 'पानी की बोतल' नामक लोकप्रिय औषधि को हवा में उलटा टाँग देता और उससे निकलने वाले एक अर्द्धपारदर्शी पाइप के दूसरे सिरे से जुड़ी सुई को भगेलू की बाँह में कोंचकर दो-चार घंटे के लिए निश्चिन्त हो जाता था। भगेलू भी जीवन की आस में चारपाई पर अहसाय पड़े रहते। कई बार जब उन्हें नींद आ जाती तो उनका मुँह अचानक-से खुल जाता और आस-पास की मक्खियाँ एकजुट होकर उसमें ऐसे घुसने की कोशिश में लग जातीं, जैसे भौंरे कमलमुख में जाने के लिए लालायित रहते हैं। इस दशा में भगेलू की पत्नी सुपनेखिया अपनी साड़ी के एक छोर को पंखे का रूप देकर मक्खियों को भगाने की कोशिश ज़रूर करती, पर कुछ सेकंड बाद मक्खियाँ पुनः उसी मुद्रा में भिनभिनाने लगतीं।

भगेलू को लेटे-लेटे अपने ही टोले के भालू बाबा याद आते। कई बार जब वे अर्द्धचेतन अवस्था में होते तो भालू बाबा से बातें करने लगते थे और अपनी पत्नी को देखकर बुदबुदाते—

'...का करीं रे सुपनखिया...! अच्छे-भले निठल्ले ही ठीक थे। ई परधानी ने तो हमें कहीं का नहीं छोड़ा। रही-सही कसर तोहार मोहनवा ने पूरी कर दी। अपने तो लड़की लेकर भाग गया सारेऽ...! हम्में छोड़ गया फजीहत होने और डगडरी में तड़पने के लिए। बुढ़ापे में यही सब तमाशा देखना बदा था। अब तो लगता है कि परान निकले वाला है। खाट पर पड़े-पड़े हगने-मूतने से तो अच्छा है कि भालू भइया हमें अपने पास बुला लें...!!' कहते-कहते भगेलू कराहने लगते और फिर तनिक अचेत होकर अपने दोनों हाथों को हवा में टाँग देते मानो स्वयं को

भालू बाबा के पास ले जाने के लिए ऊर्ध्वगमन की कोशिशों में लग गये हों...!

बिजई के जेल जाने के बाद पट्टी में एक और बड़ा बदलाव देखने को मिल रहा था। चवन्नी पट्टी की महिलाएँ अचानक से आध्यात्मिक हो गयी थीं और प्रातःकाल शिव मन्दिर में पूजा-अर्चना कर अपने सुहाग की रक्षा की भीख माँग रही थीं। इन महिलाओं में बिजई की पत्नी प्रमुख थीं, जो बिजई के जेल जाने के बाद अपना सारा काम-धाम छोड़कर भूखी-प्यासी केवल देव-उपासना में लगी थीं। दरअसल, ये महिलाएँ अपने घर के मुखिया की तरह स्वयं को सदैव से सुरक्षित-संरक्षित मानती चली आयी थीं और समय के साथ उन्हें यह आभास भी हो चला था कि कोई दैवी सत्ता उनका कुछ नहीं बिगाड़ सकती—मानो दैवी सत्ता का अस्तित्व उनसे है, वे दैवी सत्ता से नहीं। लेकिन चइता की मौत और बिजई के जेल जाने की घटना ने उन्हें भीतर तक हिला दिया था और अब वे यह मानने के लिए मजबूर थीं कि हो-न-हो यह किसी दैवी प्रकोप के कारण हुआ हो...!

इन सारी गतिविधियों के बीच एक और खेल चल रहा था—समाज-सेवादल के मुखिया भिखारीलाल को पटाने का ताकि किसी तरह से मेघिया की उम्मीदवारी को वापस कराया जा सके और बैरागी का रास्ता निष्कंटक हो सके। इस योजना को अंजाम देने में लगे थे—आदरणीय बैदजी। किसी ज़माने में भिखारीलाल और बैदजी एक साथ यूनिवर्सिटी में शिक्षा ग्रहण कर चुके थे। किन्तु कालान्तर में दोनों ने पृथक्-पृथक् व्यवसाय अपना लिया था। इसके बावजूद, आज भी दोनों अपने-अपने तरीके से समाजसेवा के काम को ही अंजाम दे रहे थे।

हालाँकि भिखारीलाल को तोड़ना इतना आसान भी नहीं था, यह बैदजी बखूबी जानते थे। इस सम्बन्ध में बैदजी और बैरागी बाबू की कई गुप्त मन्त्रणाएँ हुईं। इसी बीच एक दिन भौकाली भाई ने बैरागी बाबू को बताया कि 'कुछ महीने पहले भिखारीलाल अपने छावनी वाले गाँव के आस-पास दो-तीन दिन एकड़ ज़मीन तलाश रहे थे।' भौकाली के मुँह से इतना सुनना भर था कि बैरागी बाबू की बाछें खिल गयीं और वे भागे-भागे बैदजी की डिस्पेंसरी पहुँचे। बैरागी बाबू के निवेदन पर बैदजी कुछ समय के लिए अपने मरीजों को अनाथ छोड़कर बँगले में बैठे। बातचीत में तय हुआ कि बैदजी भिखारीलाल से बात करेंगे और भिखारीलाल को उनके गाँव स्थित बैरागी के खेत को आधे दाम पर बेचने का प्रलोभन दिया जायेगा।

अगले ही दिन बैदजी की ओर से सीरा काका के नेतृत्व में तीन नवरत्नों के एक प्रतिनिधिमंडल को अपना दूत बनाकर भिखारीलाल को बुलाने का सन्देश भेजा गया। भिखारीलाल ने सन्ध्या तक बैदजी से मिलने का आश्वासन देकर

प्रतिनिधिमंडल को विदा किया। हालाँकि आज भिखारीलाल को थोड़ी देर हो गयी थी, फिर भी वे बैदजी से मिलने का लोभ-संवरण नहीं कर पाये, क्योंकि यह उनके पुराने मित्र का बुलावा था। इस आमन्त्रण के बाद भिखारीलाल मन-ही-मन प्रसन्न होकर बैदजी से मिलने जाने की तैयारियों में जुट गये।

सन्ध्या के समय भिखारीलाल अपने दरवाज़े पर खड़ी कार में बैठकर, जिसे अब गाँव के लोग धीरे-धीरे 'झाझा-मेल' कहने लगे थे, बैदजी से मिलने निकल पड़े। दरअसल, लोगों द्वारा भिखारीलाल के इस वाहन को झाझा-मेल नामकरण के पीछे मूल कारण यह था कि एक तो वह बिना धक्का खाये स्टार्ट नहीं होती थी और चलते-चलते रास्ते में कभी भी, कहीं भी दम तोड़ देती थी। तब उसे फिर से नये किस्म के धक्के की आवश्यकता होती, तभी वह आगे बढ़ती थी। कहते हैं कि कई छोटी-मोटी दूरियाँ तो वह धक्के के सहारे ही तय कर लेती थी। उसकी यह भी आदत हो गयी थी कि ज्यों ही वह रास्ते में या किसी चौराहे पर चार-पाँच लोगों को इकट्ठा देखती, वहाँ बिना ब्रेक मारे ही रुक जाती थी और उन महानुभावों से धक्का खाकर ही दम लेती थी। कई बार तो ऐसा भी हुआ बताते हैं कि उसे दूर से आता देख लोग अक्सर पास की गली में घुसकर अपनी जान बचाते थे। भिखारीलाल भी इस 'विशिष्ट वाहन' का इस्तेमाल केवल विशेष अवसरों पर ही किया करते थे। आज वह अवसर सामने था।

भिखारीलाल रात के धुँधलके में अपने झाझा-मेल से बैदजी के दरवाज़े पर पहुँचे। भिखारीलाल ने ज्यों ही दरवाज़ा खटखटाया और लोढ़ा ने दरवाज़ा खोला, बैदजी बरबस ही दौड़कर भिखारीलाल के गले से लिपट गये और अत्यधिक प्रेम के प्रदर्शन में इस क्रिया को कम-से-कम तीन बार दोहराते रहे। भिखारीलाल अपनी इस आवभगत पर भावविभोर हो गये और उनकी आँखें नम हो गयीं। इसके उपरान्त भिखारीलाल बैदजी के आसन के तनिक नीचे स्थित मोढ़े पर बैठने को हुए। बैदजी ने उनके दोनों कन्धों को पकड़कर अपने बग़ल में बिठा लिया और फिर अपने एवं भिखारीलाल के बीच के जातिगत भेद को एक भारतीय दार्शनिक के माध्यम से समझाते हुए बोले–

'काऽ भिखारीलाल...! तुम भी जहाँ के तहाँ ही रहे। दलित समाज के लिए इतना बड़ा आन्दोलन चलाते रहे और अपनी मानसिकता में कौनों बदलाव नहीं कर पाये। हमारे-तुम्हारे बीच कोई भेद है का...? आँय...!! तुम भूल गये, जब इनवरसीटी में प्रोफेसर साहब हम लोगों को पढ़ाया करते थे कि सबके भीतर एक ही आत्मा का वास है। जो अन्तर है, वो केवल जीवात्मा का है...जीवात्मा क्या है? एक बाहरी वस्त्र ही तो...! वह मूल तत्त्व, जो हमारे और तुम्हारे भीतर

पैठा हुआ है, वह एक ही है—वही ब्रह्म है, वही ब्राह्मण है। इस लिहाज़ से मैं भी ब्राह्मण हूँ और तुम भी ब्राह्मण हो। पंडित और हरिजन तो मनुष्यों की बनाई हुई दीवारें हैं...!'

थोड़ी देर के अन्तराल पर बैरागी बाबू के घर के भीतर से भिखारीलाल के लिए पेड़े और मिष्टान्न आये। फिर गरम-गरम पकौड़ियाँ आयीं। इस दौरान काफ़ी देर दोनों दोस्तों में इधर-उधर की बातें होती रहीं—कभी दर्शन की, कभी साहित्य की और कभी राजनीति की। बैदजी ने माहौल को थोड़ा नरम बनाने के लिए इनवरसीटी में फूटने वाले बमों और इसके पीछे के कारणों पर उनका-ज्ञानचक्षु खोलने के लिए भिखारीलाल का धन्यवाद किया। काफ़ी देर तक हा-हा-ही-ही चलती रही। फिर बातचीत के दौरान ही भिखारीलाल ने चइता की मौत का मुद्दा उठाया। उन्होंने बैदजी को बताया कि 'इसी प्रकरण में वे कई बार हरिजन बस्ती का भ्रमण कर चुके हैं। और काफ़ी संघर्ष के बाद पता चला कि इसी गाँव के एक सिरफिरे युवक ने उसकी हत्या कर दी। आजकल वह जेहल में है।'

बैदजी भिखारीलाल को एकटक देखते रहे और सारी बातों को यूँ मूक भाव से सुनते रहे मानो कुछ जानते ही न हों...! वार्ता के क्रम में भिखारीलाल ने अपनी उपलब्धियाँ गिनाना भी नहीं छोड़ा। उन्होंने बैदजी को बताया कि अब उनकी एक ही इच्छा है कि अपने गाँव में पिताजी के नाम से एक स्कूल खोलें, ताकि आस-पास के बच्चों को निःशुल्क शिक्षा दे सकें। पर आर्थिक कारणों से इसको अंजाम देना सम्भव नहीं हो पा रहा है।

बैदजी खुश थे कि उनके छेड़े बिना ही बात मुद्दे पर आ गयी। वे बोले—'इतनी छोटी-सी बात...! और तुमने मुझे आज तक बताया नहीं...! अरे, कभी कोसों की सीरदारी हमारी ही हुआ करती थी। यह ठीक है कि अब हम लोगों के पास कुछ नहीं बचा, लेकिन मरलो तेली/तब्बो नौ अधेली...! तुमने एक बार याद तो किया होता। चुटकियों में तुम्हारा स्कूल खुल जाता...!'

भिखारीलाल झेंपते हुए बोले—'जब आपसे आज तक कुछ नहीं माँगा तो अब क्या माँगते...! सोचा जब प्रभु की इच्छा होगी तो सब कुछ अपने आप ही हो जायेगा।'

बैदजी बोले—'अच्छा रुको...! मैं कोशिश करता हूँ। तुम्हारे गाँव के पास बैरागी की एक ज़मीन बेकार पड़ी हुई है। हो सकता है मेरे कहने पर बेचने को तैयार हो जाये।'

लोढ़ा से बैरागी को बुलाने का सन्देश भेजा गया और झट ही बैरागी बाबू प्रगट भी हो गये। बैदजी ने भिखारीलाल से परिचय करवाने के बाद जब बैरागी

बाबू से प्रश्नगत प्रकरण को छेड़ा तो बैरागी बाबू ने पूर्वनिर्मित योजना के अनुसार ज़मीन बेचने में अपनी अनिच्छा जताई। फिर परधानी के ख़र्चे के कारण विचार कर बताने को कहा। भिखारीलाल ने बैरागी बाबू की बात का समर्थन करते हुए कहा–

'हाँ...! बड़े लोगों के चुनाव में खरचा तो लगता ही है...!' तदनन्तर बैरागी बाबू अपनी चुनाव व्यस्तता के बहाने बैदजी का चरणस्पर्श कर चले गये।

बैरागी के जाने के बाद बैदजी ने भिखारीलाल को एक विकल्प सुझाया। वे बोले–'बुरा न मानो तो मैं एक प्रस्ताव तुम्हारे सामने रखूँ...!'

भिखारीलाल बैदजी का मुँह ताक रहे थे। बैदजी ने बोलना जारी रखा– '...अगर तुम किसी तरह से मेघिया को परधानी के चुनाव में बैठाने की जुगत करो तो मैं डंके की चोट पर बैरागी से उस ज़मीन का बैनामा करवा दूँगा। पैसा तुम आगे-पीछे देते रहना।'

भिखारीलाल काफ़ी देर तक चुप्पी साधे रहे। वे गम्भीर अस्ति-नास्ति में पड़ गये–'जिस मेघिया को उन्होंने दम देकर खड़ा किया, अब वे उसे किस मुँह से बैठने को कहेंगे? लेकिन नहीं कहेंगे तो बाबूजी के नाम से स्कूल कैसे बनेगा?' फिर उन्होंने एक नज़र बैदजी की ओर झाँककर देखा मानो कहना चाहते हों कि 'बैद जी...! यह हमसे न होगा...!!'

बैदजी भी इतनी देर में भिखारीलाल का मनोभाव समझ गये थे। उन्होंने भिखारीलाल की दोनों हथेलियों को अपनी हथेलियों से कसकर पकड़कर दबाते हुए कहा–'भिखारीलाल...! मैं जानता हूँ कि तुम्हारे लिए यह काम आसान नहीं होगा। लेकिन इसमें हमारी शान आ पड़ी है वरना मैं तुमसे यह बात कभी न कहता।'

भिखारीलाल भी थोड़ी देर चुप रहे। फिर बोले–'चलो...! दोस्ती की ख़ातिर कुछ करता हूँ...!!' इतना कहकर भिखारीलाल भारी मन से बैदजी से विदा लेकर निकल पड़े।

30

भिखारीलाल एक विकट परिस्थिति में पड़ गये थे। एक तरफ़ अपने जीवन के सपने थे तो दूसरी तरफ़ सच्चाई के लिए एक मुकम्मल संघर्ष। उन्हें रातभर नींद नहीं आयी। पूरी रात करवट बदलते रहे। लेटे-लेटे जब कभी उनकी आँखें झपकने लगतीं तो सपने में पिताजी आ खड़े होते–बूढ़ी और जर्जर काया,

संकट के बारे में बात करेंगे। भिखारीलाल ने वार्ता को पहले गोल-गोल घुमाना शुरू किया। बोले–

'समय बहुत ख़राब आ गया है। जान-माल की कोई सुरक्षा नहीं है। मुझे हमेशा डर सताता रहता है कि तुम लोगों के साथ कोई अनहोनी न हो जाय। कई बार रात-रातभर नींद नहीं आती।'

झुर्रा ने बीच में टोका–'आख़िर कहना का चाहते हो भिखारी भइया...? सब ठीक तो है...?'

भिखारी ने तनिक लम्बी साँस ली, फिर बोले–'सोचता हूँ कि कहीं मेघिया भउजी को परधानी में खड़ा करके हम लोग कोई नयी आफ़त तो मोल नहीं ले रहे...?'

सुनते ही परभू भड़क गया और बोला–'भिखारी भइया...! तुमने ही हमरे भीतर लड़ने का साहस पैदा किया और अब तुम भी बड़मनइन की भाषा बोलने लगे...!'

बाऊर ने परभू के मुँह से बात छीन ली–'लगता है किसी ने तुम्हें भी कुछ रिस्वत खिला दी...यदि ऐसा है, तब तो वास्तव में हमरा भला नहीं होने वाला है...पर माफ़ करना भइया...! बात अब बहुत आगे बढ़ चुकी है।'

लंगड़ ने बाऊर की हाँ-में-हाँ मिलाते हुए कहा–'भिखारी भइया...! निरनय चाहे जो भी हो, पर अब हम् किसी भी कीमत पर पीछे नहीं हटेंगे...मेघिया भउजी हर हाल में लेक्सन लड़ेंगी, चाहें कितनी भी कुरबानी देनी पड़े...!'

वार्ता का क्रम लगातार अपने चढ़ाव पर था। उत्तर-प्रत्युत्तर का दौर चल रहा था। पशुओं का स्वभाव भी अजीब होता है। वे जहाँ कहीं भी दस-पाँच आदमी बैठे देखते हैं, अपना डेरा जमा लेते हैं और अपनी वार्ता में मशगूल हो जाते हैं। आज बाग़ में भिखारीलाल की इस सभा के समानान्तर ही आश्चर्यजनक रूप में पशुओं की भी एक अघोषित सभा चल रही थी, जिनका मजमून भी सम्भवतः बाग में चलने वाली परिचर्चा ही होगी। सभा में मुख्य रूप से तीन-चार लेटी हुई गायें, उनके प्रेम में पागल एकाध घुमन्तू साँड़, दो-तीन आवारा कुत्ते और कुछ कौवे शामिल थे। भिखारीलाल की किसी बात का जवाब देने के लिए ज्यों ही हरिजन टोले का कोई शख़्स आगे बढ़ता, सबसे पहले कुत्ते उनकी पहचान को पुख़्ता करने के लिए भौंकने लगते; फिर उसी क्रम में गायें ज़ोर-ज़ोर से रंभाने लगतीं और तत्समय ही छुट्टा साँड़, गायों के पीछे घूमते हुए अपनी प्राण-शक्ति का परीक्षण करने लगता। तब सभी कौवे, साँड़ की इस क्रिया से बिल्कुल ही असहमत होकर उसकी पीठ पर बैठ जाते और साँड़ से अपना स्वाभाविक विरोध जताने की कोशिश करते। क्षण

काँपते हुए पाँव, झूलती हुई गरदन, फिर भी अपने बेटे के प्रति अगाध स्ने पिताजी भिखारी के सिरहाने बैठकर उनके सिर को सहलाने लगते। भिखारी छूने की कोशिश करते, तब वे अचानक से अन्तर्ध्यान हो जाते। फिर भिखारी नींद से उठकर बैठ जाते। सारी रात भिखारीलाल और उनके पिताजी के लुका-छिपी और आँख-मिचौली का यह खेल चलता रहा। ऐसा लगता था भिखारीलाल के पिताजी स्वयं स्वप्न के माध्यम से उपस्थित होकर भिखा अपनी स्मृति में स्कूल बनवाने का निवेदन कर रहे हों! अन्ततः भावुक भिखारी ने यह निर्णय किया कि वे प्रातःकाल उठकर मदारीपुर की हरिजन बस्ती ज और मेघिया को चुनाव में बैठाने की एक आख़िरी कोशिश करेंगे।

उधर जबसे बिजई की गिरफ़्तारी हुई थी, तबसे चइता के दोस्तों में का आत्मविश्वास आ गया था। वे दिन-रात टोले के लोगों बीच अलख में लगे हुए थे। आज सुबह-सवेरे से ही उनकी संगीत-टोली ने अपना काम रखा था। एक अत्यन्त लोकप्रिय पुरबिया गीत की थाप पर ढोल-मँजीरे शुरू हो गये थे–

सुरू बा किसान के लड़इया, चलऽ तूहूँ लड़े बदे भइया ना।
कब तक सुतबऽ, मूँदि के नयनवा
कब तक ढोवबऽ, सुख के सपनवा
फूटलि ललकी किरनिया, चलऽ तूहूँ लड़े बदे भइया ना
सुरू बा किसान के लड़इया, चलऽ तूहूँ लड़े बदे भइया ना।
तोहरे पसीनवा से अन धन सोनवा
तोहरा के चूसि-चूसि, बढ़े उनके तोनवा
तोहके बा मुट्ठी भर मकइया, चलऽ तूहूँ लड़े बदे भइया ना।
सुरू बा किसान के लड़इया, चलऽ तूहूँ लड़े बदे भइया ना।

ठीक इसी समय भिखारीलाल हरिजन बस्ती पहुँचे। भिखारीलाल को सुबह आया देख गाना-बजाना कर रहे चइता के कई साथी भौचक रह भिखारीलाल ने उन्हें बताया कि वे एक विशेष उद्देश्य से आये हैं। मामला गम्भीर है और इस पर वे सभी के साथ बैठक करना चाहते हैं। लंगड़ ने सु कि इस मुद्दे पर सबके साथ बाग़ में बैठकर चरचा करना ठीक रहेगा। फि था! टोले के सभी जिम्मेदारान तलब किये गये और भिखारीलाल उन सभ साथ लेकर बाग में स्थित बरगद के पेड़ के नीचे ले गये। भिखारीलाल एक ओर बैठ गये और बाकी सभी उन्हें घेरकर खड़े हो गये।

सबके मन में एक भययुक्त कौतूहल था कि आज भिखारी भइया

भर में ही साँड़ को भी अपनी ताक़त का एहसास हो जाता और फिर वह गायों का पीछा छोड़कर, अपने सिर को हवा में एकदम से झिंझोड़ते हुए अपनी पीठ पर बैठे कौवों से अपना पिंड छुड़ाने में लग जाता। तब गायें कुछ समय तक लेटे-लेटे ही गम्भीर पगुरी में व्यस्त हो जातीं। कुल मिलाकर आज की इस गम्भीर मन्त्रणा का विस्तार मनुष्यों से लेकर पशुओं तक फैल गया था।

बहरहाल, बहस उत्तरोत्तर बढ़ती जाती थी। भिखारीलाल होशियार आदमी थे और अपनी बिरादरी के आक्रोश को तह तक पढ़ने की क्षमता रखते थे। वे लंगड़ को समझाते हुए बोले–

'देखो लंगड़ भाई! तुम्हारा आक्रोश स्वाभाविक है, लेकिन मेरी बात का गलत अर्थ न निकालो। न तो हम तुम्हें लड़ाई छोड़ने की सलाह दे रहे हैं और न ही कायर बनने की...! लेकिन हमें इस बात को समझना होगा कि हम तो इस लड़ाई में कहीं हैं ही नहीं। यह तो शुरू से ही पट्टी के लोगों की लड़ाई रही है। हमारी लड़ाई तो गरीबी, बेकारी, भुखमरी, सिच्छा से है...एक चीज को गहराई से समझना होगा कि हमें पहले अपने साथ जुड़ी कुरीतियों का नाश करना है अथवा हथियार उठाकर सीधी लड़ाई को अंजाम देना है...! मेरे ख़याल से हमें दोनों करना है। लेकिन उचित होगा कि समय की नज़ाकत को देखते हुए हम पहले रास्ते पर चलें; हो सकता है दूसरा रास्ता अपनाने की ज़रूरत ही न पड़े।'

भिखारीलाल का यह लम्बा-चौड़ा भाषण सुनकर घसीटे, जो अब तक वार्ता का मूक साक्षी बना हुआ एक कोने में बैठा था, आगे आ गया और बोला–

'भिखारी भइया! बुरा न मानो तो एक बात पूछूँ...? अगर चइता तुम्हारा अपना बेटा या भाई होता तो तुम कउन सा रास्ता अपनाते?'

भिखारीलाल के सामने यह अब तक का शायद सबसे कठिन सवाल था। लेकिन भिखारीलाल ने इसका भी उत्तर बड़ी चतुराई भरे शब्दों में दिया–

'...तब मैं आप लोगों की ही तरह बिल्कुल जज़्बाती होता और वही रास्ता चुनता, जिस पर आप सभी चलना चाहते हैं...लेकिन घसीटे भाई! मैं अपने अनुभव से बता सकता हूँ कि कई बार जज़्बात में लिए गये निरनय आदमी को आगे ले जाने के बजाय पीछे धकेलते हैं...हमारी दशा बड़ी संवेदनशील है। हम उस जगह खड़े हैं, जहाँ आगे कुआँ और पीछे खाई है...हमें बहुत सँभलकर चलना है और दोनों में गिरने से बचना है। साथ ही अपने समाज को आगे भी ले जाना है। इसलिए मैं एक बार फिर आप सबसे निवेदन करना चाहूँगा कि अपने निरनय पर विचार कर लें, तभी आगे बढ़ें। केवल राजनीतिक लड़ाई लड़कर सामाजिक

और आर्थिक लड़ाई नहीं जीती जा सकती। सबसे ज़रूरी है हमारे प्रति लोगों की मानसिकता में बदलाव लाना। और वह तभी आयेगा, जब हमारे हाथों में काम होगा, हमारे पास दो-जून की रोटी होगी और हम अपने बच्चों को पढ़ा-लिखा के किसी काम लायक़ बना सकेंगे...!!'

बाऊर, जो काफ़ी देर से भिखारीलाल को सुन रहा था, ने उनकी बात को बीच में ही काटते हुए कहा—'भिखारी भइया! जब तक सट्टा (सत्ता) अपने हाथ में नहीं होगी, तब तक हम ऐसे ही गरीबी और बेकारी से लड़ते रहेंगे। अब तो हमें हर हाल में सट्टा चाहिए। आप चाहें तो हमरा साथ छोड़ दें, पर अब लड़ाई से पीछे हटना कायरता होगी...!'

चइता के साथियों का जवाब सुनकर भिखारीलाल निरुत्तर हो गये थे और उनका दाँव पूरी तरह से फ़ेल हो गया था। अब वे किसी तरह से इस बहस की दशा और विषय को बदलना चाहते थे। अब उन्होंने अपना अन्तिम दाँव फेंका; बोले—

'मैं सोचता हूँ, इस बारे में मेघिया भउजी को भी बुलाकर पूछ लिया जाय कि ऊ का चाहती हैं?'

तभी न जाने कहाँ से अब तक इस सारे वार्तालाप को चुपचाप सुन रही मेघिया अचानक से भिखारीलाल के प्रति आक्रामक और हमलावर हो गयी तथा पास में ही ज़मीन पर पड़ी धान काटने वाली हँसिया लेकर उन्हें दौड़ा लिया। फिर क्या था...! भिखारीलाल खेतों के बीच से होकर भागे और किसी तरह अपनी जान बचाने में कामयाब हो सके। भागते हुए ही भिखारीलाल के सपने चूर हो गये और मेघिया को परधानी में बैठाने की बैदजी और बैरागी बाबू की आख़िरी उम्मीद भी। आज चइता के सभी साथी मेघिया की इस आक्रामकता में चइता की आक्रामकता के दर्शन कर रहे थे।

31

एक छोटी-सी घटना और अपने निजी स्वार्थ के चलते भिखारीलाल मदारीपुर के चुनावी परिदृश्य से अचानक से ग़ायब हो गये थे और हरिजन बस्ती के निवासियों की नज़र में एकाएक हीरो से ज़ीरो बन गये थे। एक छोटे से वैचारिक-स्खलन से उनके द्वारा समाज की निचली कही जाने वाली जातियों के लिए चलाए जाने वाले आन्दोलन की हवा निकल गयी थी और अपने बाबूजी के

नाम पर खोले जाने वाले विद्यालय का उनका सपना एक क्षण में ही चकनाचूर हो गया था।

फ़िलहाल बैदजी और बैरागी भी अब मेघिया को एक सशक्त प्रत्याशी मानते हुए उसकी चुनौती स्वीकार करने को मजबूर थे। छेदी बाबू भीतर-ही-भीतर इस अफ़सोस में डूबे हुए थे कि न जाने किस मनःस्थिति में उन्होंने चइता को परधानी का चुनाव लड़ने के लिए उकसाया था, जिसके चलते आज परिस्थितियाँ स्वयं उनके कितनी प्रतिकूल हो गयी हैं...! जबकि बैरागी बाबू के हृदय में अपनी जीत के लिए किसी भी हथकंडे को अपनाने के परिणामस्वरूप आकस्मिक तौर पर उत्पन्न संकट को लेकर गहरा भय समा गया था।

धीरे-धीरे समय बीतता जा रहा था और दोनों पुरोधा वोटों को अपने पक्ष में लामबन्द करने में जी-तोड़ लगे हुए थे। पट्टी के वोट बँट न जायें और इसका अप्रत्यक्ष लाभ किसी ग़ैर-बिरादरी के प्रत्याशी को न मिल जाये, इसके लिए विभिन्न पट्टियों के बीच एक सिद्धान्त प्रचारित करने का प्रयास किया जा रहा था कि छेदी और बैरागी में से जिसका पलड़ा भारी हो, उसे ही सब मिलकर वोट करें ताकि परधानी की कुरसी पट्टी में ही रहे। लेकिन सब कुछ के बावजूद असल सवाल यह था कि वह जादुई तराजू कहाँ से लाया जाये जिससे यह वास्तविक रूप में पता चल सके कि किसका पलड़ा भारी है और किसका हल्का? फ़िलहाल इस दुविधाजनक स्थिति का फ़ायदा दोनों पट्टियों के प्रचारक उठा रहे थे और अपने-अपने पलड़े को भारी बताकर जीत के दावे ठोंक रहे थे।

इस परिस्थिति में उन चाटुकारों की भी बन आयी थी जो असल में किसी के भी समर्थक नहीं थे और केवल अपने खाने और ख़ासकर 'पीने' की जुगत में कभी छेदी के साथ बैठकर और कभी बैरागी के बग़ल में बैठकर उन्हें असल विजेता घोषित करने में लगे हुए थे। जब भी उनके मुँह से 'कच्ची' कहे जाने वाले किसी द्रव का स्पर्श होता, अपने प्रत्याशी की विजय के प्रति उनका विश्वास और तदनन्तर उसके उद्घोष का स्वर कई गुना बढ़ जाता। हालाँकि इनके प्रत्याशी भी सुबह-दुपहरिया-शाम को बदल जाया करते थे।

इस बीच एक और दुःखद घटना घटी। भगेलू ने लगभग पन्द्रह-बीस दिन के अनवरत संघर्ष के बाद अपने शरीर का साथ छोड़ दिया और परलोकगमन कर गये। परिणाम यह हुआ कि मदारीपुर की परधानी का समीकरण एक बार फिर से गड़बड़ा गया क्योंकि अभी तक भगेलू, छेदी और बैरागी की लड़ाई में एक सन्तुलन के रूप में काम करते रहे थे। किन्तु उनके गुज़र जाने के बाद केवटोली के वोटों की अधिकतम सेंधमारी पर ही अब परधानी का सारा परिणाम अटक गया।

भगेलू की मौत की ख़बर पाकर उनका पुत्र मोहन भी लौटा–लेकिन इस बार किसी भगेड़ के रूप में नहीं, बल्कि एक ज़िम्मेदार विवाहित पुरुष के नये अवतार में...! परम्परागत तौर पर हमारे गाँवों में प्रेम एक वर्जित विषय है और सामान्यतया उसे महसूस करना तो दूर, उस पर चर्चा करने तक को अपराध माना जाता है। फ़िलहाल और गाँवों की तरह ही मदारीपुर के भी बड़े-बुज़ुर्ग यह मानते आये थे कि हृदय का प्रेम अस्थायी है और उस मर्ज़ की तरह है, जो मरीज़ को एक ऐसी कोठरी में डाल देता है, जिसकी सिटकिनी बाहर से बन्द है और व्यक्ति अन्दर से ख़ुश न होने के बावजूद, इलाज के नाम पर ख़ुश दिखने के लिए मजबूर है। ऐसा प्रेम बदलता रहता है, समय के थपेड़ों की मार खाकर घट भी जाता है और मृत्यु तक तो कदापि भी बना नहीं रहता। अपनी इस अस्थायी और विनाशशील प्रकृति के कारण यह प्रेम-वर्जित, समाजविरुद्ध और त्याज्य है। बनिस्बत इसके, वासना स्थायी है। इसमें बन्दीपन का एहसास भी नहीं...! यह जन्म के साथ आती है, उम्र बढ़ने के साथ बढ़ती जाती है और मनुष्य के शरीर-त्याग के बाद ही जाती है। इसलिए यह सदैव ग्राह्य है।

इस विशेष क़ानून के प्रवर्तन के चलते ही मोहन और रम्भा जैसी न जाने कितनी जोड़ियाँ अपने असल-मसल प्रेम की अभिव्यक्ति के लिए अकसर ही मदारीपुर छोड़कर भाग जाती थीं और कुछ समय बाद एक-दूसरे से ब्याह कर वापस लौटती थीं। तब वही कानून-सम्मत समाज उन्हें कोई सज़ा देने के बजाय सम्मान की नज़रों से देखता था।

अब मोहन भी लौट आया था और उसने बदलू की पुत्री रम्भा के साथ विवाह कर उसे सदैव के लिए अपना नाम दे दिया था। परिस्थितियों से जूझते हुए अब वह तनिक अधिक गम्भीर और निःस्पृह हो गया था। लेकिन अकेले मोहन के निःस्पृह होने से क्या होता...! आख़िरकार एक दिन मोहन के पास छेदी बाबू का बुलावा आ ही गया। रामबरन छेदी बाबू का सन्देश लेकर मोहन के पास पहुँचा। मोहन हृदय से इस बुलावे को इनकार कर देना चाहता था। लेकिन वह जानता था कि छेदी बाबू के कुछ अहसान भगेलू पर थे, इसलिए वह चाहकर भी कुछ बोल न सका। उसने रामबरन से केवल इतना ही कहा कि 'वह कैसे भी टाइम निकालकर संझा के समय महराज जी से मुलाक़ात करेगा।'

शाम होते ही मोहन छेदी बाबू के दरवाज़े पर पहुँच गया। छेदी बाबू भी मानो पहले से ही उसका इन्तज़ार कर रहे थे। इसलिए उन्होंने मोहन के आने के पहले अपना बैठका ख़ाली करा दिया था और इस बात की सख़्त हिदायत दी थी कि बिना अनुमति के सभा का कोई सदस्य अन्दर प्रवेश नहीं करेगा।

रामबरन ने मोहन को रिसीव किया और उसे बँगले के दरवाज़े तक पहुँचाकर वापस चला गया।

मोहन सकपकाते हुए बँगले के अन्दर घुसा तो छेदी बाबू ने मुस्कुराहट भरे लहजे में उसका स्वागत किया। ऐसा लगा मानो वे पहले से ही उसका इन्तज़ार कर रहे हों। बोले–'आओ बेट्टा...!'

मोहन उनके क़रीब पहुँचा और उनके चरण छूकर प्रणाम करने के बाद नीचे ज़मीन पर बैठ गया। क्योंकि वह अपने पिताजी के अनुभव से जानता था कि उन जैसों के बैठने के लिए सबसे उचित जगह शायद यही है। मोहन को नीचे बैठता देखकर छेदी बाबू ने उसे पुचकारा–

'नीचे काहें बैठते हो मोहन...! तुम तो मेरे बेटे के समान हो...!' इतना कहकर छेदी बाबू ने मोहन को उठाकर अपने बग़ल में बैठा लिया।

थोड़ी देर में रामबरन भीतर से गुड़, काजू और लोटे में जल लेकर आया और सामने की मेज़ पर रखकर बाहर चला गया। छेदी बाबू ने मोहन से पानी पीने को कहा और उससे उसका कुशल-क्षेम पूछने लगे। फिर उन्होंने मोहन की तारीफ़ करनी शुरू की। बोले–

'बेट्टा...! तुम्हारे जैसे लोग कम ही पैदा होते हैं। तुम समय से आगे की सोच रखते हो। भगेलू नहीं रहे तो क्या हुआ? मुझे ही अपना बाप समझो...! अब तुम्हें क्या बताएँ...! भगेलू को लोगों ने एक षड्यन्त्र के तहत मार दिया। मेरा बीस साल पुराना अधियरा था। बैरागी तो उसे और तुम्हारी अम्माँ को जेहल भिजवाना चाहते थे। लेकिन मैंने क़सम ली थी कि चाहे जान चली जाये, पर जीते-जी अपने आदमियों का बाल भी बाँका नहीं होने दूँगा।'

छेदी बाबू लगातार बोलते जा रहे थे और मोहन एकटक कान लगाये सुनता जा रहा था–

'...देखो, मेरे और भगेलू के बीच एक गुप्त समझौता था कि वह चुनाव के दौरान केवटोली का सारा वोट सहेजकर रखेगा; लेकिन अब तुमसे इस विषय में कुछ भी कहना ठीक नहीं लगता। भगेलू के न रहने पर अब तुम्हारी ज़िम्मेदारियाँ बढ़ गयी हैं। लेकिन अभी ख़तरा कम नहीं हुआ है। बदलू को आगे करके तुम्हें घेरने के दाँव लगातार चले जा रहे हैं। तुम परेशान मत होना। बदलू चाहे जितना फड़फड़ाएँ, करेंगे वही जो छेदी चाहेंगे। मैंने तुम्हें केवल इसलिए बुलाया था कि अभी तुम्हारी कच्ची उमर है। तनाव बहुत होगा। लेकिन कोई बात नहीं...! जाओ, अपना काम देखो...! हाँ...! जब तक तुम्हारे रोज़गार का इंतिज़ाम नहीं हो जाता, तब तक तुम्हारे परिवार के ख़र्च के लिए ताल वाले खेत की देखभाल तुम्हारे ऊपर छोड़े देता हूँ।'

मोहन ने जाते हुए छेदी बाबू के पैर छुए। छेदी बाबू ने आशीर्वाद दिया और कहा—'जाओ, सुखी रहो बेट्टा...! अपन ख़याल रखना...! बस एक चीज का ध्यान और रखना कि केवटोली के वोट बैरगिया की ओर न बहकने पायें।'

मोहन भारी क़दमों से घर की ओर चल पड़ा। मोहन रम्भा को बिना बताए ही छेदी बाबू के यहाँ चला गया था। क्योंकि वह जानता था कि यदि रम्भा को मालूम चला तो वह जाने नहीं देगी, उलटे गारी बकेगी सो अलग...! रात हो गयी थी। रम्भा गर्भ से थी। वह परेशान हो रही थी। ज्यों ही गली की ओर कोई आहट होती, वह बाहर झाँककर देखती, फिर मायूस हो जाती। समय ज्यों-ज्यों बीतता जाता था, उसके मन में तरह-तरह की शंकाएँ घर करती जाती थीं। थोड़ी देर में मोहन भारी क़दमों से वापस लौटा। रम्भा ने उसके सामने पानी का गिलास रखा और बोली—

'कहाँ चले गये थे बिना कुछ खाये-पिये? बताकर तो जाते...! मैं कब से तुम्हारी बाट जोह रही हूँ...!'

मोहन ने रम्भा से झूठ बोला, कहा—'आज मन बहुत अशान्त था। ताल की ओर चला गया था।'

रम्भा से नहीं रहा गया। वह फफक पड़ी—'कितनी बार तुमसे कहा है कि ताल की ओर न जाया करो। लेकिन तुम सुनते ही नहीं...! न जाने क्या मज़ा मिलता है तुम्हें ताल की हवा खाने में...? जब ताल की हवा अपनी ओर इतना ही खींचती है तो मुझे भगाकर क्यों ले आये...? ताल के साथ ही ब्याह कर लिया होता...!'

मोहन ने चारपाई पर लेटते हुए रम्भा से कहा—'देखो, मुझे परेशान न करो...! थक गया हूँ। आराम करने दो...!!'

रम्भा भुनभुनाते हुए अन्दर चली गयी। दरवाज़े पर लालटेन की मद्धिम रोशनी में मोहन चारपाई पर लेटा सम्भवतः किसी गम्भीर चिन्ता में डूबा हुआ था। आज वह बुरी तरह थक गया था—शारीरिक रूप से भी और मानसिक रूप से भी। लेटे-लेटे न जाने कब उसे नींद आ गयी। इतने में रम्भा खाना लेकर आयी। उसने मोहन को जगाया, लेकिन मोहन ने खाना खाने से मना कर दिया और दूसरी दिशा में करवट करके लेट गया।

रम्भा पहले तो मोहन को मनाने की कोशिश करती रही। फिर अपनी क़िस्मत को कोसते हुए बैठे-बैठे ही सिसकने लगी। इतने में दरवाज़े पर कुछ कदमों की आहट हुई। आहट सुनकर रम्भा अन्दर चली गयी और मोहन उठकर बैठ गया। देखा तो दरवाज़े पर बैरागी बाबू आये हैं और साथ में बदलू सुक्कुल भी। कुछ

चिर-परिचित आवाज़ सुनकर रम्भा ने तनिक दरवाज़े की ओट से बाहर झाँका और फिर बाहर निकली। तदनन्तर उसने बारी-बारी से बदलू और बैरागी के पैर छुए। बैरागी ने दिल खोलकर आशीर्वाद दिया जबकि बदलू ने कुछ कहा नहीं; केवल बुदबुदाते रहे और अपनी क़िस्मत को कोसते रहे।

कुछ मिनट के अन्तराल पर बैरागी बाबू ने मोहन से वार्ता का क्रम छेड़ा। बोले—

'भगेलू नहीं रहे तो इसका यह मतलब नहीं कि केवटोली से हमारा नाता ख़त्म हो जायेगा...! बदलू तो बहुत उत्तेजित थे कि लड़ाई को अदालती बनाएँगे। लेकिन मैंने मना किया कि इसमें तुम्हारी अपनी ही छीछालेदर होगी और हासिल कुछ नहीं होगा। जो होना था सो तो हो गया...! अब सच्चाई को स्वीकार करो और दोनों को आशीर्वाद दो। दोनों जवान हैं और पढ़े-लिखे हैं। अपना अच्छा-बुरा सोच सकते हैं। मुक़दमे में फँसाकर उनकी शक्ति नष्ट न करो...! आज मैं और बदलू आये हैं तो केवल इसलिए कि तुम्हारी ख़ैरियत ले सकें और तुम्हारा कुछ सहयोग कर सकें...!'

बैरागी बाबू लगातार बोलते जा रहे थे। तभी अचानक से मोहन के घर के एक कोने से कोई चीज़ गिरने की आवाज़ आयी। बैरागी बाबू ने झाँककर देखा तो खपरैल की कुछ कमज़ोर ईंटें सरककर नीचे गिर गयी थीं। तब तो मानो बैरागी बाबू को मोहन के जख़्म पर मरहम लगाने का अच्छा अवसर मिल गया। पहले उन्होंने बदलू की ओर देखा और फिर मोहन और रम्भा की ओर; फिर बोले—

'सावन का महीना नज़दीक आ रहा है। खपरैल की मरम्मत करा लो। लगता है काफ़ी समय से इसकी मरम्मत नहीं हुई है। मेरे पास काम करने वाले तीन-चार आदमी हैं। कल सुबह से ही काम पर लगा देता हूँ। पाँच-सात दिन में मरम्मत कर डालेंगे...तुम ख़र्चे की चिन्ता मत करना...जब हो जाये तो दे देना। और हाँ...! केवटोली वाले दो बीघा खेत की फ़सल भी मैं तुम लोगों के लिए छोड़े देता हूँ...!'

बैरागी बाबू अभी बोल ही रहे थे कि इतने में अन्दर से रम्भा निकली और बैरागी बाबू पर बिफ़र पड़ी। बोली—

'चच्चा...! आप परेशान मत होइए। जब हमरे पास रुपिया-पइसा हो जायेगा तो हम अपने घर की मरमम्त करा लेंगे। आप लोग किरिपा करके हम्में हमरे हाल पर छोड़ दीजिए। हमने अपनी जिनगी का रास्ता खुदै चुना है। तो इसके ज़िम्मेदार भी हमीं हैं...! हम जियें चाहे मरें, आप लोग तकलीफ़ मत लीजिए...!'

रम्भा बोलती रही–'...ऊपर वाले ने जब यह दिन दिखाया तो वही रस्ता भी दिखाएगा...! जब कुछ भी खाने को नहीं रहेगा तो हम पानी पीकर सो जायेंगे, लेकिन किसी दूसरे का दिया हुआ अन्न गरहन नहीं करेंगे चच्चा...!'

रम्भा का यह तेवर देखकर बैरागी बाबू अवाक् रह गये और बदलू भी। बैरागी ने बदलू की ओर देखा। बदलू कुछ क्षण सोचते रहे और फिर रम्भा को ज़ोर से डाँटा–'जुबान सँभाल के बात करो रम्भा...!'

रम्भा फिर भी नहीं रुकी। बोली–'...अब इस देह पर आपका कोई हक़ नहीं है बाबूजी...! आपने हमें पाला-पोसा-बड़ा किया। लेकिन लड़की जब दूसरे घर चली जाती है तो वहीं की हो जाती है। मैंने मोहन से शादी करके सही किया या गलत, यह मैं नहीं जानती। लेकिन आज मेरे ऊपर सबसे पहिला अधिकार मोहन का है। आज मोहन चाहे मुझे मार ही डाले तो भी मैं कुछ नहीं बोलूँगी...! लेकिन किसी और के ताने बरदास नहीं कर सकती। भगवान के लिए आप लोग हम्में हमरी हालत पर छोड़ दीजिए। बड़की किरिपा होगी।' इतना कहकर रम्भा फफककर रोने लगी।

फिर क्या था...! कुछ ही क्षणों में बैरागी और बदलू, दोनों झुँझलाकर उठे और चलते बने। रास्ते में लौटते हुए बैरागी बाबू बदलू को समझाते रहे–'जब लड़ाई अपने आपसे हो तो छोटा आदमी भी जीत जाता है, किन्तु जब लड़ाई अपनों से हो तो बड़ा-से-बड़ा आदमी भी हार जाता है।' सम्भवतः बदलू से ऐसा कहते हुए बैरागी बाबू स्वयं को भी समझाने की कोशिश कर रहे थे।

रम्भा काफी देर तक बैठी सिसकती रही। थोड़ी देर तक मोहन खाट पर पड़ा रहा। फिर उठा और रम्भा के सिर को अपनी गोद में रखकर उसके आँसुओं को पोंछने लगा। कुछ क्षण बाद ही वह अपने खाने की थाली उठा लाया और रोटी के कौर तोड़-तोड़कर मूर्तिवत् बैठी रम्भा को खिलाने लगा। आज बहुत दिनों बाद दोनों ने जी भर के खाना खाया और वहीं सो गये।

बैरागी बाबू और बदलू के साथ किये गये रम्भा के आज के व्यवहार से मोहन ने ऐसा महसूस किया मानो रम्भा ने उसके सिर से कोई बड़ा बोझ झटककर अलग कर दिया हो...! आज बहुत दिनों के बाद मोहन को अच्छी नींद आयी। आगे भी छेदी और बैरागी के तमाम प्रलोभनों के बावजूद मोहन ने स्वयं को परधानी के पचड़े से दूर ही रखना मुनासिब समझा और अपने गोलोकवासी पिता भगेलू के किरिया-करम में ही अपना सारा समय व्यतीत किया।

32

अन्त में वह ऐतिहासिक दिन आया, जब मदारीपुर के नाबालिग लोकतन्त्र की अग्निपरीक्षा शुरू हुई अर्थात् मतदान का दिन। सारी अनिश्चितताओं और आशंकाओं के बावजूद गाँव का शायद ही कोई वयस्क रहा हो जिसने वोट न डाला हो। हरिजन बस्ती के वोटरों का आवेग देखते बनता था। ऐसा लगता था मानो मेला देखने के लिए कोई हुजूम उमड़ पड़ा हो। हालाँकि केवटोली के वोटरों में उत्साह अपेक्षाकृत कम था, परन्तु वोट वहाँ के भी ख़ूब पड़े। पट्टी के लिए तो यह अब तक का सबसे चुनौतीपूर्ण दिन था। आज के दिन उनकी बिरादरी के न केवल सारे बड़े-बुज़ुर्ग गतिशील दिखाई दे रहे थे, बल्कि उनके घरों की वे सभी बहू-बेटियाँ-महिलाएँ तक वोट डालने निकलीं, जो इसके पहले शायद ही कभी चौखटे से बाहर निकली हों। दरअसल, बात पट्टी के सम्मान की रक्षा की आ पड़ी थी और हर बार महिलाएँ ही इस सम्मान की रक्षा करती आयी थीं। सो इस बार वे ज़िम्मेदारी से कैसे मुक्त रह सकती थीं...! केवल बिजई की पत्नी ने इस पंचवर्षीय उत्सव में भाग लेने में उदासीनता बरती।

शाम होते-होते सभी के भाग्य दो दिन के लिए मतपेटियों में सील-बन्द कर दिये गये। इन बीच के दो दिनों में छेदी और बैरागी ठीक से सो नहीं पाये। उन्होंने अपने बँगले में लेटे-लेटे इतने करवट बदले, जितने वे छह महीने में बदलते होंगे। दरअसल, दोनों ही अब तक बाहर-बाहर यह दिखाते आये थे कि वे वास्तव में मदारीपुर का उद्धार करना चाहते हैं; जबकि वास्तव में दोनों के भीतर जगलेटर बाबा का यह स्वरचित-गान आकार ले रहा था—

लूटि लेबें देसवा तोहार सजनी
जे तू आपन बना लऽ भतार सजनी!!
जोबना तोहार हम हँसि-हँसि लुटबें
होइहें जे भोज-भात सब जनी जुटबें
लीलि जइबें सगरो संसार सजनी
जे तू आपन बना लऽ भतार सजनी!!

वोटिंग के बाद अब दोनों पट्टियों की आन्तरिक बैठकों में अपनी-अपनी जीत के दावों की बारी थी। अठन्नी के समर्थक कहते थे कि इस बार बैरागी बाबू मदारीपुर के नये परधान होंगे तो चवन्नी वालों का दावा था कि छेदी बाबू के जीते-जी कोई उन्हें नहीं हरा सकता। हाँ...! यदि कोई इस बीच-बहस में कोई

भूले से भी मेघिया का नाम ले लेता तो दोनों पट्टियों के सरगनाओं के चेहरे ऐसे लटक जाते मानो आज ही उनका असमय गर्भपात हो गया हो...!

हालाँकि इस सारी अफरा-तफरी के बावजूद, इस बार की वोटिंग के बाद यदि कोई अपने प्रत्याशी की जीत से सबसे ज़्यादा आश्वस्त था–तो वे थे आदरणीय बैदजी। उन्होंने अपनी पत्नी जज्जोरानी को एडवांस में बता दिया था कि परधानी अबकी अठन्नी वालों के ही हाथ लगेगी। इसका परिणाम यह हुआ था कि जज्जोरानी ने बैदजी से एडवांस में ही चारों धाम की यात्रा करने का वर माँग लिया था और बैदजी भी पूरे मनोयोग से इसकी तैयारियों में लग गये थे। इन दो दिनों में ही बैदजी के मन में एक खुराफ़ात सूझी कि 'क्यों न छेदी को चिढ़ाने का एक बहाना ढूँढ़ा जाय!' उन्होंने बैरागी से परामर्श के बाद यह निश्चय किया कि चार धाम की यात्रा के बहाने से एक भोज का आयोजन किया जाय और उसमें छेदी सहित सारे चवन्नी वालों को आमन्त्रित किया जाय। वहीं ढंग से सबकी फ़ज़ीहत की जायेगी।

लेकिन असल सवाल यह था कि छेदी को आमन्त्रित करने कौन जायेगा; क्योंकि किसी सामान्य आदमी के बुलाने पर छेदी और चवन्नी का कोई आदमी नहीं आयेगा, यह निश्चित था। अन्त में यह तय किया गया कि क्यों न स्वयं बैदजी यह निमन्त्रण लेकर उनके पास जायें...! तब तो छेदी निश्चित रूप से इस निमन्त्रण को अस्वीकार नहीं कर सकेंगे। बैदजी इसे कैसे अंजाम देंगे, यह उनके ऊपर छोड़ दिया गया।

छेदी बाबू के शिव मन्दिर से लौटते समय प्रातः काल टहलने के बहाने बैदजी ने उनसे आकस्मिक रूप से मिलने का नाटक किया। बैदजी को सामने पाकर छेदी बाबू ने तपाक से पूछ लिया–

'आज रास्ता कैसे भटक गये हो बैद बाबू...?'

बैदजी ने अत्यन्त शालीनता से जवाब दिया–'यूँ ही निकल आया था। सोचा थोड़ा सुबह-शाम की हवा ले ली जाय। सेहत ठीक रहती है इससे...! लेकिन आपसे मुलाक़ात की इच्छा भी थी। चार धाम पर जाना है। आज शाम को इंटर कॉलेज में भोज का कार्यक्रम है। यदि आप भी सम्मिलित हो सकें तो कृतार्थ होऊँगा...!'

छेदी राजनीति के पुराने खिलाड़ी थे। इसलिए 'इस आमन्त्रण में अठन्नी वालों की कोई राजनीतिक चाल है'–यह समझते उन्हें देर न लगी। छेदी बाबू ने क्षण भर बैद जी की आँखों में झाँका, फिर मन-ही-मन यह सोचा कि 'ऊपरी मन से एक बार गले तो मिल ही लिया जाय। क्योंकि परिणाम आने के बाद दोनों पट्टियों के बीच अगले पाँच साल के लिए तलवारें तन जायेंगी, यह निश्चित है।'

इसके अलावा वे यह भी जानते थे कि अठन्नी वालों को अपनी जीत को लेकर जो नशा चढ़ गया है वह केवल दो दिन का मेहमान है, क्योंकि दो दिन बाद वे स्वयं अपनी जीत पक्की मानकर चल रहे थे। 'आख़िर वोट चाहे कितने भी बहक जायें, जीत भर के तो उनके झोली में आयेंगे ही...!' सो उन्होंने झट से बैदजी का यह न्योता स्वीकार कर लिया। बस उनकी शर्त यह थी कि पकवानों के साथ परोसे जाने वाला भाँग का आइटम चवन्नी की तरफ से पेश होगा। बैदजी को इस शर्त को स्वीकार करने में कोई बुराई नज़र नहीं आयी, क्योंकि वे जानते थे कि 'छेदिया भँगेड़ी है।'

इंटर कॉलेज में होने वाले भोज की तैयारियाँ जोरों पर थीं। इस इंटर कॉलेज की स्थापना कभी बैरागी बाबू के पिता गेना बाबू ने अपनी अमूल्य ज़मीन को दान देकर की थी। अपने जीवन-काल में उन्होंने इसे सजाया-सँवारा और आगे बढ़ाया। लेकिन जब उनका देहान्त हुआ, तब बैरागी बहुत छोटे थे और छेदी बाबू गाँव के परधान। फिर क्या था...! कुछ ही दिनों में गेना बाबू के लग्गू-भग्गू-पिछलग्गू छेदी बाबू की गोद में खेलने लगे और सरकारी महकमे से मिलकर कॉलेज के मैनेजमेंट की ऐसी-तैसी करा दी। छेदी बाबू के नौकर-चाकर-सिरवार कॉलेज के प्रबन्धक एवं मेंबर बना दिये गये और कॉलेज, कॉलेज न रहकर अजायबघर बन गया। तब से यह इंटर कॉलेज पढ़ाई-लिखाई को छोड़कर शेष सभी कार्यों, मसलन—शादी-ब्याह, जलसा, नौटंकी, नाच, कटनी-मड़नी-दवनी आदि के लिए ही इस्तेमाल होता था।

शाम को कॉलेज के प्रांगण में भीड़ जमा होनी शुरू हो गयी थी और आने-जाने वालों का ताँता लगा हुआ था। सारे नवरत्न, लोढ़ा, जगरोपन मास्टर, खोखा पहलवान, जगलेटर बाबा और बदलू सुक्कुल कार्यक्रम की बागडोर सँभाले हुए थे। तभी छेदी बाबू का कमेटी के सदस्यों और मिट्ठू के साथ आगमन हुआ। बैरागी बाबू ने झुककर उनके पैर छुए और बैदजी ने आगे बढ़कर उन्हें गले से लगा लिया। छेदी बाबू के खाने के लिए अलग से एक कमरे में विशेष तैयारियाँ की गयी थीं। इसलिए बैदजी उनकी बाँह पकड़कर कमरे में लिवाकर चले गये। उनके पीछे-पीछे साये की तरह भाँग का कटोरा लिए मिट्ठू भी घुसे।

कमरे के भीतर वातावरण में थोड़ी देर तक चुप्पी छायी रही। इतने में पकवान आये, जलेबियाँ आयीं और अन्त में पूरी-थाली का भोजन भी। सबने इसे चटखारे ले-लेकर ग्रहण किया। छेदी बाबू भोजन की तारीफ़ करते नहीं थक रहे थे। कुछ ही देर में सबने भोजन ख़त्म किया। तब तक मिट्ठू भाई ने कटोरे की पिरी हुई भाँग का घोलकर इसे शरबत का रूप दे दिया था। अब उसे मर्तबान में रखकर

सबके सामने परोसा गया। इस मौलिक द्रव्य को बारी-बारी से सबने ग्रहण किया। भाँग भी एक अलग ही फ़ितरत वाली चीज है। यह मदिरा की तरह तुरन्त सिर नहीं चढ़ जाती और न ही झूमने के लिए मजबूर करती है। बल्कि यह देर में चढ़ती है और बहुत-बहुत देर में उतरती है। इसमें शरीर तो अपने नियन्त्रण में होता है पर दिमाग़ के सारे तन्तु हिल जाते है। मसलन यदि कोई व्यक्ति हँसता है तो घंटों हँसता रहता है और यदि वह रोने लगे तो घंटों चुप नहीं होता।

जब भाँग ने अपना असर दिखाना शुरू किया तो दोनों पट्टियों की लक्ष्मण रेखाएँ टूटनी शुरू हुईं। बैदजी ने वार्ता का क्रम छेड़ा। बोले–

'छेदी भाई...! अरे अब तो पतुरियों के यहाँ आना-जाना छोड़ दो...! बड़ी जगहँसाई होती है मदारीपुर की...! दूर-दूर से मरीज़ आते हैं और पूछते हैं कि छेदी बाबू सुधरे कि नहीं...? जवाब देना मुश्किल हो जाता है...!'

छेदी भी पूरे मूड में थे। उन्होंने मज़ाकिया लहजे में कहा–'बैद बाबू...! भोले-भंडारी की क़सम...!! मैं तो आज ही सब कुछ छोड़कर जोगी बन जाऊँ; लेकिन तुम बैदई के नाम पर पब्लिक को ठगना और बेवकूफ़ बनाना छोड़ दो...! बोलो...! कर सकोगे यह सब...?'

छेदी का भारी-भरकम सवाल सुनकर बैरागी ने लपककर मंच सँभाल लिया और बीच में हस्तक्षेप करते हुए बोले–

'चचा...! न आप सुधरेंगे और न बैदजी...! लेकिन बैदजी कम-से-कम चारों धाम पर जा रहे हैं...! आप अपने पापों का प्रायश्चित्त कब करेंगे?'

छेदी भी उड़न खटोले पर बैठ गये थे। सो उन्हें रोकने वाला कौन था...! उन्होंने बैरागी बाबू के इस सवाल का हँसते हुए ही जवाब दिया। कहा–

'न तो मैं इस जनम में सुधरूँगा और न मुझे प्रायश्चित्त का शौक है। क्योंकि प्रायश्चित्त वही करता है जिसे यह महसूस हो कि उसने कुछ गलत किया। लेकिन बेट्टा...तुम मनरखनी और जगरोपना बो को लाइन मारना छोड़ दो। नहीं तो सरग में अपनी मेहरिया को क्या मुँह दिखाओगे...?' कहते-कहते छेदी बाबू फिर हँसने लगे।

इस बीच भाँग के आवेग में मिट्ठू ने अचानक से अपना पाला बदल दिया और बैरागी की ओर से बोलते हुए कहा–'कह देंगे कि तुम्हारे जाने के बाद छेदी कका ने बिगाड़ दिया...!'

छेदी बाबू की हँसी रुकने का नाम नहीं ले रही थी; फिर भी उन्होंने कोशिश करते हुए उसे रोका और अपने अन्दाज़ में मिट्ठू से बोले–

'जब ये ई बात कहेगा तो मेरे मुँह में भी दही थोड़े जमी रहेगी। मैं भी साफ़-साफ़ कह दूँगा कि ऐ बहुरिया...! इसने तुम्हारे न रहने पर मेरी एक न

सुनी और उलटे मेरे ही ख़िलाफ़ परधानी का चुनाव लड़ गया। अब अपनी हार छिपाने के लिए मुझे बदनाम कर रहा है...!'

छेदी बाबू के मुँह से मेहरिया और परधानी शब्द का उच्चारण सुनते ही बैरागी बाबू का चेहरा लटक गया और थोड़ी देर में ही वे सिसकने लगे। फिर फूट-फूटकर रोने लगे। छेदी बाबू उनका यह रुदन देखकर हँसते जाते थे और बैदजी, बैरागी को चुप कराने की कोशिश करने में लगे हुए थे। पन्द्रह-बीस मिनट के बाद बैरागी शान्त हुए और छेदी भी। अब बारी बैदजी की थी। उन्होंने छेदी बाबू के अन्तरतम को कुरेदना चाहा—

'वइसे छेदी बाबू...! आप इस बार अपनी परधानी बचा नहीं पायेंगे।'

छेदी बाबू रुआँसे हो गये। बोले—'तुम सालों ने बिजइया को चढ़ा दिया...! हरामख़ोर ने ऐसी करतूत कर डाली कि काऽ बताएँ...! लेकिन इस बैरगिया ने भी कोई कोर-कसर नहीं छोड़ी—ढपालू बाबा से लेकर माईराम तक...!' कहते-कहते छेदी बाबू फिर खिलखिलाने लगे।

बैदजी बोले—'छेदी बाबू...! चढ़ाया तो आपने था—चइता और भगेलू को...! वो तो आपका दाँव उलटा पड़ गया वरना...! कोशिशें तो मिथुन बाबा ने आपके लिए भी कम नहीं कीं...! और आपने तो मौलवी साहेब से भालू के भूत को भी हँकवा दिया। बाकी कल पता ही चल जायेगा कि...!'

छेदी बाबू की हँसी अब रुकने लगी थी। वे थोड़ा ठहरकर बोले—'देखो बैद बाबू...! अभी रिजल्ट नहीं आया है। इसलिए कोई भविष्यवाणी करना ठीक नहीं है। पर सच बताऊँ...! चइता की कमी बहुत खलती है। इस बैरगिया ने उसका काम लगा दिया...!'

बैरागी बाबू कुछ देर के लिए अर्धनिद्रा में चले गये थे। अपने ऊपर यह अनर्गल आरोप लगता देख उनकी तन्द्रा टूटी। वे खिसियाकर बोले—'मैंने किसी का काम नहीं लगाया चचा...! दुष्टों और काँटों का एक ही उपचार है कि उन्हें कुचल दिया जाय...!'

बैरागी की यह बात छेदी के कलेजे पर लगी थी। ऐसा लगा, जैसे बैरागी उन्हें ही तमाचा मार रहे हों...! उन्होंने इस बार गम्भीर होकर बैरागी को ठोस जवाब दिया। बोले—

'बैरागी...! तुम्हें शायद पता नहीं कि तुम बिनास के रास्ते पर जा रहे हो और तुम्हारी बुद्धि उलट गयी है। तुम लाख कोशिश कर लो—जिस परधानी को तुम अपना मानकर चल रहे हो, वह तुम्हारे लिए साँड़ के पीछे लटकने वाला मांस-पिंड ही साबित होगी...!'

छेदी बाबू के इस कठोर जवाब से थोड़ी देर तक दोनों पक्षों के बीच संवादहीनता की स्थिति बनी रही। माहौल को एकाएक गम्भीर होता देख बैदजी ने बीच-बचाव करने की कोशिश की। बोले–

'आप भी छेदी बाबू...! पुराने झगड़े को बीच में घसीटने लगते हैं। अरे पुराना समय तो साँप के केंचुल की तरह होता है। इसे त्यागकर आगे बढ़ने में ही...'

बैदजी बोलते-बोलते रुक से गये, क्योंकि अब इस तरह के उपदेश का कोई ख़ास फ़ायदा न था। उन्होंने पाया कि छेदी और बैरागी दोनों बेसुध होकर खर्राटे लेने लगे हैं। इसलिए उन्हें वार्ता का क्रम बीच में ही रोकना पड़ा। मिट्ठू ने छेदी को सँभाला और बैदजी ने बैरागी को। फिर दोनों खर्राटे भर रही इन सत्ताओं को उनके गन्तत्व तक पहुँचने की कोशिशों में लग गये।

33

दो दिन बाद वह अवसर भी आया, जब वोटों की गणना आरम्भ होनी थी। मतगणना वाले दिन मदारीपुर में एक और दुःखद घटना घटित हुई। प्रातः चार बजे ही माईराम बाबा की मृत्यु हो गयी और वे मनुष्य योनि से श्वान योनि में गमन कर गये। जगलेटर बाबा द्वारा किसी समय अपने साथी को झल्लाहट में दिया गया अभिशाप आज अचानक से वास्तविक हो गया था। हालाँकि जगलेटर बाबा भागते हुए अपने इस मित्र को अन्तिम विदाई देने के लिए उनके दरवाज़े पर पहुँच गये थे। जबकि मदारीपुर के चिबिल्लीबाज़ इस अवसर पर उनकी आत्मा की शान्ति के लिए जहाँ-तहाँ बैठे-बैठे 'माईराम बाबा स्वाहा...!' का जाप करने में मशगूल थे।

मतगणना स्थल के बाहर भारी भीड़ इकट्ठी हो गयी थी। जहाँ परिणाम के इन्तज़ार में एक ओर बैरागी बाबू के साथ बैदजी, भौकाली भाई, केला मिसिर, खब्बू पाड़े, सीरा काका, नगई, माथाकुँवर, मन्नोरानी, करैली गुरु, गुरुघंटाल, मौलवी साहब, खोखा पहलवान, लोढ़ा, जगरोपन मास्टर, लूलवा मिस्तिरी आदि बैठे हुए थे तो वहीं दूसरी ओर छेदी बाबू के साथ रमई, लल्लन, मल्लन, ढिल्लन, अंजय, मंजय, रणंजय, परमोद, बिनोद, मिट्ठू भाई, रमबरना नाऊ और आश्चर्यजनक रूप से बदलू सुक्कुल डटे हुए थे। इमरजेंसी बारम्बार पेंडुलम की तरह कभी इस ओर तो कभी उस ओर दोलायमान हो रहा था। हरिजन बस्ती से लंगड़, झुर्रा, बाऊर, परभू, रमेसर, परमेसर, घसीटे, रामपलट आदि मेघिया को साथ लेकर

थोड़ी दूरी पर बैठे हुए थे। पनिकटवा भी इसी टोली में 'मुझे न्याय चाहिए' वाला बोर्ड लेकर एक तरफ़ चुपचाप बैठा था।

मतगणना के लिए विकास-खंड के जिस हिस्से को चुना गया था, उसके सामने से ही 'इलाक़े की जीवनरेखा' के रूप में मशहूर रेलवे लाइन की पटरी स्थित थी जिससे होकर कई बार रेलगाड़ियाँ भी गुज़रती थीं। जब दो रेलगाड़ियों के गुज़रने के बीच समय का अन्तराल होता, उस समय लोग-बाग रेल की इन पटरियों का इस्तेमाल मल-त्याग जैसे पावन कर्म के लिए किया करते थे। इन पटरियों के इस रूप में इस्तेमाल का एक अतिरिक्त कारण यह भी था कि पटरी से थोड़ी ही दूर पर एक तालाब स्थित था, जिसका इस्तेमाल वे आसानी से बेरोक-टोक कर लेते थे और इस कारण वे घर से डिब्बा, बाल्टी या लोटा लाने की अनावश्यक माथा-पच्ची से बच सकते थे। कई बार प्रातःकाल की बेला में यह पटरी विभिन्न आयु-वर्ग के लोगों के बीच किसी दौड़-प्रतियोगिता के आयोजन का भ्रम पैदा कर देती थी। तमाम बड़े-बुज़ुर्ग और बच्चे आगे-पीछे भागते हुए आते और बारी-बारी से पटरी के दोनों ओर देखकर अपने अधोवस्त्र को सरकाकर या उठाकर, जैसी भी स्थिति होती, घस्स से नीचे बैठ जाते। फिर अपनी नज़रें नीची कर देर तक किसी ध्यानस्थ योगी की तरह बैठे रहते। वे पटरी पर इस कार्य को रोज़ाना इतने आत्मविश्वास से सम्पादित करते थे मानो यह उनका जन्मसिद्ध अधिकार हो और यह पटरी केवल इसी कार्य के नियमति सम्पादन के लिए बनाई गयी हो।

ख़ैर...! पिछले दो महीनों से जितना मानसिक दबाव छेदी और बैरागी अपने माथे पर लादे घूम रहे थे, ये मल-साधक अपनी आँतों के लिए उससे कई गुना दबाव बारहों महीने लिए फिरते थे। स्थानीय निवासियों के इस पावन कर्म की जद्दोजहद के बीच विकास-खंड के भीतर स्थित हॉल में कड़ी सुरक्षा में मतगणना शुरू हुई। मतगणना के दौरान बीच-बीच में कभी छेदी बाबू और कभी बैरागी बाबू के आगे निकल जाने की ख़बरें आतीं। जब छेदी बाबू आगे होते तो बैरागी के खेमें में मायूसी छा जाती और जब बैरागी बाबू आगे होते तो छेदी के खेमें में मुर्दानगी का आलम होता। उधर हरिजन बस्ती के खेवनहार अब तक इस आगा-पीछा से अप्रभावित निश्चिन्त मुद्रा में बैठे थे। दरअसल, वे अपने सारे संघर्ष के बावजूद यह जानते थे कि 'इस लड़ाई में उनके पास खोने के लिए कुछ भी नहीं है। हार-जीत तो अपनी जगह है।' इस विषम परिस्थिति में दो ताक़तवर योद्धाओं के सामने अपने को खड़ा रख पाने को ही वे अपनी सबसे बड़ी सफलता मान रहे थे।

अन्त में वह समय भी आया, ज़ब हरिजन बस्ती और केवटोली के बक्से

खोले गये। इसके बाद मेघिया के वोटों की बोहनी शुरू हुई। फिर देखते-ही-देखते उसके वोट छेदी और बैरागी के वोटों का मुक़ाबला करने लगे। मेघिया के वोट ज्यों-ज्यों बढ़ते जाते, बैरागी और छेदी बाबू की साँसें ऊपर-नीचे होने लगतीं। तदनन्तर एक अवसर वह भी आया, जब मेघिया ने दोनों शूरमाओं को पछाड़कर बढ़त बना ली। लेकिन अन्तिम परिणाम सभी को अचम्भित करने वाला था। बैरागी और मेघिया के वोट टाई हो गये थे तथा छेदी बाबू तेरह वोटों से पिछड़ गये थे। टाई के कारण वोटों की दुबारा गिनती कराई गयी। बैरागी और बैदजी ने सारा ज़ोर लगा लिया। कोशिश की गयी कि ले-देकर मेघिया के खाते के कुछ वोट अवैध कराकर पासा पलट दिया जाय। लेकिन नतीजा सिफ़र ही रहा। तीसरी बार की गिनती में मेघिया बैरागी बाबू से दो वोटों से आगे रही थी। और इस प्रकार उसने बैरागी बाबू को कुल जमा दो वोटों से हरा दिया था।

इस परिणाम पर सहसा किसी को विश्वास नहीं हो रहा था। बैरागी बाबू जीतते-जीतते भी हार गये थे और मेघिया हारते-हारते भी जीत गयी थी। पट्टी के तमाम राजनीतिक सरगनाओं की आँखें एकदम से फटी रह गयीं। भेड़ियाधसान की इस लंगीमार लड़ाई में मदारीपुर के दोनों धुरन्धर चारों खाने चित्त हो गये थे। छेदी बाबू को बैरागी से तेरह वोट कम मिले थे। वोटों की गणना और अन्तिम परिणाम से प्रतीत होता था कि मेघिया को न केवल हरिजन बस्ती, बल्कि केवटोली के लोगों ने भी एकतरफा वोट किया था। दरअसल, यह गाँव में उस नयी और सामूहिक चेतना का आग़ाज़ था जिसे छेदी और बैरागी ने हर हाल में रोकने की कोशिश की थी।

बहरहाल बैरागी और छेदी ने परधानी में मेघिया की जीत के परिणाम के औपचारिक ऐलान का इन्तज़ार करना भी मुनासिब नहीं समझा और धीरे-धीरे मतगणना स्थल से खिसकने लगे। साथ में उनके संघी-साथी भी निकल भागे। अठन्नी वालों के पीछे-पीछे कुछ दूर तक पनिकटवा भी अपना बोर्ड लेकर भागा मानो उनकी इस पराजय से उसे आज सूद सहित अपना मूल मिल गया हो। अब विधि के विधान को क्या कहें...! छेदी बाबू के लिए पंडित मिथुन शर्मा की भविष्यवाणी गलत साबित हो गयी थी और सम्भवतः मौलवी साहब का शैतानी अवरोध बीच में आ गया था। बैरागी बाबू के लिए न तो बजरंगबली की नियमति साधना काम आयी और न ही ढपालू महाराज का गुप्त आशीर्वाद ही उनकी कोई मदद कर सका। आज का परिणाम देखकर यही लगता था कि मदारीपुर की परधानी आरम्भ से ही पट्टी के दो योद्धाओं की शान की लड़ाई न होकर एक-दूसरे को अपमानित करने की लड़ाई थी और इसका अन्त भी इसी

रूप में हुआ। 'समरथ को नहिं दोस गुसाईं' को अपना जीवन-दर्शन मानने वाले पट्टी के पुरोधाओं के लिए अब यह जुमला शायद ज़्यादा सटीक होता—'सगरौ दोस निरबलै कै नाहीं...!'

ख़ैर! अपनी इस जीत से मेघिया की टोली की ख़ुशी का ठिकाना नहीं रहा। उन्हें सहसा अपनी इस सफलता पर विश्वास नहीं हो रहा था। थोड़ी ही देर में मदारीपुर के परधान के रूप में मेघिया देवी पत्नी स्वर्गीय चइता की विजय की घोषणा की गयी। परिणाम की घोषणा के दौरान ही बादलों की गर्जन-तड़पन शुरू हुई और घनघोर बारिश भी। ऐसा लगता था मानो मेघिया की इस जीत पर स्वयं इन्द्र देव हर्ष-वर्षा कर रहे हों और सदियों से कलह की धरती के रूप में प्रसिद्ध मदारीपुर की ऊसर माटी को मेघों ने आज ही उमड़-घुमड़कर उर्वर मिट्टी में बदल देने की ठानी हो...! फिर क्या...!! इस गीले मौसम में क्या लंगड़, क्या झुर्रा और क्या बाऊर...! सभी नाचे और ख़ूब नाचे। साथ में विकास-खंड के आस-पास घूम रहे वे नंग-धड़ंग बच्चे भी, जो कुछ देर पहले तक पानी की आस में सड़क के किनारे लोट-लोटकर यह गीत गा रहे थे—

कलह करावे उज्जर माटी
मेघा सारे पानी दे...!
धुलि दे सबके पाप ई माटी
मेघा सारे पानी दे...!!

परिणाम की घोषणा के बाद मेघिया, चइता के साथियों के साथ हरिजन टोली वापस लौटी और भागकर सबसे पहले घर के पिछवाड़े में उस स्थान पर गयी, जहाँ कभी उसने अपने परान को दफ़न किया था। अब उस स्थान पर मदार के बड़े-बड़े वृक्ष उग आये थे। मेघिया ने वहाँ उगे मदार के वृक्षों को चूमा और उस स्थान की गीली मिट्टी को उठाकर अपने माथे पर ऐसे पोत लिया, जैसे किसी मन्दिर की चौखट पर खड़ी होकर चन्दन का लेप लगा रही हो...! फिर वह आँगन की ओर लौट पड़ी। आज बड़े दिनों बाद आँगन में टँगे पिंजरे में बन्द तोता भी चहचहाने लगा था। मेघिया ने बाल्टी में पानी भरा और चइता के दफ़न किये गये स्थान पर ले जाकर इस मुद्रा में खड़े होकर गिराने लगी मानो किसी देव की पूजा कर रही हो। आज शिव मन्दिर की घंटियाँ उसके कानों तक साफ़ सुनाई दे रहीं थीं। घंटियों की आवाज़ की तीव्रता ज्यों-ज्यों बढ़ती जाती थी, मेघिया के भीतर का आह्लाद उतना ही बढ़ता जाता था।

इतना सब कुछ करने के बाद मेघिया वहीं लेट गयी। फिर न जाने कब उसे नींद-सी आ गयी। वह उसी स्थान पर घंटों बेसुध पड़ी रही। कुछ समय बाद

चइता की बूढ़ी माँ मेघिया को खोजते हुए पिछवाड़े पहुँची और उसे इस क़दर लेटा हुआ देखकर पहले उसे दूर से आवाज़ दी। फिर नज़दीक जाकर उसके शरीर को हिलाया। पर मेघिया के शरीर में कोई हलचल नहीं हुई। मेघिया सो गयी थी—हमेशा के लिए...! चिरनिद्रा में...!! वह इस षड्यन्त्रकारी दुनिया से दूर एक ऐसी दुनिया में जा चुकी थी, जहाँ उसे और उसके 'परान' को परेशान करने वाला कोई न था। इस अवस्था में भी उसके चेहरे पर एक विचित्र किस्म का सुकून दिखाई देता था। ऐसा लगता था मानो वह अभी हँस पड़ेगी। शायद यह उसके जीवन की इकलौती विजय का उल्लास था जिसे वह बाक़ी दुनिया के लिए एक सन्देश के रूप में छोड़ गयी थी। चइता की बूढ़ी माँ बदहवास होकर दरवाज़े की ओर भागी और लड़खड़ाकर गिर पड़ी।

□□